天马西极

鹏　鸣◎著

作家出版社

图书在版编目（CIP）数据

天马西极／鹏鸣著 . -- 北京：作家出版社，2025.3.

-- ISBN 978 - 7 - 5212 - 3479 - 4

Ⅰ . I267

中国国家版本馆 CIP 数据核字第 20250NV308 号

天马西极

作　　者：鹏　鸣
责任编辑：韩　星
装帧设计：刘红刚
出版发行：作家出版社有限公司
社　　址：北京农展馆南里 10 号　　　邮　　编：100125
电话传真：86 - 10 - 65067186（发行中心）
　　　　　86 - 10 - 65004079（总编室）
E – mail: zuojia@zuojia. net. cn
http: // www. zuojiachubanshe. com
印　　刷：唐山嘉德印刷有限公司
成品尺寸：170 × 240
字　　数：400 千
印　　张：24
印版印数：001 - 42000
版　　次：2025 年 4 月第 1 版
印　　次：2025 年 4 月第 1 次印刷
ISBN 978 - 7 - 5212 - 3479 - 4
定　　价：52.00 元

关于作者

鹏 鸣

英文名Peter，1956年生，陕西白水人。定居北京，从事专业创作与文学研究。已出版有选集、文集、文艺理论、诗歌、散文、小说、文学评论、纪实文学等专著多部，部分作品被译成多语种版本。

目　录

第一辑

历史回响

昭苏的前世今生

　　在中国的西部，有一片被神明亲吻过的土地，那便是昭苏。这里的历史如同一部厚重的史诗，诉说着过往的辉煌与沧桑。

　　昭苏，对于多少人而言，是个神秘而遥远的雪域高原。

　　在我的认知里，只有熟悉的新疆水果名称，模糊的地理概念里知道新疆分为南疆和北疆。十几年前我曾去过新疆的喀纳斯，领略过喀纳斯俄罗斯油画般的迷人秋色和一夜之间降临的冬雪。昭苏是个什么样的地方？与江南的县城相比，肯定是沙漠、草原和雪山的结合体；与北方的县域城市相比，肯定没有高楼，经济也比较落后……

　　尽管我脑补了许多场景，通过查询网上资料之后，才知道自己地理知识如此匮乏：原来昭苏不仅有"塞外江南"之称，还被国家确定为全国生态文明示范区试点县、国家级全域旅游示范区创建县、全国休闲农业与乡村旅游示范县、国家级平安建设先进县、全国生态保护与建设示范县、国家仪仗马选育基地！如此多的殊荣都是国家认定的！

　　我开始在心里盼望着与昭苏的零距离接触：去看一场热闹非凡的国际赛马；去听从雪山上吹来的风，经过松林时的呓语；去赴昭苏草原上万亩油菜花和紫苏、丁香花、薰衣草的浪漫约会；去感受天马浴河那万马奔腾的热血沸腾……

穿越两千多年的历史，我终于来到了昭苏。

从新疆伊犁州的首府伊宁市出发，车子驶上一条两边有伊犁河支流陪伴的道路。那河叫"特克斯河"，它的河水不是常见的流淌形态，而是像绿色宝石一般，一朵朵、一簇簇地浮在水面，在水面跳跃着，闪耀着迷人的光芒。

车窗外的美景，是留不住的。心里惦记的是相隔并不算远的伊犁。但当车进入伊犁地区后，眼前所呈现的景色让我惊呆了：连绵的雪山，广袤的草原，蜿蜒的河流，密布的湖泊，无垠的戈壁……这些，似乎只能在电视里看到，或者是梦里寻觅。

车一进昭苏，便与姗姗来迟的晚霞相撞，那金黄的颜色瞬时在车窗上铺陈开来，在坡岗上涂抹成大泼大洒的印象派画作。晚霞像颜料，由西边的天际一直泼向了东边的群山。山岭上，有风舒缓地吹过，那些高矮不等的树木便成了乐器，叶子成了吹奏的簧片。风，是轻柔的指挥棒，让树木奏出低沉的慢板。

昭苏，一个古老的名字，它的历史可以追溯到汉代。那时，张骞出使西域，带回了关于这片富饶土地的传说。昭苏便是那个传说中的乌孙国，因细君、解忧公主与汉朝有过一段缠绵悱恻的历史。多少年后，那些英雄的传奇故事仍旧在这片土地上流传，仿佛时间从未抹去他们的印迹。

当年汉武帝为彻底摆脱受制于匈奴的被动局面，曾数度出塞击胡，使得匈奴远遁漠北，"漠南无王庭"。然而，匈奴虽然在军事、经济实力上受到极大削弱，逐步丧失了对阴山、河西走廊广大地区的控制，但是依旧控制着西域诸国。为了取得彻底的胜利，汉武帝实施远交近攻的策略，武力与怀柔双管齐下，联合西域各国夹击匈奴。实力强大的乌孙，就成了主要的争取对象。

西汉元狩四年（前119年），张骞劝汉武帝联合乌孙共御匈奴，武帝命张骞为中郎将，率三百人，马六百匹，牛羊金帛万数，浩浩荡荡第二次出使西域。张骞到达乌孙后，请乌孙东返故地，"乌孙能东居故地，则汉遣公主为夫人，结为昆弟，共拒匈奴"。元封初年（前110—前109年），乌孙遣使"以马千匹"为礼，媒聘汉家公主。汉武帝想到了江都王刘建之女刘细君，一封诏书将其封为公主，命其远嫁"去长安八千九百里"的乌孙国和亲。对此，班固所著《汉书》有明确记载，细君公主和亲，比王昭君早了七十五年。

细君公主生于钟鸣鼎食之家，其父刘建联络对朝廷不满的刘安等人，企图谋反，败露之后自缢身亡，其母以同谋罪被斩。细君尚幼，被赦无罪，由其叔父广陵王刘胥教养，并有专人教以读书。细君自幼聪慧，能诗善文，精通音律，才名远扬。

元封三年（前108年）初春，刘细君辞别叔父刘胥，沿邗沟北上，行经平安县（今宝应县）时受到了民众的热烈欢迎。至今，宝应县的黄塍地区保留的大型广场歌舞跑马阵，又称跑马灯，据传是刘细君远嫁乌孙时，沿岸民众为其欢送时举行的一种大型民间歌舞。

在民间还保留着细君公主"灵璧手印"的传说。话说当年她走濉水行经安徽灵璧时，登相山扶石东眺江都故国，不忍离去，伫立之久，致使手印留香于石，这手印后来经匠人摹刻，遂成一方景观，名为"灵璧手印"。直到元朝时，细君扶石留香，其"灵璧手印"的故事仍在民间广为流传。

元封四年（前107年），细君公主拜别武帝西行和亲。史载汉武帝特"赐乘舆服御物"，同时备"官属宦官侍御数百人，赠送甚盛"，踏上了前往乌孙国的路途。穿过天水、陇西、金城、武威、张掖、酒泉等地到达大汉边陲重镇敦煌郡，随后从玉门关出关，走北道西行，穿越天山南麓和库鲁克塔山脉间的危须城和员渠城，向西行再到尉犁国的尉犁城。经龟兹国的乌垒城、轮台城、延城，进入姑墨国的南城、温宿城，经过数月的长途跋涉，到达赤谷城。

为了迎接汉朝公主的到来，乌孙国都赤谷城大路两旁官民奏起胡乐，载歌载舞。见细君生得纤弱娴静、白嫩艳丽，且能歌善舞、才貌双全，猎骄靡非常高兴，"以为右夫人"。乌孙人因其肤色白净、花容月貌，称细君为"柯木孜公主"（意思是"肤色白净美丽像马奶酒一样的公主"）。

匈奴得知乌孙与汉结盟，闻风而动，"亦遣女妻昆莫，昆莫以为左夫人"（乌孙以左为贵）。乌孙国毕竟临近匈奴，离汉廷太远，匈奴女后嫁而为左夫人，这是猎骄靡的谨慎之处。此时的猎骄靡仍然畏惧匈奴的势力，希望在汉王朝与匈奴之间保持平衡。

江南水乡长大的女子，无法适应逐水草、住毡房的异族生活，比不得"左夫人"匈奴公主马上来、马上去，挽弓射雕，驰骋草原的洒脱，加之语言不通，与猎骄靡沟通困难，其悲愁艰难可想而知。而作为汉朝公主，她深知自己的使命关系着大汉边疆的安宁，于是"自治宫室居，岁时一再与昆莫会，置酒饮食，以币帛赐王左右贵人"，用汉武帝所赐丰厚妆奁与礼物，广泛交游，上下疏通，做了不少工作。

边陲异乡，胡语难懂。细君公主时时想起江都的南方景色与长安繁华的都市风光，常借音律抒发思乡之情。据史载，乐器琵琶创制的直接原因，就是细君出塞乌孙。晋人傅玄《琵琶赋·序》对之考证甚详，云："闻之故老云：'汉遣乌孙公主，念其行道思慕，使知音者裁琴、筝、筑、箜篌之属，作马上之乐。'"宋苏轼《宋叔达家听琵琶》："何异乌孙送公主，碧天无际雁行高。"唐人段安节在《乐府杂录》中明确指出："琵琶，始自乌孙公主造。"或隐指，或明言，都认为刘细君是琵琶的首创者。最著名的当属被史官班固记入《汉书》的思乡绝唱《悲愁歌》：

> 吾家嫁我兮天一方，
> 远托异国兮乌孙王。
> 穹庐为室兮旃为墙，
> 以肉为食兮酪为浆。

居常土思兮心内伤，

愿为黄鹄兮归故乡。

此曲如泣如诉，言辞似子规啼血，令人黯然神伤，后来收入汉诗，被称为"绝调"。

乌孙王猎骄靡是乌孙历史上一位杰出的政治家，他看出了细君公主的哀怨，为减少变数，依据"王后再嫁须是王室子孙"的乌孙风俗，将细君嫁给继承王位者、年纪与细君相仿的孙子军须靡。这种乌孙国的传统习俗，在汉人看来，违经背义，不符合伦理道德规范，细君公主自然不肯接受。在万般无奈的情况下，她上书汉武帝，陈述猎骄靡的决定和自己的心情，恳求汉武帝，一旦昆莫归天，便将她召回故土，她要把自己的生命结束在养育自己的土地上。汉武帝接书后，为了国家大局，回信说"从其国俗、欲与乌孙共灭胡"。细君只得含悲忍辱再嫁军须靡。

虽然细君与军须靡年龄相当，但此时她已心如死灰，终日以泪洗面。两年后，猎骄靡病故，军须靡继承王位，细君为军须靡生下一女，名少夫。因为产后失调，加上心情抑郁、思乡成疾，细君不久之后就忧伤而死，香消玉殒于伊犁河畔，长眠在塞外的大草原上。

藩国郡主沦为罪臣之女，罪臣之女骤升为大汉王朝的皇室公主，皇室公主成为乌孙王祖孙两代的夫人，历经几番浮沉，饱尝了人间的荣宠和酸楚，细君公主的一生充满了传奇色彩。

细君公主是丝绸之路上第一个远嫁西域的公主，虽然到乌孙后不几年即逝，未见显著政治成效，但她积极联络乌孙上层贵族，使乌孙与汉朝建立了稳固的军事联盟，初步实现了联合乌孙遏制匈奴的战略目标，用自己的青春和生命为汉朝后来的和亲者提供了经验并打下了基础，促进了乌孙国经济、文化的发展。她积极传播汉朝先进文化，为乌孙国带去了汉朝的典章、礼仪、音乐艺人、百工匠人、生产技术、广陵风俗和汉代的葬制等，催化了乌孙社会从奴隶制到封建制这一质的飞跃。

细君初嫁乌孙时，汉"赐乘舆服御物，为备官属宦官侍御数百人，赠送甚盛"，这些能工巧匠、乐队、卫士、裁缝、侍从等人，将中原文化及先进技术也随之带进西北大草原，与三百年后文成公主和亲一样，为西部地区带去了中原的文化和技术。因为细君公主的到来，乌孙开始有了琵琶、房屋，开始种桑养蚕。据记载，刘细君精通音律，所谓"裁琴、筝、筑、箜篌之属，作马上之乐"，即兼采众长而别创新声。可以说，琵琶的工艺流程是出于匠人之手，刘细君却是它音乐原理的设计者和审订者。她笔下的诗篇成为边塞诗的滥觞曲，当年的乌孙成为边塞诗的发源地，从而开启了我国诗歌边塞化的进程，使和亲的影响从政治范畴延伸到文化领域。此外，细君公主远嫁乌孙时携带去了大量丝帛，还将蚕桑的种子藏在发髻里带到西域，桑蚕技术从此在西域流传开来。

《汉书·西域传》记述宣帝刘询为处理乌孙统治集团内部争夺王位的矛盾，曾派常惠率领三校士卒驻屯赤谷，说明了汉政府当时在乌孙的军队屯田自养。此外，早期乌孙墓葬中铁器较少，到中期以后铁器增多，质量提高，可以看到乌孙冶炼技术的进步。

由于两国的联盟没有结束，于是汉朝又派了原是罪臣后代的刘解忧嫁给了军须靡。没几年军须靡去世了，弟弟翁归靡继位后也娶了刘解忧。在匈奴退出西域后乌孙成了西域最强大的国家，翁归靡向汉朝上书称要立刘解忧的儿子为嗣并再次请求和亲。宣帝应允，遂派解忧公主的侄女刘相夫出嫁，未果。后乌孙国背信，未立解忧公主之子元贵靡为嗣，却改立了有匈奴血脉的泥靡为王，西汉朝廷不满，与乌孙的联盟由此中止。

但刘解忧仍然留在乌孙依收继婚习俗改嫁狂王泥靡，并生下一个叫鸱靡的儿子。因为西汉不需要联合乌孙共同对抗匈奴，所以解忧公主的任务是为汉控制乌孙。狂王之立既不合西汉朝廷的意思，又与解忧公主感情不和，正好此时汉使者魏和意及任昌为送还乌孙质子而来到乌孙，解忧公主便对他们说狂王不得人心，容易诛杀。魏、任企图在酒宴上刺杀狂王，但剑没砍中狂王，狂王骑马逃走后，派儿子细沈瘦围困赤谷城里的魏和意、任昌及解忧公主。

数月后，西域都护郑吉发动诸国兵救解忧公主，狂王的士兵才撤走。事后，汉廷派中郎将张遵持药医治狂王，赐金二十斤及彩缯，并逮捕魏和意、任昌，将他们押到长安斩首。又派车骑将军长史张翁调查解忧公主与使者谋杀狂王的事，公主不服，叩头谢罪，张翁抓着公主的头发一阵痛骂，而副使季都则继续医治狂王，狂王派十余骑兵送还。汉廷虽表面安抚狂王，但对解忧公主刺杀狂王的举动实际上持赞成态度，因此张翁回来后就因解忧公主上书告状而被处死，季都则因为明知狂王当诛、有机会却不杀他而被处以腐刑。

在汉朝干预下，解忧公主的儿子最终登上王位，解忧公主也因为年老请求回到故乡。宣帝十分同情，派人将她接到长安，还赐下了不少田宅，平时的朝见礼仪也是等同公主，两年后解忧公主在自己的故乡与世长辞。

历史的长河滚滚向前，日月变迁、沧海桑田，铁血男儿喋血疆场，红粉佳人和亲民族安戎马，交欢琴瑟传文化，一曲《天马歌》绝响在西域。

车窗外的风景和那种水润润的气息，让我仿佛回到了盛夏的江南。新疆，特别是伊犁地区，恰似中国广袤土地上的一块"湿润绿洲"。

昭苏，一个听起来就让人心生向往的地方。当我第一次走进昭苏，仿佛走进了一个梦境：蓝天、白云、雪山、草原、牛羊、骏马，还有那深邃的蓝天和白云下的古道，都让我流连忘返。

在这片土地上，大自然赋予了昭苏无尽的魅力。夏季，草原上绿草如茵，马儿奔腾；冬季，雪山之巅白雪皑皑，宛如仙境。昭苏的每一寸土地都充满了生命力，仿佛在诉说着这片土地上生生不息的故事。

在历史的长河中，昭苏有着重要的地位。它曾是乌孙国的故土，也是古代丝绸之路的重要驿站。走在昭苏的街头巷尾，我仿佛能听到历史的回声，感受到那些曾经在这片土地上生活过的人们的气息。

然而，最打动我的还是昭苏的人。这里的人们朴实、热情、乐观。他们用勤劳的双手和坚忍的意志，在这片土地上耕耘和生活。在这里，我还发现了一个有趣的现象：不论是在田间地头还是在街头巷尾，不论是在草原还是山间，人们只要聚在一起，就会唱歌跳舞。他们的歌声和舞姿传达出对生活的热爱和对未来的憧憬。

在这片土地上生活的人们，更是昭苏的灵魂。他们与自然和谐共生。他们是历史的见证者，也是未来的创造者。他们用双手书写着昭苏的新篇章，将那些古老的传说融入现代的生活中。

当然，还有昭苏的美食。这里的饮食文化融合了中原和西域的特点，形成了独特的风味。比如那拉面，筋道的面条配上醇香的羊肉汤，真是美味至极。还有烤全羊、手抓饭、羊肉串等，每一种都让人回味无穷。

昭苏，一个让人心生向往的地方。这里的流年，仿佛是静止的，仿佛又是跳跃的。它跳动在每一个人的心中，也跳动在我的心中。我知道，这流年，将会成为我人生中最美好的记忆。

昭苏，一个听起来就让人觉得古朴、遥远的地方。在这里，人们一说话就能触摸到历史，一翻眼皮就能看见自然。昭苏县有着400多年的种马历史，素有"天马的故乡"之称。这里培育出的伊犁马、伊犁种马，以体形高大、奔跑有力而著称。

昭苏县是全国养马最多的县，也是中国西部重要的良种马培育基地。行走在昭苏的大街小巷，随处可见健壮的马匹。它们不是装饰，不是道具，而是交通工具，是传递文化的使者。马背上的骑手，无论男女都英姿飒爽。他们策马奔腾时，飘逸的长发与紧裹的马背相撞，仿佛是历史与今天相拥。

昭苏县也是全国著名的优质"酥油草"生产基地，有着发展畜牧业得天独厚的条件。这里的草生长在肥沃的草甸上，经过长年冰雪覆盖和冻土作用，不但生长周期长，而且根系入土深达三米左右。这样的草质使马匹在食用后耐力持久、体魄强健。而草原上的马匹也极富灵性，它们能听懂主人的话语，懂得感恩和回报。

说到昭苏的草，不能不提昭苏县境内的天山。这座山横跨中国新疆北部，东西横亘1500千米，是亚洲中部的一条大山脉。

天山的最高峰是托木尔峰，海拔7443.8米，是弧形山脉的突出代表。而昭苏正好被天山东西横贯全境，处于西端。当人们走进昭苏时，就会发现这里的天山是一个巨大的天然草场和牧场。这里山峦起伏、绿草如茵、牛羊成群、骏马奔腾……在天山山脉中段的高山草甸带中，还分布着大片的云杉和冷杉林。这些树木构成的针叶林带海拔都在2000米左右，为优质牧草的生长提供了良好的生态环境。

在昭苏草原上还散落着一些美丽的湖泊。这些湖泊像星星一样点缀在草原上，为这片土地增添了灵气和生机。这些湖泊中最为著名的是喀拉峻湖和赛里木湖。喀拉峻湖畔水草丰茂、牛羊成群、骏马奔腾，而赛里木湖则被人们誉为"大西洋的最后一滴眼泪"。

站在昭苏的土地上，我仿佛能够听到历史与现代交织的声音。这是一片充满希望的土地，每一个生命都在这里绽放出最美的光彩。

行走在昭苏的土地上，我深深地被这片土地的美景所吸引和感动。在这里，我看到了自然与历史的和谐统一，感受到了人与自然的和谐共生。在这里，我仿佛置身于一个美丽的梦境之中，仿佛走进了诗意般的画卷之中。

在昭苏的日子里，我仿佛感受到了时间的流转。每一天都过得那么充实、那么有意义。我在这里看到了生活的真实面貌，感受到了人们的热情和乐观。我也看到了这片土地的美丽和富饶，看到了它曾经的辉煌和未来的希望。

当我们回顾昭苏的历史，不禁思考生活的意义和价值。在这片古老而又年轻的土地上，我们看到了人类与自然、传统与现代、过去与未来的和谐共存。昭苏的历史与人文，如同一面镜子，映照出我们内心的追求和向往。

　　让我们共同珍惜这片土地，传承那些美好的故事，让昭苏的历史与人文永远熠熠生辉。

大汉公主墓

汉宫月如钩，细君影孤单，
玉阶生白露，夜深寒透衫。

远嫁乌孙道，风沙掩红颜，
泪别长安城，家国梦难圆。

琵琶声声慢，诉说心中怨，
胡笳幽咽处，思乡情更切。

锦书传遗愿，汉乌情谊坚，
公主心似铁，铸就百年缘。

文化交流花，开在边塞间，
细君精神在，青史留华章。

乌孙王宫内，纪念馆中立，

金戈铁马静，公主名永传。

汉皇恩不减，新妃续前缘，

细君魂不朽，守望汉乌天。

在我国悠久的历史长河中，无数传奇女子犹如繁星点缀夜空，她们的故事或感人至深，或催人奋进。今天，我要讲述的是西汉时期的一位公主——细君公主，她的一生虽短暂，却留下了永恒的芳华。

细君公主，原名刘细君，是西汉江都王刘建的女儿。她生于皇室，却命运多舛。汉武帝为了联合乌孙国共同对抗匈奴，决定将细君公主嫁给乌孙国王昆莫猎骄靡。年仅十四五岁的细君，从此踏上了一条遥远且充满未知的人生旅程。

细君公主出塞时，汉武帝赐予她丰盛的嫁妆，其中包括乐器、侍从和大量财物。然而，这些都无法弥补她内心的孤独与恐惧。她告别了繁华的汉朝都城，来到了遥远的乌孙国。这里的风土人情与汉朝大相径庭，细君公主只能默默承受着心灵的煎熬。

在乌孙国，细君公主努力适应着新的生活。她与昆莫猎骄靡育有一女，但不幸的是，女儿年幼便夭折了。细君公主悲痛欲绝，她的生活愈发孤独。然而，她并未因此沉沦，而是将悲痛化作力量，积极参与乌孙国的政治事务，为汉朝与乌孙国的友好交往做出了贡献。

细君公主在乌孙国生活了十余年，她学会了乌孙语，尊重当地的风俗习惯，赢得了乌孙人民的尊敬。在她的努力下，汉朝与乌孙国的联系日益紧密，共同对抗匈奴的战线得以巩固。然而，岁月无情，细君公主在风华正茂的年纪，便因病去世。

就是这样一位弱小而伟大的奇女子，为了遏制匈奴入侵，以柔弱的身躯肩负重任，为后来西域正式纳入祖国版图，促进中原与西域文化交流，形成多民族融合的中华民族大家庭奠定了基础。细君公主名标青史，千古流芳，被誉为"汉室和亲第一人"。

如今，她埋在了今天新疆昭苏县的草原上。坟茔残高 10 米，形似土丘，它东倚乌孙山，西接哈萨克斯坦，南望汗腾格里峰，北临夏特河，山环水绕间静守着一份安宁。在陵寝不远处，刘细君老家扬州的援疆干部为其竖起一尊汉白玉雕像，表达了家乡人民对她的一份敬仰之情。

2004 年国家文物局古建筑专家组组长、中国文物学会会长罗哲文先生在昭苏为细君公主墓题词，2005 年 6 月在昭苏夏塔举行了盛大的细君公主墓揭幕仪式。

刘细君是汉武帝刘彻侄子罪臣江都王刘建之女，他的祖父是汉武帝刘彻之兄刘非，曾祖父是汉景帝刘启，高祖是汉文帝刘恒。原本可以安乐无忧的她却在幼年失去了一切，变成了孤儿。公元前 121 年，刘建夫妇因企图谋反而被杀，细君因为年幼，还不懂事，才幸免于难。年仅五岁的细君奉命入宫，在宫中与其他的皇室子女享受同等的待遇，并请了老师教她读书，她也算有一个快乐的童年。细君自小就聪明伶俐，不论琴棋书画，还是吟诗作赋，她都比皇室其他的皇子公主要优秀，加上容貌清秀，所以很受汉武帝的疼爱。元封六年，汉武帝为抗击匈奴，派使者出使乌孙国，乌孙王猎骄靡愿与大汉通婚。汉武帝钦命刘细君为公主，和亲乌孙，为猎骄靡的右夫人，地位在匈奴公主左夫人之下，并令人为之做一乐器，以解遥途思念之情，此乐器便是"阮"，亦称"秦琵琶"。

汉武帝封细君为江都公主，刘细君是西汉遣外番的第一位刘姓皇室宗室女，比昭君出塞早了七十二年，且是皇室真正的金枝玉叶，被后世誉为"第一位名传史册的和亲公主"和"和亲公主中的第一位才女"。在皇宫中的十个春秋，虽然享受着浩荡皇恩，但是失去至亲之痛自小就埋在了心里。有时候，细君的心里也是很矛盾的，在家难与皇恩之间相互纠缠。汉武帝刘彻执政期间，手下军队兵强马壮，数次与匈奴交战都大获全胜，迫使匈奴远居于漠北不敢轻易南下袭扰。为了取得彻底的胜利，汉武帝又派使者联络西域各国想要结成盟国，共同打击匈奴。西域地区最大、势力较强的就属乌孙国，所以，汉武帝就想争取乌孙国为盟友，乌孙国王也深知汉武帝爱马如痴，所以就以良马千匹作为聘礼提出联姻。

细君也知道自己在这里的行为处事件件都关系着大汉的安宁，为了国家她以坚强的意志和毅力去接受乌孙民族的习俗。细君与左夫人开始了地位之争，但是她并没有为了达到目的不择手段，她以自己的聪明，使得女人之间的竞争也变得很文雅。她利用随行而来的乐工、裁缝、技艺工匠将汉族的文化和先进的手工技艺，特别是金属冶炼、武器加工、房屋修建等，在乌孙国进行推广。她凭着自己的聪明才智，借助右夫人的特殊身份，在乌孙国的上层社会中巧妙地周旋，用汉武帝所赐的丰厚礼物，广泛交友，与她们和睦相处。再加上她说话行事都很受人喜欢，做事也不卑不亢，不仅赢得了昆莫的宠爱，也赢得了左夫人的尊重。细君就像一个和平的使者，她不负所望，使乌孙与汉朝建立了巩固的军事联盟，达到了联合乌孙遏制匈奴的目的。

两年后，猎骄靡去世，其孙子岑陬军须靡继承王位。按照夫兄弟婚习俗，新王要继承旧王的所有妻妾。细君公主无法接受，向汉武帝请求归国，汉武帝让她接受当地风俗，以成就联合乌孙共击匈奴的大局。也因此使得汉、乌两国得到了进一步的巩固与发展，使得汉朝在西域的名声影响大彰，匈奴不敢再与汉朝抗衡，这对于中原与西域疆域的统一起到了关键性的奠基作用。为国家而牺牲个人幸福的细君，没有觉得自己有多伟大，她终日郁郁寡欢，思乡断肠。后来在生下一个女儿后，不久便离开人世，死时才 20 来岁，一朵刚刚盛开的花朵就这样凋零了。刘细君就这样在异国他乡结束了自己短暂的一生，到死都没有能实现的她的回国梦。在她悲凉的一生，为国家百姓做出了不可磨灭的贡献。刘细君作为和亲公主嫁到乌孙国，她的付出换来了汉朝边疆数十年的稳定和安宁，同时也给当地的游牧民族带来了先进的中原文化。

我们从档案资料中得知，2005 年，扬州市在伊犁州昭苏县援建了细君公主墓碑、雕像等纪念性建筑。

昭苏县夏塔乡玛热勒特沟口，分布着 228 座古墓葬，细君公主墓就在其中。

玛热勒特沟口墓群距昭苏县城 69 公里，海拔 1930 米。放眼望去，宽阔的草原上，一座座土丘此起彼伏、星罗棋布。其中一座被围栏精心地保护着，赭红色石碑上，"细君公主之墓"六个大字赫然在目。

公主墓坐北朝南，背依高峰林立的天山主脉，面朝一泻而出的夏塔河。整个冢家是一垛微微呈半月形的土墩墓，巨大的土冢宛如一座小山峰，长满绿草和鲜花。

细君公主墓的碑名由古建筑学家、国家文物局古建筑专家组组长、中国文物学会会长罗哲文题写。主碑右侧，是一方竖碑，它的背面镌刻着细君公主生平简介，碑文说：据专家考证，公主就安葬于此。

墓地不远处，便是细君公主的雕像。

巍巍天山脚下，细君公主雕像伫立在夏塔草原的环抱之中。她极目远眺，双眼流露出淡淡忧伤，使我们不禁念起公主所作的那首流传千古的《悲愁歌》：

> 吾家嫁我兮天一方，
> 远托异国兮乌孙王。
> 穹庐为室兮旃为墙，
> 以肉为食兮酪为浆。
> 居常土思兮心内伤，
> 愿为黄鹄兮归故乡。

一位纤细柔弱的江南女子，怀着思乡之情，肩负和亲重任，毅然融入远方的草原部落，怎不让人肃然起敬！

她，那位曾经的公主，青春年华之际，离开了繁华的长安，走向了边疆的荒凉之地。历史的尘埃中，她那短暂的人生，犹如流星划过夜空，璀璨而又悲凉。

细君公主，生于王府之中，却未尝过一天的安逸。金碧辉煌的宫殿，藏不住她未来的命运。当朝廷的使节来到皇宫，宣布她将远嫁乌孙国时，她的心里或许已经预感到未来的风霜。然而，身为公主，国家的利益、皇家的颜面，岂能不重。她默默地接受了命运的安排，踏上了西去的路。

乌孙国，遥远而又陌生。那里的风，那里的月，都与长安不同。细君公主在那里，用她的青春和智慧，努力融入那个陌生的世界。她学会了那里的语言，传播了汉朝的文化，为两国的和平与交流搭起了桥梁。然而，每当夜深人静之时，她是否会想起长安的繁华、父母的慈爱、宫中的姐妹？

岁月如梭，细君公主的生命也走到了尽头。她终究是没能再回到长安，没能再见到那些熟悉的面孔。她的一生，仿佛是一场梦，梦里有欢笑、有泪水、有无奈、有希望。而当梦醒时，只留下了一座孤独的古墓在天山脚下。

如今的昭苏，依旧是那片美丽的土地。夏日的阳光洒在细君公主的墓上，映出了一片金黄。那些过往的历史和故事，仿佛都被这阳光照得透亮。细君公主的名字和她的故事，也随着这阳光传遍了四方。

人们来到这里，悼念这位曾经的公主。她的坚忍和毅力，她的无私和奉献，都成为后人敬仰的对象。在这座孤独的古墓前，人们感受到了历史的厚重和生命的短暂。而细君公主的故事，也成了这片土地上永远的传说。

细君公主墓，是一座历史的丰碑，也是一座人生的舞台。它见证了公主的青春与梦想，也见证了她的付出与牺牲。在这座墓前，我们看到了一个时代的风云变幻，也看到了一个生命的绚烂与凋零。

如今，当我们站在这里，面对这座古墓时，心中不禁涌起一种复杂的情感。那是对历史的敬畏、对生命的感慨、对美好事物的向往和对悲剧的无尽叹息。而细君公主的故事，也将会在我们口中永远流传下去。

夏塔古城遐思

夏塔古城遗址，位于新疆维吾尔自治区伊犁哈萨克自治州昭苏县夏特柯尔克孜族乡境内，是唐朝至元朝时期的古遗址。

夏塔古城遗址呈方形，城墙残存三面，其中北墙长约 390 米，南墙长约 212 米，西墙长约 480 米，东墙靠夏塔河，原来有无城墙现已不明。城墙为夯筑，个别地段可见土块和石块补筑的痕迹。城西南角有角楼遗迹，城内有三处台基遗迹，明显高于周围。夏塔古城外有护城壕与夏塔河相通，在西墙南端和南墙分别有一残损口，应为城门。夏塔古城西侧另有两处台基，一处为长方形；另一处为六个高于地面的小台基组成。夏塔古城遗址采集到砖、陶器残片、琉璃瓦、青金石等地表遗物。夏塔古城遗址不见于史籍记载，但从出土的有关文物来看遗址年代可能早到唐代晚至元朝。夏塔古城遗址是特克斯河流域大且保存完整的一处历史文化遗址，对研究古代伊犁地区的经济文化交流史及政治军事发展都具有重要价值。

2013 年 5 月，夏塔古城遗址被中华人民共和国国务院公布为第七批全国重点文物保护单位。

1953 年、1958 年，西北文化局组织的新疆文物调查工作组和中国科学院考古研究所研究员黄文弼分别对夏塔古城遗址进行过调查。此后，昭苏县文物局也多次组织专家学者对夏塔古城遗址进行考古调查工作。

2023 年 10 月，考古工作人员调查勘探昭苏县夏塔古城遗址。

夏塔古城遗址位于昭苏县西南 57 千米，南距夏塔乡 19 千米，北临特克斯河，东濒夏塔河支流。

夏塔古城遗址采集到砖、瓦和陶器残片，其中砖分为两种，一种为青色条砖，长 29 厘米、宽 15.5 厘米、厚约 4.5 厘米；另一种为红色方砖，边长为 30 厘米、厚 5.5 厘米。陶片大多为夹沙红陶，轮制。从口沿看，器形有瓮、缸、罐。板瓦则为青灰色，表面光滑，背面为细布纹。琉璃瓦表面饰有蓝色釉，背面亦是布纹，还采集到青金石等地表遗物。

在遥远的西域，有一处被历史遗忘的角落，名为昭苏夏塔古城。它仿佛是时光隧道中的一个停靠站，沉淀着无数前人的足迹与故事。

初到此地，你会被其独特的氛围所吸引。古城四周环绕着苍茫的山峦，仿佛天然的屏障，守护着这片古老之地。走进古城，仿佛穿越了时空，回到了那个繁华的时代。青石板铺就的街道，两旁是古朴的民居，木质的门窗上雕刻着精美的图案，诉说着往昔的辉煌。

古城中有一座古老的佛寺，香火旺盛。信徒们虔诚地祈愿，希望在这座古寺中得到心灵的慰藉。佛寺内，钟声悠扬，木鱼声声，与外面的喧嚣形成鲜明对比。在这里，人们可以暂时忘却尘世的烦恼，静心感受那份宁静与祥和。

漫步在古城中，不时可以见到一些当地的手工艺人。他们用手中的工具，传承着古老的技艺。细看他们的作品，你会发现每一件都凝聚着匠人的心血与智慧。这些手工艺品，既是实用的生活用品，也是具有艺术价值的收藏品。

夕阳西下，古城被染上了一层金色的光辉。此时，漫步在古城中，仿佛置身于一幅流动的油画中。古城的居民开始陆续回家，家家户户炊烟袅袅，饭菜的香味弥漫在空气中，勾起了行人的食欲。在这里，你可以品尝到地道的当地美食，每一口都是对历史的回味。

夜晚降临，古城变得更加宁静。月光洒在青石板上，泛起点点银光。此刻的古城，宛如一位睡美人，恬静而神秘。偶尔有夜风吹过，带来了远方的歌声与故事。在这样的夜晚，人们围坐在庭院中，听老人们讲述古城的往事。那些遥远的历史、英雄的传奇、爱情的悲欢离合，都在这片土地上留下了深深的印记。

在昭苏夏塔古城，时间仿佛变得缓慢。这里的人们生活节奏悠闲，与世无争。他们用朴实的语言、真诚的笑容，欢迎每一位到访的客人。在这里，你可以找到那份久违的宁静与平和，让心灵得到真正的放松与滋养。

离开古城的那一天，阳光明媚。站在城门口，回望这座承载着无数记忆的古城，心中不禁感慨万千。昭苏夏塔古城，如同一本打开的历史长卷，让人在品味中感受到岁月的沉淀与时光的流转。

愿这座古城永远保持它的古朴与宁静，让每一个来到这里的人都能找到心灵的归宿。

藏传佛教圣地圣佑庙

参古寺，上清香。

暮鼓晨钟佛号长。

别去红尘归净土，梵音一片自悠扬。

在浩瀚的西北边陲，昭苏之地，屹立着一座古朴而庄重的庙宇——圣佑庙。圣佑庙坐落在新疆昭苏县城西北，天山脚下的洪那海河畔，清幽肃穆，壮观宏伟，四周围墙环绕，是中国边陲难得的一处古建筑。

圣佑庙建筑宏伟壮观，气氛庄严肃穆，是这一带蒙古族牧民求神祈祷的场所。坐北朝南，布局严整。在中轴线依次排列有照壁、山门、前殿、大殿和后殿，东西两侧各有硬山顶的配殿，并有东楼、西楼与之相对应。院中还修建有八角形平面的两层两檐楼亭。大殿的平面为方形，有七开间。二层为歇山顶，出檐深远，举折高。

圣佑庙始建于公元 1889 年，现存建筑八座，面积 2000 平方米，寺庙占地数百亩之多。它的整体布局和中土佛教建筑相似，但细部处理仍透露出藏传佛教特点。布局呈中轴线结构，有山门、钟楼、鼓楼等。殿有重檐，汉式的大歇山顶，殿顶正中有银色金属法器装饰，但不是常见的法轮或莲花。主殿之前也有类似天王殿的结构，但此殿中空无一物。各殿均已无匾额，主殿前方两侧的殿堂应是药师殿和密宗殿。有些窗棂上系着细布条，有几处还有印着藏文的白色经幡，上绘驮法器的骏马形象。

寺庙坐北朝南，前殿、大雄宝殿、后殿和东西配殿等布局对称。主体建筑大雄宝殿飞檐斗拱，画栋雕梁，鎏金沥粉，气势恢宏。正壁和殿廊上绘有珍禽异兽、奇花异卉、神话传说、历史故事、中国中原传统风格的壁画、廊画等。大殿前，高悬汉文书写的"敕建圣佑庙"匾额。殿内陈设着数百尊佛像，张挂着来自西藏的帐幔、旗幅，绣工极其精美。

寺内建筑分照壁、山门、前殿、大殿、左右配殿、八角双飞檐亭阁和后殿等八座建筑，各建筑以南北为中轴线，东西对称分布。主体建筑大雄宝殿宽17米，通高17米。大殿建筑形式为大出檐，高举折，陡屋顶。主殿下悬挂着满汉两种文字的"敕建圣佑庙"匾额，书法苍劲有力。

大雄宝殿是七开间，平面正方形，四角飞檐呈龙头探海之势，檐下斗拱，为多层挑枋肩之。工程精细，鎏金沥粉，雕梁画栋，金碧辉煌，巨柱擎起的殿廊上绘有珍禽异兽、猛虎雄狮、金鹿麒麟、凤凰猕猴，千姿百态。大殿正壁还绘有二龙戏珠、凤凰比翼、子牙钓鱼、苏武牧羊等中国传统风格的壁画。

主殿之内柱子林立，但经幡却稀疏。木质楼梯尚存，本来殿中建楼梯和其上围廊的目的是可以上去看佛的胸部和头部，这种风格是从印度石窟中借鉴来的，但殿中的佛像却不知所终。

佛楼上的蒙古包里，佛像和各种金银祖鲁杯满设祭坛，大小古钟声播草原远近。寺院内古木繁荫，晨钟暮鼓，僧众齐集，鸟鸣雀舞，显得古朴而又庄严肃穆。

昭苏圣佑庙藏语称"金吉铃"，蒙古语为"博格达夏格松"，是一座规模宏大的清代庙宇建筑群，也是新疆现存最完整的一座藏传佛教寺院。

传说蒙古族左翼厄鲁特营组建之后曾多次迁建寺院，经过几番周折后，选址到昭苏洪那海沟口。并从迢迢数千里之外的北京请来 80 名能工巧匠，耗时长达四年，才修筑了这座金碧辉煌的喇嘛庙。

经历了百年的沧桑，殿内的壁画严重受损，一些发暗的壁毯悬在四周，绿度母和白度母的造像罗列其中。殿中仅有的几件法器也是残缺不全，殿外的木板墙壁上方倒残留八块壁画，从中能看出一些密宗的特点。

昭苏圣佑庙之所以历经百年变迁不倒，还得归功于清代厄鲁特营。当时的厄鲁特营是清朝在新疆驻防军的一部分，厄鲁特营的人员组成比较复杂，大体上由三部分人组成。

第一部分是投附内地的准噶尔人，其中大多数是原准噶尔二十一昂吉的达什达瓦部属，1764 年春，500 名携眷之厄鲁特达什达瓦官兵奉命来到伊犁，被安置于特克斯河、察林河及塔玛哈一带（今昭苏县境内）。1765 年达什达瓦部众被编为一昂吉，为厄鲁特营左翼。

第二部分是清朝出兵准噶尔汗国时逃入哈萨克、布鲁特部游牧地后又陆续返回的准噶尔人，及被清廷赎回的曾给维吾尔族当奴隶的准噶尔人。1760 年后，少部分劫后余生的逃入哈萨克、布鲁特游牧区等地的准噶尔人不堪为奴，陆续投靠清朝，对此，清廷实行了招抚和安置政策。1762 年有六个佐领，次年置一昂吉，设置了总管、副总管、佐领、骁骑校等官，并颁发了关防印记。1765 年此六个佐领编入厄鲁特营右翼。直到 1772 年，投清的准噶尔人有 1408 人，其游牧区为崆吉斯河、哈什河及大小霍诺海等地，在现尼勒克县、特克斯县及新源县境内。

第三部分为 1771 年随土尔扈特部东返的大喇嘛罗卜藏丹增属下的沙比纳尔（门徒们之意）。据清代满文档案载，其沙比纳尔有 1200 余户，1817 年被编为四个佐领，归厄鲁特营右翼硕通管辖，其牧地为特克斯河下游（今特克斯县境内）。

由此可见，准噶尔汗国灭亡以后，劫后余生的准噶尔牧民成了清帝国辖下的属民，厄鲁特营的设立使"准噶尔"一词作为部落名已不存在了，取而代之的是"厄鲁特"一词。

1767 年 7 月，厄鲁特营按八旗编制，左翼被编为三旗，即正黄、镶黄、正白，称"上三旗"，置六个佐领，右翼置五个旗，即镶白、正红、正蓝、镶红、镶蓝，称"下五旗"，有佐领八个，1770 年八个佐领扩编为十个佐领。加上沙比纳尔四个佐领，共有十四个佐领。上三旗在特克斯河流域游牧，下五旗在诺海（即霍诺海）空吉斯（即崆吉斯）一带游牧。

由于准噶尔部是属于反抗清朝统治而被清朝征服的蒙古部，因此，和察哈尔营一样实行的是总管旗制。左右两翼各设总管一员，上三旗设副总管一员，下五旗因佐领多，设副总管二员，又设沙比纳尔副总管职衔一员。总管、副总管办理八旗事务。每佐设佐领、骁骑校各一员，领催四人，管理佐领军事、生产、诉讼各事，各翼还置空蓝翎（轮住卡伦）二至三人，额设挑补卡伦侍卫，委笔帖式（书记官）一至二人。厄鲁特营设领队大臣一员，总揽边防要务，大都由满族人担任。另据《新疆识略》载，厄鲁特营还有世袭云骑尉一职，上三旗有二员，下五旗有三员，下五旗还有拜唐阿一员。

驻守卡伦：1763 年，伊犁地区开始设置卡伦，"东北则有察哈尔，西北则有索伦，西南则有锡伯，自西南至东南则有额鲁特，四营环处，各有分地"。

开始厄鲁特营驻守着格根、哈尔奇喇、特克斯色沁、根格色沁、都图岭等处卡伦，这些卡伦均设在伊犁通往天山以南的要道及与俄国接壤的边界线上。1788 年又添设了察林河渡口等处卡伦。厄鲁特营所辖卡伦有三十二处，其中常设卡伦四处：特克斯色沁、敦达哈布哈克、伊克哈布哈克、察察；移设卡伦四处：特穆尔里克、乌弩古特、鄂博图渡口、昌曼；添撤卡伦二十四处：特穆尔里克渡口、雅巴尔布拉克、鄂博图、额尔格图、札拉图、库图勒、格根、鄂尔果珠勒、哈尔干图、齐齐罕图、埃尔巴特、拜布拉克、博托木、绰罗图（一作赤老图）、那（纳）喇特、博尔克阿满（曼）、巴噶塔木（巴噶喀木哈）、察林河渡口、察林河察罕鄂博、格根西哩克、铜厂外、沙里（喇）雅斯、那林哈勒噶（一作那林哈布哈克）、哈尔奇喇。

厄鲁特营除了驻守以上卡伦外，还派兵 5 至 17 名不等协助巴彦岱（惠宁）、锡伯、索伦、察哈尔等营领队大臣驻守 24 座卡伦。

厄鲁特营军民不仅驻守以上卡伦、台站，而且又有派驻喀什噶尔、塔尔巴哈台换防，巡查哈萨克、布鲁特边界，驻守哨卡，向乌鲁木齐及内地运送军马等项差事。

巡查哈萨克和布鲁特游牧边界：塔拉斯原为西蒙古牧地，清朝统一新疆初，这一带暂作为"闲旷之地"，对此，1763 年始每年派出一定数量的军队到塔拉斯地区稽查和巡逻，厄鲁特营官兵也随同前往。每年夏天特派领队大臣一员，巡查布鲁特边界时，由两满营派协领一员，大城（惠远）官二员，其中额鲁特营有官二员，兵 70 名；每年秋季特派领队大臣一员，巡查哈萨克边界时，由两满营派协领一员，惠远城满营官二员，其中额鲁特营有官二员、兵 70 名。届时巡查官兵在边界上会哨，巡查边界，驱逐越界游牧者。

西北边疆在安内攘外的斗争中，维护了内部的安定。19 世纪 20 年代，大小和卓的后裔张格尔，在浩罕（乌孜别克人建立的封建国家）统治者的支持下，先后四次返回新疆作乱，但很快被平息了。这同新疆各族人民的通力协作是分不开的，在镇压张格尔的暴乱中，新疆的维吾尔、柯尔克孜、蒙古、锡伯等民族都为了维护祖国的统一，作出了贡献。

伊犁地区有着广阔的牧区，土壤肥沃，水源充足，自古以来就是游牧民族游牧、狩猎的休养生息之地。清朝统一新疆以后，为恢复和发展新疆地区遭受战乱破坏的社会经济，在新疆进行了一系列经济开发活动。其主要的一项是兴办官牧厂。自 1760 年时，清政府先后在伊犁、塔尔巴哈台、巴里坤、乌鲁木齐设立官营牧厂。伊犁牧厂有孳生马厂、孳生羊厂、孳生驼厂、孳生牛厂。

伊犁牧厂设立之初，牲畜除了部分羊和牛由维吾尔族牧放，部分马、牛由锡伯营牧放外，其余都由察哈尔、厄鲁特、索伦三营放养。骆驼厂全部由厄鲁特营经营。由于锡伯、索伦营兵丁不善畜牧，因此 1773 年后停止了索伦营经营马厂、牛厂以及锡伯营经营牛厂，而到嘉庆初年，先后停止锡伯、索伦兵丁牧放伊犁牧厂牲畜，将其牧放牲畜，全部交给察哈尔、厄鲁特两营。

由于厄鲁特营的"所有口粮，俱系自耕自食"，因此，其兵丁除放牧外，还种植农作物。厄鲁特营上三旗 6 个佐领屯田 4 处：敦达察罕乌苏、霍依图察罕乌苏、特尔莫土、哈牧哈；下五旗 14 个佐领屯田 14 处：昌满、哈什春稽布拉克、苏布台、浑多赖、衮佐特哈、库尔库类、呢勒哈、大济尔噶朗、算珠图、特勒克、特克斯塔柳、沙喇博果沁、巴哈拉克、弩楚衮。以上田地都位于特克斯河流域，因此都用河水灌溉。

厄鲁特营的旗屯是清朝新疆屯垦事业的一部分，在当时历史条件下起了积极作用。他们屯田所获粮食，不仅自己食用，有时多获粮食还上缴官府，为当地驻防军提供军粮，为开发伊犁农业生产做出了贡献。

熟悉清史的人都知道，准噶尔汗国雄踞西北，在康雍乾时期是清廷的主要对手。直到 18 世纪中叶，准噶尔汗国在清廷和哈萨克汗国的联合打击下灭亡。在汗国被攻灭后，厄鲁特四部之一的辉特部台吉阿睦尔撒纳发动叛乱，想恢复准噶尔汗国的荣光，这次叛乱差点颠覆了清廷消灭准噶尔汗国的战果，为了镇压阿睦尔撒纳之乱，对漠北蒙古征发太重，骚扰很大，还间接引发了漠北和托辉部青衮札布叛乱，动摇了清廷对漠北的统治，清廷历时一年半才将这场叛乱镇压下去，在天山南北路确立了统治。

阿睦尔撒纳的叛乱让乾隆大感愤怒，厄鲁特蒙古的骨头之硬，确实超乎了他的想象。为了彻底根绝厄鲁特蒙古反抗的可能性，乾隆命令清军对厄鲁特蒙古大行剿杀，所谓"看来此等贼人，心怀叵测，招降断不可恃，总以严行剿杀为要"。前线清军在接到乾隆的指令后，滥杀无辜的残酷事件时常发生，使厄鲁特蒙古遭受了极大的劫难，人口损失巨大。据昭梿的《啸亭杂录》一书记载："此固厄鲁特一大劫，凡病死者十之三，逃入俄罗斯、哈萨克者十之三，为我兵杀者十之五，数千里内，遂无一人。"

根据《啸亭杂录》的记载，很多人认为清军将厄鲁特人斩尽杀绝，但是这并不符合当时的情况。在国内依然有为数不少的厄鲁特人接受清廷的招抚，为清廷统治，编为札萨克，成为清廷外藩蒙古的一部分。

事实上，清廷重点针对的是降而复叛的部落，除和硕特部沙克都尔曼济汗与麾下部民4000人被清军误杀外，凡是未叛部落还算是相安无事，"不附逆诸札萨克，各安游牧，钤束部众，勿疑惧"。

像由阿睦尔撒纳统率，发起叛乱的"首恶部落"辉特部损失尤为惨重，确实是被清廷差点灭族，连部落的谱系都被整得荡然无存，"其世系自阿睦尔撒纳摄乱后，谱系失散，故不可考"。

但是在准噶尔汗国灭亡之后，原辉特部台吉罗卜藏及其子噶尔丹达尔札投清，附牧于杜尔伯特部左翼，设为下后旗，领佐领一个。而杜尔伯特部长车凌的女婿达玛璘附牧于杜尔伯特部右翼，设为下前旗，领佐领一个。看来清军平灭准噶尔，确实给辉特部带来毁灭性打击，无论是地位和保留的人口都不能和其他部相提并论。

乾隆十八年，准噶尔部内乱，杜尔伯特部面临被达瓦齐吞并的风险，杜尔伯特部诸王公诺颜恐慌不已，"欲拒之，不敌。欲事之，莫知所从"。最后，决定在车凌的带领下，举族3170多户，10000余人归附清廷，清廷按照内蒙古例，编设佐领，"以札萨克领之"，因此其始终被全部保留，共有16旗（含辉特二旗），37个佐领。

当时的准噶尔部是建立准噶尔汗国的核心部落，在伊犁被清廷平定之后，此部残余几乎被迁出新疆，"残留新疆者，微乎其微"。准噶尔二十一昂吉之一的达什达瓦部被清廷迁往承德游牧，而其余部众，"其族遂微，存者不复著旧号"，被迁往青海，编为绰罗斯二旗。

另据《蒙古游牧记》记载，当时的和硕特部分布广泛，青海、西套、新疆皆有其部落留居。在清廷平定新疆后，原属于准噶尔汗国和硕特部汗（与生活在青海和西套的和硕特部没有隶属关系）沙克都尔曼济汗率领 4000 部众依附于清廷，清将雅尔哈善怀疑其谋叛，此部遂被灭，实在是千古奇冤。而清代在新疆的和硕特旗是原居留在俄罗斯，随土尔扈特部东迁归清部分，被当时的清朝朝廷设为珠勒都斯中路巴启巴特启勒图盟。

至于土尔扈特部是于乾隆三十六年东归，率旗下七万余众归顺清朝朝廷，被分为东、西、南、北四路安置编旗设佐，此部自然没有参与阿睦尔撒纳之乱，自然安然游牧于北疆。加入清朝朝廷的边防体系后，被编入厄鲁特营。

除了采用札萨克体制进行统治之外，清廷通过招抚手段聚拢流亡的厄鲁特人，并将其编为厄鲁特营，使其成为内属蒙古的一部分，融入清廷在新疆的边防体系，与西迁来的索伦营、锡伯营、察哈尔营分驻伊犁河两岸以及附近地区，拱卫伊犁。

在兵员方面，各种史书记载不同，但总的来看，是在 3000 到 4000 人之间。据《西陲总统事略》记载，厄鲁特营共有领催、兵丁为 3384 人，索伦营领催、兵丁为 1200 名，锡伯营领催、兵丁为 1200 名，察哈尔营领催、兵丁为 1800 名。厄鲁特营的人数占有绝对优势，所以其被分配的巡边、畜牧等任务也最重。

此外，厄鲁特营还要与其他三营承担塔尔巴哈台的换防轮戍任务，其官兵平时驻守卡伦，并"各于屯所游牧，随时操演枪骑射"。战时则接受征调，于全国范围内作战。如厄鲁特上三旗的蓝翎侍卫鄂勒追鄂罗什瑚、纳默库，下五旗的蓝翎侍卫哈尔海察都是在金川之役中阵亡的。

尽管厄鲁特营承担的各方面任务相对较重，但是它的政治、经济地位相对于其他三营是最低的。厄鲁特营的官员待遇同其他三营没有什么区别，但兵丁待遇却远低于索伦营和锡伯营，略低于察哈尔营。就拿"披甲"来说，索伦营和锡伯营的"披甲"年俸为 24 两，察哈尔营披甲为年俸 12 两，而厄鲁特营的披甲却分三等，其披甲一等者年俸为 18 两，二等者为 12 两，三等者为 6 两，三等披甲的人数占了厄鲁特营大半，一等者数量仅个位数而已。从中可以看出，清廷的政策对厄鲁特人有不小的歧视性。

准噶尔汗国灭亡后，厄鲁特四部的余众被编旗设佐，成为清廷治下的外藩蒙古。而清廷也大量招抚在战乱中流亡的厄鲁特人，建立厄鲁特营，纳入北疆的防御体系，对经营伊犁地区和保卫领土完整做出了一定的贡献。

在历史的烟尘中，蒙古族在伊犁辽阔的草原上驰骋，特别是"卫拉特"部落，将长期在这里生存和游牧的历史文化以庙宇的形式留存下来。比如昭苏的圣佑庙，这个庙宇属于佛教性质的寺庙，建于明朝末年清朝初期。

当年，准噶尔封建割据的局面得到稳控后，威胁边地稳定的因素进一步削弱，新疆相当长时间的稳定也促进了文化和风俗的传承发展。为了进一步巩固和保卫这片土地的长期稳定和安宁，当朝政府选派了大量军民来到伊犁河谷，并在惠远设立"伊犁将军府"。

伊犁将军将准噶尔蒙古人组建成"厄鲁特营"，并安置在特克斯河流域游牧，同时还担任驻守边关和巡逻任务。准噶尔蒙古人大多是虔诚的喇嘛教信徒，他们在这片广袤的草原上休养生息，也传播喇嘛教文化，先后在这里修建了阿固斯庙、洪纳海庙等十座具有蒙古族特色的寺庙。在边疆争夺地盘的历史烟云中，伊犁南境特克斯河流域也未能幸免，厄鲁特营在往复迁徙中，仍然不忘自己肩上的职责，最终仍然回到了特克斯河流域，并在昭苏的新聚居地建成了如今的这座圣佑庙。

这座位于昭苏县城西北 1.5 公里的蒙古族特色庙宇，寺院内有许多的古树，比如巨大云杉，四季常青，而且活的时间非常长，用来象征着那一段遭受屈辱的历史永远不会被忘记，寺院内经过整修，建筑保持着原貌。

这座象征着蒙古族精神的寺庙，院内的建筑风格和排列阵势，依然可以感受到当年蒙古人经历了屈辱归来后，那种严明的组织纪律和传统的爱国情怀。走进大殿，这里油灯长明，大殿内供奉着成吉思汗和十世班禅画像，还挂有不少来自西藏、青海的"唐卡"。在佛楼二层的蒙古包内，还陈列着各种佛像和摆满祭坛的大、小金银祖鲁杯，仔细打量，那些驰骋草原的蒙古族儿女的飒爽英姿，以及抵抗外来入侵者的同仇敌忾气势，仿佛就在昨天。

当年在修建这座圣佑庙的时候，也同样得到了伊犁广大藏传佛教信徒的大力支持，仅捐献的马就多达7000余匹，如果排列起来，在草原上，那该是多么宏大的马阵雄图！在当年，寺庙最繁盛时期，住寺喇嘛超过500人，在塞外之地的伊犁河谷，各种法事活动也是纷至沓来，超过了以前的历朝历代。

如今，每年到了蒙古族的重要节日，这里仍然会吸引大量信众，他们在这里举行蒙古族特色的与佛教有关的祭祀活动。如今，这里也是抵达昭苏旅游的游客们不可错过的旅游景点。

每逢盛夏之日，总有许多虔诚的信徒，不远千里，前来朝拜，祈求风调雨顺、家宅平安。

走进庙门，一缕古朴的香火气息扑面而来。香炉中，青烟袅袅，仿佛在诉说着千年的沧桑。庙内的壁画，虽经风雨侵蚀，但依旧色彩斑斓，画中的人物、山水、鸟兽都显得生动而真实。

这圣佑庙，见证了昭苏的历史变迁。岁月流转，人事更迭，唯有这座庙宇依旧屹立不倒。它不仅是昭苏人民的精神寄托，更是连接古今的纽带。

站在庙前的广场上，远眺四周，一片广袤的土地映入眼帘。这里是曾经的战场，也是英雄的故乡。在那个动荡的年代，无数的勇士为了家园的安宁，挥洒热血，英勇奋战。而这座庙宇，仿佛是他们永恒的守护者，默默地守护着这片土地和人民。

如今，战争早已远去，但昭苏人民对这座庙宇的感情却从未改变。

每逢节日或庆典，庙里总是热闹非凡。香火旺盛，烛光闪烁，钟声悠扬。信徒们虔诚地祈祷，祈求家人平安、五谷丰登。而那些曾经的历史和英雄事迹，也在这座庙宇中得以传承和铭记。

夜幕降临，昭苏的天空繁星点点。圣佑庙在月光的映照下，更显庄重与神秘。站在庙前，不禁让人思考：在这漫长的岁月里，这座庙宇究竟见证了多少变迁？但它始终如一地守护着这片土地和人民，成为他们心中永恒的信仰和力量。

在离开之际，回望这座古朴而庄重的庙宇，心中不禁涌起一股敬仰之情。圣佑庙不仅仅是一座建筑，更是昭苏人民的精神家园。它承载着千年的历史与文化，见证了无数英雄的传奇与信仰。愿这座庙宇永远屹立不倒，成为昭苏人民永恒的守护神。

岁月如歌，灯塔知青馆

昭苏，这名字一念起，便仿佛有万马奔腾的雄壮，或是碧波荡漾的柔美。这里不仅曾是古丝绸之路的要冲，也是当年知青们奋斗过的地方。

知青馆位于昭苏县昭苏镇原灯塔牧场的老办公地，故名灯塔知青馆，该馆占地面积1360平方米，里面设有知青生活复原区、历史物品展览区、知青1973主题餐厅和室外展区等四大部分。

我踏着青石板，走进这座隐藏在闹市中的人文历史宝库。门前，一排整齐的知青老照片，瞬间将我带回那个年代。那时，青春的热血与国家的命运紧密相连，无数年轻的生命在这片土地上留下了深深的足迹。

整个展馆以史脉为线索，以图文与实物为依据，全面、清晰、真实地展示当年知青生产生活全过程，通过大量珍贵的照片、实物以及知青历史背景介绍，让我们了解和感受到了过去那一代人的经历。

据工作人员介绍，昭苏灯塔知青馆是新疆唯一以70年代知识青年下乡为主题的展馆，已成为昭苏红色旅游一大热门景点。

40多年前，有100多名来自北京、上海的知识青年积极响应党的号召，毅然来到祖国边疆——昭苏高原。

他们在艰苦的条件下，深入到当地农牧民群众当中，把先进的文化和科学技术传授给了当地农牧民，为昭苏的发展和边疆稳定奉献了自己的青春和热血。这些知青们的奋斗历程在灯塔知青馆得到了真实而生动的展现。

参观者甚至有幸遇到了当年这些知青，他们看到展品勾起了无数难忘的记忆，唱起了当年的歌，讲起了当年的故事，仿佛带着我们穿越回了那个轰轰烈烈的年代。

此外，知青馆附近还有一个乡村大舞台，上面正在上演精彩的民族歌舞表演。虽然有些歌词听不太懂，但那种欢快的旋律、热情的舞蹈却很有感染力，让人仿佛沉浸在新疆特有的民族风情中。

昭苏灯塔知青馆的存在，不仅是对那个特殊时代的回顾，更是对知青们艰苦奋斗精神的赞扬。它让游客通过展览和表演，更加直观地了解了那段特殊历史时期的社会生活和精神面貌。

它的存在，也让那个年代的知青们得以重温往日的青春岁月，留下了一段段动人的历史记忆，成为昭苏不可或缺的人文景观。

昭苏灯塔知青馆的设立，让我们不仅可以领略到昭苏的自然美景，更可以深入了解那个特殊年代的社会风貌和人文内涵。它以独特的方式，将历史和现实巧妙地结合起来，为昭苏的旅游业增添了新的亮点。

正如一位游客所说："来到昭苏，不仅可以欣赏大自然的美景，还可以感受到那个年代的历史气息，这样的体验真是别具一格。"因此，昭苏灯塔知青馆无疑是昭苏旅游的一大亮点，也是一处不可多得的人文景观。

昭苏知青馆在旅游旺季的时候，经常会有精彩绝伦的演出。演出当中，演员们会跟台下的观众们互动。当演员们从舞台上走下来，邀请大家一起跳舞，这时，同样欢快的节奏因为大家的加入而变得更加欢乐。在这一刻，跳得好不好并不重要，重要的是大家共同参与，享受美好的时光。

在知青馆，我们看到当年知青们的艰苦条件和辛苦生活。但我们要明白，前辈们的付出是为了后代的幸福。因此，活在当下，享受欢乐，才是旅游的真正目的。

我们要珍惜这样的时光，与家人和朋友一起留下美好的回忆。知青馆是一座记录了那个特殊年代历史的博物馆。在这里，我们可以了解到知青的生活条件和在生产和学习中的各种艰辛。

虽然当年的知青们经历了很多困难，但他们所做的努力为今天的社会发展打下了坚实的基础。博物馆内有各种展品，包括照片、文件、实物等等。这些展品为我们展示了当时的生活和环境。

其中，有一个展示厅展示了当时知青们的宿舍生活。可以看到，当时的宿舍条件非常艰苦，房间狭小，床位短缺，而且还存在着各种卫生条件不佳的问题。

当时，知青们要在农村工作，生产中遇到的各种技术和生活问题非常复杂。为了解决这些问题，知青们通常要利用自己的想象力和创造力来解决问题。

除了了解历史，我们还可以和家人、朋友一起参与各种互动活动。比如，我们可以在博物馆内参与各种游戏和手工制作活动，这样可以让我们更好地了解当时的生活和文化。

馆内陈列丰富，每一件物品都似乎在诉说着一个故事。那时的军装、老式收音机，还有那些笨重的农具，都成了历史的见证。而墙上的一幅幅知青画，更是生动地再现了那些年月的风貌。我仿佛看到了他们在田野间辛勤劳作，在草原上放歌的情景。

一位老者缓缓向我走来，他眼中闪烁着那段不平凡岁月的光芒。他告诉我，昭苏的知青岁月是他们一生中最宝贵的时光。在这里，他们与天斗、与地斗，也与人斗，磨炼出了坚忍不拔的意志。

随着他的讲述，我仿佛置身于那个年代。在广袤的草原上，知青们挥汗如雨，播种希望；在严寒的冬季，他们围着篝火取暖，共度时艰。那时的他们，满怀理想，对未来充满憧憬。

　　昭苏知青馆不仅是一个回忆的地方，更是一个精神的寄托。在这里，我感受到了那种不畏艰难、勇往直前的力量。这种力量，正是那个时代留给我们最宝贵的财富。

　　时光荏苒，岁月如梭。如今的昭苏已经发生了翻天覆地的变化，但知青馆依旧屹立不倒，成为一代人的共同记忆。每当我走进这座馆，都能感受到那种青春的激情与岁月的沉淀。

　　走出昭苏知青馆，夕阳洒在身上，温暖而美好。我想起那位老者的话："青春无悔，岁月如歌。"那些年月的艰辛与美好，都已成为我们心中永恒的风景。

　　在这座城市中，还有许多像昭苏知青馆这样的地方，它们默默地守护着历史的记忆，等待着我们去发现、去珍惜。走近它们，就是走近那段不平凡的岁月，感受那份永恒的精神力量。

　　于是，我决定把每一次的走近，都当作一次心灵的洗礼，让那些历史的印记，成为我前行的动力。昭苏知青馆，只是我人生旅途中的一个小站，但它的意义却无法用言语来描述。

　　因为在这里，我似乎找到了自己的根，也找到了前进的方向。

历史长河的守望者——草原石人

在美丽的昭苏草原上，静静地矗立着一尊尊沉默的守望者——昭苏草原石人。它们穿越千年风雨，见证了历史的沧桑变迁，成为草原上最古老的守护者。在这片碧绿如海的草地上，石人静静地诉说着属于它们的故事，成为历史长河里不朽的篇章。

昭苏草原石人，或立或卧，形态各异，却都有着共同的特征：它们面朝东方，仿佛在凝视着太阳升起的地方，守望着一方水土的安宁。这些石人的来历已不可考，但它们的存在，无疑是对远古文明的深情回望。

在晨曦初露之时，昭苏草原上的石人被第一缕阳光唤醒。阳光洒在石人的身上，勾勒出它们坚毅的轮廓，那斑驳的印记，仿佛是岁月在它们身上刻下的痕迹。石人的眼眸深邃，仿佛能穿透时空，看到那个遥远的年代，它们是如何在草原上守护着牧人的家园，守护着牛羊的安宁。

午后，草原上的风轻轻拂过，石人周围的草丛随风摇曳，发出沙沙的声响。那些石人，仿佛在聆听风的呢喃，又似在低语着古老的故事。它们见证了草原上的兴衰更迭，见证了游牧民族在这片土地上留下的足迹。石人无言，却胜有声，它们是历史的见证者，也是文化的传承者。

　　夕阳西下的余晖里，昭苏草原被染上了一层金色的光辉，石人在落日的余晖中显得更加庄重而神秘。它们守护着这片土地，从日出东方到夕阳西下，从春暖花开到冬雪皑皑，不曾动摇，不曾离去。这些石人，就像是草原上的灵魂，默默守护着这片土地的生生不息。

　　夜幕降临，星辰闪烁，昭苏草原的石人在夜色中更显孤独。然而，这份孤独却是一种坚守，是对责任的执着。它们在历史的长河里守望，守望着一个民族的记忆，守望着一个时代的传说。

　　昭苏草原石人，是历史的守望者，是文化的守护神。它们在岁月的长河里屹立不倒，成为昭苏草原上一道独特的风景线。当我们驻足在这些石人面前，不禁感叹于它们的坚韧与执着，也让我们对这片土地充满了敬意和热爱。

　　时光流转，昭苏草原的石人依旧静静地守望。它们见证了一个又一个时代的更迭，却始终不言不语，只是默默地守护着这片土地。在历史的长河里，它们是最忠实的守望者，也是我们永远无法忘却的记忆。

　　昭苏草原上的石人，以其独特的雕刻风格，成为古代雕刻艺术中的瑰宝。这些石人的雕刻手法粗犷而古朴，透露出一种原始的美感和深厚的文化内涵。

　　昭苏草原的石人形态各异，有的高大威猛，有的矮小敦实，有的站立，有的坐卧，但无论何种形态，都透露出一种古朴自然的气息。石人的身体比例并非严格遵循真人，往往头部较大，四肢较短，这种夸张的手法，使得石人在草原上显得格外引人注目。

　　石人的雕刻线条简洁有力，轮廓分明。工匠们似乎用最少的线条，刻画出了石人的基本特征。无论是面部表情，还是衣物的褶皱，都通过几笔简单的线条勾勒出来，没有多余的装饰，却足以表现出石人的神情和动态。

　　石人的面部雕刻尤为突出，它们通常有着宽阔的额头、高耸的鼻梁、深邃的眼睛，以及紧闭的双唇。这些特征虽然简约，却能够表现出石人的坚毅和神秘。有的石人面部表情严肃，仿佛在沉思，有的则显得温和，似乎在微笑，这些表情丰富的石人，为草原增添了一分生动的气息。

石人身上的装饰简约而不失精致，往往只在关键部位如头部、颈部、腰部等处雕刻出简单的装饰图案。这些图案多采用几何形状，如圆形、三角形、菱形等，或是简单的线条组成的图案，具有较强的象征意义。这些装饰不仅美化了石人，也反映了当时人们的审美观念和宗教信仰。

雕刻石人的工匠们运用了粗犷的刀法，使得石人的表面呈现出一种独特的质感。这种质感既有石材本身的粗糙，也有雕刻刀留下的痕迹，使得石人显得更加古朴和有力。这种雕刻手法，无疑需要极高的技艺和对石材特性的深刻理解。

昭苏草原的石人雕刻风格，是古代游牧民族艺术成就的体现，它们不仅是对当时社会生活的反映，也是对人类历史和文化的深刻记录。

不知是昨夜下过一场雨，还是露水并未完全退去，整个草原显得有些湿润，尤其显得宁静和安详。当我看到草原石人之精品的小洪纳海石人时，脑海里瞬间便显现出有关志书上对小洪纳海石人的描述：在昭苏县城东南约五公里处的小洪纳海石人，身高 2.3 米，亭亭玉立，系用花岗岩雕刻而成，头部着冠梳辫，发辫多至十条，披于身后，垂至腰际。两手交叉于胸前，腰部以下镌刻着至今未识的古文字，很有汉代石刻的韵味，堪称草原石人中的精品。这本史志出版至今已近二十年，其中说到的那些至今无人能破译的古文字，据伊犁文史学者姜付炬先生写的文章说，日本学者吉田丰解读铭文的第二至第三行为："持有王国二十一年。"第六行为："木杆可汗之孙，像神一样的泥利可汗。"初步认定这个石人是泥利可汗的雕像，雕像所在地就是泥利可汗的陵墓。如若果真如此，那么小洪纳海石人的意义就非同一般了。正如姜付炬先生所说，这种价值不仅仅在于这尊罕见的石人自身，而在于这里是国内发现的唯一的西突厥汗陵墓。

据相关史籍记载，显赫一时的突厥人曾经长期活动在伊犁河谷，而突厥人死后，按照他们的习俗要在停尸帐前，宰马杀羊以祭祀，并择吉日殡葬且往往在墓前竖立死者石像。还有的死者生前作战时打死过多少敌人，就在墓前堆放多少块石头，以铭记其功绩。所以以此推测，散落在伊犁草原上的一尊尊石人，应该是古代突厥人的遗像。

当我面对这众多的草原石人，已经兴奋得失去了思维。据说要看真正的石人还得往草原深处走。

于是我跟着同行的人们继续往草原深处走，于是便见到了我梦想中的一尊又一尊石人。当赫赫有名的小洪纳海石人出现在我眼前时，我都有些半信半疑。难道这就是几千年前的可汗？看见同行之人不停地和这尊石人合影，方才相信了。爱不释手地左摸摸，右瞅瞅，冥冥中似乎感觉它已经没有当初那么威武，身高也不足 2.3 米高了。据说这是因为它每年都以一定的速度在往泥土里下沉的缘故，心中存疑，我不禁问同行的人，是否有之前看过小洪纳海石人，想要取证原来的小洪纳海石人的身高。同行的人中有多年前看过的人说，之前确实比现在要高。我心里立即释然，用手中的相机从不同的角度不停地给石人拍照。经过同行的人提醒，我才想起这尊石人身上刻着的极其重要的无人能识的"天书"。当我凑近石人，看到那些像是"天书"般的文字，有些好奇，却又无可奈何，不知其中之意，心里多少有些遗憾。拿起相机，对准"天书"按下了快门。或许多年之后，会有专家将这些"天书"翻译出来吧！

在小洪纳海石人附近，有三尊并排着的石人，看上去像是一家人，两尊大石人中间站立着一尊小石人。这三尊石人也都能很清晰地看到其面貌，它们的面部表情栩栩如生。

千百年来，这些石人静静地屹立在草原。日出日落，云卷云舒，它们似乎在等待有缘人的到来，来解开它们存在的千年之谜。千百年来，它们看着一茬又一茬的牧草，在它们身边繁茂和枯萎；一群又一群牛羊从它们身边经过，在反刍的时候回过头张望这些日日夜夜陪伴它们的草原上的伙伴；一代又一代牧羊人牵着牧羊犬，坐在石人旁边，只不过打了个盹，牛羊就吃饱了，太阳就落山了，一年也就过去了。在一群群牛羊转场的时候，在一户户牧民迁徙的时候，草原上的石人又苍老了一岁，只是它们看起来永远都是那么年轻。

广袤的新疆大地，有着许多神秘之地，也有许多神秘之事、神秘之物。新疆之所以令人向往，原因就在于此。草原石人，就是一种神秘的存在。

有时，知道或了解一件事情或事物，是需要机缘的。我明确知道有草原石人，是在十多年前。有位同学调至新源铁厂工作，回家探亲时向我做了详细的描述。一度，北天山伊犁昭苏大草原是那样令我神往。对于天马之乡，我又多了一份别样的期盼。

如今真正看到神秘的草原石人，这份虔敬之心溢于言表。我站在草原石人身旁，向远方眺望，呐喊之声早已在冲出胸腔，回响在草原之上。

继续前行的路上，白云如水，鹰翔于天，远处的牛羊点点，当草场里的旱獭匆忙掠过时，也不时会有一尊石人进入视野，这些神秘的文化遗迹点缀于群山草原之间。

这些矗立着的石人，有大有小，造型独特，形态各异。不论是哪种石人，都有一个共同点，全向东方而立，在历史的长河里以数千年不变的姿势俯视着一方沧海桑田的变化。这种静默的守望，除了对这片土地的深情，还有的就是无尽的言语。

而我也在默默注视着所见到的石人。尽管有的石人仅仅是在一块大石头上浅浅地刻画出了几条细线，粗略地显出脸形的轮廓，在我眼中，却是愈加神秘，让我急切地想与之做打破时空的交流。

草原上云天变幻万千，我仍然在想屹立在草原上的石人。如果我能与石人做千年对话，将给人以无限的想象空间。遗憾的是我却不能。

石人们站在草原深处，虽不及太平洋复活节岛上最具神秘色彩的摩艾石像，但那执着地思索着令后人无法揣摩的心事的样子，却极其相似。这些石人目睹着一批又一批的草原民族登上历史舞台，谢幕后又悄然消失。就这样静静地矗立在草原上，在阅尽世间沧桑之时，也历经了风霜雨雪的洗礼。始终不变的依然是默默地眺望着远方，期盼着逐水草而居的游子归来。在承载了一段历史的同时，又为一个个民族的兴衰保守着秘密。

没有人知道石人的前世今生，石人们究竟在等待和守望着什么？

与石人对视时冥冥之中似乎传来了一声号令，石人即刻做出了回应：在。

其实，除了新疆天山和阿尔泰山，蒙古国、南西伯利亚草原，以及我国的内蒙古部分地区，也都有石人，成为北方草原上一道独特的风景。

来如春梦几多时？这些石人从何而来？由何人雕刻？形象为何又如此奇怪呢？这些问题，不但长期困扰着人们，也在深深地困扰着我。

当地也有牧民说是天外来客，当然是一种对文化无解的托词。而这些雕刻着人像的斑驳的石头，那陈旧的样子，总会使人自然想到遥远的历史。

在我国，最早向外界介绍新疆草原石人的，是清末旅行家徐松。他在《西域水道记》中记载了于伊犁河以西发现石人的经过，并疑其与唐代昭陵前的石翁仲一样，是古代军人墓葬的附属物。

翁仲是传说中的一位巨人，《淮南子·氾论训》记载：秦始皇二十六年，临洮有一个巨人，身高五丈，脚有六尺，人们以其形象，铸造了一个金像，称为翁仲。后来的人们把铜像或墓道石像，都称为翁仲。

自东周以后，历朝历代，直至晚清，皇陵及将相之墓，都相沿成俗，列石人石兽为神道，高踞陵墓之尊，威风、显赫。但不一样的伦理和文化，对每个人来说，又往往意味着一种新的精神启示与引领。

新疆草原石人主要分布在阿勒泰草原和伊犁昭苏草原上。石人的相貌、服饰、器物的具体形象，反映出不同民族、地域、时代的文化艺术。据统计，目前在新疆共发现石人200余尊，其中特克斯县就有72尊，占已知总数的三分之一。这些雕像大小不一，粗细有别，高者可达2.3米，矮者仅 60 余厘米。雕刻手法或精美，或粗犷。粗犷者，除头部之外，其他部位都未精雕细琢。与秦始皇兵马俑精致的发型不同，草原石人大多表情严肃，却顶上无发。相近的是，多数为武士形象。北方游牧民族所特有的粗犷豪迈、尚武好战，赫然自石人的轮廓中显现出来。非常明显的是石人面部个体特点。此外也有女性石人等类型，有的身上还刻有奇怪的古文字。

据此，最初大多数考古学家认为，这些草原石人是由曾经生活在新疆北部地区的突厥人雕刻的。

崇尚武力的突厥人认为，人死之后，如果能将其生前战斗的形象记录下来，就可以使灵魂永生。

据考古学家推测，石像记录的就是突厥贵族生前的形象。史书载：突厥阙特勤死，中原皇朝"诏金吾将军张去逸、都官郎中吕向赍玺书入蕃吊祭，并为立碑。上自为文书，仍立祠庙，刻石为像，四壁画其战阵之状"。这在蒙古地区的考古材料中也有所证实，同时也说明突厥民族在墓地立石人具有祭祀祖先的意义。

与之相佐证的是，与突厥人同期，公元 6 世纪中叶至 9 世纪，是草原石人的兴盛时期，分布比较广。

阿勒泰地区的草原墓地石人最为丰富，已发现 80 余尊。最高的石人通高 3.1 米、露出地面高 2.7 米，最矮的石人露出地面高 0.6 米。沿着新疆阿尔泰山北行，在喀纳斯风景区布尔津县阿贡盖提草原上，有着十余尊形状各异、或精美或粗实的石人，都是选用整块岩石雕凿而成。

哈萨克牧民称草原石人为"森塔斯"，在哈语里就是人像之意。

走进辽阔而苍凉，雄浑而悲壮的昭苏大草原，所有的感受似乎只剩下了大自然的气魄与雄浑，时空的浩大与人类的渺小，挽歌的凄婉与生命的顽强。在这里，大自然以无私的爱，孕育了不同阶段的历史文明，使得这里也屡屡成了人与自然的交会点，交会点往往又会是对峙的前沿。而这样在前沿站立着的，就有这一尊尊草原石人。

文前述及的浅细线石人，从外表来看，有的是全身像，头脸、身躯，生动逼真，线条明快；有的佩戴的饰物件件可数，造型细腻。一般的石人服饰的衣领多呈圆形，胸前左右各有一个圆形铃状物，衣领相接处有锯齿形状浮雕物。

具有代表性的是乔夏类型石人。此类石人和鹿石存在一些共性，即雕刻只注重人形的整体，而且重点在腰部以上，其下部分，则不作处理。最为典型的武士型石人，多为圆雕，表现出了头、颈、肩、两臂及服饰，雕有髭。右手或作托杯状，或作执杯状，左手握刀或剑。腰带雕刻精细，带下右侧，往往垂以圆形袋囊或磨刀石等。短刀一般斜佩于下腹部，或呈横佩状。长刀，一般是斜佩。也有短刀、长刀齐佩的，颇具大将风度。

20世纪60年代，考古学家在新疆发现了一个神秘的古墓群。墓前矗立着五个由黑色岩石雕刻而成的石人，形象与突厥武士大相径庭。这些石人未携带武器，而且脸上还刻着奇怪的三角形图案。

经鉴定，这个古墓群已有3000多年的历史，说明这些石人也已存在3000多年，不可能是突厥人建成的。这一发现，至少得出了草原石人并不全部是由突厥人建造的观点。

那么究竟是谁在3000多年前雕刻了这些神秘的石人呢？有专家推测，可能与我国和希腊等国古籍中都提到的一种"秃头人"有关。

据记载，秃头人不留发辫，狮鼻巨颚，这与新疆石人的形象不谋而合。更为有趣的是，秃头人生活在大山之中，负责看守黄金。而在新疆当地语言中，石人所在的阿尔泰山，就被称为"金山"。

这是不是一种巧合呢？

历史文献中对石人的称呼有许多种，翁仲之外，尚有巴巴、巴力巴力、杀人石等，不同的称呼对石人就有着不同的解释。

著名历史学家岑仲勉先生认为，"巴力巴力"所指应该是分布于亚欧草原的石人，亦即历史典籍中记载的突厥"杀人石"。在《北史·突厥传》和《隋书·突厥传》中记载，突厥战士生前杀一人，死后则在墓前立一石，有的成百上千，以此来昭示其显赫战功。而考古学家王博却对此提出了异议，他认为应单纯指的就是草原石人。

若从宗教角度出发，新疆草原石人和鹿石，都应是萨满教的一种表现形式。石人的起源与原始信仰密不可分，虽也是一种原始艺术形式，但同时不仅是对英雄的崇拜，也是对祖先的崇拜，因此才能成为一种宗教信仰的基础。从原始信仰思想角度解读，在不同时空状态下，石人的角色含义及文化，可以揭示出石人从"自然崇拜"到"祖先崇拜"的内涵演变和文化脉络。有着纪念死者、沟通天地，兼而具有辟邪的作用和保护灵魂的含义。

往昔的习俗因为时间而割裂成为隐秘，不为现代人所了解的古代文化，与现代文明能够有多大的冲突呢？因此在不能够完全破解的前提下，予以很好的保护至关重要。

物换星移，三千年来不改，天苍苍，野茫茫，永远面向东方，永然保持着不灭的印记。我感觉这种执着，来自雕刻和立下这些石人的人们，最深厚的情感和目的，主要还是对于这一方土地的热爱。

我想，石人与我也有相同之处，我们都是历史的见证者，但所见证的历史，是阶段性的、局部性的，绝对不会是全部的历史。

但在历史的长河里，和草原石人一样，我依然想做一个哪怕是短暂的却必须是忠诚的守望者。

站在这一片神秘而庄重的石人世界中，我心中不禁涌起一股敬意。这些石人虽然不会言语，但它们的存在却传递出一种力量和信念。它们告诉我们：无论历史如何变迁，我们都要坚定地守护自己的家园，让这片土地永远充满生机与活力。

昭苏草原石人，是一段历史的见证，也是一份情感的寄托。它们让我们更加珍惜这片美丽的土地，也让我们更加敬畏和爱护那些曾经生活在这里的人们。让我们一起守护这片草原，让昭苏草原石人的故事永远流传下去。

见证历史的丰碑——格登碑

登格登碑怀古

格登雄碑立天山，风雨沧桑阅岁寒。

将军战绩昭千秋，御制诗文刻石间。

夜袭敌营智谋深，单骑救主勇冠群。

抚慰百姓安边疆，民族团结共此心。

水利兴修润田畴，丰碑见证历史悠。

英雄气概映晴空，边疆稳固国无忧。

凭吊古人怀壮志，格登碑前感慨深。

世代更迭情不变，民族团结永昌盛。

在昭苏县格登山山脊一处开阔的平台上，一座近三米高的石碑静静地矗立在碑亭里。这是乾隆皇帝亲笔撰文的纪功碑，它见证了中华民族的辉煌历史，承载着无数英勇烈士的信仰与荣光。它就是格登碑。

格登碑，又称伊犁将军碑，始建于公元1771年，是为了纪念清朝乾隆年间平定准噶尔叛乱、统一新疆的伟大业绩而立。这座丰碑历尽风雨沧桑，依然屹立在祖国边陲，向世人诉说着那段波澜壮阔的历史。

夏日里的格登碑，绿意盎然，鲜花盛开。碑身巍峨壮观，犹如一位威武的将军，守护着这片土地。走近碑前，只见碑文遒劲有力，记载着当年乾隆皇帝的御制诗文，歌颂着平定准噶尔叛乱的丰功伟绩。碑文虽历经岁月洗礼，却依旧清晰可辨，令人感叹不已。

站在格登碑前，仿佛能听到历史的回声。那是一场怎样的战役？英勇的清军将士，跋涉千里，浴血奋战，终于将分裂势力驱逐出境，维护了国家的统一。格登碑，正是这段历史的见证者，它见证了中华民族的勇敢与坚忍，见证了新疆这片土地的沧桑巨变。

很久以前，新疆的天山脚下有一片富饶的土地，那里的百姓安居乐业，生活幸福。然而，一场突如其来的战乱打破了这里的宁静。准噶尔部的叛乱分子企图分裂国家，战火蔓延至这片土地，百姓们生活在水深火热之中。

乾隆皇帝为了国家的统一和民族的安宁，派遣了英勇的清军将士前往平定叛乱。其中，有一位名叫格登的将军，他智勇双全，深得乾隆皇帝的信任。格登将军带领部队，历经千辛万苦，终于在天山深处与叛军展开了激战。

战斗异常惨烈，格登将军身先士卒，勇猛异常。在一次决定性的战斗中，格登将军亲自挥舞着战刀，冲入敌阵，犹如神兵天降。他的英勇激励了所有清军将士，最终成功击溃了叛军，赢得了胜利。

在平定了准噶尔叛乱之后，治理有方的格登将军积极安抚当地百姓，恢复生产，使得战乱地区迅速恢复了安宁与繁荣。

他还亲自参与了当地的水利工程建设，解决了当地的水资源问题，使得农田得到灌溉，百姓生活得到了改善。格登将军在处理民族关系方面也有独到之处。他尊重各民族的风俗习惯，公平对待各族人民，赢得了当地民众的信任和尊敬，为维护民族团结做出了贡献。

为了纪念格登将军的功绩，乾隆皇帝下旨，在天山深处建立了一座丰碑，即格登碑。碑上刻有乾隆皇帝的御制诗文，以表彰格登将军的英勇和清军将士的牺牲精神。

传说在格登碑建成之后，每当夜深人静之时，若有行人经过，便能听到山谷中传来阵阵战鼓声和马蹄声，仿佛是格登将军和他的士兵们仍在巡逻守护着这片土地。当地的百姓深信，格登将军的灵魂守护着他们，保佑着这片土地的安宁。

石碑上刻着的诗文，每一个字都充满了历史的厚重感。它们记录了蒙古族英雄格登将军的事迹，以及他对这片土地的热爱与忠诚。每当风吹过，那些文字仿佛在低语，讲述着那些曾经辉煌的岁月。

时光荏苒，岁月如梭。如今的新疆，早已焕发出勃勃生机。格登碑周围，各族人民和睦相处，共同建设美好家园。然而，我们不应忘记，这片土地曾经历过怎样的磨难。

草原上的马儿，悠闲地漫步，似乎也在回忆着那些过去的日子。它们见证了格登将军的英勇事迹，也见证了这片土地的变迁。如今，它们依旧在这片草原上自由奔跑，仿佛在告诉人们，这里曾经发生过的故事。

格登碑，不仅是历史的丰碑，更是民族团结的象征。它告诉我们，国家的统一、民族的团结是中华民族的根本利益。只有团结一心，共同奋斗，才能战胜一切困难。

此时，夕阳的余晖洒在格登碑上，碑身熠熠生辉。此刻的格登碑，更像是一位历史的长者，慈祥地注视着这片土地，诉说着过去的故事，启迪着未来的希望。

让我们永远铭记格登碑，铭记那段波澜壮阔的历史，为实现中华民族伟大复兴的中国梦，为新疆的繁荣稳定，共同努力，携手前行。见证历史的丰碑——格登碑，将永远矗立在祖国的大地上，激励着我们不断向前。

阿合牙孜大峡谷神秘岩画

"踏遍青山人未老，风景这边独好。"这是我漫游天山深处阿合牙孜大峡谷时发出的感慨。

阿合牙孜大峡谷沿途风光壮美秀丽，有湍急的河流、碧绿的玉湖，还有乌孙古墓、草原石人和远古岩画等人文景点，近年来逐渐成为游客消暑度假、回归自然的心灵道场。

峡谷里春天繁花似锦，清香四溢，绚丽多彩，蝶飞蜂舞；夏天青山巍巍，林木葱葱，绿草茂盛，凉风习习；秋天金风吹黄了牧草，渲染了山林，肥壮了牛羊，雪峰在蓝天下熠熠生辉；冬天积雪给峡谷盖上了一层厚厚的棉被，四面山峰银装素裹，阳光煦暖，河谷水流潺潺，冬日景色旖旎。

阿合牙孜大峡谷千百年来是游牧民族的冬牧场，这里像是安静祥和的"世外桃源"，牧民们安居乐业，一代又一代繁衍生息。我是秋天来的，大峡谷里水草丰茂，河流清澈，两边山峦起伏，雪峰隐隐；林深树密，河边时常可见土木小屋，牛羊在山坡上悠闲地吃草。

我们在峡谷中段平坦开阔、风景优美的地方下车，路边立着一块黑花岗岩石碑，上面有几个镏金字"科培雷特岩画"。放眼眺望，天空湛蓝，白云悠悠，除了哗哗流淌的河水，河道里大如卧牛、小如鸡蛋的石头，并没有发现岩画。

同行的亚森别克·阿合尔说，岩画在河谷的崖壁上，要下到河道里走一段路才能目睹。我们顺着陡坡踩着碎石沿着一条小路小心翼翼地下到河边，奶蓝色的河水湍急地流淌，清澈而刺骨。河床里遍布形状各异、色彩丰富的石头，有的白如玉，有的黑如铁，有奶黄色，有铁锈色，有青灰色。经过河水千百年来冲刷，有些光滑的巨石已呈现出玉石的形态，还有些石头里暗藏着繁星般的金色亮点，没准儿这条河里有沙金，为了保护生态环境，禁止开采。

在河道里走了近百米，亚森别克·阿合尔指着崖壁让我看，一块平整光滑的巨大白色岩壁上，隐约可见刻着岩画，因为距离稍远，看不清细节。牧民将蓝色和白色哈达挂在旁边的树枝或是岩壁上，表达敬意，许下祈愿……

新疆唯一一幅佛教古岩画

我们手脚并用，爬上崖壁旁的平台，近距离观看岩画，于是被深深震撼了。岩画分为三部分，正中央刻着一右手执花、左手托一圆状物、盘腿坐在莲花台上的佛像，其面圆耳阔，带着微笑，直视前方。佛像左右刻有蒙古族、藏族文字和许多古老奇特的文字，四周刻绘有大角羊、龟、蛙、花草等；另一处只刻一些莲花纹；还有一处在巨石以北河岸的石块上，刻有一只山羊，其面积一米见方。

岩画里有佛像、莲花、法器、大角羊、狗、鹿等图案以及蒙古族、藏族、哈萨克族文字，采用了敲凿、刻画、磨刻等多种方法制作。岩画的年代跨度较大，大角羊时代可能较早，佛像及蒙古族、藏族文字很可能是准噶尔时期的遗迹，哈萨克文字可能为近现代人所作。该岩画内容丰富，画面生动，反映了游牧民族崇尚自然生活、信仰宗教文化等场景，为研究古代伊犁游牧民族的历史、文化提供了重要实物资料。

神秘的科培雷特岩画虽经过数百年的岁月侵蚀，但由于世人很少涉足且保存较好，每幅画面清晰而栩栩如生，国内外考古专家至今无法确定具体年代。有人说，岩画是唐朝云游僧人所刻，也有人说元代信徒所刻；有专家考证后说，岩画应刻于 17 世纪，在卫拉特蒙古接受藏传佛教传播之后。

这些岩画雕刻得十分精美，人物形神合一，动物悠然自得，植物茁壮茂盛，器物质朴典雅，共同特点是写实逼真，雕刻技艺已达相当水准。站在岩画面前，观远古之图腾，发思古之幽情，更能感受到中华文化的博大精深。

让人好奇的是，这个岩画并没有刻在古道所经之地，像是故意刻在人迹罕至的河道崖壁上，不想让人发现似的。刻画之人是怎么发现崖壁上这块光滑如玉的巨石，并费尽力气爬上来，精心刻画佛像和各种图案的呢？

听当地牧民说，月明星稀之夜，眺望这块刻着佛像的光滑石壁，像是一面夜光镜，发出朦胧的白光。牧民相信这是佛祖显灵，保佑河谷里的人风调雨顺，牛羊成群。

岩画后有个石洞，有两三平方米，可以坐卧两三个人。这个石洞能遮风避雨，或许刻画家曾躺在石洞里苦思冥想、修行过一阵子。花开一季，人活一世，一切聚合离散在开始的时候已经注定，缘起缘灭，得到失去，都是路上必经的风景，我们还要追逐什么，还要牵挂什么？

世间本无事，庸人自扰之。在滚滚红尘里，在人情冷漠的名利场，学会放下，懂得淡泊；遇事不强求，不刻意，如佛眼看世界，一方一净土，一笑一尘缘；一念一清净，心是莲花开。

岁月失语，岩画能言

在文字诞生前的漫长岁月里，古代先民用简陋的工具在岩石上敲击、研磨、刻画或用颜料绘制图画或符号，表现他们的信仰、欲望、欢乐、痛苦，岩画便以这样的形式出现。

远古时候，岩画是由巫师来画的。巫师的任务是与神沟通，是通才，不仅要会唱会跳还要会画。

岩画遍布世界五大洲150多个国家，如美国亚利桑那州岩画、内蒙古阿拉善岩画、贺兰山岩画等。中国是世界上岩画分布较丰富的国家之一，有18个省区100个以上的县（镇）发现了岩画，遗址总数有数百个，绝大多数分布在边远山地，尤以邻近或半沙漠地带为最多，这与世界其他岩画的分布规律相一致。

岩画（Petroglyph）是指在岩穴、石崖壁面和独立岩石上的彩画、线刻、浮雕的总称。古人在岩石上磨刻和涂画，来描绘人类的生活，以及他们的想象和愿望，这就是岩画。岩画不仅涉及原始人类的经济、社会和生活，还作为人类的精神产品，以艺术语言打动人心。

中国岩画的艺术风格和国外的岩画既有许多共同之处又有不同特点。在制作手法上大体上可分为刻、绘两种。北方岩画大都是刻制的，其手法有磨刻，线条无明显的凹陷，画面平整光洁；敲凿，用坚硬器物在岩石上敲击出许多点窝；线刻，似用金属凿头勾勒出形象轮廓，然后掏深线条。作品风格具有粗犷、简洁、明快的特点。昭苏县阿合牙孜大峡谷里的科培雷特岩画就是这方面的代表。

中国北方的岩画，主要分布在中国北部内蒙古自治区，中国西部的新疆、宁夏、甘肃和青海地区，作品风格写实，技法主要是磨刻。游牧民族的岩画多方面地记载游牧人的生活，画面内容多为动物、植物或是日月星辰。

中国西北草原自古以来就是游牧民族活动的历史舞台。根据古代文献记载，那里相继居住过的少数民族有匈奴、鲜卑、突厥、契丹、蒙古族等，他们只留下一些岩画的遗迹，散落在悬崖峭壁和荒草之间。

岩画是描绘在崖石上的史书，其内容丰富，有反映狩猎、放牧、农业的；有反映宗教信仰、祖先崇拜、祭祀仪式的；有反映日常生活、舞蹈的，这些描写日常生活的岩画具有特别重要的意义。

中国古籍《韩非子》和《史记》中就有过在岩石上刻画"人迹"及发现先民巨人足迹的记载。北魏郦道元所著《水经注》中有关于贺兰山岩画的记载："河水又东北历石崖山西，去北地五百里，山石之上，自然有文，尽若虎马之状，粲然成著，类似图焉，故亦谓之画石山也。"

古人选择岩画的环境还是蛮讲究的，如用于祭祀的神灵图人面形，多刻于深山幽谷的僻静之处，有的刻于山谷绝壁之上，便于诱发人们的崇敬之想。如科培雷特岩画刻在距离河道七八十米的崖壁上，山高涧深，形势险要，给人一种威严崇高之感，体现的是一种壮美。河道里水流湍急，山色秀丽，宁静安详，处在这样的环境里，让人心旷神怡。秋夜，明月升起，月色朦胧，峡谷里水流哗哗，怀着对佛祖的虔诚，那远古神秘的图像、无限的遐想，交织成一幅扑朔迷离难以名状的幻景，如处梦境。

昭苏县科培雷特岩画中的佛像、宗教符号等元素，反映了古代居民的精神世界和宗教信仰，对于研究宗教艺术和宗教史具有重要意义；蒙古族、藏族文字和图案，表明该地区曾是多民族交流融合的地带，对于了解古代民族关系和民族迁徙历史具有重要价值；作为重要的文化遗产，科培雷特岩画的保护和传承对于弘扬民族文化、增强民族认同感和促进文化交流意义重大。

科培雷特岩画是我们了解古代昭苏文化和社会生活的重要窗口，是自然与人文的碰撞交融，更是古代与当下跨时空的对话。

逝者如斯夫。我站在佛像前，望着一去不返的滔滔河水，似有感悟。

释迦牟尼佛凝望着河对岸，像是在冥想，更像是在为牧民祈福。

第二辑

雪域秘境

绝美伊昭公路

有人说，人这一辈子，一定要走一趟独库公路。

独库公路沿途有雪山、峡谷、草原、湖泊、河流等独特的自然风光，被外界誉为"新疆最美的公路"。

其实，伊犁还有一条公路，能与独库公路媲美，那就是伊昭公路。

伊昭公路，宛如一条柔美的丝带，镶嵌在祖国西部边陲的怀抱。它承载着无数旅人的梦想，延伸着无尽的希望，见证着岁月的沧桑。

伊昭公路更像是一条蜿蜒的巨龙横跨乌孙山，沿途风光如画，高山峻岭间云海翻腾，雪峰耸立，冰川闪烁；深谷沟壑里，草原翠绿，野花盛开，牛羊徜徉在草甸上，白色的毡房像蘑菇星星点点。

清晨，当第一缕阳光洒在昭苏大地上，伊昭公路宛如一位腼腆的少女，揭开了神秘的面纱。道路两旁的草原，绿意盎然，牛羊悠闲地品尝着新鲜的牧草，仿佛在诉说着生活的美好。

行驶在伊昭公路上，一幅美丽的画卷在眼前徐徐展开。远处的雪山，如同一把锋利的宝剑，直指苍穹，守护着这片神奇的土地。近处的森林，郁郁葱葱，鸟语花香，诉说着生命的活力。

蓝天、白云、绿草、雪山，构成了一幅和谐的画面。在这片广袤的土地上，伊昭公路如同一条纽带，将自然与人文景观紧密相连。古老的丝绸之路，见证了东西方文化的交融，如今，它又承载着新时代的梦想，续写着辉煌的篇章。

沿途的风景，让人目不暇接。时而草原辽阔，时而森林茂密，时而雪山皑皑，时而湖泊如镜。每一处景色，都是大自然赋予的礼物，让人心生敬畏。

傍晚，夕阳西下，余晖洒在伊昭公路上，宛如一条金色的河流，流淌在广袤的大地上。远处的毡房，升起了袅袅炊烟，牧民们结束了一天的劳作，欢声笑语回荡在草原上。

夜幕降临，星空璀璨，伊昭公路在月光的照耀下，显得更加宁静、祥和。它见证了一天的繁华，又将迎来新生的希望。

在这条充满诗意的公路上，我们感悟着生活的美好，体会着大自然的神奇。在伊昭公路上，每一段路程都沉淀着无数的故事，它们或是关于历史的追溯，或是关于自然的颂歌，又或是关于旅人的感慨。

伊昭公路，是新疆的一条重要道路，它不仅连接了伊犁哈萨克自治州与昭苏县，更在当代社会中扮演着多重角色，具有深远的意义。

这条公路是以最短距离穿越乌孙山的捷径，包罗了多种多样的美景：广袤的山地草原、郁郁葱葱的原始森林、美丽的薰衣草和油菜花、积雪的山峰和险峻的悬崖峭壁……伊昭公路可以说是一条百里画廊。伊昭公路一年只开放四五个月，每年6月初开放，10月底关闭，虽然已走了三四回伊昭公路，却仍然念念不忘。可谓一日观四季，十里不同天。因为海拔高，天气变化频繁，进山时突降雨雪，出山时晴空万里，绚丽多彩的双彩虹赫然出现在眼前，仿佛架起彩虹门欢迎宾客来到昭苏。

在当代，伊昭公路是新疆地区经济发展的重要动脉。它促进了伊犁河谷与昭苏盆地之间的物资流通，为两地的农产品、畜产品以及工业产品的运输提供了便利。沿途的农业、牧业、旅游业因此得到了极大的推动，带动了区域经济的快速增长。

伊昭公路的存在加强了新疆各地区之间的联系，促进了不同民族和文化背景的人们之间的交流与融合。道路的畅通使得教育资源、医疗资源等社会服务更加均衡地分布，提高了沿线居民的生活水平。

作为一条连接多民族的纽带，伊昭公路也是文化交流的桥梁。它促进了各民族传统文化的传播与保护，使得哈萨克族的草原文化、维吾尔族的绿洲文化、汉族的农耕文化等得以相互借鉴和交流，丰富了新疆的文化多样性。

在政治层面，伊昭公路对于维护国家统一和边疆稳定具有重要意义。它不仅是连接新疆各地的重要交通线，也是保障国家安全、促进边疆地区社会稳定和长治久安的重要基础设施。

随着旅游业的发展，伊昭公路成了一条风景优美的旅游热线。它沿途的美丽风光和丰富的人文景观吸引了大量国内外游客，对推动新疆旅游业的繁荣起到了积极作用。

在新时代背景下，伊昭公路的建设与维护体现了我国基础设施建设的能力和决心，是"一带一路"倡议中的重要一环。它不仅是一条交通要道，更是中国向西开放、加强与中亚国家联系的重要通道，对于促进区域经济一体化具有深远影响。

伊昭公路在当代社会中扮演着多重角色，它不仅是连接新疆各地的重要通道，更是推动经济发展、促进社会和谐、弘扬民族文化、保障国家安全和融入国际合作的重要载体。阿力木和阿依古丽的旅程，正是伊昭公路在新时代背景下多元意义的生动体现。

夏塔探秘

昭苏夏塔，被世人称为昭苏秘境。

夏塔景区距昭苏县城 70 多公里，临近天山主脉，是一处富有神秘色彩的旅游胜地。

夏塔，一个充满诗意与梦幻的名字，仿佛是夏日里的一场梦，又似是天地间的一曲长歌。

夏塔，是古代突厥人的发源地。这里山峦起伏，冰川纵横，蓝天与绿草交织，犹如一幅流动的画卷。夏季的夏塔更是美得令人窒息，绿色的草地上，各种野花竞相开放，像是大地的绣锦，绚烂而生动。

传说中，夏塔是古代智者的隐居之地。他们在这里修身养性，探索宇宙的奥秘。而今，夏塔的古老传说与历史遗迹仍然吸引着无数人前来探访。

走进夏塔，仿佛走进了一个神秘的世界。这里的山峰、河流、草原都似乎在诉说着古老的故事，到处都有迷人的景致。清澈见底的溪流在草原上蜿蜒流淌，如同一条银色的丝带，将大地装点得更加美丽。在溪流的尽头，有一片神秘的湖泊——神湖。湖水碧绿如玉，据说饮之能延年益寿。每到夏季，湖面上便会盛开一朵朵白色的睡莲，宛如仙子降临人间。

这里，大自然以其无比的创造力，勾勒出一幅幅绝美的画卷。夏塔古道、流沙飞瀑、神龟石、山神老人和哮天犬等景点，都像是大自然鬼斧神工般雕刻而成。

夏塔古道沿途景色秀美，让人流连忘返，自然景色、文化古迹、民族风情等一应俱全。

在夏塔景区众多美丽而迷人的景点中，最引人入胜的莫过于那流沙飞瀑。

在夏日的清晨，阳光洒在高原上，万物苏醒。此时的夏塔，宛如一位待字闺中的少女，清新、静谧。但若你因此而小觑了这片土地，那么定会错过那令人震撼的奇景。

流沙飞瀑，顾名思义，是流沙与飞瀑的结合。那瀑布并非来自山间清泉，而是由滚滚流沙形成。经过千万年的冲刷，夏塔的山体形成了独特的沟壑，每当山洪暴发，洪流便顺着这些沟壑奔涌而下，形成了壮观的飞瀑。

站在远处，只见那黄色的洪流如同一匹奔腾的黄绸，从高处倾泻而下，发出震耳欲聋的轰鸣。阳光下，那飞瀑溅起的水雾，仿佛是金色的烟雾，弥漫在空气中，与蓝天、白云相映成趣。而那流沙，随着洪流的冲刷，不断地翻滚、变化，仿佛是大自然绝妙的舞蹈。

走近些，你能感受到那飞瀑带来的震撼。水雾扑面而来，湿润了你的脸颊，让你不禁想要更接近那壮观的景象。流沙在脚下翻滚，仿佛要将你吞噬。但正是这种危险与美丽的结合，使得夏塔的流沙飞瀑更显神秘。

在这里，你仿佛能听到大自然的呼吸，感受到它那无尽的活力与创造力。那流沙飞瀑，如同大自然的杰作，让你惊叹不已。

然而，这流沙飞瀑并非永恒不变。季节的变化、雨水的多少，都会影响瀑布的大小。有时，那黄色的洪流会变得细小，飞瀑的高度也会降低。但即使是这样，夏塔的流沙飞瀑依然保持着它独特的魅力。

每当黄昏时分，夕阳洒在飞瀑上，那金色的水雾仿佛被点燃，整个瀑布都散发出金色的光芒。此时的流沙飞瀑，更像是一位翩翩起舞的仙女，她的裙摆在夕阳下闪闪发光。

昭苏夏塔的流沙飞瀑，是大自然赠予我们的最美礼物。它以它独特的方式，告诉我们大自然的伟大与美丽。每一次走近它，都会被它的壮丽所震撼，被它的美丽所吸引。让我们珍惜这份美丽，保护这片土地，让昭苏夏塔的流沙飞瀑永远存在。

在夏塔的草原上，还居住着一群热情好客的牧民。他们身着传统服饰，骑着骏马在草原上驰骋。每逢夏季，这里便会举行盛大的赛马会。牧民们聚集在一起，展示他们的骑马技艺，欢歌笑语回荡在草原上空。

夏塔的夜晚更是美妙无比。星空如洗，银河璀璨。在这里，你可以清晰地看到北斗七星、狮子座、仙女座等星座，仿佛与天地星辰进行了一场亲密的对话。此时此刻，你会感受到一种从未有过的宁静与美好。

夏塔不仅是一个美丽的地方，更是一个充满故事与传说的神秘之地。在这里，你可以感受到历史的厚重、自然的神奇、人文的温暖。每一个来到夏塔的人都会被这里的美景与故事所吸引，留下一段难忘的回忆。

愿每一个来到夏塔的人都能找到属于自己的那份美好与宁静，也愿这片神秘的土地永远保持它的纯净与美丽。

穿越时空的千年回响

　　夏塔古道，一条沉睡千年的茶马古道，承载着无数马帮商旅的传奇故事。它起于四川雅安，途经云南大理、丽江，最终抵达西藏拉萨。在这条古道上，我踏上了一段寻迹历史的旅程，聆听那穿越时空的千年回响。

　　古道起始点在广阔的特克斯河畔，盛唐时期的夏塔古城，城墙错落有致，建筑所遗留的瓦片遍地，一下子把游客的思维拉到唐代的盛况下，可以想象当时一支支的军队、商队从此出发，沿古道进入南疆。从夏塔古城向南一走到入山口，道路两边一个高过一个的高大土堆幕鳞次栉比，向人们展现了乌孙时期国力的强大与草原文化的具体内涵。入山以后，自然景色渐渐秀丽，两边茂密的原始森林悬挂在人们视野内的半山腰，其中沟的西边有现代当地居民利用一个小山坡半自然地圈养鹿场；向南古道迂回攀升，异常险峻，在短短的一公里范围内，相对高度增加了200多米，再向山上走，前面豁然开朗。仰望古木参天，层峦叠嶂；脚下却青草丰茂，百花盛开，再往里走草地渐渐减少，被一些低矮的灌木取代。夏塔温泉就展现在你的眼前，从山缝间渗出的温泉水，水温较高，富含各种微量元素，对人的皮肤病及腰腿痛等病有特效。由此向上，举目远眺，可见高大的冰峰，雄伟壮观。脚下的河谷为古冰川作用形成的 U 形谷地，翻过冰达坂就进入终点站温苏县境内。古道若骑马穿越需花费两三天的行程，徒步翻越约需四天的时间。

我们来到夏塔古道的核心地带——夏塔草原。这里水草丰美，牛羊成群。远处，雪山皑皑，白云缥缈。古道在草原上延伸，仿佛一条丝带飘落在天地间。我们漫步在草原上，感受着大自然的恩赐，聆听着风的呼唤。

在夏塔草原，我们还邂逅了一位年迈的藏族马帮商人。他告诉我们，这条古道曾经是茶马互市的重要通道，无数马帮商旅在此往返。他们风餐露宿，历经艰险，用生命诠释着信念和担当。如今，随着时代的发展，古道逐渐淡出了人们的视野，但那段历史却永远铭记在马帮人的心中。

据《大唐西域记》记述，玄奘在翻越凌山时，"山谷积雪，春夏合冻，虽时消泮，寻复结冰。经途险阻，寒风惨烈，多暴龙，难陵犯。行人由此路者，不得赭衣持瓠大声叫唤，微有违犯，灾祸目睹，暴风奋发，飞沙雨石，遇者丧没，难以全生"。

夏塔在蒙古语中称为"沙图阿满"，为阶梯之意。它翻越天山主脊上海拔 3600 米的哈塔木孜达坂，沟通天山南北，乃是伊犁通南疆的捷径。因为清代在木查尔特冰川上设有 70 户专门凿冰梯的人家，因而得名"沙图"，夏特是沙图的转音，意为"阶梯""台阶""梯道"，也有称之为"夏塔"的。夏塔古道全长 120 公里，是伊犁通南疆的捷径。

夏塔峡谷位于昭苏县西南部 70 公里处，在这里峡谷中有一条古代伊犁至阿克苏的交通要道，"夏塔古道"也叫"唐僧古道"，如今这条古道早已废弃，成了探险家的乐园。由于峡谷内地形复杂，高山、激流、冰川使穿越这条峡谷非常危险，极具挑战性。前几年有新疆的探险家在峡谷内遇险，轰动一时，也给这条徒步穿越路线赋予了更多的传奇色彩。如今夏塔古道已经成为最具挑战性、最热门的徒步探险线路之一，吸引了无数的探险爱好者。

古道蜿蜒崎岖，地势险要，有些地段狭窄，仅限人、马、骆驼等人畜通过，车辆难以翻越。自古以来，古道是沟通南疆与伊犁之间的交通便道，受到人们的重视。民间传说唐代高僧玄奘曾穿越此古道。到了清代，达到古道利用的黄金时期。清朝初期，南疆和田、喀什、阿克苏等地区的很多维吾尔族百姓经过古道举家迁移至伊犁地区的昭苏，进而迁往其他地方。现在伊犁各地都有当时移民的后裔。伊犁三区革命时期，当地的民族军也曾利用古道，向南疆进军，现在古道上还保留有当年民族军刻石纪念所遗留的巨石碑文。现代，古道还被断断续续利用，常有南疆的小商贩三五成群赶着牲畜来伊犁做买卖，也常有国内外探险爱好者涉足古道，体验古人翻山越岭的滋味。

夏塔古道的形成可以追溯到唐代。当时，由于唐朝对西藏地区的统治需求，以及藏区对茶叶等生活必需品的需求，促使了这条古道的开通。夏塔古道不仅是商贸之路，也是政治、文化、宗教交流的桥梁。

在夏塔古道上，最为著名的商品是茶叶。四川的茶叶通过这条古道被运往西藏，而西藏的药材、马匹、皮毛等特产则被带回内地。这种以茶叶换取马匹的交易，被称为"茶马互市"。除了茶叶和马匹，古道上的交易商品还包括盐、铁器、丝绸、布匹等。

夏塔古道不仅是商贸之路，也是文化交流的通道。汉族的工匠、商人、僧侣与藏族的民众在古道沿线交流技艺、传播宗教、讲述故事，促进了不同民族文化的融合与发展。

佛教是沿着夏塔古道传播的重要宗教。许多藏族僧侣通过这条古道前往内地学习佛法，而内地的僧侣也通过这条道路前往西藏朝圣。夏塔古道上的许多寺庙和玛尼堆（刻有佛教经文的石堆）见证了这一过程。

在历史上，夏塔古道还具有重要的政治作用。历代中央政府通过这条古道对西藏地区进行政治管辖和军事调度，同时也通过古道传达政令，维护边疆稳定。

进入21世纪，随着现代交通的发展，夏塔古道的商业功能逐渐衰退，然而，它作为历史文化遗产的价值却日益凸显。近年来，政府和民间都在努力保护和修复夏塔古道，使其成为连接历史与现代、内地与边疆的文化纽带。

夏塔古道的历史背景复杂而深厚，它不仅是一条商贸之路，更是一条承载着多元文化交流与民族融合的历史长河。尽管现代社会的发展使得这条古道逐渐沉寂，但它所蕴含的历史价值和文化意义将永远被人们铭记。

由崇山峻岭中一泻而出的夏塔河划开平坦的草原，在烟波浩渺中汇入特克斯河，一览无余的平原，坦荡如砥，芳草萋萋，阡陌纵横，田园错落；一列列的土墩墓，星罗棋布，巨大的土冢犹如一座座小小的山峰；一条平坦的砂石公里穿过山前的草原，延伸到不很远的边境线上……在历史的画页上，这里曾经是一个古老的驿站，关于这里更为古老的地名，人们还不得而知，但在清代，这里被称作沙图阿满军台。

美丽而神奇的夏塔至今保留了不少古道遗迹。夏塔谷口的沙图阿满军台遗址至今可见，不同层次的古墓群，可以使人想见自乌孙、西突厥到有清一代，这里的人类活动景象。沿着夏塔河下行，还有一处神秘的古城遗址——夏塔古城。在平坦的草原上还有多处草原石人像。进入夏塔峡谷，新近开辟了一条草原牧道，据说也是为方便温泉浴的人们而开设的。沿着牧道，在其险峻处还不时可以看到古代开辟的梯蹬遗址。尤其珍贵的是，距峡口不远的路侧，有一块洁白的石头，大如桌面，仿若盘坐的菩萨，人称"菩萨石"。石面用维吾尔文镌刻着文字和新疆三区革命的星月徽记。

夏塔峡谷是一处风景优美的天然峡谷公园。其谷长达4.5公里，一直延伸到冰山脚下，夏塔河，水流湍急，波浪滚滚，终年翻着乳白色的浪花，尤为奇特的是其峡状如甬道，极少弯环，而两岸山岭壁立叠嶂，仿如斧劈。

夏塔地处僻壤，保持了十分原始的状态，这里是野生动物的乐园，不时可见松鼠、旱獭、雪兔、野鸡等动物。有时可见马鹿、黄羊、雪豹等奇兽出没。

夏塔古道上的宗教文化遗迹承载着丰富的历史故事和传说。

西藏布达拉宫是藏传佛教的象征，其历史可以追溯到公元 7 世纪。据传说，当时松赞干布为了迎娶唐朝的文成公主和尼泊尔的尺尊公主，下令建造了这座宫殿。布达拉宫不仅是历代达赖喇嘛的冬宫居所，也是政教合一的统治中心。它收藏有无数珍贵的佛像、壁画和经典，是藏族人民信仰的焦点。

云南松赞林寺被誉为"小布达拉宫"，是云南藏区最大的格鲁派寺院。传说中，该寺是由一位高僧根据佛祖的旨意选址建造的。寺内供奉有五世达赖喇嘛的铜像，以及众多珍贵的佛教文物。松赞林寺的建立和发展，是藏传佛教在云南地区传播的重要标志。

四川的理塘寺是四川藏区最著名的寺院之一，由第三世达赖喇嘛索南嘉措创建。据说，索南嘉措在路过理塘时，看到这里风景优美，便决定在此地建立寺院。理塘寺因此成为了一个重要的佛教圣地，吸引了无数信徒前来朝圣。

云南德钦的梅里雪山是藏民心中的神山，尤其是主峰卡瓦格博，被认为是藏传佛教的守护神。传说中，卡瓦格博峰是莲花生大师的化身，至今仍有许多朝圣者绕山转经，以祈求神灵的庇佑。

西藏盐井古盐田不仅是经济活动的遗迹，也蕴含着宗教文化。当地传说，盐田是由一位佛教高僧所传授的制盐技术，因此盐田的制盐过程也带有一定的宗教仪式。盐井的盐田不仅是生产盐的地方，也是当地人进行宗教活动的重要场所。

四川亚丁稻田的冲古寺位于稻城亚丁，是藏传佛教的一座古老寺院。传说中，寺院是由莲花生大师的弟子所建，寺内供奉有莲花生大师的雕像。冲古寺周围的自然风光与宗教文化相融合，成为了一个宁静神圣的修行之地。

这些宗教文化遗迹的故事，不仅体现了藏族人民的信仰和习俗，也反映了藏传佛教在夏塔古道沿线地区的深远影响。这些故事和传说代代相传，成为古道文化的重要组成部分。

在夏塔古道上，茶马互市的故事是那段历史最生动的篇章之一。

在很久以前，夏塔古道上，有一位名叫张明的汉族茶商。他肩负着家族的使命，带着上等的四川茶叶，踏上了前往西藏的旅程。那时的古道，蜿蜒曲折，险象环生，但张明和他的马帮队伍早已习惯了这样的挑战。

一天，他们在古道上的一个小镇停下休息。这个小镇位于群山之间，是茶马互市的重要节点。张明的茶叶在这里非常受欢迎，因为对于藏区的牧民来说，茶叶是日常生活中不可或缺的物品，它能够帮助消化油腻的羊肉和奶酪。

在市场上，张明遇到了一位名叫卓嘎的藏族女商人。卓嘎带着一群骏马，准备与汉族商人交换茶叶。她的马匹高大强壮，是藏区最优秀的品种。张明和卓嘎在交易中相识，两人虽然来自不同的文化和背景，但都对彼此的商品充满敬意。

交易过程中，张明发现卓嘎不仅对马匹有着深刻的了解，还对汉族的文化表现出了浓厚的兴趣。她向张明询问关于茶叶的知识，张明则向她讲述了中国茶文化的博大精深。两人渐渐熟悉，成了朋友。

在接下来的日子里，张明和卓嘎一起在市场上交易，晚上则围坐在篝火旁，分享各自的故事。张明讲述了四川盆地的富饶和家族茶庄的历史，卓嘎则讲述了高原上的生活习俗和对马的热爱。

时间飞逝，张明和卓嘎在古道上的相遇成为传说。他们的友谊不仅是个人之间的交流，也代表了汉族和藏族人民之间的相互理解和尊重。在茶马互市的过程中，不仅是茶叶和马匹的交换，更是文化和情感的交流。

最终，张明完成了他的交易，准备返回四川。在告别的时候，卓嘎赠送给张明一匹她最钟爱的马，作为友谊的见证。张明则回赠给她一包上等的茶叶，象征着汉族人民的感激和友谊。

张明和卓嘎的故事在夏塔古道上流传开来，成为茶马互市中最动人的篇章之一。它不仅见证了古道上的商贸繁荣，更体现了不同民族之间深厚的情感纽带和文化交融。

这个故事虽然是虚构的，但它反映了夏塔古道上真实发生过的无数交流与相遇。茶马互市不仅仅是经济活动，它更是一种文化交流和民族融合的象征，是夏塔古道历史的精髓所在。

"唐宋八大家"之一的王安石在他的《游褒禅山记》中说："古人之观于天地、山川、草木、虫鱼、鸟兽，往往有得，以其求思之深而无不在也。夫夷以近，则游者众；险以远，则至者少。而世之奇伟、瑰怪、非常之观，常在于险远，而人之所罕至焉，故非有志者不能至也。有志矣，不随以止也，然力不足者，亦不能至也。有志与力，而又不随以怠，至于幽暗昏惑而无物以相之，亦不能至也。然力足以至焉，于人为可讥，而在己为有悔；尽吾志也而不能至者，可以无悔矣，其孰能讥之乎？此余之所得也。"

在梦中，我确定是沿着唐僧三藏法师西去取经走过的足迹去新疆昭苏夏塔古道的，因为我在《大唐西域记》里和玄奘在夏特古道遇见过。我不确定在西汉时期和博望侯张骞一起走过这条被他两次"凿空西域"的长达万余公里的"丝绸之路"，和被车马、驼队一步步"踩踏"出来的夏塔古道是否重叠。因为，"丝绸之路"的东段和西段的线路基本是平直、单一的，到了新疆所在的中段部分，往往是多线并行、纵横交织。因为天山山系从多山脉阻隔，"丝绸之路"从天山东段开始，一线分为三支，形成北线、中线、南线三条干道，最后又在天山西端交会。

自此，天山交通网络的形成，一举奠定了西域的"丝绸之路"枢纽地位。如果东西走向的道路是支撑新疆交通的骨架，那么南北向道路则让这副骨架变得有血有肉。在自然与人类合力之下，天山腹地中诞生了近二十条堪称"天路"的南北向古道，我唯被位于西天山山脉昭苏县境内的夏塔古道深深吸引，并多次在梦中踏行……

在历史的版图画页上，这里曾经是一个古老的驿站，关于这里更为古老的地名，人们还不得而知，可以肯定的是历史上的夏塔古道发挥着极其重要的作用，是沟通伊犁河谷与南疆的最便捷通道，它最兴旺的两个时期是隋唐和清代。当时玄奘从今温宿县境内出发，是沿着夏塔古道北上，在"鬼门关"般的地方穿越冰川地带，不能不令人叹服其毅力。

此时，我对古道的实用价值产生了怀疑：这样一条危险系数极高的路，为何能在唐代成为"丝绸之路"的一段要道呢？思来想去，是人，是人战胜自然的力量！我在现场看到，森扎尔特冰川周围有很多人工开凿的石梯。这些石梯保存比较成型，应该不是千余年前的唐代遗存。此事在《清实录·高宗实录》中有记载。清乾隆二十五年（1760 年），清政府作出了天山南北交通史上的一个重大决定，那就是重开夏塔古道。是年二月，阿克苏办事大臣阿桂率壮丁 300 人、官兵 500 人从阿克苏启程，翻越天山主脊哈拉周里哈山进入伊犁，废弃近千年的古道被凿开。为防止道路被风雪、流水损坏，清廷令地方政府加派 120 户人家负责"錾凿磴道"，对道路进行专门维护。那么，乾隆皇帝为何要大费周折地重开古道呢？答案很可能是为了开发伊犁服务。当时伊犁刚成为西域道府，从南疆各地调遣农民、工匠、官员等约 2 万人进入伊犁，多数是通过夏塔古道完成的，这次迁徙是伊犁民史上的壮举之一。由于生活、贸易需要，后来从南疆征调的大批棉布、棉花、军需物资，也是通过这里完成的。直到 1938 年，古道因缺乏管理而渐渐沉寂。

历经多日的风雨兼程和种种考验，我们来到了夏塔古道的终点——拉萨。站在布达拉宫前，望着夕阳下的古道，我仿佛看到了那些曾经的马帮商旅。他们不辞艰辛，将茶叶、丝绸等物资运往西藏，又将高原的特产带回内地。他们用双脚踏出了这条连接内地与西藏的友谊之路，见证了汉藏民族间的交流与合作。

夜幕降临，我们结束了这段夏塔古道的旅程。回首古道，那段尘封的历史仿佛在眼前浮现。夏塔古道，一条承载着民族精神的文化纽带，将永远镌刻在中华民族的史册之中。

　　时光荏苒，岁月如梭。如今，夏塔古道已不再是繁忙的贸易通道，但它所承载的历史使命和文化内涵却激励着一代又一代人。让我们不忘初心，继续前行，让夏塔古道的千年回响在中华民族伟大复兴的道路上愈发响亮。

野狼谷探秘

昭苏野狼谷群山环抱，绿草如茵，野狼的嚎叫声在山谷间回荡，让人不禁对这片土地充满敬畏与向往。

野狼谷位于天山山脉的怀抱之中，这里山势险峻，怪石嶙峋。谷内，一条清澈见底的小溪蜿蜒流淌，溪水拍打着岩石，发出悦耳的声响。阳光透过密林洒在溪面上，闪烁着耀眼的光芒。在这里，人与自然和谐共处，构成了一幅动人的画面。

野狼谷的野狼，是这里的守护者。它们时而隐匿在丛林之中，时而奔跑在草原之上。每当夜幕降临，山谷里便会传来野狼的嚎叫声，那声音悠远而苍凉，让人感受到野狼谷的神秘与野性。在这里，我们仿佛看到了野狼家族的兴衰历程，它们顽强地在这片土地上生存，传承着生命的火种。

漫步在野狼谷，我们不禁感叹大自然的鬼斧神工。这里的一草一木，都充满了生命力。谷内的野花争奇斗艳，蝴蝶翩翩起舞，小动物们在草丛中嬉戏。而那些高大的松树，犹如守护神一般，屹立在山谷之中，见证着岁月的变迁。

在野狼谷，我们还遇到了一位牧民。他世代生活在这里，与野狼为邻。他告诉我们，野狼并非人们想象中的那样凶残，它们也有情感，懂得敬畏生命。在这片土地上，人与野狼相互尊重，共同守护着这片家园。

野狼的生活习性

在昭苏野狼谷的自然景观中，野狼作为这片土地上的旗舰物种，其独特的生活习性为这片山谷增添了一抹神秘色彩。

野狼是群居动物，它们通常以家庭为单位，形成由一对繁殖配偶和它们的后代组成的狼群。狼群内部有着严格的社会等级制度，由一只雄性领袖（阿尔法狼）和一只雌性领袖共同统治。它们负责领地巡逻、狩猎和决策等重要任务。

野狼是优秀的猎手，它们通常在夜间或清晨进行狩猎。狩猎时，狼群会采取团队合作的方式，利用伏击和追击等策略来捕捉猎物。它们的主要食物包括鹿、野猪、羊等大型草食动物。野狼的耐力惊人，能够连续奔跑数十公里，这在追捕猎物时尤为重要。

野狼对领地有着强烈的意识，它们会通过尿液标记、挖洞和嚎叫等方式来宣示领地。领地的范围取决于食物的丰富程度和狼群的大小。在昭苏野狼谷，狼群的领地可能覆盖数十平方公里，它们会定期巡逻边界，以防止其他狼群侵入。

野狼之间的交流主要通过声音、身体语言和气味进行。它们著名的嚎叫是狼群成员之间的沟通方式，用来聚集群体、宣示领地或沟通情感。此外，尾巴的姿势、耳朵的方向和身体姿态也能传达野狼的情绪和意图。

野狼的繁殖期通常在冬季，这时狼群会寻找合适的洞穴作为繁殖场所。雌狼怀孕大约63天后，会在洞穴中产下幼崽。通常一窝有四到六只幼崽，它们出生时视力不佳，完全依赖父母的照顾。

野狼具有极强的适应能力，它们能够在多种环境中生存，从寒冷的北极到炎热的沙漠。在昭苏野狼谷，野狼适应了山区多变的环境，无论是严寒的冬季还是炎热的夏季，它们都能找到生存的方法。

昭苏野狼谷的野狼，以其独特的生活习性和对自然环境的适应，成为这片山谷中不可或缺的一部分。它们的存在，不仅维持了生态系统的平衡，也为这片土地增添了一分原始与野性的美。在这里，野狼的生活习性与自然景观相互交织，共同演绎着生命的奇迹。

野狼谷的和谐交响

昭苏野狼谷，自然与人文的交融如同天地间的一曲和谐交响。

走进昭苏野狼谷，我们不仅被这里壮丽的自然风光所吸引，更被深植于这片土地的人文气息所打动。山谷中的每一片叶子、每一缕清风，都似乎在诉说着古老的故事。

自然之美，在这里得到了最完美的展现。草原如同巨大的绿色地毯，铺陈在山峦之间，牛羊悠闲地漫步其上，仿佛是这幅画卷中的点睛之笔。而那些错落有致的蒙古包，则是草原上最具特色的人文符号，它们静静地伫立，见证着游牧民族千年的迁徙与变迁。

野狼谷的野狼，不仅是自然生态的一部分，也是这里人文传说的重要角色。在当地哈萨克族和蒙古族的故事中，野狼是勇敢和智慧的象征。人们在敬畏自然的同时，也将野狼的形象融入了自己的文化之中。那些古老的岩画，描绘着野狼的形象，仿佛在诉说着人与自然和谐共生的往事。

在这里，自然与人文的结合体现在方方面面。谷中的小溪旁，我们看到了一块刻有哈萨克族谚语的石碑："水是生命之源，草原是牛羊之母。"这句话不仅表达了人们对自然的感激之情，也体现了他们对待生态环境的智慧。

在野狼谷的深处，我们还发现了一座古老的寺庙遗址，它静静地矗立在山脚下，仿佛在诉说着往日的繁华。这里的壁画虽然已经斑驳，但依然可以看出当年工匠们精湛的技艺和对自然的敬畏。寺庙周围，野花盛开，蝴蝶飞舞，自然与人文在这里交织，构成了一幅动人的画面。

我们坐在草原上，聆听当地牧民弹奏的冬不拉，那悠扬的旋律与山谷的风声、溪水的潺潺声交织在一起，仿佛是天籁。牧民们告诉我们，他们的音乐灵感来源于这片土地，每一个音符都充满了对自然的赞美和对生活的热爱。

昭苏野狼谷，这片神奇的土地，不仅让我们领略了自然的壮美，更让我们感受到了人文的魅力。在这里，自然与人文相互依存，共同谱写了一曲永恒的和谐交响。而我们，作为这片土地的过客，也将这份美好铭记在心，传递给更多的人。

历史长河中的自然与人文交响

昭苏野狼谷，这里不仅是自然生态的宝库，更是历史文化的深厚积淀地。在这片土地上，自然与人文的交融，被历史的长河赋予了更加丰富的内涵。

昭苏野狼谷的历史可以追溯到远古时期。考古学家发现，这里曾是古代游牧民族的重要栖息地。公元前3世纪，这里是乌孙国的领地，乌孙人在这片肥美的草原上放牧，与野狼共生存。他们的生活习俗、宗教信仰，都在这片土地上留下了深刻的烙印。

　　汉朝时期，张骞通西域，开辟了丝绸之路，昭苏地区成了连接东西方的重要通道。野狼谷的战略位置使其成为古代驿站的一部分，见证了无数商队和使者的往来。这些历史事件，不仅促进了东西方的文化交流，也为昭苏野狼谷增添了一分神秘的历史色彩。

　　随着时间的推移，昭苏野狼谷见证了多个民族的兴衰更迭。蒙古帝国时期，这里成了蒙古族人的牧场。他们在这里建立起了蒙古包，留下了独特的游牧文化。而在清代，这里又成为新疆的一个重要行政区域，清朝政府在此设立了哨所，以加强对边疆地区的管理。

　　走进野狼谷，我们可以看到那些遗留下来的历史痕迹。古老的岩画、石碑上的文字、寺庙的遗址，都在无声地诉说着过去的故事。这些历史的见证，与周围的自然景观相映成趣，使得昭苏野狼谷不仅是一个自然景区，更是一本活生生的历史教科书。

　　在野狼谷的深处，有一座被称为"乌孙古墓群"的地方，这里埋葬着乌孙时期的贵族和勇士。这些古墓的发现，为研究古代乌孙人的生活习俗、社会结构提供了宝贵的资料。而墓群周围的自然环境，也让我们得以窥见古代游牧民族与自然和谐共生的景象。

　　今天的昭苏野狼谷，虽然已经不再是古代的繁华驿站，但它依然是自然与人文结合的典范。在这里，我们可以感受到历史的厚重，也能体验到自然的纯粹。当地政府和人民在保护自然环境的同时，也在努力挖掘和传承这里的历史文化。

　　昭苏野狼谷，这个自然与人文交织的地方，不仅是一处旅游胜地，更是一段活生生的历史。在这里，我们不仅能欣赏到自然的壮丽，更能感受到历史的深邃，这是一次心灵的洗礼，也是对过去与未来的一次深刻思考。

野狼谷的自然奇观

昭苏野狼谷，是一处未被现代文明过多触及的自然奇境。这里，大自然的鬼斧神工塑造了一个既雄伟又细腻的生态画卷。

野狼谷坐落在天山山脉的南麓，山谷深邃而狭长，两侧是巍峨的山峰，峰顶常年积雪，闪烁着银白色的光芒。山体多为裸露的岩石，经过亿万年的风雨侵蚀，形成了各种奇特的形状，有的似猛兽张牙舞爪，有的如古堡巍峨耸立。

谷底的草原是野狼谷最富魅力的地方。春夏之际，草原变得绿意盎然，各种野花竞相开放，形成了一片五彩斑斓的花海。蝴蝶和蜜蜂在花间忙碌，为这片寂静的山谷增添了几分生机。秋天到来时，草原逐渐由绿转黄，呈现出一种成熟的美丽。

野狼谷中，一条清澈的溪流贯穿始终，它是山间雪水融化后的汇聚。溪水沿着山谷蜿蜒流淌，时而平缓，时而湍急，发出潺潺的流水声。溪边的石头被水冲刷得光滑圆润，水中的鹅卵石在阳光的照射下，闪烁着耀眼的光芒。

在山谷的阴坡和半山腰，茂密的森林覆盖着山坡。这里的树木以松树和云杉为主，它们挺拔而茂盛，树冠相连，形成了一片绿色的海洋。森林中，偶尔可以看到小动物的踪迹，或是听到鸟儿的鸣叫声，为这片静谧的森林增添了几分活力。

野狼谷之所以得名，是因为这里生活着一定数量的野狼。它们通常在夜间出没，寻找食物。除了野狼，谷中还生活着马鹿、野猪、狐狸、兔子等多种野生动物，它们共同构成了这里的生态链。

野狼谷的气候垂直变化明显，谷底与山顶的温差较大。夏季，这里是避暑的绝佳之地，而冬季则是一片白雪皑皑的景象。春秋两季，气候宜人，是游客们徒步探险、摄影的最佳时节。

昭苏野狼谷的自然景观，是大自然赋予的宝贵财富。这里的每一处景色，都是时间的沉淀，是自然的恩赐。对于热爱自然、渴望探索的人来说，昭苏野狼谷无疑是一个值得一探的神秘之地。

作为首批国家生态文明建设示范县和国家全域旅游示范区，近年来昭苏县立足资源禀赋，不断加大生态环境保护力度，草原生态持续向好，一幅步步是风景、处处能游览的美丽画卷徐徐展开。

我捕捉到了一幅梦幻抹茶山野的画面，如诗如画，仿佛存在于梦中的奇境。那婀娜多姿的山野，令人如痴如醉。蓬勃茂盛的草原，郁郁葱葱的森林，仿佛是童话故事中浪漫而诱人的风景。想象一下，沿着伊昭公路驰骋，沿途的美景如画，近昭苏县城，野狼谷藏匿着野性的魅力，一派原始的美景。赛里木湖的晨光和夕阳光幕闪耀着迷人的色彩，夏塔的林中鲜花竞相绽放，阿坝县附近的草原延绵不绝，仿佛进入了仙境。而昭苏县城则呈现出迷人的田园牧歌景象，唐布拉草原和恰西的森林牧场则是国内的艳丽胜景。每年夏天，这些美景都在静候您的到来，绽放着绝美的魅力，等待着我们去领略。

登上观景台，这里是一处大峡谷，大山、草原、森林、河流、山路……秋色已经显现，云卷云舒，一望无垠的草原，牛群悠然吃草，座座毡房好似珍珠点缀其上。不远处，牧民正将打好的牧草装车、码放，成堆的牧草散落在牧场、房前屋后。一条小河从山谷中流出，哗哗的流水声不绝于耳，仿若草原上奏响的悦耳琴声。远远望去，顿有"此景只应天上有，人间哪得几回闻"之感，久久不愿离去。

关于野狼谷的来历，我在现场看到，伊犁种马场设置的一个写有《野狼谷的故事》的宣传路牌：相传早年战乱时期，当地牧民担心马匹被入侵者抢走，便将马匹赶入这片峡谷，峡谷中有许多野狼，故得名野狼谷。很简短的文字介绍，却勾起了人们的好奇心。

"原来这里不叫野狼谷，而是叫碧海凌云道，可能是因为名字不好记，后来便改名野狼谷。"昭苏县文旅局工作人员杨文圣告诉我，这里是察布查尔锡伯自治县白石峰段通往昭苏县的交通咽喉，原先是一条牧道。

去年，昭苏县投入2400万元，修建了伊犁种马场—野狼谷—S237线乡村道路，全长20.81公里。同时，基于此地良好、优美的自然生态环境，还修建了旅游厕所、停车场、木栈道、观景台等设施，打造成了一个可供游客休息、游玩的免费景点。

路修通后，伊昭公路（S237线）、G219线过往的人越来越多，野狼谷这个景点便跃进人们的视野。随着《野狼谷的故事》流传开来，这里已然变成了一个富有传奇色彩的胜地。这里临近高峰林立的乌孙山主脉白石峰，春夏季气候凉爽，牧草茂密，野花盛开，骏马成群，是一处绝佳的避暑之地，吸引了很多游客赏花游玩。秋景色彩斑斓，阡陌纵横，河流与错落的牧场相辉映，构成一幅幅美丽的秋日画卷，成为一个徒步赏秋的好去处。

它穿越乌孙山，纵贯伊犁河谷这片风光旖旎的绿洲，沿途可见雪山、峡谷、松林、草原、花海、河流、瀑布，风景变化美不胜收。

野狼谷，顾名思义，乃是狼的家园。谷中狼群繁衍生息，与自然和谐共处。这些狼，并非狡猾凶残的野兽，而是有着深厚情感与智慧的生灵。它们与人类之间，似乎有着一种奇妙的默契，彼此尊重，互不侵犯。

谷中的狼，时常在黄昏时分出没。夕阳洒在它们银灰色的皮毛上，熠熠生辉。它们在山林间穿梭，矫健的身姿与大自然融为一体。每当此时，人们便会远远地观望，感叹这大自然的神奇与生命的壮美。

传说中，谷中的狼王是一位智者，它通人性，懂人情，深知生与死的真谛。狼王带领着狼群，在野狼谷中繁衍生息，守护着这片神圣的土地。而人类，也在这片土地上耕耘、放牧，与狼群共同创造了一个和谐的家园。

然而，随着时光的流逝，人类的欲望不断膨胀。有些人开始贪婪地掠夺自然资源，破坏生态平衡。谷中的狼群，也遭受到了前所未有的威胁。它们失去了栖息之地，生存环境日益恶化。

面对这样的困境，狼王并未放弃。它带领着狼群，勇敢地与人类抗争，捍卫自己的家园。在无数次的较量中，人与狼终于达成共识：只有相互尊重，才能共存共荣。

于是，野狼谷的故事传遍了四方。人们被狼群的勇气与智慧所感动，纷纷来到这里，感受大自然的神奇与生命的真谛。而狼群也重新获得了生存的空间，继续在这片土地上繁衍生息。

如今，昭苏野狼谷已成了一个生态旅游胜地。人们在这里亲近自然，感受生命的美好。而狼群也在这里自由驰骋，继续书写着属于它们的故事。

野狼谷的故事告诉我们：生命是平等的，每个生物都有其存在的价值。只有当我们学会尊重自然、珍爱生命时，才能真正实现和谐共生。愿这片神奇的土地永远充满生机与活力，愿人与自然永远和睦共处。

仙女妆镜——昭苏玉湖

　　昭苏玉湖是阿合牙孜沟的一个高山湖泊，海拔 2200 米，位于昭苏县喀夏加尔乡境内，离县城有 45 公里，离沟口不远处一抹碧蓝映入眼帘，如一块巨大的宝石镶嵌在峡谷之间。阳光下湖水通体碧蓝，让人赞叹！

　　夏日里昭苏玉湖格外迷人，蜿蜒曲折的湖水延伸到远方，那一抹蓝色让我沉醉于中，不由感叹它的神奇色彩。同样是冰川形成的湖泊，昭苏玉湖有着不逊于喀纳斯湖的美丽，昭苏玉湖的水来源于天山的木扎尔特冰川，木扎尔特冰川海拔 3600 米，是天山汗腾格里峰冰川区重要的组成部分。

　　玉湖变色的原因是季节变化引起上游河水矿物成分变化，另外，周围群山、植物随季节变化的不同色彩也会倒映湖中，还有阳光角度的变化，以及不同季节的光合作用对湖水的影响也有一定关系。

　　当冰川作用于周围由浅色花岗岩组成的山地时，冰川掘蚀携带的花岗岩岩块经挤压研磨成白色细粉末，混合于冰层内，炎热的夏季夹带有白色细粉末的冰川融化，大量的呈乳白色的冰川融水和雨水进入沟谷，流进玉湖上游的阿合牙孜河，阿合牙孜河的乳白色水再流向下游汇入玉湖，在玉湖里粉末沙粒沉淀后，湖水就呈现和上游河水不一样的色彩，这就是玉湖呈现多种色彩的原因。

昭苏玉湖所在的喀夏加尔乡，是哈萨克族的聚集地，这里雪山林立、草原遍地、河谷在天山流淌而下。去的人都说过：昭苏玉湖，没有更好的词来形容它的存在，想要看到如此的美景，只能亲自去看了。

昭苏玉湖，宛如镶嵌在高原的一颗璀璨明珠，静静地躺在天山山脉的怀抱中。这里，天空如洗，湖水如玉，让人沉醉在这片纯净的天地，流连忘返。

初夏时节，我来到了昭苏玉湖。阳光透过薄薄的云层，洒在湖面上，波光粼粼，仿佛无数珍珠在闪烁。湖边的草原郁郁葱葱，各色野花争相绽放，与远处的雪山相映成趣，构成了一幅美丽的画卷。

漫步湖边，我感受到了昭苏玉湖的独特韵味。湖水清澈透明，仿佛能洗净世间的一切尘埃。微风拂过，湖面泛起层层涟漪，那是大自然在诉说着古老的传说。湖中的游鱼穿梭于水草之间，时而跃出水面，时而潜入水底，为这片宁静的湖泊增添了生机与活力。

站在湖边，遥望对岸的雪山，我仿佛看到了一位美丽的少女，头戴玉饰，身披白纱，静静地守护着这片土地。那雪山便是她的化身，那湖水便是她的眼泪。传说在很久以前，这位少女为了守护家乡，化作了雪山，用泪水滋养着这片土地。因此，昭苏玉湖又被誉为"天山的眼泪"。

昭苏玉湖的美，美在四季。

春天，昭苏玉湖从沉睡中苏醒。湖面的冰层渐渐消融，湖水开始泛起层层涟漪，仿佛在轻声诉说着冬日的梦境。湖边的草地上，嫩绿的小草探出头来，迎接着春日的暖阳。桃花、杏花、梨花竞相开放，将湖畔装点得如同仙境。春风拂过，花香四溢，湖面倒映着五彩斑斓的花影，宛如一幅生动的油画。

夏天，昭苏玉湖展现出最旺盛的生命力。湖水清澈见底，碧波荡漾，阳光照射下，湖面闪烁着耀眼的光芒。湖边的草原上，野花盛开，蝴蝶飞舞，蜜蜂忙碌。远处的雪山在蓝天下显得更加壮丽，与湖面的碧绿形成鲜明对比。夏日的玉湖，是游人嬉戏、牧民放歌的季节，充满了欢声笑语。

秋天，昭苏玉湖变得宁静而深沉。湖边的树木换上了五彩斑斓的秋装，金黄、橙红、深绿交织在一起，倒映在湖面上，美不胜收。秋风起，落叶纷飞，湖面上漂浮着一片片落叶，仿佛在诉说着秋天的故事。此时的玉湖，静谧而优雅，让人感受到岁月的沉淀与宁静。

冬天，昭苏玉湖进入了一个白色的童话世界。湖面结冰，白雪覆盖了湖边的草原和远处的山峰，一切变得纯净而宁静。湖边的树枝上挂满了晶莹的冰凌，阳光照射下，闪烁着耀眼的光芒。冬日的玉湖，虽然寒冷，却有着别样的美丽，那是一种静谧、纯净、令人敬畏的美。

昭苏玉湖的四季，如同一首悠扬的旋律，唱响了大自然的和谐与美丽。

在短暂有限的时间里，我虽然无法领略到玉湖的四季之美，但是，我却有幸亲身体会了它白天和晚上的美丽。

当晨雾渐渐散去，阳光普照大地，玉湖揭开了它白日的面纱，展现出它独有的风采。

清晨的阳光洒在湖面上，湖水波光粼粼，如同无数细碎的钻石在闪烁。湖面的颜色随着阳光的角度变化而变幻，从浅蓝到深蓝，再到碧绿，每一种颜色都纯净得让人心醉。湖水清澈透明，可以清晰地看到湖底的砂石和水草，偶尔还有成群的小鱼在水中穿梭，活泼而自在。

湖边的草原在阳光下显得更加翠绿，各色野花竞相开放，花香四溢。蜜蜂和蝴蝶在花间忙碌，它们是这片土地上勤劳的精灵。远处的雪山在蓝天下显得更加壮丽，山脚下的森林郁郁葱葱，与湖面的碧绿相映成趣，构成了一幅和谐的山水画卷。

玉湖上空，蓝天如洗，白云悠悠，倒映在湖面上，仿佛是另一个世界。湖边的步道上，游客们或悠闲地散步，或驻足观赏，或拿起相机记录下这美丽的瞬间。孩子们的欢笑声、游人的赞叹声与鸟儿的鸣叫声交织在一起，构成了玉湖白天的生动乐章。

湖边的凉亭里，偶尔有几位老人在悠闲地聊天，他们讲述着关于玉湖的传说，让游客们听得如痴如醉。而那些年轻的情侣，则喜欢在湖边的长椅上相依相偎，享受着湖光山色带来的浪漫时光。

昭苏玉湖的白日景色，既有大自然的宁静与和谐，也有人间的温馨与欢乐。在这里，每一刻都是那么地美好，每一眼都是那么地难忘。玉湖，就像是一颗镶嵌在高原上的明珠，无论岁月如何变迁，它都静静地闪耀着属于自己的光芒。

当夜幕降临，昭苏玉湖的夜晚景色展现出它神秘而宁静的一面，仿佛是天地间的一颗璀璨明珠，在黑暗中独自闪耀。

月光下的昭苏玉湖，波光粼粼，湖面反射着银色的月光，如同铺上了一层薄薄的纱巾。湖水在夜晚变得更加深邃，那些白日里清晰可见的游鱼和水草，此刻都隐没在幽蓝的湖面之下，只留下微微的波纹，轻轻摇曳。

湖边的草原在夜色中变得朦胧，远处的雪山轮廓依稀可见，它们像是守护着玉湖的巨人，沉默而庄严。星星点点的夜空中，银河横跨天际，仿佛是一条连接着天地之间的桥梁，让人不禁幻想那头的世界。

夜风轻轻吹过，带来了湖水的清新和草原的芬芳。湖边的树木在风中轻轻摇曳，影子婆娑，仿佛在低语。偶尔，一两声蛙鸣或虫鸣打破了夜的宁静，却又很快被夜色吞没。

如果运气足够好，还能在昭苏玉湖的夜晚看到流星划过天际，那一刻，时间仿佛静止，只剩下心跳与湖水的波纹共鸣。湖边的篝火晚会也许已经结束，但那份温暖和欢声笑语似乎还留在空气中，与夜的静谧交织在一起。

昭苏玉湖的夜晚，是那样地宁静而美丽，它让人忘却尘世的喧嚣，沉浸在这片天地间的和谐与安宁之中。我由衷地赞美：

在夜的怀抱，玉湖静卧，星辰点缀，月华如昼。

波光潋滟，银辉舞动，湖面如镜，倒映天地梦。

雪山沉默，守护着宁静，草原轻吟，夜风传递情衷。

玉儿歌声，穿越时空缥缈，猎人山峰，守望爱的传说。

露珠闪烁，夜色温柔，湖畔花香，沉醉游人心扉。

星空下的玉湖，神秘而深邃，宛如仙境，引人探寻无尽的韵味。

在这里，心灵得以洗涤，梦想得以放飞，而玉湖，就像一位智者，静静地守护着每一位夜色中的访客。

玉湖之美，不仅在于它的自然风光，更在于它所承载的文化底蕴。这里曾是古丝绸之路的重要通道，见证了东西方文化的交流与融合。如今，湖畔的古城遗址、寺庙和石窟，仍在向世人诉说着那段悠久的历史。

在昭苏玉湖的宁静水面下，隐藏着一个古老的民间传说，它为这片美丽的湖泊增添了一抹神秘的色彩。

相传在很久很久以前，昭苏草原上有一位美丽的牧羊女，她的名字叫作玉儿。玉儿拥有着如湖水般清澈的双眸和如草原般柔美的笑容。她每天都会带着羊群在昭苏玉湖边放牧，她的歌声能引来百鸟，她的笑容能照亮整个草原。

有一天，玉儿在湖边偶遇了一位英俊的猎人，他是天山上的守护神。猎人对玉儿一见钟情，而玉儿也被猎人的勇敢和善良所吸引。两人相爱了，他们的爱情如同昭苏玉湖的湖水一般纯净。

然而，美好的时光总是短暂的。天神发现了猎人的凡心，认为这是对神职的亵渎，于是降下惩罚，将猎人化为湖边的一座山峰，永远守护着这片土地。玉儿得知这个消息后悲痛欲绝，她的泪水如泉涌，不停地流淌，最终汇聚成了昭苏玉湖。

玉儿每天都会来到湖边，对着湖中的山峰诉说她的思念和爱意。她的歌声和泪水，使得昭苏玉湖的湖水变得异常清澈，仿佛能够映射出玉儿纯洁的心灵。而每当夜晚来临，湖中的月亮和星星，就像是玉儿和猎人相爱的见证，永远照耀着他们。

据说，如果在月圆之夜站在昭苏玉湖边，静静地倾听，就能听到玉儿那悠扬的歌声和猎人的回应。他们的爱情故事，就这样一代代传了下来，成为昭苏玉湖永恒的传说。

如今，昭苏玉湖的湖水依旧清澈，湖边的山峰依旧挺拔，它们似乎在默默诉说着那段古老的爱情传说。而每一位来到昭苏玉湖的游客，都会被这里的美丽景色和动人故事所打动，在心中留下深刻的印记。

居住在玉湖周围的牧民，他们的生活则是一首悠扬的牧歌，是一幅生动的风情画，充满了质朴与和谐。

清晨，当第一缕阳光透过薄雾，洒在昭苏玉湖的湖面上，牧民们便开始了一天的劳作。他们驾着马车，或是骑着骏马，沿着湖边的小路，将牛羊赶到肥美的草地上。孩子们则欢快地跟在后面，他们的笑声在清晨的空气中回荡。

湖边的草地上，牛羊悠闲地吃着新鲜的牧草，不时发出满足的哞哞声和咩咩声。牧民们则坐在一旁，有的拿出烟斗，静静地抽着烟，享受着清晨的宁静；有的则开始准备早餐，升起的炊烟在湖边的空气中袅袅上升，混合着草香，构成了独特的乡村气息。

午后的阳光炽热，牛羊们在湖边的水源处饮水，牧民们则聚在树荫下，享用着简单的午餐，通常是新鲜的牛奶、奶酪和烤羊肉。他们边吃边聊，谈论着天气、收成和孩子，话题简单而温馨。

傍晚时分，夕阳将湖面染成一片金色，牧民们开始将牛羊赶回圈舍。湖边的篝火被点燃，火光跳跃着，照亮了每个人的脸庞。女人们忙碌地准备晚餐，男人们则围坐在篝火旁，弹奏着冬不拉，唱着悠扬的牧歌，歌声在夜空中飘荡，充满了对生活的热爱和对自然的赞美。

夜晚，湖边的星空格外璀璨，牧民们躺在帐篷里，听着湖水拍打岸边的声音，感受着大自然的律动。他们知道，明天又是新的一天，又将迎来新的日出，他们的生活就这样在湖边的岁月里，简单而平静地流转。

湖边的牧民生活，虽然简朴，却充满了诗意。他们与自然和谐共处，从湖水中汲取生活的智慧，从草原上获取生命的力量。在这里，时间仿佛慢了下来，每一刻都充满了宁静与满足。

昭苏玉湖，你是高原的明珠，是天山的泪滴，是我灵魂的港湾。我将带着你的美丽，你的故事，继续前行。在未来的日子里，无论我走到哪里，心中都会有一片昭苏玉湖的清澈，照亮我前行的路。

愿风儿轻轻吹过，带去我对你的思念；愿月光洒满大地，照亮你宁静的梦境。昭苏玉湖，愿你的美丽永恒，愿你的故事流传千古，愿你的怀抱永远温暖那些寻找心灵归宿的旅人。再见了，我心中的玉湖，愿我们终有一天，在繁花似锦的季节重逢。

探秘汗腾格里峰

位于昭苏县的汗腾格里峰，是大自然鬼斧神工造就的一幅令人叹为观止的画卷，吸引着无数探险者和游客前来一睹其风采。

初夏时节，我们一行人驱车来到了昭苏县。站在县城远眺，一座巍峨的山峰矗立在云端，那便是汗腾格里峰。它如同一位威严的守护者，守护着这片土地的宁静与祥和。

清晨，我们在山脚下整装待发，心中充满了对未知世界的好奇与期待。阳光透过树叶的缝隙，洒在我们脸上，带来一丝温暖。此时的我们，对于即将开始的登山之旅，心中充满了兴奋。我们想象着山顶的美景，想象着自己站在高峰之上的豪情壮志，那种即将征服自然的激动心情，让我们的心跳加速，步伐也变得轻快起来。一切准备工作就绪后，在当地向导的带领下，我们开始了对汗腾格里峰的探险之旅。

沿途，我们欣赏到了昭苏大草原的美丽风光。绿草如茵，野花遍地，成群的牛羊悠闲地漫步在草原上。蓝天、白云、绿草、牛羊，构成了一幅和谐的画面。而在这画面背后，汗腾格里峰的身影若隐若现，仿佛在诉说着古老的传说。

随着攀登的开始，我们的心情逐渐稳定下来。一开始的路程相对平缓，我们跟随着向导，一步一个脚印地向上攀登。此时的我们，心中充满了坚定与自信，认为自己一定能够顺利到达山顶。每一次抬头望向山顶，都感觉它离我们更近了一些，这种成就感让我们更加坚定了前行的决心。

当我们进入山腰地带，面对的是一段布满碎石的陡坡。每一步踩下去，脚下的碎石就会滑动，让我们不得不小心翼翼地寻找稳定的落脚点。有时候，一个不小心，碎石就会像流水一样下滑，带动我们的脚步不稳，甚至有几次，队伍中的成员差点滑倒，幸好有队友及时伸手相助，才避免了危险。

在我们穿过一片松树林时，一只活泼的小松鼠突然从树上跳了下来，它的动作敏捷，眼睛闪闪发光，好奇地打量着我们这群不速之客。小松鼠在我们周围跳来跳去，似乎在向我们展示它的领地。队员被它的可爱模样逗得笑了起来，纷纷拿出相机想要捕捉它的身影。小松鼠似乎很享受这种关注，它甚至在队员伸出的手上大胆地跳了一下，然后才带着一串欢快的"吱吱"声消失在树林中。

在一段路程中，我们面对的是几乎垂直的岩壁。岩壁上的岩石经过岁月的侵蚀，呈现出各种各样的形态，有的如同利剑般锋利，有的则圆润如馒头。岩壁上不时有瀑布飞流直下，水花四溅，给这片险峻之地增添了一抹生机。我们小心翼翼地在岩壁上寻找着落脚点，每一次攀爬都是对自然力量的敬畏。

当我们攀登到一个开阔的岩石平台时，突然发现前方有一群岩羊在悠闲地吃草。它们警觉性极高，一发现我们的接近，立刻敏捷地跳上岩石，迅速逃离。岩羊在险峻的山石间跳跃，如履平地，让我们惊叹于它们对环境的适应能力。向导提醒大家保持安静，不要惊扰这些高山上的生灵。我们静静地站在原地，目送岩羊群消失在远处的山脊。

随着我们不断攀登，山间的气候变化无常。刚才还是晴空万里，转眼间，山头的乌云便开始聚集，带来了一阵突如其来的小雨。雨滴打在树叶上，发出清脆的声响，山间的雾气也随之升腾，让整个山谷变得朦胧而神秘。雨后，阳光再次穿透云层，山间的彩虹如同一座桥梁，连接着天际与大地。

在山腰处，我们穿越了一片茂密的森林。树木高大挺拔，枝叶繁茂，阳光透过树叶的缝隙，在地上投下斑驳的光影。森林中，各种植物争相生长，偶尔还能见到小动物在树丛中穿梭。我们沿着林间小道前进，耳边是虫鸣鸟叫，心中是满满的宁静与祥和。

在一片高山草甸上，我们邂逅了一头雄壮的马鹿。它站在那里，高昂着头，鹿角如同树冠般繁复。我们对视了一会儿，马鹿似乎并不害怕，反而好奇地朝我们走了几步。队员们屏住呼吸，生怕惊动了它。最终，马鹿在我们敬畏的目光中转身离去，留给我们一个优雅的背影。这一刻的相遇，让我们感受到了与野生动物和谐共处的美好。

随着海拔的升高，山路变得越来越陡峭，我们的步伐也逐渐沉重。此时，疲惫开始侵袭我们的身体，心中的动摇也开始滋生。我们开始怀疑自己的能力，担忧是否能够坚持到最后。每一次休息，都不禁望向遥不可及的山顶，心中的焦虑和恐惧逐渐累积，甚至有些人开始考虑放弃。

在向导和队友的鼓励下，我们开始调整心态，告诉自己不能轻易放弃。我们深呼吸，调整步伐，一步步克服眼前的困难。心中的勇气被重新点燃，我们开始自我激励，用各种方法给自己打气。每当我们翻过一个又一个陡坡，心中的成就感便战胜了疲惫和动摇，让我们继续前行。

在攀登途中，我们偶然发现了一段隐藏在密林中的古栈道。这些栈道由古时的朝圣者或商人所建，经历了数百年的风雨侵蚀，依旧坚固地嵌在山壁之上。队员们在栈道上行走，不禁想象着古人是如何在这险峻的山岭中开辟出一条道路，心中充满了对前人智慧和勇气的敬意。

在山路上，我们看到了许多五彩斑斓的风马旗（经幡）。这些旗帜上印有经文和吉祥的图案，是当地藏族居民用来祈福的一种方式。风吹过，风马旗猎猎作响，仿佛在为登山者诵经祝福。队员们也纷纷在风马旗前驻足，许下自己的愿望，希望这次登山之旅能够平安顺利。

就在我们信心满满地继续攀登时，天空中突然聚集了乌云，随即豆大的雨点夹杂着冰雹倾泻而下。我们没有预料到天气变化如此剧烈，只能匆忙地穿上雨衣，但风雨依旧无情地打在我们身上，山路上水流成河，我们的视野也变得模糊。在这恶劣的天气中，每前进一步都变得异常艰难。

是继续前进还是停下来休息，大家意见出现了分歧。有人说，好容易来了，岂能半途而废；有人说，应该停下来休息，以免发生意外。向导将目光看向我，作为一个心宽体胖的老同志，我的意见是，休息一会儿，避避雨，恢复体力后，看天气是否好转，再决定是否前行。

短暂的休息期间，为了调节大家的情绪和缓解疲劳，向导给我们讲述了一个关于汗腾格里峰的传说。传说中，山峰是山神的居所，山神会保佑那些心地善良、勇敢坚毅的登山者。这个故事让队员们对这座山峰有了更深的情感连接，也让我们在接下来的攀登中多了一份敬畏和信念。

雨停了，大家吃了点儿东西，补充过体能，决定继续前进。

越往上攀爬，空气变得越稀薄，队伍中的一些成员开始出现高原反应的症状，头痛、恶心、乏力，这些症状让他们的步伐变得沉重，甚至有人不得不停下来休息，吸氧以缓解不适。面对这种情况，我们不得不放慢速度，互相扶持，确保每个人都能安全地继续前进。

在攀登过程中，每当有人因为疲惫而想要放弃时，队伍中的其他成员便会围拢过来，用温暖的话语给予鼓励。在半山腰的休息点，向导从背包里拿出了一块自制的能量棒，递给了旁边看起来有些虚弱的队友，让她补充能量，保持体力。

世上无难事，只要肯登攀。稍作休息后，我们继续向上攀爬。在跨越冰川那段行程的艰险道路上，冰川上布满了裂缝，一不小心就可能踏进隐藏的冰裂缝中。我们系上安全绳，小心翼翼地踩在向导的脚印上，每一步都如履薄冰。寒风呼啸，冰面反射的阳光非常刺眼，我们既要克服心里的恐惧，又要应对身体的不适，这场跨越冰川的挑战无疑是对我们意志力的极大考验。

攀爬之路越来越艰险，随着海拔的不断升高，我们逐渐走进了汗腾格里峰的怀抱。山间气候更加变化无常，时而晴空万里，时而乌云密布，让人捉摸不透。

在攀登至山顶的过程中，我们抬头望去，只见一只雄鹰在蓝天中翱翔。它的翅膀宽广，每一次挥动都显得那么有力。雄鹰在空中盘旋，仿佛在俯视着我们这些渺小的登山者。它的出现，让我们感受到了自由与力量，也激励着我们继续向上，不畏艰难。随着我们登上山顶，雄鹰似乎也在向我们致意，然后振翅高飞，消失在天际。

在攀登途中，我们经过了一个用石头堆砌而成的纪念堆。这是为了纪念那些在登山过程中不幸遇难的勇士。队员们默默地在这里放上一块石头，以示对逝者的尊重和纪念。这个简单的行为，让我们更加珍惜眼前的旅程，也让我们思考生命的脆弱与坚忍。

我们还经过了一处遗迹，那是古代丝绸之路上的商队留下的驿站遗址。队员们站在废墟上，想象着千年以前，这里曾是驼铃声声、商贾云集的繁华场景，心中不禁对那段历史充满了敬意。

在攀登过程中，向导指着一处山脊说，那里据说是成吉思汗曾经检阅军队的地方。队员们望着山脊，仿佛能穿越时空，看到那位伟大的征服者在这里审视着他的勇士。这些传说给汗腾格里峰增添了一层神秘的历史色彩。

据当地传说，昭苏地区曾是成吉思汗的军队驻扎的地方。在汗腾格里峰附近，我们发现了属于察合台汗国的遗迹。这些遗迹包括一些石制的建筑基座和雕刻着古老文字的石头。察合台汗国是成吉思汗的孙子察合台建立的，这些遗迹见证了那个时代的辉煌与衰落。队员们在这里驻足，试图解读那些神秘的文字，感受历史的沧桑。

在攀登途中，我们看到了许多草原文化的痕迹，比如哈萨克族的毡房、蒙古族的摔跤场，还有那些游牧民族留下的岩画。这些文化遗迹让我们对这片土地上的生活方式有了更深的理解。

在汗腾格里峰下，有一座古老的寺庙，这里是当地居民信仰的中心。寺庙内供奉着山神，每年都有许多信众前来朝圣。队员们了解到，这里的宗教信仰融合了佛教、萨满教等多种元素，形成了一种独特的山地文化。这种文化的传承，不仅体现在宗教仪式上，也融入了当地居民的生活之中。

在向导的带领下，我们继续攀登。沿途，我们遇到了许多珍稀植物，如天山雪莲、高山杜鹃等。它们在这片土地上顽强生长，见证了汗腾格里峰的沧桑岁月。

临近黄昏，山路变得更加难行。队员们在黑暗中彼此依靠，互相提醒前方的路况。"小心，这里有个大石头，别绊倒了。"头灯的光束在夜色中交错，形成一道独特的风景线。在这样的环境中，每个人的心都紧紧相连，共同迎接黎明的到来。

经过一天的艰苦攀登，我们在夜晚抵达了预定的营地。当夜幕完全降临，天空中的星星开始闪烁。这里的星空格外清晰，仿佛可以触摸到那些遥远的星辰。银河横跨天际，无数的星星点缀其间，让我们感受到了宇宙的浩瀚与自己的渺小。在这片星空下，我们感受到了一种前所未有的宁静与平和。

在夜晚的营地，向导告诉我们，中国境内天山山脉有现代冰川6896条，总面积为9548平方公里，其中53%集中于此，以山汇为中心呈不对称放射状分布。在托木尔峰与汗腾格里峰之间，发育了最大冰川——南依诺尔切克冰川，长61公里，下游伸入吉尔吉斯斯坦境内；此外还有台兰峰东侧的土盖别里齐冰川，长37.8公里，西琼台兰冰川长25公里（雪线4200～4300米，冰川作用下限3084米）等。这些冰川以长大的树枝状山谷冰川为分支，拥有多级支流和狭长的冰舌，冰面表碛密布，热喀斯特地貌，形态上有其独特之处，因此有"土耳其斯坦型"冰川之称，中国则称为"托木尔型"冰川。众多冰川和大面积的积雪消融，是其南北坡阿克苏河、木扎尔特河和特克斯河等的主要补水来源，并孕育了南北片片绿洲。

我们听着向导的讲述，感叹大自然的神工雕琢的同时，对天山山脉的冰川的敬畏之情也油然而生。

夜晚休息时，在我们露营的营地附近的灌木丛中传来窸窸窣窣的声音。借助手电筒的光芒，我们发现了一双闪烁的眼睛。原来是一只夜间出没的野兔，它似乎被我们的灯光所吸引，但又不敢靠近。队员们轻声谈论着这只小动物，它的一举一动都引起了我们的兴趣。最终，野兔似乎觉得我们并不具备威胁，便继续它的夜间觅食之旅。

经过一晚上的休息，第二天一早，我们又开始了向汗腾格里峰顶的攀爬。

当第一缕阳光透过山巅，洒在山谷之中，整个世界仿佛被一层薄薄的金色纱巾覆盖。山间的空气清新而凉爽，带着泥土和草木的清香。鸟儿在枝头欢快地歌唱，唤醒了沉睡的大地。我们沿着蜿蜒的山路继续前进，路旁的野花在露水的滋润下，显得格外娇艳。

当我们攀登到海拔较高的区域，山顶已不再遥不可及。此时，我们的心情再次变得激动起来。每一次抬头，都能看到山顶的轮廓越来越清晰，那种即将成功的喜悦让我们忽略了身体的疲惫。我们加快了步伐，心中充满了对山顶美景的期待，仿佛已经感受到了站在高峰之上的荣耀。

站在山腰间，向下俯视，眼前忽然闪现一幅生动的画卷：辽阔的牧场缀着星星点点的毡房，马群在草原上奔腾；错落有致的农舍间，鹅群在村头追逐；潺潺湲湲的河流绕过郁郁葱葱的林海，流向远方的雪山深处。回望眼前的兀山险峰，沟壑万丈，回环绕转，鬼斧神工，峭壁上山花烂漫，蝶飞蜂舞，绿苔茵茵，鸟鸣婉转，草被青翠，绵延蜿蜒，让人赏心悦目；参天林木遮盖，穿庐蔽荫，山风呼啸，松涛咆哮，蒸腾的气流徐徐升腾，袅袅娜娜，宛若一条白练直挂云天。被阳光反射着的冰川雪峰，透射出七彩斑斓，幻化成大小均匀的光环，悬在半空中不消不散。一只鹰隼显得格外俊逸，在大气蒸腾的云层里盘旋，久久而不肯离去。

山中大雨倾盆而下，艰难地攀行二十多分钟，直达汗腾格里山的中峰。脚下皑皑白雪晶莹浑然，阳光反射到雪壁上，夺目刺眼。此时此刻，直觉告诉着自己，山顶的空气明显稀薄，气温急剧下降，云层在疯狂地翻动，一场倾盆大雨就要立刻泼向巍峨的汗腾格里山峰。这时中间有人要求立即下山，也有人要坚持等到这场大雨过后继续向上攀登。不到五分钟，整个西天山笼罩在黑压压的云层里，瓢泼大雨倾盆而下，大家只好找到一个凸起的崖壁下躲雨。

昭苏当地有一句农言，"春雨绵绵，连阴半月"，但人们来时听当地的老乡说夏季的昭苏高原夏雨比起往年少之又少，整个夏天几乎是干旱。时间随着眼前的倾盆大雨而过，人们只能躲在崖壁下盼着雨停下来。似乎老天故意捉弄我们，一点也没有停下来的征兆。两个多小时过去了，雨渐渐地停了下来，天空中飘着星星点点的毛毛细雨。

山若水洗一尘不染：雨过天晴，阳光分外妖娆，大地更加娇美，整个西天山宛若水洗一样，尘埃不染。

当我们抵达海拔3000米左右的草甸时，眼前的景象让我们惊叹不已。只见一片片高山草甸如同绿色地毯，铺满了整个山谷。草甸上，野花争艳，蝴蝶翩翩起舞，仿佛置身于仙境一般。

又经过一天的艰苦攀登，我们终于登上了汗腾格里峰的顶峰。站在山顶，俯瞰群山，一种征服自然的自豪感油然而生。此时，阳光穿透云层，洒在雪山之巅，闪耀着金色的光芒。我们不禁感叹大自然的神奇魅力，也为自己的坚持和勇气感到骄傲。

在山顶，我们还遇到了一位年过六旬的登山爱好者。他告诉我们，这是他第五次攀登汗腾格里峰。他说，每一次攀登都有不同的感悟，但不变的是对大自然的敬畏之情。我们还遇到一位外国登山者，尽管语言不同，但大家对大自然的热爱和对高峰的敬畏是相通的。我们通过手势和简单的英语交流，分享了自己的登山经历和对这座山峰的情感。这一刻，不同文化的交流让我们的登山之旅变得更加丰富多彩。

这时已是下午六点多，时间已不允许我们继续攀登顶峰，到了夜晚也不可能住在山上，再说各方面的条件都不允许我们滞留，经过大家一番商议，还是决定下山。常言道，登山容易下山难。这话使人们第一次真正体会到并不夸张。等到人们下了山，回到乡政府所在地，已是深夜十二点多。乡政府用当地哈萨克族最热情的礼仪招待了我们。

汗腾格里峰的险峻、高海拔与绝美景色，将永远吸引着勇敢的心灵去探寻、去征服。而这座山峰所蕴含的精神内涵，将成为人类文明史上一份宝贵的财富。

云端草原

新疆伊犁哈萨克自治州昭苏县萨尔阔布乡境内的云端草原上，各类野花竞相绽放，连绵起伏的山峦像是大自然随意涂抹的画板，牛羊在草原上悠闲觅食，成群的骏马肆意奔跑，与白云、雪山、松林共同构成一幅壮丽的夏日图景。昭苏县云端草原平均海拔 2500 米，由于地势较高，与天山相连，在高处可俯瞰昭苏大地，草原紧挨天山木扎尔特冰川，距离昭苏县城 60 公里，是昭苏高原优质的夏牧场。

云端草原位于新疆昭苏县萨尔阔布乡，毗邻昭苏水帘洞景区，距离昭苏县城约 45 公里。由于地势较高，与天山相连，绵延至天边，可俯瞰昭苏大地，山区天气变幻莫测，时常伴有云雾缭绕，因此得名"云端草原"。

云端草原最美的季节在五月，漫山遍野开满金莲花，还有野生"勿忘我"等多种野花。

由于地理位置等原因，这里的动物对突然到访的我们非常好奇，马儿凑上来看我摆弄相机，那种感觉非常美妙，仿佛自己很好地融入了这个世外桃源。

云端草原属于一处"野景"，不是景区却胜似景区，很多人听过她的美名，却未曾有幸到访，就连绝大部分昭苏本地人也找不到具体通往云端草原的路。

云端草原是一个壮丽的自然胜景，其景观宛如天堂一般让人心驰神往。在这里，拥有高海拔地区的清新空气，可以俯瞰壮观的雪山，或是沐浴在阳光下，眺望一望无际的绿色草原。

踏上这片草原时，我们被大自然的雄伟壮丽所震撼。无数的鲜花在风中摇曳，草原上的动物自由自在地奔跑，高空中几只雄鹰在盘旋……这里的一切都是如此自然而纯粹，让我们仿佛重新找到了最初的宁静与美好。

对于喜欢户外活动和冒险的旅行者来说，云上草原也是一个绝佳的目的地。您可以尝试草原骑马、徒步旅行、独木舟划水等各种活动。在这里，我们可以在大自然中尽情挥洒汗水，享受刺激与快乐。

踏上这片草原，仿佛走进了一幅天然的画卷。草原如绿波荡漾，与天际相接，那无尽的绿色仿佛能洗净一切尘世的烦恼。而草原上的牛羊，悠然自得，仿佛是大自然的点缀，又像是这片土地的守护者。

在这里，草原与天空似乎没有了界限。那朵朵白云仿佛触手可及，它们在天空中自由自在地飘浮，时而像绵羊，时而像棉花糖。每当夕阳西下，天空被染成了金黄色，那金色的光洒在草原上，一切都变得那么温柔、那么宁静。

在这片草原上，有一个传说。很久以前，一位英勇的骑士为了保护这片土地和草原上的生灵，与恶势力展开了激战。最终，他牺牲了自己，化作了草原上的一座山峰，永远守护着这片土地。每当夜幕降临，月光洒在那座山峰上，仿佛还能看到他英勇的身影。

在这片草原上，还有一处神奇的地方——喀拉盖。据说，这里隐藏着无数的宝藏和秘密。有人说，这里曾是古代丝绸之路的驿站，商人们曾在这里交换货物、交流文化。也有人说，这里曾是一座神秘的城堡，里面住着一位拥有神奇力量的女王。但无论传说如何，这里总是充满了无尽的神秘和魅力。

在昭苏喀拉盖的云端草原景区，每一次呼吸都仿佛能吸入大自然的清新和宁静。这里没有城市的喧嚣和繁忙，只有草原的宁静和美丽。在这里，你可以尽情地感受大自然的魅力，也可以静静地聆听那些尘封的故事和传说。

夜晚来临，云上草原也会呈现出不同于白天的美丽风景。星空如画般铺满了整个天空，抬头望向天空，星星点点的繁星在夜空中闪烁，那些星星仿佛在向你诉说着古老的秘密和未来的希望。映衬着迷人的牧民歌声和篝火的熊熊烈焰，带给了我们一个终生难忘的美丽夜晚。

在这片草原上，你可以找到属于自己的那颗星，也可以找到属于你的那片天空。

在这片云端之上的草原景区，每一次旅行都是一次心灵的洗礼。这里的美景和故事总能让人忘记尘世的烦恼和纷扰，找到内心的平静和安宁。如果你还没有来过昭苏喀拉盖的云端草原景区，那么不妨安排一次旅行，来这里感受大自然的美丽和神秘吧！

在云上草原，刺激与美景的完美结合为您呈现了一场完美的旅行。不管是渴望冒险，还是想要远离城市喧嚣，这里都会为您带来一场奇妙的冒险之旅。

壮美的昭苏木扎尔特冰川

在新疆伊犁哈萨克自治州昭苏县境内，有一处被誉为"天山秘境"的胜地——昭苏木扎尔特冰川。在这个夏日，我有幸踏上了这片神秘的土地，一睹其壮美风光。

木扎尔特冰川海拔 3600 米，是天山西部汗腾格里峰冰川区的重要组成部分，它所覆盖的昭苏、特克斯、巩留三县有冰川面积 1495.5 平方公里。这里地势险要，气候寒冷，冰川运动激烈，常人难以涉足。

木扎尔特冰川又称木素尔岭达坂，蒙古语的意思是"白冰川"。冰川冰峰兀起突立，常年不化，最厚冰层达 20 米，据说一年四季常有冰峰崩裂，声音响亮清脆，令人毛骨悚然。

晨曦初露，我们便驱车从昭苏县城出发，沿着蜿蜒的山路前行。道路两旁，绿草如茵，野花盛开，成群的牛羊悠闲地吃着草。随着海拔的升高，空气愈发清新，天空湛蓝如洗。经过两个多小时的跋涉，我们终于来到了木扎尔特冰川脚下。

站在山脚下，仰望木扎尔特冰川，我不禁为它的雄伟壮观所震撼。冰川从天山的怀抱中延伸而出，如一条巨大的玉龙，静静地卧在山谷之中。阳光照射在冰川上，闪耀着银白色的光芒，仿佛是仙境一般。这里的冰川，与我国其他冰川相比，有着独特的韵味。

沿着蜿蜒的山路，我们开始攀登。一路上，冰川融水汇成的溪流潺潺，仿佛在诉说着千年的故事。越往上走，空气越稀薄，呼吸也变得困难。但当我们置身于冰川之中，一切疲惫都烟消云散。

站在冰川之上，我仿佛能感受到地球的脉动。那冰冷的气息，传递着岁月的沧桑。冰川表面布满了裂缝，纵横交错，仿佛是一幅抽象的画卷。

冰川形成于数万年的地质运动，冰谷两侧山峰的脱落，在冰川上覆盖了一层石块，正面凝望，巨大的冰川宛若一条褐色的巨龙，从洁白如玉的雪山上倾泻奔下。木扎尔特冰川是很少有人涉足的冰川，由于冰块的挤压运动，在裂缝交错的冰川上隆起了小山似的冰塔，冰川的融化，在不到两公里宽的冰川上冲出了很多条既宽又深的冰沟，沟底咆哮的冰河震耳欲聋，令人顿感摄魂夺魄。

木扎尔特冰川南部冰口有 100 多米宽，地势十分险要，有一夫当关、万夫莫开之势，冰口地两侧山峰巍峨，千仞陡峭，矗立在脚前，仰望之上，银光闪烁，高耸入云，雾罩重重。仔细环顾巡视，在冰口东边的山坡上有黑色的房屋，走近一看，有七八间用卵石修建的古代兵营和好几处掩体，在冰口最前端的一处绝壁上有一个碉堡，一看就知道这是当年的军事要塞，史书上记载的开凿"梯冰"处就在于此。因为冰口两侧的峭壁根本无法通行，翻越冰川是唯一的通道。据推测，当年的要塞是建在冰川之上，由于上千年来冰川的演化，掩体和碉堡都悬在了峭壁上，真是令人难以想象大自然的造化是何等地鬼斧神工。

木扎尔特冰川是世界上绝无仅有的天然冰川，险隘处处，危机四伏，冰川、冰缝、冰河、冰塔、冰山以及汹涌的木扎尔特冰河都会带给人难以想象的危险。我们有些冻僵了的身躯，只能依靠自己体力和毅力，在绝境处寻觅，在高海拔的冰川上艰难地前行。人行走在漫长的冰川上，提心吊胆，如果双脚行走不稳或身体不能平衡支撑，就很可能带来滑倒的生命危险。可以想象如果稍不小心一下子滑倒，跌进万丈冰窟深渊，后果不堪设想。临近傍晚，我们继续踏着冰川前行。由于冰川的退缩，冰川末端落差很大，这短短 300 米的距离落差竟达 500 米，而这段路线是木扎尔特冰川最为艰难险峻的路段。如果想下到谷底，还是趁早打消这个念头，因为此处更加危险。我们艰难地下了冰川后，就进入了南木扎尔特河谷，河谷愈来愈宽阔，时下正值夏季，冰雪在尽情地消融，近800 米宽的河床到处都是水。在河的东岸，有一处 100 多米长、近 150 米高的陡壁，滔滔河水从陡壁流过，冰川由此而中断。

冰川是自然界重要的淡水资源，地球陆地面积的十分之一被冰川覆盖，五分之四的淡水储在冰山上。木扎尔特冰川是天山西部汗腾格里峰冰川区的主要组成部分，是特克斯河地表水的主要源头。它覆盖的昭苏、特克斯、巩留三县有冰川面积 1495.5 平方公里，水流量占伊犁河流域总流量的三分之二以上，可以说，这个支流的水源和生态环境的好坏，直接影响着整个伊犁河流域生态环境。

近五年来，随着气温的急剧增高，往日的冰川已变成了 100 多米深的大面积冰谷，冰谷两侧的山石不断飞落在冰谷上，使冰层覆盖了一层砂石。登高望去，冰谷像是一条灰褐色的巨龙，从皑皑的冰峰上倾泻而下，由于冰块的挤压运动，在裂缝交错的冰谷表面隆起了小山似的冰塔，在烈日下，随时有塌陷的可能。而且，在不足数公里宽的冰谷上有多条深不见底的冰沟，冰沟深处咆哮着的冰河发出的声响令人不寒而栗。

伴随着冰川的急剧消失，伊犁河谷水流量明显减少，生态环境开始失衡，自然灾害发生频率增高，干旱、洪水、冰雹、雪崩和泥石流等灾害频频发生，这是大自然对我们人类肆意破坏自己的生存环境的报复与警示。对此，我们必须引起高度的重视，否则，其后果将是毁灭性的。

木扎尔特冰川古道地处昭苏县南天山深处，位于海拔 6995 米的天山第二高峰——汗腾格里峰东侧。古道曾是汉通乌孙、大宛的主要商路，也是联结南北疆的一条捷径，它终年积雪，荒无人烟，有生命禁区之说。传说，当年西天取经的玄奘法师西行就从这里经过。唐僧取经本来是一个真实的历史事件，贞观年间，僧人玄奘为了弄清佛经教义到天竺（印度）取经，经历了许多艰难困苦，终于取经回国。取经故事流传于民间后，就离开了事实本身而有了许多神话内容。

木扎尔特冰川古道，北起昭苏县夏特柯尔克孜民族乡，南至阿克苏地区温宿县克兹布拉克山口，全长 120 多公里，是一处神奇而险峻的净土，传说中的故事就发生在这里。

千万年前的冰川运动拦腰将巍峨的中天山破开一道缺口，夏塔古道就沿着这道缺口蜿蜒、爬升、伸展，这也造就其独特的地形，相比昆仑与喀喇昆仑，这里山势更加雄奇沧桑而又暗含肃杀之气。时至今日，木扎尔特冰川仍横亘在古道内最险峻的位置。

继续向前抵达木扎尔特冰川下，两道高逾千仞的雪山连绵起伏，冰川宛如一条苍白的巨龙卧在两山之间，绵延数十公里。山下距离冰川目测不过数千米，走到近前才发现其中遍布断裂的冰层，冰层上覆盖着砂石，下面是汩汩流淌的冰河，必须手脚并用不断像过山车一样爬上再爬下，还要注意躲避脚下的冰隙，最终用了三个多小时才抵达冰川半腰。

再往上，就是海拔 3500 多米的哈达木孜达坂，也是夏塔古道的最高点。高耸的山脊形成天然屏障，不但阻挡了人类的步伐，也让来自大西洋的暖湿气流无法逾越，由此形成夏塔古道南北两侧截然不同的气候。

以此为分界线，往北翻过冰川沿夏特河顺势而下，进入气候湿润的伊犁河谷，沿途松林茂盛，草原如茵，牛羊遍地，一派生机盎然。往南则是 70 多公里荒无人烟的峡谷，木扎提河孤独而沉静地流淌，沿途只零星分布着几处戍边人的住所，出了峡谷是以干燥酷热著称的塔里木盆地北缘。这也就是人们常说的"北疆""南疆"两个方向。

每年 5 月中旬到 10 月，古道北段昭苏方向对游客开放，7、8、9 月进入最佳旅游季节，10 月中旬后随着大雪封山而封闭。南段温宿方向目前还没有对外开放，考古、科研以及施工人员需要向当地边境管理部门申请同意后方可进入。

达坂东南，冰层与雪山之间有一小片平地，散落着几处残破的石头建筑，应当是戍边遗址。史料记载，清政府曾在这里派驻数十户人家，专门负责开凿冰梯，保障古道畅通。

其实在冰川入口处、木扎提河西岸，还有一处更大的石头建筑遗址，能同时容纳上百人，包括前、中、后三部分，从形制上看应当是分别承担训练（作战）、居住、瞭望等功能，呈掎角之势，一旦遇警即可互相支援。

在夏特，流传着关于"宝藏"的传说。最普遍的说法是，丝绸之路繁盛时，其中一支满载黄金的驼队翻越木扎尔特达坂遭遇暴风雪，整支驼队葬身于风雪之中，连同黄金一起被冰封在木扎尔特冰川之下。

还有一种版本是，新疆和平解放前夕，驻守古道的国民党守军撤退时，将来不及转移的黄金藏在某处山洞中，准备以后有时机再取出。但随着形势发展和岁月流逝，他们最终也没有机会回到这里，藏宝的位置也渐渐被遗忘。

这些传说也许并非空穴来风。库尔干村年长的维吾尔族老人回忆，在他们年幼时，宝藏是父辈们茶余饭后谈论最多的话题，也吸引了来自喀什、阿图什等地的众多"寻宝人"。最虔诚的是一位来自临近阿瓦提县的维吾尔族老人，每年春暖花开，他都会孤身进入古道，趁着短暂的夏季在山中寻宝，直到冰雪肆虐时再离开。

再后来，当地加强了对进出边境地区人员的管理，加上老人年事渐高，逐渐停止了寻宝。人们深信老人掌握了关于宝藏的具体信息，所以才会如此锲而不舍，但他到底收获如何最终不得而知。老人已于几年前去世，其后再无"寻宝人"。

春天，木扎尔特冰川在阳光的照射下熠熠生辉，晶莹剔透的冰层宛如宝石般璀璨。阳光在冰面上折射出绚丽的光线，令人目不暇接。而在夏日，随着气温的升高，冰川逐渐融化，形成了一条条涓涓细流。这些清澈的溪水在冰川底部汇聚成一个个碧绿的湖泊，宛如镶嵌在大地上的翡翠。

秋天的木扎尔特冰川，则变得多彩斑斓。周围的树叶在秋风的吹拂下，纷纷换上了金黄、火红的新装。此时的冰川，在斑斓秋色的映衬下，更显得洁白无瑕。而到了冬季，整个冰川被厚厚的白雪覆盖，宛如一片银白的童话世界。

然而，木扎尔特冰川并非一直都是宁静的。它不时地发出低沉的轰鸣声，那是冰层在移动时发出的声响。这些声音仿佛是冰川的心跳，有力而沉稳。有时，冰川还会崩塌，形成壮观的冰崩景象。冰块从高高的冰山上滑落，溅起漫天的水花，如同山石崩裂一般震撼人心。

在这片神奇的土地上，人们与木扎尔特冰川相互依存。这里的人们敬畏自然，他们深知这片冰川不仅是昭苏的骄傲，更是他们生活的重要水源。因此，他们小心翼翼地维护着这片自然奇观，使其得以永续存在。

沿途，我们还遇到了一群可爱的土拨鼠。它们在冰川旁的草地上嬉戏，对我们的到来毫不畏惧。我拿出相机，记录下这些珍贵的瞬间。在这片广袤的天地间，人类与自然和谐共处，构成了一幅美丽的画卷。

木扎尔特冰川的传说

在昭苏木扎尔特冰川的脚下，当地牧民们口口相传着一个古老的传说。相传，在很久很久以前，这里住着一位美丽的天山神女。她拥有着操纵冰雪的神力，守护着这片土地的安宁。

故事发生在寒冷的冬季，一位勇敢的牧羊人误入这片冰川。他在风雪中迷失了方向，饥寒交迫，几乎要陷入绝望。就在这时，天山神女出现了，她用神力驱散了风雪，为牧羊人指引了回家的路。牧羊人感激不已，对神女许下了守护这片冰川的誓言。

从此，牧羊人成为冰川的守护者。他告诫后人，要敬畏自然，保护这片圣洁的冰川。而天山神女则化作了冰川上的一股清风，永远守护着这里。

当地人说，每当夜幕降临，月光洒在冰川之上，你会看到一位美丽的女子在冰川上起舞。那是天山神女的化身，她在用自己的方式，保佑着这片土地和人民。

当我们站在冰川之上，耳畔似乎响起了那轻盈的舞步声。我闭上眼睛，想象着神女在月光下翩翩起舞的画面，心中不禁涌起一股敬意。这片冰川，不仅是自然赋予的奇迹，更是承载着深厚文化底蕴的传说之地。

我们在冰川上小心翼翼地行走，生怕打扰了神女的宁静。而那些关于神女与牧羊人的故事，仿佛让这片冰川更加生动起来。在这里，每一道裂缝，每一块冰石，都似乎在诉说着古老的故事，让人陷入无尽的遐想。

在这片广袤的土地上，还有许多关于木扎尔特冰川的传说和故事。据说这里曾有一位勇敢的青年，为了拯救村庄的居民，他攀上了冰川之巅，用他的勇气和智慧化解了一场即将发生的灾难。从此以后，人们对这片冰川更加敬畏和感激。

而在现代社会中，木扎尔特冰川也成了探险家和游客们的向往之地。每年都有成千上万的游客来到这里，欣赏这片壮观的自然奇观。他们踏着冰川融水形成的小溪，穿越森林和草原，只为了一睹木扎尔特冰川的美丽和神秘。

木扎尔特冰川是昭苏的一颗璀璨明珠，它不仅是这片土地的象征，更是人们心中的守护神。在这里，人与自然和谐共存，共同谱写着一段段美丽的传奇故事。而这座神奇的冰川，也将永远屹立在这片土地上，见证着时光的流转和历史的变迁。

那些美丽的传说，如同冰川上的清风，永远留在了我们的心中。昭苏木扎尔特冰川，不仅是大自然的杰作，更是民间传说的源泉，它将永远激励着我们，敬畏自然，传承文化。

木扎尔特冰川的记忆

木扎尔特冰川，是古代丝绸之路的重要通道之一。这里的历史悠久，见证了无数商旅的艰辛与文明的交流。在这片被时光雕刻的土地上，冰川不仅是自然的奇迹，更是历史的见证者。

公元前 2 世纪，张骞出使西域，开辟了连接东西方的丝绸之路。昭苏地区作为丝路北道的重要节点，曾是各民族文化交流的汇聚地。木扎尔特冰川所在的谷地，曾是古代商队翻越天山的必经之路。那些勇敢的商人和探险家，他们在这里留下了深刻的足迹，也留下了无数传奇故事。

在昭苏木扎尔特冰川的传说中，融入了这些历史元素。据说，曾有一位汉族商人，在翻越冰川时遭遇暴风雪，他依靠坚强的意志和当地牧民的帮助，最终成功穿越了这片险境。这个故事，不仅体现了人与自然抗争的精神，也反映了不同民族间互助合作的深厚情谊。

随着时间的推移，丝绸之路的辉煌逐渐沉寂，但木扎尔特冰川依然静静地守护着这些历史记忆。在冰川的脚下，我们还能找到一些古老的遗迹，它们静静地躺在草丛中，似乎在诉说着往日的繁华。

当我们踏上冰川，不仅是在探索自然的奥秘，更是在追寻历史的足迹。想象着那些曾经在这片土地上行走的人们，他们的坚韧不拔、勇敢无畏，让我们对这片冰川充满了敬意。

昭苏木扎尔特冰川，它不仅是自然赋予的壮丽景观，更是历史留给我们的宝贵财富。在这里，每一道冰痕、每一块岩石，都似乎在诉说着千年的故事。我们在冰川上的每一步，都是与历史的对话，是对那些曾经在这片土地上奋斗过的人们的致敬。

木扎尔特冰川，这个见证了丝绸之路兴衰的地方，将永远留在我们的记忆中，成为一段不可磨灭的历史记忆。

木扎尔特冰川的自然颂歌

在木扎尔特冰川的怀抱中，生态环境呈现出一种原始而纯净的美。

这里是大自然的杰作，是生物多样性的宝库，每一寸土地都充满了生机与活力。

冰川下方的山谷，绿草如茵，野花争艳。春天，这里是一片花海，各种野花竞相开放，从山脚到山腰，色彩斑斓，香气四溢。夏季，绿草茂盛，成为了牛羊的天堂。它们在这里悠闲地觅食，享受着大自然的恩赐。

随着海拔的升高，植被逐渐变得稀疏，取而代之的是高山草甸和苔原。这些耐寒的植物，虽然矮小，但生命力极其顽强，它们在恶劣的环境中生长，为这片土地增添了一抹绿色。

冰川融水汇成的溪流，清澈见底，沿着山谷蜿蜒流淌。这些溪流不仅是高山植物的生命之源，也是众多高原鱼类和两栖类动物的栖息地。在这里，你可以看到成群的小鱼在水中穿梭，偶尔还能见到高原蝾螈在石头间悠闲地晒太阳。

在冰川附近，空气清新，天空湛蓝，几乎没有任何污染。这里的气候条件为一些高原特有物种提供了生存的土壤。例如，国家一级保护动物雪豹就在这里出没，它们在这片广袤的山地中保持着种群的数量和生态平衡。

此外，木扎尔特冰川还是众多候鸟的迁徙通道。每年春秋两季，成群结队的候鸟在这里短暂停留，补充能量，然后继续它们的迁徙之旅。这些鸟类的到来，为冰川带来了生机与活力。

在这片生态环境中，人类的活动显得格外小心翼翼。当地政府和居民深知这片冰川的珍贵，他们致力于保护这里的自然环境，尽量减少人类活动对生态系统的干扰。因此，昭苏木扎尔特冰川的生态环境得以保持其原始状态，成为研究高山生态系统和气候变化的重要基地。

站在冰川之上，俯瞰这片生态宝地，心中充满了敬畏。昭苏木扎尔特冰川，不仅是大自然的奇迹，更是生态环境的典范。它静静地躺在天山的怀抱中，诉说着生命的坚忍与自然的和谐。

木扎尔特冰川的人文印记

木扎尔特冰川，不仅是自然界的奇迹，更是人文历史的见证。这里世代居住着哈萨克族、汉族和其他少数民族，他们的生活、信仰和传统，为这片冰川增添了一分独特的文化魅力。

在冰川脚下的村庄里，哈萨克族的毡房星星点点，散落在绿草如茵的草原上。这里的居民以牧业为生，他们的生活与冰川息息相关。每当夏季来临，牧民们会将牲畜赶到冰川附近的草场放牧，冰川融水滋养着这片土地，使得牧草肥美，牛羊肥壮。

哈萨克族人对冰川怀有深厚的敬畏之情。他们认为冰川是神圣的，每年都会举行仪式，祈求冰川赐予他们水源和丰收。在他们的民歌和传说中，冰川是纯洁和力量的象征，是自然界不可侵犯的神灵。

而在汉族居民中，木扎尔特冰川同样占有重要地位。他们中的一些人是丝绸之路上的商贾后裔，他们的祖先曾在这条道路上辛勤奔波，冰川是他们旅途中的地标和挑战。汉族人将冰川视为坚韧不拔、勇往直前的精神象征，这种精神代代相传，成了当地人的一种生活态度。

此外，木扎尔特冰川也是探险家和摄影爱好者的天堂。他们不畏艰险，攀爬冰川，只为了一睹其壮丽的容颜。这些探险者的故事，又为冰川增添了一分传奇色彩。

在冰川附近，我们还能够看到一些古老的遗迹，如石碑、古道和废弃的驿站，它们静静地诉说着这里曾经的繁华。这些遗迹不仅是历史的见证，也是文化的传承，它们让后人能够一窥丝绸之路的辉煌。

昭苏木扎尔特冰川的人文印记，不仅体现在物质文化上，更体现在人们的精神世界中。这里的每一个民族，都以自己的方式表达着对冰川的敬仰和依赖。在这片神奇的土地上，人与自然和谐共生，共同编织了一幅绚丽多彩的文化画卷。

夕阳西下，我们依依不舍地离开了木扎尔特冰川。回望那片银白色的世界，心中充满了敬畏。昭苏木扎尔特冰川，是大自然的杰作，是时间的见证。它静静地躺在天山深处，等待着更多有缘人的探访。

此次昭苏木扎尔特冰川之行，让我深刻感受到了大自然的神奇魅力。在这片土地上，我们收获了美景，也收获了心灵的洗礼。愿这片圣洁的冰川，永远保持它的神秘与美丽，成为我们心中永恒的向往。

秋天的调色板——多浪谷

9 月初，昭苏大地披上多彩的外衣。虽然秋季不是旅游旺季，但昭苏秋天的景色却是最美丽的。游览了夏塔峡谷、玉湖和云端草原后，萨尔阔布乡党委书记杨芳向我们推荐了多浪谷。

多浪峡谷位于天山木扎尔特冰川北坡，距离昭苏县城大约 70 公里。我们从萨尔阔布乡一直向南，沿着多浪河前行，顺着蜿蜒曲折的河道驶进天山深处，峡谷两旁的雪松林中，点缀着或一棵或连片的白桦树，金黄的树叶格外引人注意，成片的白桦树在夕阳的余晖下闪耀着金色的光芒，犹如一幅幅优美、恬静、色彩斑斓的油画。

道路崎岖颠簸，徒步或是骑马更有挑战性。我们下车休息，远处山坡上马儿悠闲地埋头吃草，清澈的溪水蜿蜒流淌，牧民家炊烟飘绕，山坡草地上黄色、绿色、红色的草丛或灌木和似近还远的蓝天、白云交织在一起，色彩艳丽得让人窒息，让人仿佛置身在异域童话般的世界。

这里以其丰富的自然景观和独特的地理位置而闻名，峡谷内拥有原始森林，每年深秋时节，这里都会飘雪，多种生物群落交错生长所产生的不同色彩，加上雪花的覆盖，让这里如同一幅美丽的水墨画。

在秋季，多浪峡谷因树种不同，山坡上呈现出色彩斑斓的秋景，这一自然现象吸引了众多游客和摄影爱好者。峡谷内的景色随着季节的变化而变化，尤其是在秋季，不同色彩的树叶和雪景交相辉映。

多浪谷的森林中，常见的树木有云杉、冷杉、落叶松、白桦、山杨、桦树、榉树等。这些树种在不同的季节展现出不同的风貌，尤其是在秋季，当树叶经过霜降变色时，多浪谷的森林变得五彩缤纷，像是一块巨大的调色板。

树叶金黄的白桦树、红色的灌木与绿色的松林，形成了独特的撞色之美。此外，多浪峡谷地势陡峭，密林深处沟壑纵横，松林与多种生物群落交错生长，还是一片未被大规模开发的原始生态区。这里拥有丰富的生物多样性，包括乔、灌、草、藤等多种植物群落，仿佛是一座天然的植物园。

这里一年四季都有美景。

春天，昭苏多浪谷开始回暖，积雪逐渐融化，河流解冻，万物复苏，新绿的嫩叶和绽放的花朵为峡谷增添了一抹生机。山坡上的野花逐渐开放，粉红、紫色、白色的高山杜鹃，花朵呈紫色或粉红色的柳兰，黄色的报春花，白色或粉红色的野百合，金黄色的金莲花，花瓣细长紫色的银莲花，紫色的紫花地丁等，各种高山花卉，形成一片花海。

夏季是多浪谷的旺季，这里气候凉爽，是避暑的好去处。峡谷内森林茂密，绿意盎然，河流清澈见底，沿河的草地上，牛羊成群，一派田园风光，是徒步和探险的最佳时期。

秋季的多浪谷是最美的，被誉为"东方的瑞士"。峡谷内的树木叶子逐渐变黄，红色、橙色、黄色交织在一起，形成五彩斑斓的秋色。

初冬，多浪峡谷迎来第一场雪，像是给大地撒上了一层绵密的白砂糖。桦树金黄、松林苍绿，深红的灌木点缀其间，与氤氲的雾气相和，交织出一个梦幻的童话世界。深冬，多浪谷被厚厚的积雪覆盖，山峰、森林、河流都披上了白色的外衣，宁静而神秘，变成了一个银装素裹的世界。

我们驱车颠簸了近两个小时，才来到多浪峡谷的尽头，因为没有山路，越野车只能开到此处。这是一片周围高山耸立的开阔地带，峡谷里草木繁茂，古树参天，遍地大大小小的乱石，一条清澈的小溪汩汩流淌，时不时有咩咩叫的羊群翻过山坡，却没见牧羊人。

我们找了几块巨大的青石坐下来休息，环顾四周，四面的高山上长满苍翠的云杉，遮天蔽日，有一条羊肠小道可以翻越到对面。一些粗壮枯死的树木横倒在地，腐烂的地方长出蘑菇。有人用石块围成一个圆圈，里面是灰烬，可能是驴友在此安营扎寨，点起篝火做饭。

我们希望游客欣赏自然景观时，也要注意森林防火，保护环境，不留下垃圾，共同维护这片美丽的山谷。

太阳西坠，峡谷里的光线逐渐幽暗，起风了，带来阵阵凉意，我们不敢久待，拍了几张牛羊群翻越羊肠小道的照片，匆忙离去。

同行的朋友留下一首诗：

昭苏多浪谷秋思

秋风轻抚多浪谷，
诗意画卷缓缓铺。
霜染的叶片红似火，
胜过春日娇花无数。
金黄的落叶轻轻飘落，
点缀在翠绿的山林深处。
溪水细语，晚霞温柔，
群山披上秋衣的花团锦簇。
秋意渐浓，情感更浓，
多浪谷的秋色醉了人，
风吹疑松动，休要来扶。

"鬼斧神工"的阿合牙孜沟冰溶洞

2019 年，在中国国家地理网登载了一组蓝色冰溶洞的照片，当日一发布就引起了国内太多专业风光摄影师的关注。那种冰蓝色是如此干净、纯洁，整个蓝色冰洞看上去也很大，有一张照片摄影师站在洞口，从洞内拍摄了他的背影，人类在自然中的渺小和莫名的一种孤寂感深深震撼了我。

我虽然不是专业的摄影师，但对这组照片上的蓝色冰溶洞充满了无限的好奇和向往。

我问了很多身边的摄影记者朋友，但当时大家还都不知道这是哪里，只知道数年前冰岛有一个蓝色冰洞被发现，很漂亮，但这次的这组照片看上去远大于冰岛冰洞，更震撼！

也就是这组照片，让昭苏的阿合牙孜沟，在专业摄影人圈子里名声大噪，网络的快速传播，也令大众疯狂向往，都想亲眼看看这一奇景。

我很有幸能去昭苏亲自为大家揭秘而今还少有人知的这个神秘冰洞，现在部分徒步团队也开放了大众观赏路线，只是路途有些艰难，大家可以先通过我的解密分享饱饱眼福。

　　新疆天山山脉有许多个大型冰川，新疆本地饮用、农业用水绝大多数都是靠冰川融水。新疆天山山脉沿线有着独特的冰川地质构造。阿合牙孜冰洞又称蓝冰洞、大冰洞，全天然形成，隐藏在冰川边缘。冰川底部流淌着冰川融水，冰洞是因气温回暖，几年甚至几个月形成，整个冰洞存在的周期短，随时都有塌陷的可能。世界上每年都会有冰洞消失，也会有新的冰洞形成。正因为这样，阿合牙孜冰洞一景因时间跨度格外珍奇，新的冰洞发现不是件易事。

　　阿合牙孜沟有着昭苏高原上的"桃花源"的美誉，由于地处高寒区域，加上交通条件的局限，鲜少有人涉足此地，这里一直保持着最原生态的自然风貌。要进入阿合牙孜沟峡谷腹地的冰溶洞极为不容易！

　　一路需大家骑着马穿过云雾袅袅的山口，绵延不绝的雪山跃入眼帘，脚下是一望无际前行的道路。天地间万籁俱寂，骑行在峡谷里，一路欣赏着如画的风光。城市里如果待久了，可以静享着这份难得的宁静时光。

　　一行都需骑着马，识途的马儿悠然向前行进，经过三个多小时的路程，就要赶到第一营地。

　　一下马，腿都不自觉地会变成"罗圈腿"，走路会一瘸一拐的，可能是在马背上长时间保持一种姿态，腿脚会变得有些僵硬。这一路着实不易。

　　所谓的第一营地就是当地牧民的"冬窝子"，是牧民落脚的小木屋，仔细观察会发现，这些冬窝子的地点选得都比较好，避风还能方便取到水。一般第一天都会在第一营地落脚，补充食物，为第二天前行做足准备。有小木屋，向导负责给煮羊肉汤，还可以烤羊肉，这些食材都是提早准备好的。有小木屋休息得会比较安心，阿合牙孜沟不建议不熟悉地形的单人或团队前往，必须要向导。也非常不适合搭帐篷夜宿，沟内有狼群。

　　第二天一大清早就出发前往冰洞。起床吃好早饭，继续骑马上路。你会发现越往里走，景色越漂亮，峡谷两边是成片成片的雪岭云杉，这里保存了大自然原始而宁静的美，没有繁杂喧嚣，没有名利追逐，是洗涤喧嚣之后的另一个世界。

沿着峡谷的牧道向东南方向骑行，穿过一片又一片的森林，跨过一座又一座的小桥，蹚过一条又一条的冰河，一路跋山涉水，历经两个多小时的骑行，终于到达第二营地。稍作调整和休息，我们要再次整装出发，骑马继续赶往冰溶洞。

第二天必须赶到冰溶洞，并在天黑之前返回营地。进入冰溶洞的路更难走，越往腹地走，气温越低。

从第二营地进入冰溶洞的路程八公里，路不太好走，骑着马需小心翼翼，这段路需要骑行三小时左右才能到达冰溶洞。

走近冰川，映入眼帘的是峡谷两边数十米厚的冰川，宛如从天而降的两块巨大银幕，阳光下，熠熠生辉的冰川闪着幽蓝的光芒。

阿合牙孜大峡谷内的这片冰川带规模较大，冰川地貌在这里随处可见。冰川受全球气候变暖的影响，形成了几十米深的冰裂缝，还有许多大大小小的冰溶洞、冰蘑菇、冰柱、冰下河道等冰川奇景。穿越纵横交错的冰谷，经过一番曲折迂回，一个高约 4 米、深达 20 多米的巨大冰溶洞赫然出现在我们面前。

按计划，我们今天必须赶到冰溶洞，在天黑之前返回营地。进入冰溶洞的路更难走，越往腹地走，气温越低，牧道上的雪都冻成了冰，马走在上面时常会打滑。特别是骑马经过冰河时，真有一种如履薄冰的感觉，此时河水上面已冻成了冰，而在冰面上却依旧能听到冰川下有河水在流动。骑马会打滑，行走在冰面上，有些许担忧马儿一不小心将冰面踏破，连人带马跌进冰河里。

据去过冰岛的同行队友说，这个冰溶洞真的非常令人震撼，他在号称拥有世界上最多的冰溶洞的冰岛所看到的冰溶洞，都没有阿合牙孜大峡谷的冰溶洞大。

顺着冰河向冰溶洞前行，这里有着许多几米到几十米高的大小冰川，经过反复消融，再次堆积，冰川形成了各种形态独特的景观。行走在冰河上，透过冰面，可以看到冰河下潺潺流动的水，听到冰河哗哗的流水声，一静一动，感觉别有一种韵味。

走进冰溶洞，洞里非常宽阔，能容下数百人。冰洞神幻奇妙、冰壁高耸陡峭，冰壁上凹凸不平的纹理看上去好像水立方的外壁，当阳光照进冰溶洞时，透着光的地方泛着莹莹的蓝；梦幻的蓝光、晶莹的冰壁、水晶般的冰柱，走进冰溶洞中，仿佛置身于一个梦幻的水晶宫。不得不赞叹，大自然的鬼斧神工造就了这一神奇绝伦的景色。

冰溶洞内部，冰柱如同一根根倒挂的莲花，晶莹剔透，散发着冰冷的光芒。冰笋则如同一根根竹笋，从冰壁上冒出来，给人一种似拥有生命力的感觉。冰笋的形成，是由于洞穴内部的温度较低，地下水中的溶解物质在冰笋表面结晶，形成了独特的矿物沉积。这些矿物沉积在冰笋表面形成了各种形状和色彩，如圆柱状、锥状、放射状等，宛如一幅幅精美的艺术作品。

冰溶洞的形成是一个漫长而复杂的过程。它起源于地下水系的运动，这些水流在地下岩石中流动，溶解了岩石中的矿物质。随着时间的推移，地下水在岩石中形成了一系列的孔隙和通道。这些孔隙和通道逐渐扩大，形成了洞穴。

在这个过程中，洞穴内部的环境对冰溶洞的形成起到了关键作用。由于洞穴内部的温度低于外部环境，地下水在洞穴内部蒸发，导致岩石中的矿物质浓度增加。这些矿物质在洞穴内沉积，形成了各种形状的岩石结构，如石柱、石笋、石幔等。

随着洞穴内部温度的进一步降低，地下水中的溶解物质开始结晶，形成了冰晶。这些冰晶在洞穴内部逐渐扩大，形成了冰柱、冰笋、冰瀑等冰体结构。冰溶洞内部的温度越低，冰体的形成速度越快，形成了丰富的冰溶洞景观。

在冰溶洞的形成过程中，洞穴内部的水流和气流也对冰体的形成起到了重要作用。水流在洞穴内流动，将冰溶洞内部的冰体带走，形成了冰溶洞的动态景观。气流在洞穴内流动，导致冰溶洞内部的温度变化，影响了冰体的形成和形态。

冰溶洞的形成是一个漫长而复杂的过程，它涉及地下水系的运动、岩石的溶解、矿物质的沉积、冰体的形成等多个因素。这个过程需要数百万年的时间，才能形成我们今天看到的冰溶洞景观。而冰溶洞内部独特的矿物沉积为这个自然奇观增添了无穷的魅力。

冰溶洞内部的矿物沉积，是由于地下水中的溶解物质在冰溶洞内部沉积形成的。这些溶解物质包括碳酸钙、硫酸钙、碳酸镁等矿物质，它们在冰溶洞内部结晶，形成了各种形状和色彩的矿物沉积。这些矿物沉积在冰溶洞内部形成了各种图案和纹理，如波浪状、螺旋状、蜂窝状等，宛如一幅幅精美的艺术作品。

冰溶洞内部的矿物沉积，是大自然留下的宝贵财富。它们不仅为冰溶洞增添了无穷的魅力，也为科学家提供了研究地球深处的宝贵资料。通过研究冰溶洞内部的矿物沉积，科学家可以了解冰溶洞的形成过程，以及地下水系的运动规律。

冰溶洞内部的矿物沉积，是大自然的鬼斧神工，是地球上的一颗璀璨明珠。它们用冰冷的力量，塑造出了无与伦比的美丽。在这里，我们不仅感受到了大自然的神奇与壮美，更体会到了生命的坚忍与顽强。

阿合牙孜冰溶洞似乎有着不可抗拒的魔力，这些"大自然鬼斧神工的作品"带给了我们绝无仅有的心灵震撼，也为我们呈现了一个美丽非凡的蓝色梦境。

我在冰溶洞中漫步，心随着蓝色的光芒跳动。我听见了冰的呼吸，看见了水的灵魂。这里的每一滴水都经历了千年的等待，才凝结成眼前的冰。它们在时间的河流中流转，化为这蓝色的梦境。

阿合牙孜沟的冰溶洞，是一个古老的传说，也是一个未完的故事。它诉说着水的旅程，也诉说着时间的秘密。在这里，我感受到了大自然的神奇和魅力。它让我明白，每一个生命都有自己的轨迹，每一个梦境都有自己的色彩。

当我们离开冰溶洞时，心中充满了感慨。这片蓝色的梦境，如同一首未完的诗篇，让我回味无穷。我知道，阿合牙孜沟的冰溶洞是一个永恒的存在，无论春夏秋冬，它都在那里静静地等待。而我，只是它无数访客中的一个。

回首望去，那片蓝色的梦境渐渐消失在视野之外。我知道，我还会再来。因为在这片蓝色的梦境中，我找到了自己的倒影，也找到了对大自然敬畏和爱的心。每一次走进阿合牙孜沟的冰溶洞，都是一次心灵的洗礼，也是一次对生命的重新认识。

阿合牙孜沟的冰溶洞，一个蓝色的梦境。它等待着每一个愿意探访它的人，与它共同编织属于生命的故事。而我，也会带着这份蓝色的记忆，继续我的人生之旅。

夏塔雪峰

在遥远的西域，有一处被神明挚爱的地方，那便是昭苏夏塔。那里的雪峰，宛如天地间最纯洁的诗篇，诉说着岁月的故事，展现着自然的壮丽。

想见夏塔雪峰的心情是由来已久的。

一大早驱车从西天山的夏塔景区一路向前，穿过万亩油菜花、紫苏和紫色薰衣草花海，经过一上午的跋涉，我们来到了夏塔山谷沟口的一个休息点。这里有一些古墓，汉朝和亲公主刘细君的墓也在其中。我不知道她的墓是衣冠墓还是确切的实墓。那高大的土堆周围，是这一带较为特殊的天山高原草甸子。草甸子上各种花草混杂在一起，竞相开放，散发出的芳香沁人心脾；一些常见的昆虫，如蚂蚱、蝈蝈、蛐蛐儿、蝴蝶、蜜蜂等在花草间蹦跶、穿梭、飞舞、忙碌；还有一些小鸟也在高声鸣唱。

稍作休息，我们继续沿着山谷向夏塔前进，陪伴我们的那条源自高山冰川融雪的河流，一路泛着白色的浪涛，跳跃着，吟唱着。又走了半个多小时，我们终于来到了夏塔景区。我们马不停蹄地转乘电瓶车，在开满了不知名的小黄花的山间小道行驶，向着远远能够眺望的白雪皑皑的莲花峰而去。

一路上，我们在两边是高山，道旁是河流的谷地穿行。经过忽云忽雨变幻莫测的天气，终于在斜阳正浓的傍晚，看到了令人惊叹的莲花峰。雪风吹来，将莲花峰的云层吹开了，天穹呈现出一片蔚蓝，一道夕阳之光抚摸在雪峰上，追光似的落在黄花丛中。极目眺望，莲花峰侧，一座雪峰又一座雪峰，渐次袒露，惊现于视野。我想起当年读张承志《夏台之恋》的感受，张承志在书中写道：应该相信我，夏塔100多公里天山北麓的蓝松白雪，确是这个地球上最美的地带。对中国大西北、大西南和藏区的神山雪峰，我几乎一一近晤过了。就雪山之美，藏区十大神山，自然要数云南的梅里雪山最美，珠穆朗玛、南迦巴瓦、冈仁波齐、贡嘎、阿尼玛卿和巴颜喀拉等等，皆无法媲美。但是若拿藏区十大神山与天山夏塔莲花峰相比，平心而论，我认为梅里第一，夏塔第二。

我们一直追着太阳拍照，拍到最后，暮色沉沉，夏塔古道沉落于黄昏之中。张承志说这是世界上最美的风景，确实不无道理，毕竟每个游者心中都有一道绝地风景线，只是因心情而异。

归去，胡不归！默默地向雪山行了一个膜拜之礼。回程路上，天幕上尚有一抹未消失的晚霞，这道霞光，拂照过刘细君、张骞、法显、唐三藏、高仙芝，然，逝者已矣。我想，这道霞光只会永远留在夏塔古道上。

昭苏夏塔的雪峰，高耸入云，常年被白雪覆盖，仿佛是天地之间的银色屏风。阳光照射下，雪峰闪烁着耀眼的光芒，让人无法直视。那纯净无瑕的雪，仿佛能净化人们的心灵，使一切杂念和烦恼在它的面前消失无踪。

在雪峰的脚下，是一片广袤无垠的草原。草原上，牛羊成群，马儿奔腾。每到夏季，草原上开满了各种野花，红的、黄的、蓝的、紫的……像一块五彩斑斓的地毯，铺展在天地之间。而那从雪峰上融化的雪水，宛如一条银色的丝带，蜿蜒流淌，滋润着这片富饶的土地。

昭苏夏塔的雪峰，不仅仅是一处自然奇观，更是一个充满神秘色彩的地方。在当地人民的传说中，雪峰是神明的居所，他们常常在山顶举行神秘的仪式，祈求风调雨顺、人畜平安。而在雪峰的深处，据说隐藏着一个未被发现的冰雪王国，那里有晶莹剔透的冰雕，有神奇的雪精灵，还有一座座由冰雪建成的宫殿。

为了探寻这个神秘的冰雪王国，每年都有无数的探险家和游客来到昭苏夏塔。他们攀登雪峰，挑战自我，寻找心中的梦想。在攀登的过程中，他们不仅领略了自然的壮丽风光，还结识了许多志同道合的朋友。那些曾经陌生的面孔，因为共同的目标和理想而变得熟悉和亲切。

然而，攀登昭苏夏塔的雪峰并非易事。那陡峭的山坡、那刺骨的寒风、那深深的积雪，都是对探险家们的严峻考验。但正是这样的艰难险阻，让人们更加坚定了心中的信念。他们互相鼓励、互相帮助、共同克服了一个又一个的困难。当他们终于站在雪峰之巅时，那种成就感和自豪感油然而生。他们用自己的汗水和努力，证明了人类与大自然的和谐共生。

昭苏夏塔的雪峰，是一首无言的诗，是一幅无边的画。它见证了无数人的梦想和努力，也见证了自然的伟大和神奇。让我们怀着敬畏之心，去感受它的壮丽与美丽，去探寻那隐藏在冰雪深处的神秘王国。

清幽秘境——水帘洞

乱泉飞下翠屏中，名共真珠巧缀同。

一片长垂今与古，半山遥听水兼风。

虽无舒卷随人意，自有潺湲济物功。

每向暑天来往见，疑将仙子隔房栊。

　　在新疆伊犁河谷的深处，有一处被誉为"人间仙境"的神秘之地——昭苏水帘洞。这里，大自然的鬼斧神工造就了一幅幅如诗如画的景象，引人入胜，让人流连忘返。在这片清幽的秘境中，时光似乎停滞，岁月静好，让我们一起走进昭苏水帘洞，探寻那隐匿于瀑布之后的奇妙世界。

　　沿着蜿蜒的山路，我们来到了昭苏水帘洞的入口。远远望去，一道宽阔的瀑布如银练般从山涧垂落，溅起的水花在阳光的照耀下，形成了一道美丽的彩虹。瀑布下方，一片幽深的洞穴若隐若现，仿佛藏着无尽的奥秘。这里，便是传说中的昭苏水帘洞。

　　步入洞中，清凉的水汽扑面而来，瀑布的轰鸣声在耳边回荡。洞内的光线略显昏暗，但足以让人看清周围的一切。岩石上的青苔，见证了岁月的沧桑；滴落的水珠，诉说着时光的故事。水帘洞，犹如一位婉约的少女，掩藏在轻纱之后，等待着游人的探索。

漫步在水帘洞中，仿佛进入了一个清幽的秘境。洞内的空间宽敞，钟乳石千姿百态，有的如莲花盛开，有的如宝塔耸立，有的如飞鸟展翅。这些天然的雕塑，在灯光的映衬下，显得更加神奇和迷人。水珠从钟乳石上滴落，发出清脆的声响，宛如仙境中的乐曲。

水帘洞内的溪流清澈见底，游鱼可数。溪水顺着岩石的缝隙流淌，时而舒缓，时而湍急。在这里，生命以最原始的姿态，展示着它们的顽强与美好。沿途的小桥、流水、人家，构成了一幅幅和谐的画面，让人陶醉其中。

在昭苏水帘洞的深处，我们发现了一些古老的岩画。这些岩画线条简洁，形象生动，记录了古代游牧民族的生活场景。它们见证了昭苏地区的历史变迁，也让我们对这片土地充满了敬意。水帘洞，不仅是自然的馈赠，更是历史的瑰宝。

在这里，我们仿佛可以穿越时空，回到那个遥远的年代。想象着古人在这片土地上放牧、狩猎、祭祀，让人不禁感慨万千。水帘洞，承载着厚重的历史，传承着民族的文化，成为昭苏草原上一道独特的风景线。

昭苏水帘洞周围，生态环境优美，植被丰富。春天，山花烂漫；夏天，绿树成荫；秋天，层林尽染；冬天，银装素裹。这里，四季变换，景色各异，成了众多野生动物的栖息地。

在水帘洞附近，我们还看到了国家一级保护动物——雪豹的踪迹。此外，这里还有棕熊、马鹿、岩羊等珍稀动物。昭苏水帘洞，不仅是人类的休闲胜地，更是野生动物的乐园。

关于昭苏水帘洞，还有一个感人的传说。

传说在很久以前，有个勇敢善良的年轻人名叫阿力肯，他是一名哈萨克牧民。有一天，阿力肯在草原上放牧时，发现了一条受伤的白蛇，它蜷缩在草丛中，痛苦地呻吟。阿力肯心生怜悯，便用自己的衣物为白蛇包扎伤口，并把它带回家中精心照料。

在阿力肯的照顾下，白蛇的伤口渐渐愈合。这段时间里，阿力肯与白蛇建立了深厚的友谊。白蛇似乎能听懂阿力肯的话语，它用温柔的眼神回应着阿力肯的关爱。然而，在伤愈之后，白蛇知道自己不能再停留在这里，便在一个月光皎洁的夜晚，告别了阿力肯，消失在茫茫草原。

几年后，当地遭遇了前所未有的干旱。阿力肯和村民们祈求上苍赐予雨水，但干旱依旧持续。这时，白蛇得知了阿力肯的困境，便决定报答他的救命之恩。在一个月黑风高的夜晚，白蛇化为一道白光，穿越云层，来到了昭苏草原。

白蛇在空中盘旋，它的身躯不断变大，最终化为一道巨大的彩虹。彩虹的一端连接着天空，另一端则伸向大地。在这神奇的时刻，天空突然雷声大作，暴雨倾盆而下，干旱得以解除。

雨过天晴后，彩虹消失不见，取而代之的是一道美丽的水泉。水泉从山涧倾泻而下，形成了一道壮观的瀑布，如同水帘般悬挂在山间。当地牧民称之为"昭苏水帘洞"，并将其视为圣源，世代相传。而阿力肯与白蛇的友谊，也成了人们津津乐道的佳话。

昭苏水帘洞的形成是由于瀑布的高速水流在岩石上冲刷、切割并溶解形成的巨大空腔。瀑布的高度约为 20 米，宽度约为 2 米，从河谷跌落到深穴中，形成了这一奇特的地理现象。

水帘洞的名字来源于瀑布垂落如洞中水帘的特点。每年夏季，由于冰雪融化，来自山顶的雪水和山腰的泉水汇集在一起流入洞口，形成壮观的瀑布。而在冬季，由于天气寒冷，泉水减少，瀑布则变成了冰凌的世界，呈现出另一种壮丽的景象。

景区的海拔大约为 1900 米，游客可以在这里欣赏到大自然的美丽景色，享受清凉宜人的气候。

昭苏水帘洞内，壁立千仞，清凉的水流如瀑布一般，从洞顶上垂落下来，形成一道道美丽的水帘。水帘洞内的水流如泉水般悠然自得，洒落在身上，清凉宜人。洞内的水声阵阵，如同天籁，使人心旷神怡。

昭苏水帘洞，幽深而神秘。洞内的水流缓缓流动，洞壁上长满了青苔，宛如仙境。洞内的光线昏暗，给人一种神秘的感觉，仿佛置身于仙境之中。

昭苏水帘洞，景色美不胜收。洞内有一些奇特的石头，形状各异，宛如雕塑艺术品。洞壁上的钟乳石也是五彩斑斓，光彩夺目。洞内的水帘在阳光的照射下，散发出七彩的光芒，美丽非凡。在洞内漫步，仿佛进入了一个神奇的世界，让人流连忘返。

昭苏水帘洞，犹如画家的笔触，勾勒出一幅幅美丽的图景。每当洞内的光线透过水帘的洒落，就映照出一片迷离的景象，如诗如画，让人陶醉其中。

踏着脚下的石子，犹如走在千年朝圣的路上，仰望巍巍青山，聆听潺潺奔流的水音。回望皇亲开窟、豪族造像的盛况，钦叹来自大自然艺术的精湛、内涵丰富的杰作，感悟丝绸之路上的种种传奇。水帘洞以一座山、一个传说，谱写了千年不朽的辉煌，吸引了千年仰望的目光，接纳了千年朝拜的足迹，延续着恒久不泯的生命。

流逝的时光、恍惚的世事、更迭的政权、永恒的历史，经历了风雨沧桑的昭苏水帘洞，依然吸引着络绎的游人，成为美景的胜地。这里寄托了多少的心愿，震撼了多少的心灵，无从得知。但是，切实激发了很多的思绪，涤荡了很多的内心，抚慰了很多的心灵。每次的面对，都会使灵魂震颤，是艺术的魂魄慑服了我，还是伟大的创举震撼了我？我仰望苍穹，感觉自己渺小得如同一粒沙子，苍白无力。

昭苏水帘洞之水，源自天山深处。雪山融化的雪水，经过漫长的地下旅程，才在此涌出。当地人常言："此水比天山雪还要纯净。"初饮之，甜中带点微凉，宛如古人所言"琼浆玉液"。当地牧民常在此取水，或饮之，或用以烹茶。洞口旁，有一小潭，清澈见底。潭中鱼儿穿梭，自由自在。时而跃出水面，激起一圈圈涟漪。

这水帘洞所在的昭苏草原，乃是古代丝绸之路的要冲。曾几何时，商旅络绎不绝，马蹄声、驼铃声交织。水帘洞不仅是行者的避风港，也是他们休憩的场所。相传，古时有一商队在此遭遇暴风雪，正是依靠这洞中的水与地热，才得以生还。自此以后，水帘洞便有了"生命之泉"的美誉。

每逢夏季，草原上繁花似锦，牛羊成群。而水帘洞旁，更是热闹非凡。牧民们在此举行盛大的聚会，唱歌跳舞，欢庆丰收。洞中水声伴着歌声与鼓声，仿佛是大自然的交响乐。而冬季的昭苏则银装素裹，一片洁白。水帘洞前，常有雾气缭绕。那是从洞中涌出的热气与外面的寒气交汇而成。走在其中，仿佛置身于仙境。

水帘洞不仅是一处自然奇观，更是昭苏人民的灵魂之源。他们敬畏自然，感恩这片土地的赐予。每年春末夏初，当地会举行盛大的祭水仪式。人们身着盛装，载歌载舞地来到洞口，祈求风调雨顺、五谷丰登。

时光荏苒，岁月如梭。昭苏水帘洞见证了太多的变迁，但它依旧屹立不倒，如一位智者，静静地守护着这片土地与人民。如今的水帘洞，不仅是新疆的一处风景名胜，更是连接历史与现在、人与自然的桥梁。

每一位到访者都会被它的美丽与神秘所吸引。而那些曾在水帘洞前驻足、饮用过清泉的人，或许在心底早已与它结下了不解之缘。

第三辑

田园牧歌

择昭苏而居

人择山水而居，鸟择茂林而栖。

著名作家冯骥才深情地写道："择一城终老，遇一人白首。"

择城而居，我选择了昭苏，这片被自然恩宠的土地。

在这片广袤的天地间，雪山如巨龙蜿蜒，它的脊背上是终年不化的积雪，闪烁着耀眼的光芒。山脚下，草原像是一块巨大的绿色绒毯，铺满了整个视野。草丛中，野花竞相绽放，红的、黄的、紫的，它们在微风中摇曳，仿佛在吟唱着生命的赞歌。

河流是这里的灵魂，特克斯河如同一条蓝色的丝带，静静地穿梭在草原与森林之间。河水清澈见底，鱼儿在水中自由游弋，偶尔跃出水面，溅起一串串水花。看着河水潺潺，听着远处传来的牧歌声，不禁想起了那句诗："草原千里，碧空共舞。"河岸两侧，树木繁茂，枝叶随风轻摆，发出沙沙的声响，那是大自然最美的旋律。

清晨，当第一缕阳光穿透云层，洒在雪山之巅，那一刻，金山日照的奇观让人心驰神往。山间的雾气渐渐散去，露出了草原的真容，一切都是那么清新，那么生动。

午后，天空湛蓝如洗，几朵白云悠闲地飘过，投下斑驳的光影。在阳光的照耀下，草原上的露珠闪烁着七彩的光芒，宛如散落的珍珠。远处的羊群，像一朵朵流动的白云，点缀在绿意盎然的大地上。

傍晚，夕阳将天边染成了一片金黄，远处的雪山被镀上了一层金边，显得更加神秘而庄严。草原上的牛羊开始归家，牧人的吆喝声和牛羊的叫声交织在一起，构成了一幅动人的画卷。

夜晚，星空下的昭苏更加静谧。银河横跨天际，繁星点点，仿佛触手可及。在这无边的夜色中，我感受到了宇宙的浩瀚和自然的神奇。

昭苏的四季，各有千秋，它们用不同的色彩描绘出一幅幅生动的自然画卷。

春风拂过，冰雪融化，沉睡了一冬的草原渐渐苏醒。嫩绿的小草从泥土中探出头来，仿佛在向世界宣告新生的到来。桃花、梨花、杏花竞相开放，它们点缀在草原和山间，像是粉色的云霞，温柔了整个视野。春雨绵绵，滋润着大地，昭苏河的水量逐渐丰沛，河水唱着欢快的歌，流向远方。

夏日阳光灿烂，草原上的野花迎来了它们的盛宴，五彩斑斓的花海在微风中起伏，吸引着蜜蜂和蝴蝶穿梭其间。雪山在烈日下依旧保持着它的威严，而山脚下，却是绿意盎然，牛羊在肥美的草地上悠闲地吃着草。夏日的夜晚，星空格外清晰，银河似乎更加璀璨，草原上的虫鸣成了最美的催眠曲。

秋天，昭苏的树木换上了新装，金黄的落叶松、火红的枫树，将整个山谷装扮得如诗如画。草原也逐渐由绿转黄，成熟的草穗随风摇曳，发出沙沙的声响。秋天的昭苏河，水量减少，河面变得更加宽广，河水映着蓝天白云，宁静而深远。秋风起，带来了丝丝凉意，也带来了收获的喜悦。

当冬日的第一场雪降临，昭苏便换上了洁白的盛装。雪山连绵，仿佛是天地间最纯净的屏障。草原、河流、树木，一切都被厚厚的积雪覆盖，世界变得宁静而祥和。冬日里的昭苏，虽然寒冷，但阳光透过蓝天洒在雪地上，闪烁着耀眼的光芒，让人感受到了冬日的温暖。

择城而居，我选择了昭苏，因为它的一年四季，都是大自然的杰作，每个季节都有独特的魅力，让人沉醉其中，流连忘返。

在昭苏这片自然风光旖旎的土地上，人文景观也同样丰富多彩，它们与自然景观相映成趣，共同编织出昭苏的独特魅力。

昭苏古城，是这片土地上最耀眼的人文印记。古城墙虽历经风雨，却依旧屹立不倒，它们见证了昭苏的历史变迁。城内的古街巷曲折幽深，两旁的房屋保留着传统的维吾尔建筑风格，红砖绿瓦，雕梁画栋，每一处细节都透露出浓郁的民族风情。

昭苏的草原石人，是古代游牧民族留下的神秘遗迹。这些石人雕刻简洁古朴，或立或坐，分布在草原各处，它们默默守护着这片土地，诉说着古老的故事和传说。

在昭苏，还可以见到众多的蒙古包，这些圆顶的帐篷是蒙古族人民的传统居所。夏季，当草原上的牧民迁徙至此，蒙古包便如同一朵朵白色的云朵，散落在绿意盎然的草地上，构成了一幅动人的画卷。

昭苏的节日庆典同样不容错过。每年的"那达慕"大会，是蒙古族人民最重要的节日之一。节日期间，草原上热闹非凡，摔跤、赛马、射箭等传统体育项目轮番上演，牧民们身着节日盛装，载歌载舞，欢庆丰收，展现了昭苏地区独特的民族文化。

此外，昭苏的宗教建筑也是人文景观的重要组成部分。伊斯兰教的清真寺、佛教的寺庙在这里和谐共存，它们的建筑风格各异，却都有着宁静而神圣的氛围，吸引着信徒和游客前来朝圣和参观。

昭苏的人文景观，不仅仅是历史的沉淀，更是当地居民生活的一部分。在这里，传统与现代交织，文化与自然相融，使得昭苏不仅仅是一个美丽的自然景区，更是一个充满故事和文化底蕴的地方。择城而居，昭苏的人文景观让人在自然之美中，感受到了深厚的历史文化底蕴。

　　择城而居，我选择了昭苏，因为这里有着最纯粹的自然景观，它们无声地诉说着天地间的美好，让我在每一次呼吸中，都能感受到大自然的气息。在这里，我找到了心灵的宁静，也找到了生活的诗意。

湿地公园生态之美

昭苏湿地公园是被大自然恩赐的瑰宝。

这里，天高云淡，水草丰茂，是众多生灵的栖息地，也是心灵寻得宁静的港湾。在这个远离尘嚣的角落，我感受到了自然最纯净的呼吸。

清晨，阳光透过薄薄的云层，洒在湿地公园的每一个角落。我漫步在木栈道上，耳边是鸟儿的欢唱，眼前是一片生机勃勃的景象。湿地上的芦苇随风摇曳，像是绿色的波浪，轻轻拂过水面，留下了一道道美丽的痕迹。

水，是昭苏湿地公园的灵魂。清澈的溪流缓缓流淌，蜿蜒曲折，它们在草丛中穿梭，在石缝间流淌，最终汇聚成一片片宁静的湖泊。湖面上，水草随着水流轻轻摆动，仿佛在诉说着湿地的故事。偶尔，一两条鱼儿跃出水面，划出一道优美的弧线，然后又悄然潜入水底，只留下圈圈涟漪。

在这里，每一种生物都找到了自己的位置。成群的水鸟在湖面上翩翩起舞，它们的羽翼在阳光下闪烁着光芒。白鹭低头觅食，苍鹭静立沉思，时而还有几只野鸭在水中嬉戏。它们与湿地和谐共生，构成了一幅动人的生态画卷。

湿地公园的四周，是绵延的群山和广袤的草原。山脚下，牛羊悠闲地吃着草，马儿在远处奔跑。这里的景色，既有北国风光的壮丽，又有江南水乡的婉约。在这样的环境中，人的心也会变得宽广起来，仿佛能够包容一切。

夕阳西下，我坐在湖边的长椅上，看着天边的晚霞逐渐染红了半边天。不禁想起了关于散落在湿地公园的一些美丽传说，它们像珍珠一样，吸引着我去探寻。

昭苏被誉为"天马的故乡"，传说中，这里的天马是天上神马的后代，它们拥有超凡的力量和速度。天马在湿地公园的湖泊中沐浴，从而获得了神力。

在当地哈萨克族和蒙古族的民间传说中，昭苏湿地公园是湿地精灵的居住地。这些精灵保护着湿地生态的平衡，保佑着草原的繁荣和牧民的安宁。

有传说称，昭苏湿地公园内有一眼神奇的泉水，泉水具有治愈疾病和延年益寿的功效。牧民们相信，饮用这泉水能够带来健康和好运。

在昭苏地区的民间史诗中，经常提到英雄们在湿地公园附近的草原上战斗和冒险的故事。这些史诗中的英雄人物，往往与昭苏的自然景观和动植物紧密相连。

昭苏湿地公园内有天鹅湖，传说中，一对天鹅在此湖中相遇并相爱，它们的爱情故事感动了天神，因此赐予了这片湖泊永恒的美丽。

在湿地公园的边缘，有一棵被认为具有神力的古老树木。传说中，这棵树是草原的神树，它见证了昭苏草原的历史变迁和无数故事。

但更引人入胜的是神泉的传说。

在遥远的古代，昭苏草原上有一个被群山环绕的美丽湿地，这里水草丰茂，鸟语花香，生活着许多珍稀的动植物。在这片湿地的深处，隐藏着一眼神秘的泉水，当地人称之为"神泉"。

传说，神泉是由一位天上的仙女所赐。在很久以前，昭苏草原遭受了一场严重的干旱，河流干涸，草原上的生灵遭受了极大的苦难。仙女看到这一切，心生怜悯，便从天庭带来了一捧清泉，洒在了这片干涸的土地上。顿时，土地复苏，绿草如茵，那捧清泉便化作了今天的神泉。

神泉的水清澈见底，四季不断，即使在最寒冷的冬天，泉水也依然温暖如春。当地的牧民相信，神泉具有神奇的力量：

治愈之力：任何疾病或伤痛，只要用神泉的水清洗，都能够得到治愈。因此，许多远道而来的病人都会来到神泉边，希望能够得到泉水的治愈。

青春之源：传说中，饮用神泉的水能够延年益寿，保持青春。因此，每年都有许多年轻人来到神泉，希望能够求得美丽的容颜和永恒的青春。

祈福之地：牧民们在重要的节日或人生大事之前，都会来到神泉边，献上供品，祈求神泉的保佑。他们相信，神泉能够倾听他们的心声，赐予他们力量和好运。

随着时间的流逝，神泉的传说越来越神奇，它成了昭苏草原上不可或缺的精神象征。每年的特定时间，草原上的牧民都会聚集在神泉边，举行盛大的仪式，感谢神泉的恩赐，同时也祈求来年的平安和丰收。

虽然神泉的传说带有浓厚的神话色彩，但它也反映了人们对自然力量的敬畏和对生命之源的珍视。在昭苏湿地公园，神泉不仅是自然景观的一部分，更是当地文化传承的重要载体。

还有一个关于神泉的版本，据说在很久很久以前，昭苏草原上住着一个名叫阿依努尔的哈萨克族少女。她美丽善良，勤劳智慧，深受族人的喜爱。有一年，草原上遭遇了前所未有的干旱，河流干涸，草原上的生灵遭受了巨大的痛苦。

阿依努尔看到这一切，心生怜悯，她决定去寻找水源，拯救草原上的生灵。她告别了族人，带着一颗坚定的心，踏上了寻找水源的旅程。她翻过了无数座山，跨过了无数条河，终于在一片神秘的湿地中，找到了一眼清澈的泉水。

这眼泉水流淌不息，周围的草木因此生机勃勃。阿依努尔欣喜若狂，她立刻回到村子，带领族人来到这片湿地。族人们用这眼泉水灌溉草原，拯救了干涸的土地和饥渴的牲畜。

不久，关于这眼泉水的神奇力量传遍了整个草原。有人说，泉水能够治愈疾病，有人说，泉水能够让人变得年轻。越来越多的人来到这里，希望能够得到泉水的恩赐。

有一天，一位年迈的牧民在泉边祈祷，他希望能够恢复年轻时的力量，继续保护族人。他的虔诚感动了天上的仙女。仙女降临凡间，对泉眼施加了魔法，使得泉水变得更加清澈，拥有了治愈一切疾病和衰老的力量。

从那以后，这眼泉水就被人们称为"神泉"。每年，草原上的牧民都会在特定的日子来到神泉边，献上最珍贵的礼物，感谢神泉的恩赐，同时也祈求来年的健康和幸福。

阿依努尔的名字也因此永远流传在草原上，她成了守护神泉和草原的仙女。而那眼神泉，也成了昭苏草原上最神圣的地方，它不仅是生命的源泉，也是希望的象征。无论是哪个版本的传说，都让人对湿地公园无以复加的美心生向往。

昭苏湿地公园，是一个集生态保护、旅游观光和科学研究为一体的国家级湿地公园。这里有丰富的生物多样性和原始自然风貌，被誉为"天然氧吧"和"鸟类王国"。

昭苏湿地公园非同寻常，河、湖、沼、泊汇聚，宛如大地之肾，滋养着万物生灵。尤其到了夏季，草原上的花海与天际相接，彩蝶纷飞，仿佛天地间的一幅活生生的油画。

初夏之日，微风轻拂，阳光明媚。此时，昭苏湿地公园仿佛是大自然精心描绘的一幅油画，美得令人惊叹。踏入这片神秘的土地，仿佛走进了一个未被尘世打扰的世外桃源。

昭苏湿地公园的美，既独特又多样。湖泊、河流、沼泽、草地、森林……这里汇聚了大自然的万千风情。湿地中的每一片水域，每一株植物，都仿佛在诉说着自己的故事，那些故事既有历史的厚重，也有生命的活力。

昭苏湿地公园地处昭苏河流域，是新疆最大的自然湿地之一。这里的湿地面积达到了近5000公顷，湿地类型多样，包括沼泽、湖泊、河流等。湿地内拥有丰富的湿地植被，如芦苇、香蒲、灯芯草等。这些植被为众多鸟类、昆虫和动物提供了优越的栖息地。

昭苏湿地公园是众多鸟类的天堂，每年都吸引着大量的候鸟前来栖息和繁衍。这里是许多鸟类迁徙的重要驿站，也是鸟类观察的绝佳地点。在湿地公园内可以观赏到许多珍稀的鸟类，如黑鹳、白头鹤、黑鹤、白鹤等。此外，湿地公园还是众多候鸟的越冬地，吸引了大量的观鸟者慕名而来。

除了丰富的鸟类资源，昭苏湿地公园还拥有许多其他珍稀的动植物。在公园中可以看到红鹳、鹿、狐狸、猞猁等野生动物。这些动物在这片湿地中生活繁衍，形成了一个独特的生态系统。游客们可以通过观察、拍摄等方式近距离接触这些野生动物，感受大自然的魅力。

昭苏湿地公园不仅是一个自然保护区，也是一个研究湿地生态系统的重要基地。公园内设有科研观测站，吸引了许多生态学家和科研人员前来开展研究。他们通过对湿地生态系统的观测和研究，为湿地保护和生态环境治理提供了重要的科学依据。

为了更好地保护昭苏湿地公园的生态环境，公园管理部门采取了一系列保护措施。他们加强了湿地的巡护和管理，严禁破坏湿地植被和伤害野生动物。同时，公园还开展了湿地教育和宣传活动，增强了公众对湿地保护的意识和参与度。

作为中国西北地区最大的湿地公园之一，拥有丰富的自然资源和独特的生态环境。这里的湿地植被和珍稀动植物吸引了大量的游客和科研人员前来观赏和研究。公园管理部门致力于湿地保护和生态环境治理，为公众提供一个美丽而宜人的观赏和休闲场所。无论是追求大自然的美景，还是对湿地的生态系统进行研究，昭苏湿地公园都是一个不可错过的地方。

每当晨曦初照，湖面上的雾气便开始缭绕。那雾如轻纱，似梦似幻，给这片湿地增添了几分神秘与浪漫。在雾中，你可以听到远处鸟儿的歌声，它们在为新的一天欢唱。那歌声，时而高亢激昂，时而低沉婉转，仿佛在诉说着鸟儿们的喜怒哀乐。

沿着小径深入湿地，你会看到各种各样的植物。有高大的乔木，有低矮的灌木，还有那些在水中摇曳的水生植物。这些植物各具特色，有的叶片宽大，有的花朵绚烂，它们共同构成了这片湿地的生态系统。在这里，你可以感受到大自然的神奇与奥妙。

而在湿地深处，隐藏着许多珍稀的野生动物。白天，你可以看到一些水鸟在湖面上翱翔或是在水中觅食。夜晚，则是各种动物的狂欢时刻。蛙声、虫鸣……这些声音交织在一起，仿佛在演奏一场名为"湿地虫声绕暗廊"的大自然交响乐。

值得一提的是，昭苏湿地公园还是一个重要的候鸟迁徙通道。每年春秋两季，成千上万的候鸟会在这里停留、觅食、补充体力，然后继续它们的迁徙之旅。对于候鸟们来说，昭苏湿地公园就是它们的家园和驿站。

在这个家园里，人们与自然和谐共处。当地居民深知这片湿地的珍贵，他们遵循可持续发展的原则，合理利用湿地资源，保护生态环境。他们还经常组织各种活动，宣传湿地保护知识，提高人们的环保意识。

而游客们来到这里，不仅可以欣赏到美丽的自然风光，还可以参加各种生态旅游项目，如观鸟、野营、徒步等。这些活动让人们更加亲近大自然，也更加珍惜这片宝贵的湿地资源。

昭苏湿地公园的美，不仅仅是视觉上的享受，更是一种心灵的触动。

在这里，你可以感受到大自然的魅力与力量，也可以领悟到人与自然和谐共生的真谛。让我们一起珍惜这片美丽的土地，让昭苏湿地公园永远焕发出勃勃生机。

昭苏湿地公园，是大自然赋予我们的宝贵财富。它让我们懂得了珍惜，学会了尊重。在这片土地上，我们与自然和谐相处，共同守护着这片纯净的天地。每一次的到来，都是一次心灵的洗礼，让我们更加热爱这片神奇的土地。

壮哉，天马浴河

天马奔腾，自由飞翔。

河流蜿蜒，银波荡漾，映照着天马的英姿，熠熠生光。

晨曦初露，朝霞满天，天马齐聚，河畔欢颜。

它们抖落尘世的喧嚣，准备一场生命的洗礼，神圣庄严。

一声长嘶，破空而来，马蹄声声，踏进河水。

它们在水中翻腾，嬉戏，水花四溅，如诗如画，如梦如幻。

鬃毛飘扬，皮毛闪亮，天马在河中，宛如神降。

它们洗涤一身的尘埃，展现出最纯净的灵魂、最真的模样。

夕阳西下，余晖洒落，天马上岸，抖擞精神。

它们在草原上奔跑，自由自在，留下一路欢歌，一片赞叹。

在遥远的昭苏草原，有一幅动人的画卷正在徐徐展开。那是一场关于生命的洗礼、一次对自由的颂歌，这里的天马在河水中尽情舞动，演绎着一幕幕令人心醉神迷的景象——天马浴河。

清晨，当第一缕阳光洒在昭苏草原上，万物苏醒。河流如同一条银色的丝带，穿过草原，静静地流淌。河畔，成群的天马聚集在一起，它们等待着一场与大自然的亲密接触。这些天马，身姿矫健，鬃毛飘逸，仿佛是草原上的精灵。

随着太阳逐渐升高，天马们开始活动起来。它们打着响鼻，抖动身体，似乎在为即将到来的沐浴仪式做准备。此刻的草原，宁静而祥和，只有河水潺潺和天马的低鸣交织在一起，构成了一首美妙的交响曲。

终于，在一声清脆的鞭响声中，天马们纷纷跃入河流。它们在水中翻腾、嬉戏，水花四溅。阳光照射在它们湿漉漉的皮毛上，闪耀着金色的光芒。天马们或扬起前蹄踩踏水面，或低头饮水，或在河中飞驰，尽情展示着它们优美的身姿和旺盛的生命力。

在这场生命的洗礼中，天马们仿佛褪去了尘世的束缚，回归了它们最本真的状态。它们在河水中畅游，享受着大自然的恩赐。而草原上的牧民，目睹这一幕，脸上洋溢着幸福的笑容，为这片土地上的生灵感到自豪。

沐浴后的天马，抖落身上的水珠，皮毛更加光滑亮丽。它们在草原上奔跑，欢快地嘶鸣，仿佛在诉说着对自由的向往。此时，整个草原都充满了生机与活力，天马与大自然融为一体，构成了一幅和谐美好的画卷。

天马浴河，不仅是草原上的一道风景线，更是一种精神的象征。它告诉我们，生命应当如天马般自由奔放，无拘无束。在这片广袤的草原上，天马用它们的行动，谱写了一曲生命的赞歌，让我们为之震撼，为之感动。

如今，每当人们提及昭苏草原，便会想起那场壮观的天马浴河。它已成为这片土地上永恒的传说，激励着一代又一代人，追求自由，热爱生活。

天马浴河是一种独特的文化景观，源于当地哈萨克族的传统习俗。在这个习俗中，哈萨克族人将他们的骏马赶到河里洗澡，以保持马匹的清洁和健康。

在昭苏县的河谷中，有一个特别的地方，那就是昭苏天马浴河景区。每年春天，当地的哈萨克族人都会在这里举行一场独特的文化活动——天马浴河。在这个活动中，数百匹骏马被赶入河中，让它们在河里自由奔跑、洗澡和嬉戏。人们也会加入到这个活动中，与马儿一起享受春天的气息和河水的清凉。

天马浴河的场景非常壮观，数百匹骏马在河中奔跑，溅起的水花和河岸上的尘土形成了一幅独特的画面。在这个场景中，人们可以感受到哈萨克族人对马匹的热爱和对自然的敬畏。同时，这个活动也有着重要的文化意义，它不仅是一种传统习俗，也是一种庆祝春天到来的节日。

这是一条宛如丝带般蜿蜒曲折的河流，河岸两侧长满了郁郁葱葱的树木，像是一幅绿色的画卷。当春天来临时，河畔的杨柳抽出嫩绿的新芽，微风拂过，杨柳婆娑起舞，给人一种宁静和舒适的感觉。夏天，河水湍急，河畔的草地上，盛开着各色鲜花，花香扑鼻，蝴蝶翩翩起舞，给人一种生机勃勃的感觉。秋天，河两岸的树木渐渐变黄，红叶飘落，如同一幅色彩斑斓的画卷，给人一种温馨和浪漫的感觉。冬天，河水被寒冷的冰雪覆盖，河面结冰，河水在阳光的照射下闪闪发光，给人一种冰雪世界的感觉。

河水清澈见底，河床由圆石构成，河水在石头之间流淌，发出潺潺的流水声。在昭苏天马浴河的河畔，有许多小石滩，河水从石头间流过，形成了一片片清澈见底的浅滩。这些浅滩是天然的浴场，当夏日的阳光照射在河水上时，滩上的沙子被晒得暖暖的，人们可以在这里赤脚玩水，感受到凉爽的河水流过脚底的感觉。

河畔的天马浴河是昭苏人生活的重要组成部分，人们依赖着这条河流进行灌溉和养殖。每天清晨，当第一缕阳光照射在河面上时，人们就开始忙碌起来。农民们驾驶着小船，将河水引入灌溉渠道，为庄稼浇灌水分。渔民们则划着船在河中捕鱼，他们技巧娴熟，一网就能捕到许多鱼。河畔的人们用昭苏天马浴河的水，创造了丰富的物质财富，也为这片土地带来了生机和活力。

　　天马浴河还是人们休闲娱乐的好去处。每逢周末或者节假日，人们会带着家人和朋友来到天马浴河河畔，感受大自然的美丽与宁静。他们在河边野餐，享受美食和欢笑；他们在河水中游泳，畅快地戏水；他们还可以在河岸散步，欣赏河水的美丽和宁静。在天马浴河河畔，人们可以忘却城市的喧嚣和压力，放松身心，感受大自然的恩赐。

　　天马浴河是一个美丽而神奇的地方，它以其独特的自然风光和丰富多样的人文景观吸引着无数的游客。在这里，人们可以感受到大自然的力量和美丽。天马浴河，是一个让人心旷神怡的地方，它让人心灵得到洗涤，仿佛回到了最初的净土。无论是来自远方的游客，还是身在其中的当地人，都会被昭苏天马浴河的美丽所吸引，留下难以忘怀的回忆。

　　每当夏日清晨，当太阳初升，阳光洒在河面上，金光闪烁，如梦如幻。一群骏马自河岸边奔腾而下，溅起水花无数，与天边的霞光相映成趣。此情此景，不禁令人想起那句古诗："黄河之水天上来，奔流到海不复回。"

　　看着那些在水中畅游的天马，我不禁想起了那些曾经在这片土地上英勇驰骋的骑士们。他们骑着天马，挥舞弯刀，为了家园和信仰而战。如今，虽然战火早已消散，但天马依然在这片土地上繁衍生息，传承着那份不屈的精神。

　　这些天马并非凡马，乃是当地牧民精心饲养的良驹。每匹马都身姿矫健，毛色光亮，仿佛从画中走出的神兽。而当它们在河中畅游，那激起的波纹仿佛在讲述着一个个古老而神秘的故事。

　　当地有谚云："马是昭苏人的翅膀。"这话不假。在这里，马不仅是交通工具，更是人们心中的图腾。每年夏季，都会有盛大的"天马浴河节"，人们欢聚一堂，观看马儿在河中嬉戏，共享这难得的欢乐时光。

　　在这欢乐背后，也隐藏着昭苏人对大自然的敬畏与感激。他们深知，这片丰饶的土地与这河、这马都是大自然的恩赐。因此，他们用最原始、最真挚的方式表达着对大自然的敬意：让马儿在河中自由地奔跑，让歌声在草原上飘荡，让舞蹈在阳光下绽放。

昭苏的每一滴水、每一株草、每一只生灵都仿佛在诉说着这片土地上的传奇。而那"天马浴河"的景象更是这片土地上最动人的篇章。它不仅仅是一种景象、一种节日，更是一种信仰、一种生活方式。

如今，随着时间的推移，"天马浴河"的盛景已经成为昭苏的一张名片，吸引着越来越多的游客前来探访。他们在这里感受到的不只是美景，更是那份来自大自然的神奇力量和当地人对生活的热爱。

河水依旧静静地流淌着，天马依旧在河中畅游着。而我，只是一个过客，默默地欣赏着这份美丽与和谐。它让我们感受到生命的美好与奇迹，也让我们学会珍惜和敬畏。

看着那群天马在河中畅游，心中不禁涌起一股敬意。敬这大自然的鬼斧神工，敬这土地上的生灵，敬那些在这片土地上生生不息的人们。而那"天马浴河"的景象也将永远定格在我的记忆中，成为我心中最美的风景。

如果你有机会来到昭苏，一定要去参观天马浴河景区，感受哈萨克族人的独特文化和传统习俗。

天鹅湖的故事

据说，昭苏国家湿地公园一处冬季不结冰水域，是天鹅永不迁徙的美丽家园。

初夏时节，阳光明媚，我们驱车前往昭苏天鹅湖。沿途，绿草如茵，野花竞放，空气中弥漫着淡淡的清香。远处，雪山皑皑，与蓝天相接，构成了一幅美丽的画卷。

抵达湖边，只见湖面波光粼粼，成群的天鹅在水中嬉戏。它们时而引颈高歌，时而展翅翱翔，为这片湖泊增添了无尽的生机。天鹅湖面积不大，却有着独特的魅力。湖边的草地上，游客们纷纷驻足观赏，拿起相机记录下这美好的瞬间。

关于昭苏天鹅湖，流传着一个美丽的传说。相传在很久以前，这里住着一位美丽的公主，她善良、美丽，深受百姓喜爱。有一天，公主在湖边散步，邂逅了一位英俊的少年。两人一见钟情，相约在湖边相会。然而，命运弄人，公主被迫远嫁他乡。临别之际，公主与少年洒下泪水，化作湖中的天鹅，永远守护着这片土地。

漫步湖边，仿佛能感受到那段凄美的爱情故事。天鹅们成双成对，它们的眼神中透露出坚定与忠贞，仿佛在诉说着对公主和少年的祝福。湖边的树木郁郁葱葱，阳光透过树叶洒在湖面上，形成斑驳的光影。微风轻拂，湖水泛起层层涟漪，仿佛在低声吟唱着古老的歌谣。

昭苏天鹅湖不仅是一处美丽的风景，更是一片心灵的净土。在这里，人们可以放下世俗的烦恼，感受大自然的恩赐。湖边的草原上，牧民们过着悠闲的生活，牛羊成群，牧歌悠扬。他们与天鹅和谐共处，共同守护着这片神奇的土地。

在昭苏天鹅湖的不远处，有一片神奇的水域，那里蕴藏着大自然的另一份馈赠——热泉。这热泉如同大地母亲的脉搏，跳动着温暖的生命力，为昭苏湿地增添了一抹神秘的色彩。

当我们漫步至湿地深处，便能看到热泉腾腾而起的雾气，宛如仙境一般。热泉四周，植被繁茂，各种植物在这里争相生长，形成了一片绿色的海洋。泉水清澈见底，汩汩流淌，散发着淡淡的硫黄味。这里的泉水富含矿物质，对人体有着极佳的疗养作用。

热泉的水温适中，在 40 摄氏度左右，浸泡其中，仿佛能感受到大地母亲温暖的怀抱。泉水轻抚肌肤，驱散了一天的疲惫，让人顿感神清气爽。四周的景色在雾气缭绕中若隐若现，仿佛置身于人间仙境。

热泉周围，还不时可以看到小动物们来此饮水。它们在泉边嬉戏，享受着大自然的恩赐。偶尔，一群水鸟从天空中掠过，落在泉边的草地上，与这里的生灵共同构成了一幅和谐的画面。

昭苏湿地的热泉，不仅是大自然的奇迹，更是当地居民心中的圣泉。他们相信，这泉水有着神奇的力量，能够洗净世间的尘埃，净化心灵。因此，每当重要的节日，他们都会来到这里，用泉水洗涤身体，祈求健康和平安。

热泉的雾气在阳光的照耀下，显得更加神秘。我们站在泉边，望着远处的天鹅湖，感受着这片土地的神奇与美丽。热泉与天鹅湖相映成趣，共同诉说着昭苏这片土地的古老传说，让人陶醉其中，流连忘返。

在昭苏湿地的热泉旁，天鹅们的生活环境得到了独特的改善和丰富。热泉的存在，为这些优雅的生灵提供了一个与众不同的栖息地，让它们的生活更加舒适和安逸。

热泉的温水融化了冬季的寒冷，为天鹅们提供了一个难得的冬季栖息地。当雪花飘落，大地冰封时，天鹅们可以在热泉边找到一片温暖的天地。泉水周围的水域不易结冰，这就为天鹅们提供了持续的水源和食物来源。它们可以在温泉边悠然自得地游弋，不必担心寒冷的侵袭。

春暖花开时，热泉的矿物质丰富了周围的土壤，使得湿地内的植物生长得更加茂盛。这对于倚水为食的天鹅来说，无疑是一大福音。它们可以在这里找到丰富的食物，养育后代。热泉边的水草肥美，吸引了大量的天鹅前来觅食，成了它们生活的乐园。

夏季，热泉的雾气为天鹅们提供了一处避暑胜地。在炎炎烈日下，天鹅们可以在温泉边的树荫下乘凉，享受着凉爽的微风。而温泉水中的矿物质，也为天鹅们提供了天然的"SPA"，帮助它们保持羽毛的光泽和身体的健康。

热泉对天鹅生活环境的影响是全方位的。它不仅提供了温度适宜的水源，还改善了周围的生态环境，为天鹅们提供了丰富的食物资源。在这里，天鹅们的生活节奏变得更加从容，它们与热泉相互依存，形成了一幅人与自然和谐共处的美好画面。昭苏湿地的热泉，不仅是天鹅的家园，也是大自然赐予这片土地的一份珍贵礼物。

在昭苏湿地的热泉旁，天鹅的习性得以尽情展现，它们的日常生活和行为特征，为这片美丽的湿地增添了许多生动的细节。

清晨，当天第一缕阳光洒在热泉上，天鹅们便开始了一天的活动。它们从温暖的泉水中醒来，优雅地抖动翅膀，将水珠抛洒成一片晶莹。天鹅是典型的早出晚归的鸟类，它们在清晨和黄昏时分最为活跃。

天鹅是一种社交性很强的鸟类，它们在热泉边常常成群结队。在这里，可以看到天鹅家族的温馨场景，父母带着幼小的天鹅在水中游弋，教它们觅食和游泳。天鹅们之间有着复杂的社会互动，它们通过声音和姿态来交流，有时还能看到它们为了争夺领地或配偶而展开的优雅"决斗"。

在进食方面，天鹅以水生植物为主食，它们的脖子特长，可以轻松地探入水中，用嘴部的扁喙拨开水草，寻找底部的食物。在热泉边的浅水区，常常可以看到天鹅们低头觅食的情景，它们的动作娴熟而优雅。

繁殖季节，天鹅们会变得更加亲密和警觉。它们会寻找合适的地方筑巢，通常是在热泉附近的安全地带。雌天鹅会负责孵蛋，而雄天鹅则守护在旁，警惕着可能的威胁。小天鹅孵化后，父母会轮流照顾，直到它们能够独立生活。

天鹅以其忠诚的爱情而闻名，它们通常是一夫一妻制，一旦配对成功，就会终生相伴。在昭苏湿地的热泉边，常常可以看到成对的天鹅并肩游过，它们的脖颈交织，仿佛在诉说着无尽的爱意。

傍晚时分，天鹅们会回到热泉边，准备休息。它们会在水中整理羽毛，用嘴巴清洁身体，然后静静地漂浮在泉面上，享受着热泉带来的舒适。随着夜幕的降临，天鹅们也进入了梦乡，等待着新的一天的到来。

昭苏湿地的热泉，不仅为天鹅提供了优越的生活环境，也为观察和研究天鹅的习性提供了绝佳的场所。在这里，天鹅们的一举一动，都成了大自然最美妙的乐章。

昭苏天鹅湖，一个令人向往的地方。在这里，我们找到了心灵的栖息地，感受到了大自然的神奇力量。愿这片湖泊永远美丽，愿那段传说永远流传。

春风十里，我在昭苏等你

春风十里，轻柔地抚过昭苏的大地，带来了泥土的芬芳和生命的脉动。天空中，一群归巢的燕子划破宁静，呢喃着春的序曲。阳光透过薄薄的云层，洒下斑驳的光影，温暖而柔和，像是母亲的手，轻轻抚摸着万物。

春日的气息无处不在，细腻而生动。柳枝吐露新芽，嫩绿的颜色让人眼前一亮，它们在微风中轻轻摇曳，仿佛少女的秀发，柔美而动人。小草从土壤中探出头来，好奇地打量着这个世界，它们是春天的第一批见证者。春天的味道，是那湿润的土壤气息，是新绿的植物散发出的清新，是空气中弥漫的生机。

在这片生机勃勃的景象中，春天的味道变得更加具体而丰富。那是清晨露珠滴落在叶片上，轻轻滚动时带来的清新；是阳光下泥土慢慢苏醒，散发出的一种淡淡的略带腥味的土壤香；是油菜花海中，每一朵花蕊深处隐藏的甜香，它们在春风的吹拂下，轻轻释放，弥漫在空气中，让人忍不住深吸一口，那香味直抵心扉。

油菜花海在春风的吹拂下，泛起层层金色的波浪，每一朵花都像是精心雕刻的艺术品，细腻的花瓣上挂着晨露，闪耀着太阳的光辉。花海中，偶尔有几朵早开的小野花，它们不甘寂寞，用斑斓的色彩点缀着这片金黄。春天的味道，在这里变得更加浓郁，那是油菜花特有的芳香，混合着蜜蜂采蜜的甜味，还有远处飘来的、炊烟中夹杂的柴火香，这些味道交织在一起，构成了春天独有的气息。

蝴蝶和蜜蜂在花间忙碌，它们是春天的使者，穿梭在花海中，采集着春天的甜蜜。这让我想到，人际交往中也应该有这样无私的奉献和互相帮助，我们的每一次接触，都能为彼此的生活带来甜蜜和活力。春天的味道，也包含了这份甜蜜，它是蜜蜂酿造的花蜜，是蝴蝶翅膀上携带的花粉，是自然界中最纯粹的馈赠。

我在昭苏，守望着这片油菜花海，感受着春风的每一次轻吻。空气中弥漫着混合了花香和泥土味的气息，那是春天独有的味道，也是人际交往中最真实、最本质的部分。我们不应该被表面的繁华所迷惑，而应该深入到心灵的土壤，去培育真挚的情感。

我在这里，等你赴一场春天的约会，共赏这满目繁华，诉说心中情谊。油菜花海，如同金黄的海洋，它在春日的阳光下显得格外耀眼，每一朵花都在向我们诉说着春天的故事，也在启示我们，如何在这短暂而美好的时光中，去珍惜每一次相遇，去深化每一份情谊。春风十里，我在昭苏的油菜花海等你，等待那熟悉的身影，融入这春日的画卷，让我们的故事在花香和春天的味道细节中绽放，变得更加丰富和深刻。

昭苏的夜

昭苏的夜，宛如一幅泼墨山水画，静谧而深邃。星光点点，似繁花绽放，点缀着这片宁静的大地。

夜幕降临，天空渐变为深蓝，最后那一抹夕阳的余晖，恋恋不舍地告别了天际。月亮悄悄爬上树梢，银辉洒满昭苏，给这片土地披上了一层神秘的面纱。

夜风轻拂，带着草原的清香，唤醒了沉睡的梦境。那悠扬的牧歌，穿越时空，回荡在夜的怀抱。此时，万物归于宁静，只剩下心跳与自然的和谐交响。

昭苏的夜，是那样地宁静，让人忘却尘世的喧嚣。漫步在这片土地上，仿佛置身于一个童话世界，那梦幻般的景色，让人陶醉不已。

在这寂静的夜晚，倾听内心的声音，感受生命的律动。昭苏的夜，如同一首优美的诗篇，诉说着岁月的故事，传承着不朽的信仰。

昭苏的夜，是一幅流动的自然画卷，墨色的天空下，星光与月华交织，自然的乐章在此刻缓缓奏响。夜风轻轻掠过草原，带着露水的清新和野花的芬芳，它们在夜的怀抱中低语。

河流在月色下闪烁着银光，潺潺的流水声像是夜的低吟，与远处的林涛和鸣。青蛙们在水边的草丛中跳跃，偶尔发出几声清脆的鸣叫，打破了夜的宁静，却又增添了几分生机。

山峦在夜色中若隐若现，它们的轮廓在星光下显得更加神秘而雄伟。偶尔，一只夜行的动物从林间穿梭，留下一串轻盈的足迹，仿佛在诉说着森林的秘密。

萤火虫在夜空中闪烁，它们像是一群小小的精灵，用微弱的光芒点亮了黑暗的角落。那些飞舞的荧光，与天上的星星交相辉映，共同编织了一个梦幻的夜晚。

昭苏的夜，还有那沉睡的大地，它们在月光下静静呼吸，土壤中蕴藏着生命的力量，等待着黎明的到来，再次绽放生机。

在这样的夜晚，大自然的一切都显得那么和谐，那么宁静。星辰、河流、山峦、草原、昆虫和野兽，共同构成了昭苏之夜的交响曲，让人心旷神怡，沉醉在这片自然的怀抱之中。

昭苏的夜，随着四季的轮回，变换着它的容颜。每个季节都赋予了这片土地不同的风情和色彩。

春夜的昭苏，夜空中弥漫着新绿的气息。冰雪初融，溪流欢快地唱着歌，夜风带着一丝微凉，唤醒了沉睡的草原。樱花和杏花在月光下含苞待放，它们羞涩地等待着春天的第一个吻。

夏夜的昭苏，夜空如洗，星辰格外璀璨。蚊虫在草丛中低语，萤火虫在夜空中起舞，它们点亮了夏夜的梦。河流在月光下波光粼粼，清凉的水汽蒸腾，给炎热的夜晚带来一丝凉爽。

秋夜的昭苏，夜空中弥漫着成熟的果香。树叶在秋风中沙沙作响，金黄的落叶铺满了小径，月光下闪烁着岁月的光泽。夜晚的露水重了，带来了丝丝寒意，预示着冬天的临近。

冬夜的昭苏，银装素裹，分外宁静。雪花在月光下闪烁，仿佛是天上的星星落入了凡间。寒风呼啸，冰封的河流沉默不语，草原和山峦在白雪的覆盖下进入了沉睡。只有那夜空中最亮的北斗，指引着归途，温暖着寒冷的夜晚。

昭苏的夜，随着季节的更迭，展现出不同的美丽和魅力。无论是春的生机、夏的热烈、秋的丰收，还是冬的静谧，它们都是大自然赠予这片土地的珍贵礼物，让人在夜色中感受到时光的流转和生命的循环。

昭苏的夜，不仅是自然的诗篇，更是民族文化的画卷。在这里，哈萨克族和蒙古族的传统与现代交织，为这片夜色增添了几分神秘与色彩。

春夜时分，哈萨克族的牧民们围绕着篝火，弹奏着冬不拉，唱起悠扬的民族歌曲。夜空下，那些古老的旋律在草原上回荡，与春天的气息融为一体，唤醒了沉睡的大地。

夏夜的蒙古包旁，民族风情的舞蹈在月光下展开。身着节日盛装的男女老少，跳着欢快的萨吾尔登，他们的脚步声与草原的虫鸣合奏，构成了一曲生动的民族风情交响曲。

秋天丰收的喜悦洋溢在每一个角落。家家户户门前挂满了金黄的玉米和红彤彤的辣椒，夜风中飘来烤全羊的香气。人们围坐在蒙古包内，品尝着奶茶和马奶酒，讲述着祖先流传下来的故事。

白雪皑皑的冬天，哈萨克族的毛皮帽和蒙古族的皮袍在月光下显得格外温暖。夜幕降临，家家户户的窗户透出温暖的灯光，屋内传来欢声笑语，人们围坐在炉火旁，享受着家庭的温馨。

昭苏的夜，不仅是自然美景的展现，更是民族文化的大舞台。在这里，每一个夜晚都是一场民族风情的盛宴，每一个季节都承载着民族的传统与记忆。这些独特的风情，让昭苏的夜更加丰富多彩，让人沉醉在这片多元文化的沃土之中。

每当夜晚来临，当人们围坐在火炉旁，时常会向孩子们说起一个名叫阿依古丽的哈萨克族女孩，她的故事如同夜空中最亮的星，照亮了这片土地。

阿依古丽，意为"月亮花"，她的笑容如同月光般温柔，她的歌声如同夜风般悠扬。她在这片草原上长大，对这片土地有着深沉的爱。

白天，爱美的阿依古丽时常骑着她的小马，在草原上寻找新生的野花。她将这些花朵编成花环，戴在头上，仿佛她就是春天的使者，带来生机与希望。到了晚上，阿依古丽轻手轻脚地穿行在嫩绿的草原上，她的指尖轻轻触碰着含露的花瓣，生怕惊扰了它们的梦境。她的眼中闪烁着对生命新生的喜悦，每一次呼吸都充满了花香。月光下，她的影子拉得很长，仿佛与大地融为一体，她的微笑在夜色中绽放，温暖而纯净。

夏天的时候，勤劳的她会在河边洗涤衣物，同时哼唱着祖辈传下来的歌谣。她的歌声吸引了河边的青蛙和草丛中的萤火虫，青蛙为她伴奏，萤火虫为她伴舞，共同编织夏夜的梦。美丽的星空下，阿依古丽坐在河石上，河水轻拍着岸边，她的脚丫轻点着清凉的河水。她的歌声低回，和着远处牧羊人的笛声，构成了一首夏夜的田园诗。她的发辫上系着几朵野花，随着她的动作轻轻摆动，散发着淡淡的香气。萤火虫围绕着她飞舞，她的笑声如同夜空中的星星，明亮而动人。

秋天，阿依古丽帮助家人收获庄稼，她的身影在金黄的麦田中忙碌。她手中的镰刀在阳光下闪着银光，汗水滴落在泥土中，与大地融为一体。当她抬头望向天空，眼中满是对丰收的感激和对未来的憧憬。她的心跳与夜晚的节奏同步，每一次跳动都是对这片土地深沉的爱恋。

当夜幕降临，她会坐在篝火旁，听爷爷讲述关于祖先的英勇故事，那些故事让她对民族的传统更加自豪。

白雪皑皑的冬天里，阿依古丽会穿上妈妈亲手缝制的皮袍，戴上毛皮帽，她在雪地上留下轻盈的足迹。她的皮袍在寒风中轻轻摆动，她滑冰时的身影优雅而灵动，冰面上反射的白光照亮了她的脸庞，她的鼻尖冻得微微发红，眼中却闪烁着兴奋的光芒。她捧起一把雪，感受着它在掌心融化的凉意，那一刻，她仿佛与冬夜的自然精灵对话。而冰面上的倒影，是她青春的见证。

昭苏的夜，因为有了阿依古丽的故事，变得更加生动和温暖。她的生活简单而快乐，她的梦想像夜空中的星星一样璀璨。阿依古丽，这个草原的女儿，她的故事在昭苏的夜空中流传，成为这片土地上永恒的传说。

彩虹之都

在昭苏，彩虹不仅仅是一种自然现象，它更像是这片土地的守护神，时常在天空绘出绚丽的光谱，为这座边陲小城增添一分神秘与浪漫。

夏日的昭苏，午后常有一场突如其来的阵雨。雨水洗净了天空的尘埃，阳光穿透云层，洒向大地。就在这时，彩虹悄悄地架起了通往天堂的桥梁。它的出现总是那么突然，让人措手不及，又惊喜万分。

那彩虹，如同一条巨大的彩带，横跨在天际，七种颜色层层叠叠，界限分明。红色犹如火焰，热烈而奔放；紧随其后的是橙色，温暖如初升的朝阳；黄色明亮耀眼，像是太阳洒下的光辉；绿色清新，是大自然的呼吸；接着是蓝色，深邃如同夏塔河的河水；靛色和紫色则交织在一起，神秘而优雅。

昭苏的彩虹，它的出现总是伴随着雨后的清新。空气中弥漫着泥土的芳香，草地上挂着晶莹的雨珠，阳光透过树叶的缝隙，洒下斑驳的光影。在这幅画卷中，彩虹成为最亮眼的色彩，它不仅照亮了天空，更照亮了人们的心。

站在昭苏的广袤草原上，仰望天空中的彩虹，你会感到一种前所未有的震撼。彩虹的一端似乎就落在不远处的山巅，另一端则消失在云端。它像是连接着人间与仙境的桥梁，让人忍不住想要踏上那七彩的阶梯，去探索未知的神秘世界。

孩子们在彩虹下欢笑着，跳跃着，试图触摸那遥不可及的色彩。成年人则停下脚步，仰望天空，忘却了日常的烦恼，心中涌起对美好生活的向往。摄影师们则抓住这难得的机会，调整着镜头，试图捕捉彩虹最美的瞬间。

在昭苏，彩虹的出现频次之高，足以让这座小城赢得"彩虹之都"的美誉。这里的气候条件和地理位置，为彩虹的形成提供了得天独厚的环境。

昭苏位于天山南麓，是一个典型的温带大陆性气候区。夏季，这里气候凉爽，降雨相对集中。由于地形的原因，午后常有对流天气，阵雨成为了常态。而正是这些阵雨，为彩虹的频繁出现提供了条件。

在昭苏，几乎每个雨后的晴朗日子，都能在天空中看到彩虹的身影。尤其是在6月至8月，这是昭苏的夏季，也是彩虹最为活跃的季节。据统计，在这段时间里，昭苏平均每周会出现两到三次彩虹，有时甚至更多。这样的频次，对于很多地方来说，是难以想象的。

当地居民已经习惯了彩虹的出现，它们就像是天空的常客，时不时就光临这座小城。孩子们在放学回家的路上，可能会惊喜地发现天边挂起了一道彩虹；农民在田间劳作，一抬头，就能看到彩虹跨越山丘，仿佛在为他们加油鼓劲；游客们更是常常被这突如其来的自然奇观所震撼，感叹不已。

昭苏的彩虹不仅出现频次高，而且持续时间也相对较长。有时，一道彩虹会在天空中挂上一个小时甚至更久，给人们留下了充足的观赏和拍摄时间。这样的自然现象，让昭苏成为摄影爱好者和自然探险者的天堂。

昭苏的彩虹，因其出现的频次之高，已经成为这个小城的一个标志性景观。它不仅是自然界的奇迹，更是昭苏人民心中的骄傲。每当彩虹出现，整个小城都会沉浸在一片喜悦和祥和的氛围中，人们分享着这份来自大自然的礼物，感受着生活的美好。

在昭苏的民间，流传着一个关于彩虹的美好传说。

相传在很久以前，昭苏地区有一对年轻的恋人，男孩是勇敢的牧羊人，女孩是美丽的牧羊女。他们相爱深深，每天都在一起放牧、唱歌，共同度过快乐的时光。然而，一场突如其来的战争打破了他们的平静生活。

牧羊人被征召上战场，临别时，他向心爱的姑娘承诺，无论战争多么残酷，他都会平安归来。牧羊女含泪送别，她每天都在草原上等待着爱人的归来，期盼着战争能够早日结束。

一天，天空突然乌云密布，电闪雷鸣，一场大雨降临。雨后，天空中出现了一道绚丽的彩虹。牧羊女望着彩虹，默默在心中许下愿望。她望着天空的彩虹，心中充满了希望，她相信这是天神降下的吉祥之兆，预示着她的爱人即将平安归来。

她每天都祈祷着彩虹能够再次出现，因为每一次彩虹的出现，都让她感到爱人的气息更近了一些。终于，在无数个日夜的等待后，战争结束了，牧羊人如约回到了家乡。

当牧羊人踏上熟悉的草原，天空中再次出现了彩虹，仿佛是上天在为他们重逢而庆祝。牧羊女奔跑着投入爱人的怀抱，两人在彩虹下相拥而泣，他们的爱情得到了上天的祝福。

从此，昭苏的彩虹便成为了一段美丽爱情的象征。当地的人们相信，彩虹是连接人间与天堂的桥梁，是忠诚与承诺的象征。每当彩虹出现，人们都会停下脚步，仰望天空，默默地为心中的爱和希望祈祷。

这个传说在昭苏代代相传，彩虹因此在当地人民心中拥有特殊的地位。它不仅是自然界的奇迹，更是人们心中美好愿望的寄托。昭苏的彩虹，因其美丽和传说，成为这片土地上永恒的传奇。

昭苏的彩虹，它不仅是自然界的奇迹，更是人们心中希望的象征。它告诉人们，即使在风雨之后，也会有绚烂的彩虹出现。它激励着昭苏的居民，无论经历多少困难，都要保持乐观，相信美好的未来。

当彩虹渐渐消散，天空恢复宁静，昭苏的人们也将这份美好深藏在心中，继续他们的生活。而那彩虹之都的美名，也将随着每一个见证者的讲述，传遍四方。

每年的彩虹节是昭苏最为盛大的节日。人们聚集在彩虹出现的地方，举行各种庆祝活动。歌声、笑声、欢呼声此起彼伏，人们载歌载舞，表达对大自然的敬畏与感激。彩虹节不仅是一个节日，更是昭苏人民对生活的热爱和对未来的憧憬。

昭苏，这座被彩虹守护的小城，是大自然赋予人类的瑰宝。这里不仅有美丽的风景，还有淳朴的人民和丰富的文化。昭苏的故事传颂千里，它的美丽和富饶吸引着无数人前来探访。在这里，人们可以感受到大自然的神奇力量和生命的无限可能。

昭苏的人们以彩虹为骄傲，他们深知这是大自然赋予这片土地的独特礼物。他们爱护这片土地，保护这片土地上的每一个生命。在这里，人与自然和谐共处，形成了一幅完美的生态画卷。

第四辑

多彩昭苏

特克斯河之歌

在祖国辽阔的西部边陲，有一条宛如翡翠飘带的河流，它蜿蜒流淌，孕育了美丽的新疆大地。它就是被誉为"天山下的绿宝石"的特克斯河。

特克斯河，发源于天山山脉，全长约375公里，是新疆伊犁地区的一条重要河流。它犹如一条生命线，滋养着这片神奇的土地，诉说着千年的故事。

初夏时节，我们来到了特克斯河畔。阳光透过蓝天洒在河面上，波光粼粼，如梦如幻。河岸边，绿草如茵，野花争艳，牛羊悠闲地啃食着青草。远处，雪山皑皑，与河水相映成趣，构成了一幅美丽的画卷。

特克斯河之美，美在它的灵动。河水清澈见底，鱼儿在水中欢快地游弋。河岸边，柳树枝条随风轻舞，仿佛在诉说着古老的故事。河水时而平静如镜，时而波涛汹涌，展现出它多变的风情。

特克斯河之美，美在它的包容。它接纳了无数支流，汇聚成一条奔腾不息的河流。在这片广袤的土地上，各民族和谐共处，共同守护着这条母亲河。河流两岸，农田、村庄、城市，因特克斯河的滋养而繁荣昌盛。

沿着特克斯河漫步，我们来到了著名的八卦城——特克斯县。这座城市建设独特，以易经八卦为布局，充满了神秘色彩。特克斯河穿城而过，为这座城市注入了源源不断的活力。在这里，我们感受到了人与自然和谐共生的美好景象。

特克斯河之美，还美在它的传说。相传，特克斯河是王母娘娘的洗脚盆，河水清澈甘甜，因此得名。此外，还有许多关于特克斯河的美丽传说，为这条河流增添了一层神秘的面纱。

黄昏，我们站在特克斯河畔，望着远方。河水在夕阳的映照下，显得更加美丽动人。此刻，我们仿佛听到了特克斯河在歌唱，歌唱着这片土地的繁荣昌盛，歌唱着各族人民的幸福生活。

特克斯河，一条充满魅力的河流，它见证了新疆的发展变迁，承载着无数人的美好回忆。

让我漫步在特克斯河畔的幽径，向你娓娓讲述。

源头的呼唤

特克斯河，这条流淌在新疆伊犁河谷的河流，源于天山山脉的汗腾格里峰。这里，是一个充满神秘与壮丽的地方，是特克斯河生命的起点，也是无数探险者和自然爱好者向往的圣地。

特克斯河的源头，位于海拔 6995 米的汗腾格里峰北侧。这里冰川纵横，积雪覆盖，是典型的冰川地貌。在夏季，阳光的照射下，冰川逐渐融化，冰水汇聚成溪，这些细小的溪流便是特克斯河的最初形态。它们在山石间跳跃，在草甸上流淌，最终汇聚成河，开始了它漫长的流淌之旅。

源头的区域，生态环境极为脆弱且原始。这里的空气清新，水质纯净，四周环绕着高耸入云的雪峰，景色极为壮观。春夏季节，山间的野花竞相绽放，绿草如茵，与洁白的冰川形成鲜明的对比。而到了秋季，山体的植被换上了五彩斑斓的衣裳，仿佛是大自然为了迎接特克斯河的诞生而精心装扮。

在源头的附近，生活着各种高山野生动物，如雪豹、北山羊、马鹿等，它们在这里繁衍生息，构成了一个独特的生态系统。这些野生动物与特克斯河的源头共同守护着这片圣洁的土地。

特克斯河的源头，不仅是一个自然景观，更是一个地理和文化意义上的象征。它象征着生命的起源，象征着坚忍与执着，也象征着特克斯河流域多元文化的汇聚。这里的每一滴水，都承载着历史的记忆，都蕴含着生命的力量。

对于当地的民族来说，特克斯河的源头具有神圣的地位。他们敬畏自然，感恩河流，将源头视为生命之源，常常在这里举行祭祀活动，祈求水神的庇佑。

特克斯河的源头，虽不易到达，但它的美丽与神秘吸引着无数探险者前来朝圣。站在源头，俯瞰着蜿蜒而下的河流，人们不禁感叹大自然的鬼斧神工，也为这条带给大地生机与活力的河流而心生敬意。特克斯河的歌声，从这里开始，唱响了它流向远方的旅程。

古城遗址的诉说

特克斯河，它的河水不仅滋养了大地，更守护着河畔的古老遗迹。在这些古城遗址的静谧中，特克斯河的歌声似乎变得更加悠远，诉说着历史的沧桑。

沿着特克斯河岸，是最著名的"八卦城"特克斯县，传说南宋全真教的丘处机曾路过特克斯河谷，确定了坎北、离南、震东、兑西四个方位，建造了八卦城。这座城市的布局独特，以易经八卦为设计理念，街道呈放射状排列，中心是一个巨大的八卦图案。虽然这座城市的建筑年代并不算久远，但它融合了汉族的易经文化和当地的民族特色，成为了一个独特的文化符号。

更远处，特克斯河流域的深处，隐藏着更为古老的遗址——"赤谷城"。这座古城是乌孙国的都城遗址，据史书记载，乌孙国是公元前2世纪至公元1世纪西域的一个重要国家。赤谷城的遗址虽然已经残破不堪，但仍然可以从中窥见当年乌孙国的繁荣与辉煌。城墙的遗迹、宫殿的基座、散落的陶片和铜器，都是特克斯河畔历史的见证。

在特克斯河的另一侧，还有一座名为"阿力麻里"的古城遗址。这座古城曾是蒙古帝国时期的一个重要城市，它在13世纪至14世纪达到了鼎盛时期。阿力麻里的遗址中，可以看到伊斯兰教的清真寺遗址、蒙古包的痕迹，商铺和居民区的布局，这些都展现了当时城市的繁华和多元文化的交融。

特克斯河边的古城遗址，不仅是历史的沉淀，更是文化的瑰宝。它们静静地躺在河畔，与流淌的河水共同编织着过去的故事。每当夕阳西下，古城的断壁残垣在余晖中显得格外苍凉，仿佛在向世人诉说着曾经的辉煌与战火。

这些古城遗址，如今已成为考古学家和历史学家研究的重要场所，也是游客探寻历史的好去处。在特克斯河畔，人们可以一边聆听河水的低语，一边触摸古城的砖石，感受历史的厚重与遥远。

特克斯河，这条见证了无数兴衰的河流，它的歌声中包含了古城遗址的低吟。在这片土地上，每一块石头、每一片瓦砾，都承载着过往的记忆，讲述着特克斯河流域古老而迷人的故事。

历史的见证者

特克斯河，古称"特克斯川"，它的名字来源于蒙古语，意为"野马河"。河流的源头位于天山山脉的汗腾格里峰，流经特克斯县、巩留县等地，最终汇入伊犁河。这条河流见证了无数历史的变迁，成为了新疆历史的重要见证者。

早在公元前，特克斯河流域就是古代丝绸之路的重要通道。这里曾是乌孙、匈奴、突厥、蒙古等民族的栖息地。公元前 2 世纪，张骞通西域，开辟了中原与西域的交通，特克斯河流域因此成为东西方文化交流的重要节点。

公元前 60 年，西汉政府设立西域都护府，特克斯河流域正式纳入中国版图。此后，历经魏晋南北朝、隋唐、宋元明清，特克斯河始终是新疆地区政治、经济、文化交流的重要纽带。唐代的边塞诗人岑参曾在此地留下诗篇，赞美这里的壮丽风光。

元朝时期，成吉思汗的蒙古帝国横跨欧亚，特克斯河流域成为帝国的一部分。据说，成吉思汗的蒙古大军曾在此地安营扎寨，留下了许多传说和遗迹。

到了清朝，特克斯河流域成为新疆的重要垦区。清政府在此设立屯田，开垦荒地，吸引了大量汉族、回族、维吾尔族等各族人民前来定居。这些不同民族的融合，为特克斯河流域带来了丰富多彩的文化。

20 世纪初，特克斯河流域经历了战乱与变革。辛亥革命后，新疆地区政权更迭，特克斯河见证了这片土地从动荡走向稳定的历程。新中国成立后，特克斯河流域得到了大规模的开发建设，成为了新疆重要的粮食和牧业基地。

如今，当我们站在特克斯河畔，不仅能感受到它的自然之美，更能触摸到历史的痕迹。河流两岸的古城遗址、古道痕迹、古墓群，都在默默诉说着特克斯河的历史故事。

特克斯河，这条流淌在天山下的水系，它不仅是一条生命的河流，更是一部活生生的历史长卷。它见证了新疆的兴衰更迭，承载了各族人民的希望与梦想。让我们在欣赏它的美丽风光的同时，不忘历史，珍惜当下，共同创造更加美好的未来。

生态的摇篮

特克斯河的生态环境，是自然与人文和谐共生的典范。河流两岸，茂密的森林和广袤的草原构成了一个天然的生态屏障。

春天，冰雪融化，河水潺潺，河边的树木开始抽出新芽，嫩绿的叶片在阳光下闪烁着生命的光芒。野花争相绽放，蜜蜂和蝴蝶在花间飞舞，一派生机盎然的景象。

夏季，特克斯河的水量充沛，河水清澈见底，河床上的卵石被冲刷得光滑圆润。河岸边，草地上牛羊成群，它们悠闲地吃着青草，偶尔低头饮水，与河水和谐相处。河中的鱼类资源丰富，尤其是伊犁鲟、新疆裸重唇鱼等特有物种，它们在清澈的水中自由游弋，繁衍生息。

秋季，特克斯河两岸的树木换上了五彩斑斓的秋装，金黄、橙红、翠绿交织在一起，倒映在河面上，美不胜收。这时，成群的水鸟沿着河流迁徙，它们在河面上盘旋，寻找栖息地，为特克斯河增添了一抹灵动的色彩。

冬季，特克斯河进入沉睡期，河面结冰，但冰下的生命仍在悄悄流动。河岸上的植被虽然枯萎，但它们为冬日的动物提供了食物和庇护。雪后的特克斯河，静谧而庄严，仿佛在静静地积蓄力量，等待着春天的到来。

特克斯河的生态环境得到了良好的保护。当地政府和居民深知这条河流的重要性，于是采取措施，严格控制污染，保护水源地，确保河流的清洁。河流两岸的湿地保护区，更是为各种水生植物和动物提供了安全的栖息地，成为了生物多样性的宝库。

特克斯河，这条生态之河，它不仅为人类提供了丰富的水资源，更为无数生物提供了生存的家园。在这里，人与自然和谐相处，共同维护着这片生态的摇篮。愿特克斯河永远清澈，愿它的歌声永远回荡在新疆的大地上，成为生态环境保护的永恒赞歌。

民俗风情的画卷

特克斯河，如同一条生命的纽带，穿梭在新疆伊犁的绿野之中，它不仅滋养了这片土地，更孕育了丰富多彩的民俗风情。在这条河流的两岸，各民族的生活画卷缓缓展开，呈现出独有的魅力。

春天伊始，特克斯河畔的哈萨克族牧民开始了他们一年一度的转场。成群的牛羊沿着河岸缓缓移动，尘土飞扬中，哈萨克牧民骑马扬鞭，唱着悠扬的牧歌。他们的毡房如同一朵朵白云，点缀在绿草如茵的河岸上，与特克斯河的流水声交织成一首动人的交响曲。

夏日悠悠，特克斯河边的维吾尔族村落热闹非凡。在丰收的季节，村民们会举行盛大的"麦西来甫"舞蹈活动。男女老少围成圆圈，伴随着手鼓和热瓦普的节奏，跳起欢快的舞蹈。他们的服饰色彩斑斓，头上的小花帽和女性的花裙子在阳光下格外耀眼，特克斯河畔因此充满了欢声笑语。

金秋送爽，特克斯河边的汉族村庄迎来了丰收的季节。金黄的麦田和玉米地一望无际，村民们忙碌着收割，脸上洋溢着幸福的笑容。在收获之后，他们会举行庆祝丰收的仪式，家家户户都会制作月饼、包饺子，共享丰收的喜悦。

冬雪飘飘，特克斯河进入宁静的时节。河面上偶尔传来冰裂的声音，而河岸上的蒙古族人家则围坐在温暖的火炉旁，讲述着祖先的英雄故事。他们的蒙古包外，雪地上留下了孩子们滑雪板的痕迹，而屋内，热腾腾的奶茶和奶食品散发着诱人的香气。

特克斯河畔的民俗风情，不仅仅体现在这些节庆和日常生活中，还体现在各民族之间的交流与融合。在特克斯县，你会看到回族的手抓饭、维吾尔族的烤羊肉、汉族的饺子和哈萨克族的奶茶，这些美食在这里交汇，成为特克斯河流域独特的饮食文化。

河流两岸的市集上，各民族的商贩用不同的语言交流，商品的多样性和丰富性让人目不暇接。在这里，你可以买到哈萨克族的绣品、维吾尔族的地毯、蒙古族的银饰，这些都是特克斯河流域民俗风情的物化体现。

特克斯河，不仅是大自然的恩赐，更是民族文化的汇聚地。它见证了不同民族在这里和谐共处，共同创造和传承着丰富多彩的民俗文化。在这条河流的歌声中，我们听到了历史的回响，感受到了民族的温度，体验到了生活的多彩。特克斯河，永远是一幅流动的民俗风情画卷。

民俗活动的乐章

特克斯河，不仅是一条生命的河流，更是一部活生生的民俗文化长卷。在这条河流的两岸，特色民俗活动丰富多彩，为这片土地增添了无穷的魅力。

每年春季，随着冰雪融化，特克斯河畔的哈萨克族牧民会举行"春耕节"。这是一个祈求丰收的节日，牧民们身着节日盛装，骑马在河岸边举行仪式，然后在田野上播下希望的种子。春耕节上，传统的赛马、摔跤和叼羊比赛激烈进行，欢呼声此起彼伏，特克斯河畔成了一片欢乐的海洋。

夏季，特克斯河边的维吾尔族村庄会举行"诺鲁孜节"，这是维吾尔族的新年。节日期间，村民们会打扫庭院，装饰房屋，还会在特克斯河畔举行盛大的歌舞表演。维吾尔族的"十二木卡姆"音乐在河畔响起，伴随着手鼓和热瓦普的节奏，人们跳起热情的舞蹈，庆祝新年的到来。

秋天，特克斯河畔的汉族村庄会举办"丰收节"。在这个庆祝丰收的节日里，村民们会举行盛大的庙会，表演龙舞、狮子舞和秧歌。家家户户还会制作五谷丰登的"丰收集"，以及各式各样的丰收宴，邀请亲朋好友共同分享收获的喜悦。

冬季，特克斯河进入宁静的时节，但蒙古族的"那达慕"大会却为这片土地带来了热闹和活力。在河边的开阔地上，蒙古族人会举行传统的三项竞技——摔跤、射箭和赛马。雪地上的赛马尤为壮观，马蹄溅起雪花，骑手们英姿飒爽，展现了蒙古族人的英勇与豪迈。

此外，特克斯河流域的回族、锡伯族等其他民族也有各自的特色民俗活动。回族的"古尔邦节"和锡伯族的"西迁节"都是重要的节日，其间会有独特的民俗表演和传统美食，吸引了各族人民共同参与。

特克斯河的特色民俗活动，不仅是各族人民对生活的热爱和向往的体现，也是对传统和历史的传承。这些活动让特克斯河流域的文化更加丰富多彩，也让这条河流成为连接各族人民情感的纽带。在特克斯河的歌声中，我们听到了民俗文化的呼唤，感受到了这片土地的活力与热情。

那达慕大会的欢腾

在特克斯河流域，每年的夏季或秋季，蒙古族人民都会举办一场盛大的传统活动——"那达慕"大会。这是一个集体育竞技、文化展示和休闲娱乐于一体的节日，它不仅是蒙古族人民的传统盛会，也是特克斯河流域多元文化交流的体现。

那达慕大会通常在草原上举行，为期三至五天。大会的开始，通常伴随着庄严的开幕式。在特克斯河畔的宽阔草地上，五彩的旗帜迎风飘扬，身着节日盛装的蒙古族人民，骑着骏马，排成整齐的队伍，欢迎着来自四面八方的游客和参赛者。

那达慕大会的主要活动包括传统的三项竞技：摔跤、射箭和赛马。摔跤比赛是那达慕大会的重头戏，参赛的摔跤手们身穿精致的摔跤服，头戴"霍布钦"摔跤帽，他们在跤场上展示着力量与技巧，争取成为"那达慕"的摔跤英雄。射箭比赛则考验着选手们的精准和力量，箭矢射中目标的声音，伴随着观众的喝彩，成为那达慕大会上一道独特的风景线。

赛马比赛是那达慕大会上最具观赏性的项目。小骑手们骑在未经训练的骏马上，他们要在没有马鞍的情况下，驾驭马匹完成规定的赛程。赛马过程中，马蹄声、呐喊声交织在一起，紧张刺激的氛围弥漫在整个草原上。获胜的骑手和马匹会被授予极高的荣誉，成为草原上的英雄。

除了竞技活动，那达慕大会上还有丰富的文化表演。蒙古族的歌手们唱着悠扬的民歌，弹奏着马头琴，跳着传统的舞蹈。这些表演不仅展示了蒙古族文化的独特魅力，也让观众们沉浸在浓郁的民族风情之中。

那达慕大会还是一场美食的盛宴。会场内外，各种蒙古族特色美食琳琅满目，如手抓肉、奶茶、奶皮子、炒米等，吸引着人们品尝。人们围坐在蒙古包旁，共享美食，交流着彼此的故事，增进了民族间的友谊。

特克斯河畔的那达慕大会，不仅是一场体育竞技的盛会，更是一次文化的交流和展示。它体现了蒙古族人民的勇敢与热情，也展现了特克斯河流域多元文化的和谐共融。在那达慕大会的欢腾中，特克斯河的歌声更加嘹亮，唱响了对美好生活的赞歌。

饮食文化的盛宴

特克斯河流域，一个多元文化交织的地方，这里的饮食文化同样丰富多彩，反映出各民族的特色与风情。特克斯河畔的饮食文化，不仅是味蕾的享受，更是一种文化的体验。

在特克斯河边的哈萨克族聚居区，饮食文化以鲜美的肉类和乳制品为主。哈萨克族的传统美食"纳仁"是必不可少的佳肴。这是一种用羊肉煮制的面片，搭配上新鲜的蔬菜和羊肉汤，味道鲜美，营养丰富。此外，哈萨克族的奶茶也是一绝，用砖茶煮沸后，加入牛奶和少量的盐，香气四溢，是哈萨克族人待客的必备饮品。

维吾尔族的饮食文化在特克斯河流域同样占据重要地位。维吾尔族的抓饭是这里的特色美食，以大米、羊肉、胡萝卜为主料，加入孜然、红花等调料，烹饪出的抓饭色泽诱人，香气扑鼻。而维吾尔族的面食，如拌面、烤包子、揪片子等，也是特克斯河畔饮食文化的重要组成部分，这些美食在河边的集市上随处可见，吸引着食客们驻足品尝。

汉族的饮食文化在特克斯河流域同样有着深远的影响。特克斯河边的汉族村庄里，家常菜和小吃种类繁多。特别是饺子，这种传统的汉族美食，在这里得到了新的诠释。新疆的饺子通常会加入羊肉、牛肉或者当地的野菜，味道独特，是节日和家宴中不可或缺的一道菜肴。

蒙古族的饮食文化在特克斯河流域同样独具特色。蒙古族的奶食品是这里的特色，如奶皮子、奶酪、酸奶等，这些食品不仅美味，而且富含营养。在那达慕大会上，蒙古族的手抓肉更是不可或缺的美食，肉质鲜嫩，搭配上奶茶，让人回味无穷。

特克斯河流域的饮食文化，还体现在各种节庆和活动中。无论是哈萨克族的"纳吾热孜节"，维吾尔族的"诺鲁孜节"，还是汉族的"春节"，食物都是庆祝活动中不可或缺的一部分。在这些节日里，家家户户都会准备丰盛的佳肴，与亲朋好友共享。

特克斯河畔的饮食文化，是各民族文化交流与融合的产物。在这里，人们可以品尝到不同民族的风味，感受到多元文化的魅力。特克斯河的歌声中，融入了饮食文化的香气，唱响了对这片土地上丰富多彩生活的赞美。

雪　峰

　　在昭苏，雪峰是一首宁静的诗，是一幅素雅的画，是一位身穿银甲的武士。

　　晨曦初照，昭苏的雪峰揭开神秘的面纱，抖落一身的寒气，熠熠生辉。阳光温柔地洒在雪峰之巅，犹如一位仙子舞动的裙摆，熠熠生辉。那洁白的山脊，仿佛是天地间最纯净的画卷，诉说着岁月的沧桑与变迁。

　　昭苏的雪峰，犹如一位沉默的守护者，静静地矗立在云端。那连绵起伏的峰峦，宛如一条巨龙，盘旋在天地之间，守护着这片土地的安宁。那千年不化的积雪，仿佛是时间的见证，诉说着古老的故事。

　　昭苏的雪峰，你如一位银袍加身的仙子，静静地矗立在天地之间。你的威严，让人肃然起敬；你的美丽，让人陶醉不已。

　　昭苏的雪峰，你是大自然的杰作，你是人类心灵的寄托。

　　昭苏的雪峰，你不仅仅是一座孤独的巨人，你的周围，是一幅幅生动的自然画卷。

　　在你的脚下，绿草如茵，繁花似锦。春天的昭苏草原，是生命的摇篮，万物复苏，生机勃勃。野花争艳，蜜蜂忙碌，蝴蝶翩翩起舞，它们在你的庇护下，尽情地演绎着生命的乐章。

不远处，一条清澈的河流蜿蜒流淌，那是你的血脉，滋养着大地。河水潺潺，倒映着你的身影，仿佛在诉说着古老的故事。岸边，杨柳依依，随风轻摆，为你的威严增添了几分柔美。

昭苏的雪峰，你见证了四季轮回，每个季节都有你独特的韵味。

春回大地，你从冬日的沉睡中苏醒，冰雪开始融化，汇成溪流，沿着山谷潺潺流淌。春日的阳光温柔地抚摸着你，你头顶的雪帽逐渐缩小，露出深邃的灰岩。山脚下，桃花、杏花竞相开放，一片粉白的世界，与你的洁白相映成趣，春天的你，是新生与希望的象征。

夏日炎炎，你成了避暑的胜地。山间的气候凉爽宜人，绿意盎然的草地上，牛羊成群，牧歌悠扬。你的身影在蓝天白云的映衬下，显得更加雄伟壮丽。夏日的你，是清凉与宁静的源泉。

秋风起兮白云飞，你迎来了收获的季节。山腰上的树木换上了五彩斑斓的新装，红枫、黄叶交织出一幅幅秋日的画卷。你头顶的雪线开始向下蔓延，预示着冬日的临近。秋天的你，是成熟与丰收的象征。

冬雪皑皑，你再次披上了银白的斗篷，成为冰雪的王国。寒风呼啸，雪花飞舞，你傲然屹立，不畏严寒。山下的村庄，炊烟袅袅，温暖的灯光在雪夜中显得格外温馨。冬日的你，是坚强与纯净的化身。

昭苏的雪峰，你不仅是大自然的杰作，更是人文历史的见证者。

当你周围的草原渐渐苏醒时，哈萨克族和蒙古族的牧民们开始了他们一年一度的迁徙。他们的帐篷如同一朵朵白云，飘落在你的脚下，牛羊的叫声与山风的呼啸交织成一首古老的牧歌。孩子们在你的庇护下成长，他们的笑声在山谷间回荡，你的人文情怀在这一刻得到了最生动的体现。

当游客们慕名而来，他们沿着山脚的小径，一边欣赏你的壮丽，一边探索着古老的丝绸之路遗迹。那些被岁月侵蚀的石碑，讲述着往昔商旅的传奇故事。而你，昭苏的雪峰，成为他们摄影框中最美的背景，也成为他们心中难忘的记忆。

当丰收的季节到来，当地的农民会在你的注视下举行庆祝丰收的仪式。他们载歌载舞，感谢大自然的恩赐，而你，昭苏的雪峰，成了他们感恩的对象。村庄里的长者会讲述关于你的传说，让年轻一代了解这片土地的历史与文化。

当雪花覆盖了一切，你变得更加神秘而庄严。滑雪者在你宽阔的怀抱中尽情滑行，他们的身影在雪地上划出一道道美丽的弧线。而那些摄影师和画家，则试图捕捉你的每一次光影变化，将你的人文魅力与自然之美融为一体。

昭苏的雪峰，你不仅是自然界的奇迹，更是人文精神的象征。你见证了一代又一代人的成长，承载了一个又一个民族的故事。在你的怀抱中，人与自然和谐共生，历史与现实交织，共同绘制出一幅幅丰富多彩的人文画卷。

在昭苏的雪峰之巅，神话的翅膀轻轻掠过，为这片圣洁之地增添了一抹神秘色彩。

传说中，昭苏的雪峰是神山之巅，你是天神下凡时的踏脚石。在当地人的口耳相传中，你是一位白发苍苍的老者，守护着这片土地的安宁。每当晨曦初露，你的峰顶便 first to be kissed by the sun，那是天神对你最崇高的敬意。

你让人们相信，是你唤醒了沉睡的春之神，她挥动魔法棒，让万物复苏。你的脚下，那片开满野花的草原，据说是仙女们夜晚起舞的地方，她们的舞步轻盈，花瓣随风飘扬，每一朵花都承载着一个小小的愿望。

当雷电交加时，村民们会说，那是你在与天神对话，讨论人间的疾苦与幸福。而在晴朗的夜晚，你的身影在星空中若隐若现，人们相信，那是你在引导迷途的旅人找到回家的路。

在丰收的果实中，藏着一个古老的神话，人们相信你会在月圆之夜，将雪峰上的圣水洒向大地，滋养万物，确保来年的丰收。

当你的身影被厚厚的积雪覆盖，人们说你是沉睡的守护神，你的梦境中孕育着新的生命和希望。而在雪峰深处，传说有一座神秘的宫殿，那里居住着雪域的神灵，他们守护着世间的和平。

昭苏的雪峰，你不仅是自然的奇迹，更是神话的源泉。你的每一次风云变幻，都被赋予了神秘的含义，你的每一道光影，都映照着古老的传说。在这片土地上，神话与现实交织，自然与神秘共存，你成了人们心中永恒的图腾。

在昭苏的雪峰下，爱情如同一朵纯净的雪花，缓缓飘落。

相传在昭苏的雪峰下，住着一位美丽的雪女神。她的肌肤如雪般白皙，眼睛如星辰般璀璨。她拥有令万物生长的魔力，但她的心却如冰封的雪峰，未曾为任何人融化。

在山脚下，有一位勇敢的猎人，他名叫阿苏。阿苏英俊勇敢善良，他的箭术无人能及。他常常在雪峰下猎取猎物，却从未见过传说中的雪女神。

一天，阿苏在追捕一只雪狐时不慎跌入了悬崖，受伤昏迷。雪女神闻声而来，她早就被阿苏的勇敢和坚忍所打动，她用魔法治愈了阿苏的伤势，并悄悄地照料着他。

阿苏醒来时，看到了站在月光下的雪女神，她的美丽令他窒息。他心中涌起了前所未有的情感，他知道，这就是他一生所追寻的爱情。

雪女神也被阿苏的真诚所打动，她的心开始融化，她感受到了从未有过的温暖。然而，神与人之间的爱情，是被天地所禁忌的。

雪女神的族人们发现了这段恋情，他们警告雪女神，如果她继续与人类相爱，她将失去神力，永远无法回到天界。但雪女神已无法割舍对阿苏的情感，她宁愿放弃一切，也要与阿苏相守。

为了证明他们的爱情，雪女神与阿苏在雪峰之巅许下了永恒的誓言。他们立下了一个约定，每年冬天的第一场雪，他俩都会在雪峰相会。

然而命运弄人，雪女神的族人在一场风暴中封印了她的记忆，将她

带回了天界。阿苏在雪峰上等待了无数个日夜，却再也没能等到他的
爱人。

　　岁月流转，阿苏化作了雪峰上的一块巨石，他依然守望着天空，等
待着雪女神的归来。而在天界的雪女神，每当看到雪花飘落，她的心就
会隐隐作痛，那是她与阿苏爱情的证明。

　　于是，每当冬季的第一场雪降临，昭苏的雪峰上会出现一道美丽的
彩虹，那是阿苏与雪女神爱情的奇迹。他们的故事，成了昭苏雪峰上永
恒的爱情传说，激励着世间的有情人，勇敢地去追求真爱。

　　昭苏雪峰的神秘与爱情故事的细节交织在一起，成为传说中最为动
人的篇章，让每一个听到这个故事的人，都为他们的爱情而感动，为他
们的坚持而叹息。

　　昭苏的雪峰，是大自然的杰作，是生命的赞歌。它静静地矗立在云
端，诉说着古老的传说。让我们怀着敬畏之心，去感受雪峰的美丽与神
圣，去聆听那来自天籁的歌声。

遇见梵高

在新疆伊犁河谷的西南部，有一座名为昭苏的小城，它静静地躺在天山的怀抱中，拥有着悠久的历史和丰富的文化。临近夏季，我踏上这片古老的土地，不仅是为了寻找梵高的向日葵，更是为了探寻这里的历史脉络。

昭苏，古称"蒙古勒克"，是古代乌孙国的故地，也是丝绸之路的重要节点。历史上的昭苏，见证了汉唐的繁荣，经历了草原民族的迁徙与融合。这里的每一寸土地，都沉淀着深厚的历史底蕴。

那片向日葵花海，如同历史的印记，灿烂而深远。它们在昭苏的田野上绽放，仿佛在诉说着这片土地的故事。一望无际的向日葵，如同金黄色的波浪，在微风中摇曳生姿。它们挺拔着身姿，面朝太阳，仿佛在诉说着对光明的渴望。我漫步其中，仿佛能听到古代商队的驼铃声，感受到那些曾经在这片土地上驰骋的勇士们的气息。

梵高的向日葵，在这里找到了历史的共鸣。在这片花海中，我遇见了梵高。那个荷兰后印象派画家，用他的画笔描绘出了向日葵的灵魂。我想，他当年一定也感受到了这股来自大自然的魅力，才会将向日葵描绘得如此生动、热烈。

梵高的向日葵，盛开在画布上，永远定格了那份灿烂。而眼前的这片向日葵花海，则在阳光下不断变幻，演绎着生命的繁华。我仿佛看到了梵高在花海中穿梭，用他的画笔记录下这美好的瞬间。

他的画作，虽然创作于遥远的欧洲，但其对光与美的追求，与昭苏的历史文化精神不谋而合。在昭苏的向日葵花海中，我仿佛看到了梵高与这片土地的对话，他画笔下的向日葵，似乎也在诉说着昭苏的历史变迁。

昭苏的历史，是一部民族融合的历史。这里曾是哈萨克、蒙古、维吾尔等多个民族共同生活的家园。他们的文化在这里交织，形成了独特的昭苏风情。那达慕大会上的摔跤、赛马，不仅是体育竞技，更是对历史的传承和对民族精神的颂扬。

在向日葵花海的旁边，坐落着古老的圣佑庙，它是昭苏历史的见证者。这座始建于18世纪的寺庙，融合了汉、蒙古、藏等民族的建筑风格，是新疆地区著名的藏传佛教圣地。在这里，我仿佛能感受到历史的厚重和信仰的力量。

在这片向日葵花海中，我感受到了生命的力量。那些向日葵，如同勇敢的战士，面对太阳，无惧风雨。它们顽强地生长，只为那灿烂的瞬间。这让我想起了梵高的一生，他执着于艺术，追求内心的光明，最终成就了辉煌。

阳光下的向日葵，熠熠生辉，仿佛在诉说着生命的奇迹。我站在花海之中，任凭微风拂过，感受着大自然的恩赐。此刻，我仿佛与梵高并肩，共同欣赏这美好的画卷。

时光荏苒，梵高已远去，但他的精神永存。在这片向日葵花海中，我遇见了梵高，也遇见了那个勇敢追求光明的自己。让我们怀揣着梦想，勇往直前，书写属于我们的辉煌篇章。

遇见梵高，遇见昭苏，这是一次穿越时空的历史之旅。在这片向日葵花海中，我不仅看到了大自然的壮丽，更感受到了历史的深度和文化的宽度。愿这片土地上的向日葵，如同这里的历史和文化一样，永远灿烂，永远生机勃勃。

英雄之剑——雪域云杉

绵延的天山山脉，像是大地母亲柔美的曲线，将昭苏紧紧拥抱。山峦之上，白雪皑皑，终年不化，宛如仙子舞动的飘带。山腰间，云杉林海波澜壮阔，绿意盎然，与雪山形成鲜明对比，构成了一幅动人的山水画。

昭苏云杉，是一种珍贵的树种。它们挺拔苍翠，屹立在海拔两千米以上的高原地带，见证了岁月的沧桑，承载着自然的神奇。这里，群山起伏，绿草如茵，而最为引人注目的，当属那挺拔的昭苏云杉，它们如同英雄之剑，直插云霄，守护着这片美丽的土地。

昭苏云杉，又称天山雪松，它们生长在海拔两千多米的高山地带，历经风雨，顽强生长。每一株云杉，都是一部历史的见证，诉说着岁月的沧桑。它们枝繁叶茂，绿叶如盖，仿佛一把巨大的绿伞，为大地遮风挡雨。

在这里，我将为您描绘昭苏云杉的美丽风光，讲述它们与我国各族人民的不解之缘。

初识昭苏云杉

在我国广袤的大地上，有着无数令人叹为观止的自然景观，昭苏云杉，便是其中之一。它们分布在新疆天山西部的昭苏盆地，这里海拔较高，气候寒冷，四季分明。正是这样的自然环境，孕育了昭苏云杉独特的风貌。

初夏时节，当我们驱车穿越昭苏盆地，远远望去，一片绿意盎然。那挺拔的树干、翠绿的针叶，仿佛是大自然的画卷，令人陶醉。走进昭苏云杉林，仿佛进入了一个绿色的世界。阳光透过茂密的树叶，洒在地上，形成斑驳的光影。微风拂过，树叶沙沙作响，仿佛在诉说着古老的故事。

昭苏云杉的生长历程

昭苏云杉，学名 Picea schrenkiana，是我国特有的树种。它们生长在高原地带，生命力顽强。从一颗种子发芽，到长成参天大树，昭苏云杉经历了无数的风雨。

春天，昭苏云杉开始萌芽。一场春雨过后，阳光照耀下的昭苏盆地，万物复苏。云杉种子在土壤中悄然发芽，破土而出。初生的云杉幼苗，绿油油的，娇小可爱。它们在春风的吹拂下，茁壮成长。

夏天，昭苏云杉进入了生长旺季。充足的阳光和雨水，让云杉迅速拔高。这时，昭苏盆地绿意盎然，云杉林成为了一道亮丽的风景线。

清晨，当第一缕阳光穿透云层，洒在昭苏云杉上，整片森林仿佛被镀上了一层金辉。露珠在叶片上闪烁，如同无数珍珠散落人间。山间的雾气缭绕，云杉若隐若现，宛如仙境。

午后，阳光明媚，蓝天白云映衬下的昭苏云杉更加挺拔。林间小溪潺潺，清澈见底，仿佛在诉说着森林的秘密。鸟儿在枝头欢唱，蝴蝶在花间起舞，各种生物在这片绿色家园中和谐共生。

傍晚，夕阳西下，天边泛起一抹金黄。昭苏云杉在夕阳的照耀下，显得更加庄重威严。山风轻拂，松涛阵阵，仿佛在为这片土地唱响英雄的赞歌。

夜晚，繁星闪烁，月光皎洁。昭苏云杉在夜色中沉默不语，却依旧散发着坚忍的气息。它们守护着这片土地，守护着星辰大海，守护着每一个甜蜜的梦乡。

秋天，昭苏云杉的叶子逐渐变黄。在秋风的吹拂下，黄叶纷飞，犹如黄金地毯。这时，昭苏云杉林进入了成熟期，树干更加粗壮，枝叶更加繁茂。

冬天，昭苏云杉迎来了严寒的考验。它们披上了银装，顽强地抵抗着风雪。在这漫长的冬季，昭苏云杉成为了高原上的一道风景，诉说着生命的坚忍。

昭苏云杉，是英雄的化身。它们扎根于贫瘠的土地，顽强地生长，见证了无数英雄事迹。在这里，曾经有一位名叫艾买提的护林员，他几十年如一日，守护着这片绿色家园。他就像昭苏云杉一样，坚定、执着，用自己的行动诠释着英雄精神。

昭苏云杉如同一把把英雄之剑，刺破苍穹，融入了这幅壮丽的自然画卷。

昭苏的自然景观，既有雄浑的山川，又有柔美的森林；既有碧空如洗的晴朗，又有云雾缭绕的神秘。昭苏云杉，作为这片土地上的英雄之剑，与自然景观交相辉映，共同谱写了一曲赞美生命的壮丽乐章。

昭苏云杉与民族风情

在昭苏盆地，居住着哈萨克、维吾尔、汉等民族，他们与昭苏云杉结下了深厚的情缘，将云杉视为生命的象征。

哈萨克族人民称昭苏云杉为"生命之树"。他们认为，云杉挺拔、坚忍，代表着哈萨克族不屈不挠的精神。在哈萨克族的传统节日中，云杉成为了重要的装饰元素。

维吾尔族人民将昭苏云杉视为"守护之神"。他们认为，云杉林是神灵的居所，具有神秘的力量。在维吾尔族民间传说中，云杉林常常是英雄们战胜邪恶的地方。

汉族人民则将昭苏云杉视为"友谊之树"。在昭苏盆地，汉族与各民族同胞共同生活，共同守护这片绿色的家园。云杉林成为了他们友谊的见证。

昭苏云杉，是民族团结的象征。在这片土地上，各民族兄弟亲如一家，共同守护着这片美丽的家园。云杉树下，孩子们欢声笑语，老人悠闲散步，青年人奋发向前。他们以云杉为榜样，传承着民族团结、英勇无畏的精神。

昭苏云杉的传说

在昭苏盆地，流传着许多关于昭苏云杉的传说。这些传说，为云杉林增添了一层神秘的色彩。

相传在很久很久以前，昭苏盆地是一片荒芜之地。有一天，天神降临到这里，看到民生凋敝，便施法降雨，让大地复苏。为了让这里的人们过上幸福的生活，天神还将一把神奇的种子撒向大地。这把种子，便是昭苏云杉的种子。在阳光和雨水的滋润下，昭苏云杉茁壮成长，成为了人们赖以生存的家园。

还有一个传说，很久以前，昭苏地区有一位英勇的哈萨克族猎人，名叫阿勒泰。他擅长骑射，勇敢善良，深受族人的尊敬。有一天，阿勒泰在森林中救了一只受伤的仙鹤，这只仙鹤其实是天神的使者。为了报答阿勒泰的救命之恩，仙鹤告诉他，在昭苏的云杉林中，有一把神剑，能够保护族人免受灾难。

阿勒泰在仙鹤的指引下，来到了一片古老的昭苏云杉林。在林中，他发现了一株特别高大的云杉，树干笔直，直插云霄，树上似乎有一抹剑影闪烁。阿勒泰攀爬而上，终于在一根粗壮的树枝上找到了那把传说中的神剑。这把剑锋利无比，光芒四射，阿勒泰握剑在手，顿时感觉力量无穷。

从此，阿勒泰带着神剑，守护着昭苏的安宁。每当灾难来临，他都会挥舞神剑，驱散邪恶，保护族人。而那片云杉林，也因为神剑的庇佑，变得更加郁郁葱葱，生机勃勃。

另一个传说讲述的是一位名叫赛依娜的女子，她美丽善良，热爱自然。她常常在昭苏云杉林中漫步，与森林中的生物交谈。有一天，赛依娜在林中救助了一只被困的小鹿，这只小鹿其实是森林的守护神。为了感谢赛依娜，守护神赋予了她与森林沟通的能力。

赛依娜能够听懂树木的语言，感知大地的脉搏。她用这份力量，引导族人尊敬自然，保护森林。每当有人想要破坏昭苏云杉林时，赛依娜都会出现，用她的智慧和力量劝阻他们。因此，昭苏的云杉林得以世代繁衍，成为一片永恒的绿洲。

这些传说故事，如同昭苏云杉的根脉，深深扎在这片土地上，成为人们口耳相传的佳话。它们不仅丰富了昭苏的自然景观，更赋予了这片土地深厚的历史文化底蕴，让昭苏云杉的英雄之剑，更加熠熠生辉。同时它们也寄托了昭苏盆地各族人民对美好生活的向往，展现了昭苏云杉在他们心中的神圣地位。

守护昭苏云杉

近年来，随着全球气候变化和人类活动的影响，昭苏云杉林面临着前所未有的挑战。为了保护这片绿色的家园，我国政府和各族人民付出了艰辛的努力。

在昭苏盆地，设立了多个云杉林保护区，对云杉资源进行严格管理。同时，加大了植树造林的力度，扩大云杉林的面积。在科研人员的努力下，昭苏云杉的繁育技术取得了突破，为云杉林的可持续发展奠定了基础。

此外，政府还加大了宣传教育力度，提高各族人民保护生态环境的意识。如今，昭苏盆地的人们已经形成了共识：保护昭苏云杉，就是守护我们的家园。

流年难返，昭苏云杉依旧屹立不倒。在昭苏云杉的浓荫之下，不仅自然景观壮丽，人文历史同样悠久而丰富，为这片土地增添了一份沉甸甸的文化底蕴。

昭苏，这个位于丝绸之路上的重要节点，曾是古代商旅的必经之地。这里的历史，可以追溯到汉代，那时昭苏就是西域的一部分，文化交流频繁，各种文明在这里交融碰撞。

在昭苏云杉的林间，隐约可以看到古丝绸之路的遗迹。那些由石头铺就的小径，曾是驼队踏过的道路，它们见证了东西方文化的交流，承载着无数旅人的梦想与希望。云杉树下，或许就有一块不起眼的石碑，记录着某个时代的辉煌。

　　昭苏的居民，大多是哈萨克族和蒙古族，他们的生活习惯、节日庆典、民族服饰，都是这里人文历史的重要组成部分。在昭苏云杉的环绕下，哈萨克族的"那吾鲁孜节"和蒙古族的"那达慕大会"年年举行，人们载歌载舞，欢庆丰收，传承着民族的传统与文化。

　　历史上，昭苏也是兵家必争之地。传说中，昭苏云杉林曾是古代战士们秘密训练的场所。他们在这里磨砺剑术，锻炼身体，云杉树干上的每一道刻痕，都可能记录着一次次的挥剑与汗水。这些战士们，守护着家园，抵御外敌，他们的英勇事迹，成为后世传颂的佳话。

　　昭苏的历史名人也不容忽视。比如，清朝时期的民族英雄徐松，他曾在昭苏地区任职，致力于边疆的稳定与发展。他的政绩在当地流传甚广，人们将其与昭苏云杉的英雄精神相提并论。

　　如今，昭苏云杉不仅是自然景观的象征，更是人文历史的见证。它们静静地站立在时间的长河中，见证着这片土地的变迁，承载着一代又一代人的记忆与情感。昭苏云杉的英雄之剑，不仅仅是一把守护自然的剑，更是一把承载着人文历史、民族精神的剑，永远闪耀着不灭的光芒。

油菜花海金灿灿

夏日的阳光洒在昭苏大地上，万物生长，一片生机盎然。在这片广袤的土地上，有一片金色的海洋，那就是被誉为"东方瑞士"的昭苏油菜花海。这里，是大自然的调色板，是摄影爱好者的天堂，更是心灵栖息的港湾。

7月，正是昭苏油菜花盛开的季节。放眼望去，一片片金黄色的油菜花海，在阳光的照耀下，熠熠生辉。微风吹过，花海泛起层层波浪，宛如一幅流动的画卷。那浓郁的芬芳，让人沉醉其中，仿佛置身于一个金色的梦幻世界。

漫步在油菜花海中，脚下的土地柔软而富有弹性。那些小巧玲珑的油菜花，有的含苞待放，有的已经热烈地绽放。它们争奇斗艳，宛如一群活泼的少女，在田野间翩翩起舞。蜜蜂和蝴蝶在花间穿梭，忙碌地采集着花蜜，为这金色的海洋增添了生机与活力。

站在高处俯瞰，昭苏油菜花海如同一块巨大的金色地毯，铺陈在绿意盎然的大地上。那一片片金黄，与远处的雪山、碧绿的草原、蔚蓝的天空相映成趣，构成了一幅美到极致的画卷。让人不禁感叹大自然的神工鬼斧，将如此美景赐予人间。

在这片油菜花海中，时光仿佛变得缓慢。游客们纷纷驻足观赏，拍照留念，希望将这美好的时光永远定格。孩子们在花海中奔跑嬉戏，欢声笑语回荡在田野间。而那些摄影师，则用镜头记录下这金色的海洋，将美丽瞬间传递给更多的人。

夕阳下，油菜花海披上了金色的霞光。阳光透过花海，洒下一地金黄。此刻的花海，更加神秘、迷人。站在花海之中，感受着大自然的恩赐，心灵得到了前所未有的宁静与升华。

昭苏油菜花海，是大自然的杰作，是人间仙境。在这里，我们感受到了生命的美好，体会到了大自然的神奇。

在这片金色的油菜花海中，不仅自然风光让人沉醉，人文元素也同样璀璨夺目，为这片花海增添了几分温馨与厚重。

在油菜花海的边缘，坐落着几个古朴的村落，这里的居民大多是哈萨克族和汉族，他们的生活与这片花海息息相关。每年油菜花盛开的季节，村民们都会穿上节日的盛装，举行一场场欢快的庆典。歌声、舞蹈与花海相映成趣，构成了一幅生动的人文画卷。

走在村落的小道上，可以看到家家户户的门前都挂着金黄色的油菜花环，那是他们对丰收的期盼，对美好生活的向往。孩子们在花海中追逐玩耍，老人们则在花海边悠闲地聊天，他们的脸上洋溢着幸福的笑容，这是油菜花海赋予他们的宁静与满足。

在花海的一角，有一位年迈的哈萨克族画家，他每年都会来到这里，用画笔记录下油菜花海的美丽瞬间。他的画作色彩鲜艳，充满生命力，仿佛能让人闻到油菜花的芬芳。画家说，他希望通过自己的作品，让更多人了解这片土地，感受这里的人文气息。

此外，昭苏油菜花海还吸引了许多摄影师和诗人。他们在这里寻找灵感，创作出一幅幅美丽的照片和一首首动人的诗篇。这些作品流传开来，让昭苏油菜花海的美丽传遍了世界。

每年的油菜花节，更是人文活动的高潮。当地政府会组织各种活动，如花海马拉松、民族歌舞表演、手工艺品展览等，吸引了大量游客前来参与。人们在花海中交流，分享彼此的故事，文化的交融在这里得到了完美的体现。

昭苏油菜花海，不仅是自然景观的奇迹，更是人文精神的家园。在这里，自然与人文相互交融，共同谱写了一曲赞美生活的乐章。每当微风拂过花海，那不仅仅是自然的呼吸，更是这片土地上人们心灵的歌唱。

在这片金色的昭苏油菜花海中，自然与人文的和谐共舞，仿佛是一首永不落幕的赞歌。当夕阳的最后一抹余晖洒在这片花海上，金色的海洋仿佛变得更加深邃，它不仅映照着天空的辉煌，更映射出人们内心的温暖与希望。

随着夜幕的降临，油菜花海在月光下显得更加宁静而神圣。星星点点的灯光在村落中亮起，像是守护这片土地的点点烛光。在这里，每一朵油菜花都承载着村民们的辛勤与汗水，每一个微笑都蕴含着对美好生活的向往。

站在花海之中，我们不禁感慨，这片油菜花海不仅仅是一处风景，它更是一种精神的象征。它告诉我们，无论时代如何变迁，人们对美好生活的追求和对自然的敬畏始终不变。在这片花海中，我们找到了心灵的归宿，感受到了生命的真谛。

在这片昭苏油菜花海的怀抱中，花海在月光的轻抚下，仿佛披上了一层神秘的面纱。这里，是大自然的诗篇，是人间最美的抒情。

当风儿轻轻吹过，带着油菜花的芬芳，那是一种无法言说的温柔，它在告诉我们，即使岁月流转，这片花海依旧会在这里，静静地绽放，静静地等待。在这里，每一朵花都是一句诗，每一片叶子都是一首歌。

昭苏油菜花海，你如同诗人笔下最绚烂的意象，不经意间，便刻进了每一个旅人的心底。你不仅是风景，你是梦，是远方，是心中那份最纯净的向往。

在这片花海的尽头，让我们以诗的语言告别：

月下花海梦无边，金色波浪诉流年。

风起花落心不散，昭苏油菜香满天。

愿这花海，如同诗的韵律，永远在心间流淌；愿这份美丽，如同梦的翅膀，带我们飞向更远的远方。昭苏油菜花海，你是一首永远也写不完的诗，唱不尽的歌。

昭苏油菜花海，如同一个温暖的怀抱，拥抱着每一个前来寻找梦想的人。它让我们相信，无论生活有多少艰辛，总有一片金色的希望在地平线上等待着我们。当我们离去，带走的不仅是照片和回忆，更是一份对生活的热爱和对未来的期许。

在这片花海的怀抱中，我们学会了珍惜，学会了感恩。愿这片金色的海洋永远璀璨，愿这里的人们永远幸福，愿每一个心灵都能在这片花海中找到属于自己的那份宁静与力量。昭苏油菜花海，一个让人心驰神往的地方，一个永远留在心中的金色梦幻。

阿合牙孜幽兰

在阿合牙孜山谷，兰花静静地绽放，散发着淡淡的清香，这里有一首散文诗，诉说着这片神秘之地的故事。

这里的兰花，是山谷的精灵，它们在岁月的长河中，默默守候，散发着淡雅兰香。

阳光透过层层叠叠的树叶，斑驳地洒在兰花的花瓣上，那细腻的光泽，仿佛是大自然最温柔的抚摸。兰香在空气中弥漫，淡淡的，却足以让人沉醉。

阿合牙孜的山谷，流淌着一条清澈的河流，流水潺潺，讲述着古老的故事。兰花依水而生，它们的根须紧紧抓住湿润的土壤，仿佛在倾听溪水的低语。

阿合牙孜山谷特殊的地理环境，阻断了冷空气的进入，即使在寒冷的冬季，河道也是终年流水，湿润温暖，为小斑叶兰、堪察加鸟巢兰、小花舌唇兰、阴生红门兰、北方红门兰、天山对叶兰等提供了得天独厚的生长环境。

这里的花朵，不争春，不夺艳，它们只是静静地开，静静地落。每一朵兰花，都是山谷中的一个秘密，每一缕兰香，都是岁月的一段记忆。

传说阿合牙孜的幽谷曾是一位仙子的居所，她用自己的魔法，赋予了这片土地兰花般的清新与美丽。仙子离去后，兰花便成了她留下的守护者，守护着这片幽谷的宁静与和谐。

在这里，时间似乎停滞，兰花静静地开，一年又一年。它们不问世事繁华，只与清风明月为伴，诉说着一段段温柔的诗篇。

当清晨的阳光穿透薄雾，洒在兰花娇嫩的花瓣上，那抹淡雅的蓝，犹如山谷中流淌的溪水，清澈见底。她的叶片细长而柔韧，犹如少女的纤指，轻轻托起那朵朵蓝宝石般的花瓣。每一片花瓣上都有一道道细腻的纹路，仿佛是大自然用最精致的笔触，勾勒出这世间独有的图案。那些纹路间，偶尔有几滴晶莹的露珠，折射着晨光的温柔，闪烁着宛如星辰般的光芒。微风轻拂，兰花摇曳生姿，宛如仙子起舞，诉说着山谷的宁静与祥和。

午后的阳光照射在兰花的根部，一簇簇细小的绒毛清晰可见，它们是兰花与大地对话的桥梁，默默吸收着土壤的养分，滋养着整个生命。兰花的花茎挺拔而修长，略显弯曲的线条，仿佛在诉说着她历经风雨后的坚忍与不屈。而兰花在绿叶的庇护下，悠然绽放。她不与群芳争艳，只在属于自己的角落，默默散发着淡淡的幽香。那香气，宛如山谷中的回音，穿越时空，唤醒沉睡的心灵。

每当阳光透过茂密的树叶，洒下斑驳的光影，兰花在这些光斑中轻轻摇曳，仿佛在倾听山谷中风的呢喃、鸟的歌唱。她的花瓣边缘，泛起一层淡淡的金边，那是太阳赋予她的荣耀，也是她对阳光的回应。

傍晚时分，夕阳映照在兰花上，为她披上一层金色的霞光。她静静地站在山谷之中，守护着这片土地，诉说着岁月的沧桑与变迁。

夜幕降临时，兰花在夕阳的余晖中显得更加宁静。她的花香在空气中弥漫，混合着泥土的芬芳和远处森林的清新，构成了一幅立体的画卷。她与星辰对话，与夜风共舞，将心中的诗篇，化作山谷中最美的旋律。

在月光的洗礼下，兰花的影子投在青石板上，那影子也仿佛有了生命，轻轻舞动着，与夜色融为一体。而那些细小的昆虫，也被兰花的香气吸引，围绕着她飞舞，为这寂静的山谷增添了几分生机。

阿合牙孜山谷的兰花，犹如一位智者，诠释着生命的真谛。她用坚忍与执着，书写着属于自己的传奇，将美好传递给每一个向往宁静的心灵。

阿合牙孜山谷的兰花，她的美丽不仅仅是外表，更是一种精神，一种与世无争、宁静致远的品格。她的每一个细节，都是大自然最精致的雕琢，让人在赞叹之余，也感受到了生命的深邃与宽广。

风吹金色麦浪

在昭苏的麦田里，阳光跳跃着，绿意盎然。那片麦田，如同一幅浓墨重彩的画卷，镶嵌在天地之间。

昭苏的麦田，随着季节的轮回，变换着它的容颜，讲述着时间的故事。

春天，麦田从沉睡中苏醒，冰雪初融，土地渐渐回暖。麦田里，农民们忙碌着播种，将一颗颗希望的种子埋入泥土。春风拂过，麦苗破土而出，嫩绿的小苗在柔和的春光中轻轻摇曳，仿佛在向世界宣告新生的到来。

夏日，麦田披上了翠绿的新装，阳光炽烈，雨水充沛。麦苗在这段时间里快速生长，节节拔高，绿意盎然。夏风掠过，麦浪翻滚，如同绿色的海洋，波澜壮阔。这个季节的麦田，充满了活力与生机，是农民们心中最美的期待。

秋天，昭苏的麦田迎来了丰收的季节。金黄的麦穗在秋风中低垂，像是谦逊的农夫，承载着沉甸甸的果实。收割机的轰鸣声和农民的笑声交织在一起，构成了一曲丰收的乐章。秋日的阳光洒在麦田上，金光闪闪，美不胜收。

冬天，昭苏的麦田进入了沉睡期。白雪覆盖了大地，麦田显得宁静而肃穆。冰霜为麦田披上了一层银装，仿佛在为来年的新生积蓄力量。在这漫长的冬日里，麦田默默地等待着春天的再次到来，循环往复，生生不息。

季节的更迭，不仅赋予了昭苏麦田不同的色彩，也给予了它生命的韵律。从春的嫩绿到夏的翠绿，从秋的金黄到冬的银白，昭苏的麦田在时间的长河中，静静地演绎着四季的变换，见证着岁月的沧桑。

昭苏的麦田，是农民的舞台，他们在这里书写着岁月的篇章。

当万物复苏，农民们便开始了他们的劳作。他们驾驭着铁犁，深耕土地，额头的汗水滴落在泥土中，与种子一同埋入土壤。他们的双手，粗糙而有力，轻轻撒下希望的种子，眼神中充满了对未来的期待。孩子们的笑声在麦田上空回荡，跟随着大人学习耕作，体会着其中的艰辛与乐趣。

烈日当空，农民们戴着草帽，穿梭在麦田间，细心地灌溉、除草。他们的背心被汗水浸湿，但眼中依然闪烁着坚定的光芒。他们与麦苗一同成长，一同抵抗风雨，那份对土地的深情，对收成的渴望，都融入了每一个辛勤的日夜。

当麦田金黄一片，农民们的脸上洋溢着喜悦的笑容。他们手持镰刀，或是驾驶着收割机，在麦田中忙碌着。每一镰刀下去，都是对一年辛勤劳作的最好回报。他们的身影在夕阳下拉长，那是劳动的颂歌，是收获的画卷。

当雪花飘落，农民们终于可以稍作休息。他们围坐在炉火旁，谈论着今年的收成，规划着来年的种植。他们的脸上刻满了岁月的痕迹，但眼中依然保持着对生活的热爱和对土地的敬畏。他们知道，短暂的休息之后，又将迎来新一轮的播种与希望。

昭苏的麦田，因为有了这些农民，才有了生命的活力；因为这些农民的辛勤，才有了丰收的喜悦。他们与麦田共同呼吸，共同成长，他们是这片土地上最朴实的诗人，用双手书写着不朽的篇章。

昭苏的麦田，你是我心中的一首诗，流淌着岁月的温柔与深情。

昭苏的麦田，你是天地间铺展的绿色丝绒，温柔地覆盖在大地母亲的胸膛。

昭苏的麦田，你是大自然的乐章，人与自然在这里和谐地演奏着生命的交响曲。

漫步在麦田的小径，脚下是柔软的土地，身边是金黄的麦穗。那些麦穗，低垂着头，仿佛在思考着什么。它们在风中摇曳，时而轻轻触碰，发出沙沙的声响，那是大自然最美的旋律。

麦田的尽头，是天山的轮廓，雄伟壮丽。雪山融水滋养着这片土地，让麦田得以茁壮成长。而那片麦田，也成了天山脚下最美的风景。

在这一片片麦田里，时光仿佛变得缓慢。阳光、土地、麦苗，一切都那么和谐，那么美好。这里，没有城市的喧嚣，没有世俗的纷扰，只有宁静与祥和。

麦田里的农民，辛勤地劳作着，他们的脸上洋溢着幸福的笑容。他们敬畏土地，感恩大自然，用心血和汗水，耕耘着希望，收获着梦想。

昭苏的麦田，是一部生命的史诗，诉说着坚忍、信念和希望。那片片翠绿，那片片金黄，永远是我心中最美的风景。

昭苏的麦田，你是心灵的港湾，在这里，农民们的情感如同麦浪般起伏，细腻而深沉。

昭苏的麦田，你是大自然的画布，不仅承载着农民的辛勤，也包容着动物的欢歌。

当你从春之梦苏醒的时候，燕子在空中盘旋，它们从南方归来，在你的上空呢喃，仿佛在向麦田报告春天的消息。小昆虫在你的怀抱中醒来，它们在麦苗间穿梭，忙碌地准备着新一年的生活。

炎炎夏日，麦田里昆虫的鸣叫此起彼伏，它们在你的绿波中演奏着夏日的交响乐。蝴蝶在麦田间翩翩起舞，它们的翅膀在阳光下闪烁，与麦苗的翠绿相映成趣。田鼠在麦丛中嬉戏，它们的小眼睛好奇地窥探着这个生机勃勃的世界。

金色麦浪翻滚的秋天，丰收吸引了成群的小鸟，它们在麦穗间觅食，欢快地歌唱。偶尔，一只狐狸的身影在麦田边缘闪过，它机警地觅食，与麦田保持着一种微妙的和谐。麦田边的牛羊悠闲地吃着草，它们的满足与麦田的丰收相互映衬。

当雪花覆盖了你的身躯，动物们也进入了宁静的季节。松鼠在树间跳跃，收集着过冬的粮食。偶尔，一只野兔在雪地上留下一串脚印，它们在你的庇护下寻找着温暖和食物。

昭苏的麦田啊，你是生命的大舞台，农民与动物共同在这里演绎着生活的剧目。你的每一次呼吸，都伴随着动物的欢唱；你的每一个季节，都记录着它们的存在。在这片土地上，人与动物和谐共生，共同描绘着大自然的美丽与神奇。

昭苏春光，白杨絮语与古韵悠扬

春回大地，昭苏的河谷在柔和的阳光里苏醒，白杨树挺拔的身姿，在春风的轻抚下，缓缓撒下片片飞絮，如同一首古典诗词，低吟浅唱，充满了文学的诗意。

"春风知别苦，不遣柳条青。"李白的诗句在昭苏的上空轻轻回荡，白杨飞絮如同离人的眼泪，轻轻洒落，染上了一层淡淡的哀愁。这里的白杨，不再是简单的树木，它们是诗人笔下的情感载体，是岁月流转中的文化印记。

"杨花落尽子规啼，闻道龙标过五溪。"李白的吟咏在昭苏的春风中变得生动，白杨飞絮如同远行的信使，带着诗人的思念，飘散在无边的春色里。它们在空中起舞，如同王维笔下的"独在异乡为异客，每逢佳节倍思亲"的深情。

在昭苏的草原上，哈萨克族和蒙古族的牧民们，伴随着"天苍苍，野茫茫，风吹草低见牛羊"的景象，唱起了古老的歌谣。白杨飞絮成了他们歌中的音符，随着马蹄声，穿越时空，回到了那个金戈铁马的时代。

古城墙下，白杨飞絮轻轻掠过，它们似乎在诉说着"故人西辞黄鹤楼，烟花三月下扬州"的往事。这里的每一砖每一瓦，都记录着丝绸之路的繁华与沧桑，而飞絮的轻柔，恰好映衬了历史的厚重。

"百花长恨风吹落，唯有杨花独爱风。"白杨飞絮在昭苏的春天里，演绎着吴融笔下的宁静与美好。它们在阳光下轻盈跳跃，如同唐诗中的婉约，让人心醉。

昭苏的白杨飞絮，不仅仅是自然界的奇迹，它们是文学的长河中，那些不朽篇章的具象化。它们在春风中起舞，唤醒了沉睡的诗句，让现代的我们在欣赏自然之美的同时，也能触摸到古典文学的灵魂。

在这片被古诗词浸染的土地上，春日的昭苏，白杨飞絮如同水墨画中的点睛之笔，它们在历史的长河中悠扬地流淌，编织着一个个关于时光的故事，传承着中华民族的文化精髓。而我们，在这场飞絮的盛宴中，不仅感受到了春天的柔情，更在古典诗词的浸淫下，对这片土地上的历史与文化产生了深深的敬仰。

春日的昭苏，白杨飞絮如同天使撒落的羽毛，轻盈地飘撒在空中，它们像是自然界精心编织的梦，轻轻拂过每一寸土地。

这些飞絮，似冬日里最温柔的雪花，却带着春的暖意，它们不似雪的厚重，而是如同薄纱，在阳光下闪烁着银光，仿佛是星辰遗落人间的碎片。

白杨飞絮，又像是晨曦中的雾气，朦胧而神秘，它们在空气中弥漫，形成了一幅流动的画卷，让人不禁想起"雾失楼台，月迷津渡"的诗意。

每一片飞絮，都像是微风中摇曳的烛光，虽微小却温暖，它们在春天的舞台上，演绎着一场无声的灯光秀，点亮了昭苏的每一个角落。

这些飞絮，又仿佛是时间的使者，它们在春风的引领下，缓缓飘落，如同古老的时钟，嘀嗒作响，记录着季节的更迭，诉说着岁月的无常。

白杨飞絮，还像是诗人笔下的墨滴，落在宣纸上，慢慢晕开，形成一幅幅写意的水墨画。它们在空中舞动，绘出了春天的轮廓，让人陶醉在这自然的艺术之中。

在这片被飞絮覆盖的田野上，它们又像是金黄色的麦田上飘落的雨滴，轻轻拍打着大地的脉搏，为即将到来的丰收祈愿。

昭苏的白杨飞絮，就这样以它们独特的方式，用细腻的比喻，描绘出一幅春日的画卷，它们不仅仅是自然界的奇观，更是诗人心中最美的意象，让人在欣赏的同时，也感受到了文学与自然交融的魅力。

野花满山，诗意盎然入画来

"绿遍山原白满川，子规声里雨如烟。"初夏的昭苏，正是这般景色。那满山的野花，如诗如画，让人不禁想起古人的诗句，沉浸在这份宁静与美好之中。

清晨，阳光"初日照兮翠色浓"，我们沿着山路蜿蜒而上，追寻那山花烂漫的盛景。沿途，绿意盎然，花香鸟语，仿佛"柳暗花明又一村"，让人心旷神怡。

走进杏花的世界，只见"千树万树梨花开"，那洁白的花朵，如同"冰肌玉骨，自清凉无汗"。它们"密叶翠幄，繁花似锦"，形成了一幅"白云生处有人家"的画卷。微风吹过，花瓣轻舞，仿佛"轻罗小扇扑流萤"，让人陶醉。

漫步花海，如同置身"花径不曾缘客扫，蓬门今始为君开"的仙境。杏花"含苞待放春意浓，争艳斗妍花事忙"，它们以"出淤泥而不染，濯清涟而不妖"的姿态，展示着生命的顽强与美丽。

远望雪山，与花海相映成趣，恰似"白雪却嫌春色晚，故穿庭树作飞花"。雪山如"孤舟蓑笠翁，独钓寒江雪"的隐士，守护着这片土地；而山花则如"一枝红艳露凝香"的仙子，为这片土地增添了无尽的诗意。

昭苏的杏花，不仅美在视觉，更美在心灵。它们在"千磨万击还坚劲，任尔东西南北风"的环境中顽强生长，绽放出最美的花朵。这不禁让我们想起那些"黄沙百战穿金甲，不破楼兰终不还"的边疆英雄。

夕阳的余晖渐渐沉入山的那一端，天边泛起了一抹淡淡的紫霞，为昭苏的杏花披上了一层梦幻的纱衣。那满山的野花在夕阳的映衬下，更显得"月映纱窗，梨花院落溶溶月"的意境。我们驻足远望，心中涌动着难以言表的情感。那满山的野花，如同天边的星星，点点照亮了我们的归途，也点亮了心灵深处的那份温柔。

愿这昭苏的杏花，如同诗人笔下的梦境，永远在我们心中绽放。它们不仅是大自然的恩赐，更是时光深处最动人的歌谣，唱响在每一个渴望美好的心灵深处。在这里，我们与花共鸣，与山对话，与天地共享这份宁静与和谐。

当夜幕降临，星辰渐现，那满山的野花似乎在月光下低语，诉说着它们短暂而绚烂的一生。我们带着满满的感动和回忆，缓缓离去，心中却留下了永恒的印记。昭苏的杏花，你如同岁月的诗行，永远镌刻在我们的心田。

愿这花香，随着微风，飘进每一个角落，治愈所有的疲惫与忧伤。愿这美景，如同生命的赞歌，激励我们无论在何种境地，都能绽放属于自己的光彩。昭苏杏花，你不仅是山间的风景，更是我们心中永不凋零的希望与梦想。

愿昭苏的山花，如同这诗中的意境，即使春光已逝，依然独自绽放，美丽而坚忍，永远在边陲的大地上，诉说着不朽的自然之美和生命的力量。

紫色梦境，诗意盈香

昭苏县的历史悠久，曾是古丝绸之路的重要节点，而昭苏县的薰衣草田如同一幅流动的画卷，让人沉醉。盛夏时节，我踏上这片土地，感受着"疏影横斜水清浅，暗香浮动月黄昏"的意境。

昭苏，古称乌孙，是汉代西域三十六国之一，历史上曾是乌孙国的都城。这里见证了汉唐时期的繁荣与交流，是东西方文化交汇的枢纽。如今，薰衣草的种植，为这片古老的土地注入了新的生机与活力。

清晨，我们沿着小路前行，阳光照耀在薰衣草田上，仿佛历史的尘埃在这一刻被洗净，留下的只有"紫气东来"的宁静与美好。仿佛"细看来，不是杨花，点点是离人泪"的温柔。薰衣草的香气，让人联想到古时丝绸之路上的香料交易，那些穿越千年的香料，如今在这片土地上以另一种形式绽放。

走进薰衣草田，香气袭人，如同"香径独寻，倚危墙，酒醒梦觉伤心事"的深情。薰衣草小花"密叶翠幄，繁花似锦"，让人不禁想起"花开堪折直须折，莫待无花空折枝"的诗句。

走进薰衣草田，我们仿佛穿越时空，回到了那个"大漠孤烟直，长河落日圆"的时代。薰衣草小花在微风中摇曳，如同古丝绸之路上的商队，承载着希望与梦想，在这片土地上留下深刻的足迹。

漫步在花海之中，脚下是"软泥上的青荇，油油的在水底招摇"，耳边是蜜蜂"采得百花成蜜后，为谁辛苦为谁甜"的忙碌声。阳光"映日荷花别样红"，在这片紫色的海洋中，我们仿佛置身于紫色的梦境。

夕阳下，薰衣草田在晚霞的映衬下，如同"一道残阳铺水中，半江瑟瑟半江红"的壮美。这里曾是乌孙国的子民们牧马放羊的地方，如今却成了游客们流连忘返的紫色海洋。历史与现实的交织，让人不禁感慨。

夜幕降临，我们漫步在薰衣草园，感受着星空的宁静与浩瀚。仰望星空，仿佛置身于"月出皎兮，佼人僚兮"的仙境，那闪烁的星星，如同"疏影横斜水清浅，暗香浮动月黄昏"的诗句。

星空下，薰衣草园的紫色花海，如同一幅流动的画卷，让人陶醉。

夜风轻拂，花香四溢，星空的璀璨与薰衣草园的紫色花海，共同演绎着这美妙的夜晚。

我们坐在薰衣草田边，想象着古时的戍楼烽火，那些守卫边疆的将士们，他们的英勇与坚守，如今化作了这片土地上的宁静与祥和。薰衣草的香气，似乎在诉说着那些久远的故事，让人在"明月几时有，把酒问青天"的夜晚，沉浸在这份历史的厚重与浪漫之中。

昭苏的薰衣草，是"春风十里扬州路，卷上珠帘总不如"的美丽，是"花开花落，云卷云舒"的宁静。它们用紫色的花朵，编织了一个"春梦绕胡沙"的梦境，让每一个来到这里的人，都能感受到"此中有真意，欲辨已忘言"的美好。

夜色渐深，我们依依不舍地离开了这片星空与薰衣草园。回首望去，那片紫色花海在夜色中"银烛秋光冷画屏"，如同"月出皎兮，佼人僚兮"的婉约。

昭苏的薰衣草，夜晚星空，如同一首永恒的诗篇，让我们在诗意的追寻中，感受着星空的壮美与薰衣草园的浪漫。

昭苏的薰衣草，不仅是大自然的恩赐，更是历史与现代的完美融合。它们用紫色的花朵，编织了一个跨越时空的梦境，让每一个来到这里的人，都能在"花间一壶酒，独酌无相亲"的意境中，感受到生活的美好与历史的深远。

昭苏紫苏，岁月如诗

盛夏时节的昭苏，紫苏花犹如紫色的梦境。

紫苏花，又称苏子，在传统文化中有着独特的地位和丰富的文化意义。它不仅是草药，也常被用作香料和调味品，象征着健康与美好。在中国古代，紫苏花常常被用来装饰衣物和居室，寓意着幸福和吉祥。

我们决定一睹紫苏花的芳容。于是，我们沿着乡间小路，驱车前往那片传说中的紫苏花田。远远望去，一片紫色的海洋在微风中轻轻摇曳，仿佛是大地披上了一件梦幻的纱衣，正如古人所云"碧玉妆成一树高，万条垂下绿丝绦"。

走进紫苏花田，那浓郁的香气扑鼻而来，让人瞬间沉醉。紫苏植株不高，却开满了紫色的小花，它们紧密地排列在一起，形成了一幅美丽的紫色画卷。细看之下，每一朵小花都如同精致的小钟，玲珑可爱，仿佛在诉说着它们的故事，我们还仿佛能听到古人的吟咏："紫薇花下朝朝舞，只恐春风吹作雨。"在这紫苏花的陪伴下，我们仿佛穿越了时空，与古人一同感受着这片土地的神奇与魅力。

漫步在紫苏花田中，脚下是松软的土地，花间蝴蝶飞舞，耳边是蜜蜂忙碌采蜜的声音。阳光洒在紫色的花海上，宛如置身于仙境，正如"忽如一夜春风来，千树万树梨花开"。

紫苏的香气，不仅让人沉醉，还具有神奇的功效。据当地居民介绍，紫苏可以用来制作香包、精油，具有安神、助眠的作用。在这片紫苏花田里，我们仿佛能感受到大自然的馈赠，那是生命的活力与美好，正如"春风得意马蹄疾，一日看尽长安花"。

紫苏花的花语是"守护"，代表着守护爱情和友谊，以及人们对美好生活的向往。在昭苏，紫苏花田不仅是自然美景的展示，更是当地人民对美好生活的追求和守护的象征。

我不知道怎样来形容我看到的景象，面对此刻的美景，搜肠刮肚半天，想用古诗词来形容它，但均以失败告终。

紫苏在中国古代文学中并不像牡丹、梅花等花卉那样常见，因此并没有特别著名的诗篇直接歌颂紫苏。紫苏更多时候是以草药的身份出现在文学作品中，如《本草纲目》等医药典籍中。然而，在中国古典诗词中，也有一些诗篇中提到了紫苏，虽然没有直接赞美其花，但依然展现了紫苏在古代生活中的应用和意义。

我们坐在紫苏花田边，看着天边的晚霞映照着这片紫色海洋。此刻的昭苏，宁静而美丽，让人心生感慨，正如"月落乌啼霜满天，江枫渔火对愁眠"。

夜幕降临，我们依依不舍地离开了这片紫苏花田。回首望去，那片紫色的海洋在夜色中依然醒目，它们如同星星点点的灯火，照亮了我们的归途。

昭苏的紫苏花，是大自然的恩赐，是边陲土地上的一首诗。它们用紫色的花朵，编织了一个浪漫的梦境，让每一个来到这里的人，都能感受到生活的美好与宁静，正如"此中有真意，欲辨已忘言"。

愿这片紫苏花田，永远生机勃勃，成为昭苏大地上最美的风景线。让更多的人，在这片紫色梦境中，找到心灵的归宿。

冰雪盛宴，醉美昭苏

冬日的昭苏，白雪皑皑，仿佛一幅泼墨山水画。在这个季节，昭苏冰雪节如约而至，为这片寂静的草原带来了勃勃生机。细节之处，更显冰雪节的独特魅力。

"北国风光，千里冰封，万里雪飘。"毛泽东的《沁园春·雪》仿佛是为昭苏冰雪节量身定制。在这片广袤的草原上，冰雪节的开篇便是对这首词的生动诠释。

在冰雪节的开幕式上，传统的哈萨克族舞蹈"黑走马"在雪地上翩翩起舞。舞者们身着华丽的民族服饰，头戴精致的羽毛帽，腰间系着彩色的腰带，每一个动作都充满了力量与美感。他们的舞步在雪地上划出一道道美丽的弧线，仿佛在讲述着草原上的古老传说，将冰雪节的文化底蕴展现得淋漓尽致。他们的每一个转身，每一次跳跃，都似乎在诉说着"燕山雪花大如席，片片吹落轩辕台"的豪迈与奔放。

蒙古族的呼麦表演，那低沉的声音在雪域中回荡，让人想起"月黑雁飞高，单于夜遁逃"的边塞风光。这种古老的音乐形式，如同古诗词中的韵律，悠远而深邃，让人感受到民族文化的厚重。

维吾尔族的十二木卡姆音乐响起，"葡萄美酒夜光杯，欲饮琵琶马上催"的诗句似乎就在耳边。音乐与火光交相辉映，构成了一幅"火树银花合，星桥铁锁开"的美丽景象。

在冰雪节的各项活动中，不时可以听到游客吟咏诗词，或是"独在异乡为异客，每逢佳节倍思亲"的感慨，或是"忽如一夜春风来，千树万树梨花开"的惊喜。

在冰雪节的活动中，马拉爬犁比赛尤为引人关注。参赛的选手们驾驭着骏马，挥舞着马鞭，你追我赶。马蹄溅起的雪花，在阳光的照耀下，犹如一颗颗闪亮的钻石。选手们的吆喝声、观众的加油声，此起彼伏，将冰雪节的气氛推向高潮。

雪花飘落在昭苏大地上，细小而柔软，如同天使的羽毛。冰雪节的现场，一个个精美的冰雕作品引人注目。工匠们精心雕琢的细节，让人叹为观止。一座座冰雕如同古诗词中的意象，栩栩如生，让人不禁想起"窗含西岭千秋雪，门泊东吴万里船"的壮丽景色。

那冰雕上的纹理，细腻而流畅，仿佛能感受到骏马奔跑时的呼吸、雪人微笑时的温暖、白天鹅展翅时的优雅。

在阳光的照耀下，冰雕表面的水汽凝结成一颗颗晶莹剔透的露珠，宛如珍珠般闪耀。孩子们穿梭在冰雕之间，好奇地触摸着这些冰雕，小手冻得通红，却依然兴奋不已。他们的笑声在冰雪间回荡，为寒冷的冬日增添了一抹温馨。

冰雕展览区的旁边，是一排排雪雕作品，不仅有骏马、雪人等形象，更有以哈萨克族传说中的英雄人物为原型的冰雕。这些冰雕作品不仅展现了工匠们的高超技艺，更是对哈萨克族文化的传承和致敬。每一个冰雕旁，都有解说员用哈萨克语和汉语双语讲述着背后的故事，让游客在欣赏冰雕的同时，也能感受到民族文化的魅力。这些雪雕作品更加注重细节的刻画，雪雕上的纹理、褶皱，甚至是一丝一毫的毛发，都显得栩栩如生。一只雪雕的雄鹰，翅膀上的羽毛根根分明，仿佛随时准备振翅高飞。

雪地足球赛场上，球员们奔跑在厚厚的雪地上，每一步都显得异常艰难。但他们依然全力以赴，为了胜利而拼搏。球场上的每一个细节，都展现了运动员们不屈不挠的精神。

昭苏冰雪节期间，还有各种手工艺品展览和销售。这里有哈萨克族的刺绣、蒙古族的皮具、维吾尔族的地毯，每一件作品都是民族智慧的结晶，每一针每一线都承载着深厚的文化内涵。

夜幕降临，冰雪节的灯光秀开始了。一束束彩光打在冰雕上，使得冰雕更加璀璨夺目。灯光的变幻，为冰雕披上了五彩斑斓的外衣，让人陶醉在这如梦如幻的光影之中。此时，冰雪节的现场仿佛成了一个童话世界，让人流连忘返。

昭苏冰雪节，每一个细节都充满了魅力。在这场冰雪盛宴中，人们忘却了寒冷，尽情地享受着冰雪带来的快乐。在这片神奇的土地上，冰雪与热情交织，绘制出一幅欢乐祥和的画卷。

昭苏冰雪节，是一场冰雪的盛宴，更是一次文化的盛会。在这里，不同民族的文化相互交融，共同绘制出一幅多元和谐的美好画卷。在这片冰雪覆盖的草原上，文化如同温暖的阳光，穿透寒冷的空气，照亮了每一个人的心灵。

在这片冰雪覆盖的土地上，古诗词的韵律与现代文化的活力共同编织出一幅美不胜收的昭苏冬日图。

昭苏雾凇

初冬的清晨，昭苏的雾凇在微光中缓缓揭开面纱。当地的哈萨克族和蒙古族牧民，早已习惯了这季节性的美景。他们骑着马，穿梭在雾凇之中，仿佛是从古代画卷中走出的骑士，守护着这片土地的宁静与祥和。

雾凇之下，是昭苏草原上悠然的牛羊，它们在牧民的指引下，享受着这自然的恩赐。孩子们在雾凇中嬉戏，他们的笑声穿透薄雾，回荡在空旷的草原上，为这静谧的画面增添了几分生动与活力。

在昭苏，雾凇不仅是自然现象，更是一种文化的象征。这里的居民，将雾凇视为祥瑞之兆，认为它预示着来年的丰收和幸福。每当雾凇来临，家家户户都会拿出相机，记录下这短暂而珍贵的时刻，将其视为家族记忆中不可或缺的一部分。

在这片土地上，有一位年迈的画家，他用自己的画笔，将昭苏雾凇的美景一一记录下来。他的画作中，不仅有雾凇的纯净与美丽，更有当地居民的生活点滴。那些画作，成为连接自然与人文的桥梁，让更多的人了解到昭苏雾凇背后的故事。

昭苏的雾凇，也见证了无数爱情的诞生。在这如梦如幻的景色中，多少情侣许下了永恒的誓言，多少家庭留下了温馨的合影。雾凇成了他们爱情的见证者，也是他们记忆中最美的背景。

随着时间的推移，昭苏雾凇的魅力不减反增。它吸引了越来越多的游客，他们带着对美的向往，不远千里来到这里，只为一睹雾凇的芳容。而昭苏人也用自己的热情和好客，迎接每一位远道而来的客人，让他们感受到这片土地的温度。

昭苏雾凇，不仅是大自然的杰作，更是人文与自然和谐共生的典范。在这里，人们学会了尊重自然，珍惜自然，与自然共舞。而这片土地，也以其独特的魅力，回馈着每一位热爱它的人。

昭苏，这座多民族聚居的小城，每年整个冬季都会被雾凇装扮得如梦似幻。这里的雾凇，不仅是大自然的恩赐，更是各民族文化交融的见证。

清晨的昭苏，雾气轻轻覆盖在广袤的草原上，哈萨克族的毡房在雾中若隐若现，仿佛是天上的云朵落在了人间。毡房前的哈萨克族妇女，身着鲜艳的服饰，头戴精美的刺绣帽，她们在雾凇的映衬下，忙碌着准备一天的早餐，那升腾的炊烟与雾凇交织在一起，构成了一幅生动的生活画卷。

雾气中，蒙古族的汉子们骑着骏马，挥舞着长鞭，赶着成群的牛羊。他们的皮帽上挂满了冰晶，胡须上凝结着霜花，但他们的眼神坚定，守护着这片世代居住的家园。雾凇之下，蒙古族的长调在草原上回荡，与自然的声音融为一体，讲述着民族的故事。

在昭苏的雾凇季节，当地的维吾尔族居民也会走出家门，用他们的智慧和巧手，记录下这美丽的瞬间。维吾尔族的手工艺品，如雕刻精美的木器、色彩斑斓的织物，无不融入了雾凇的元素，成为传递民族文化的载体。

而汉族的村民们，则会在这个时候举办雾凇节，庆祝大自然的馈赠。节日的广场上，汉族的舞狮、舞龙表演与雾凇相映成趣，吸引了各族群众驻足观看。汉族的书法爱好者也会现场挥毫，将雾凇的美景化作墨迹，留下一幅幅珍贵的艺术作品。

昭苏的雾凇，更是孩子们欢乐的源泉。不同民族的孩子，在雾凇中追逐嬉戏，他们的笑声跨越了语言的界限，成为民族团结的最好证明。他们在雾凇中留下的足迹，就像是未来各民族和谐共处的美好期许。

随着时间的流转，昭苏雾凇成为各民族共同的文化记忆。它不仅是一幅自然景观，更是一部活生生的民族融合史。在这里，每个民族都以自己的方式，表达着对这片土地的热爱和对雾凇的赞美。

昭苏雾凇，以其独特的民族风情，成为新疆多元文化的一个缩影。它让我们看到，不同的文化背景和民族特色，在这片神奇的土地上，共同绘制出了一幅和谐共生的诗意画卷。

昭苏，古称"牧野"，自古以来就是多民族聚居之地。这里曾是丝绸之路的重要驿站，见证了东西方文化的交流与碰撞。公元前 60 年，西汉政府在此设立西域都护府，昭苏便成为中央王朝统治西域的重要据点。

昭苏雾凇以其神奇的魅力，将这里装点成一幅银装素裹的画卷。在这幅画卷背后，是深厚的历史底蕴和多元文化的交融。

初冬时节，昭苏在雾凇的掩映下，那些曾经辉煌一时的古城遗址，如夏塔古城、波马古城，显得更加神秘而庄严。它们见证了从汉唐盛世到元明清的变迁，承载着无数历史的记忆。

昭苏的雾凇，也曾映照过蒙古帝国的铁骑。成吉思汗西征时，曾在此地留下足迹。蒙古族的后裔在这里繁衍生息，他们的生活习惯和文化传统，与雾凇一样，成为昭苏不可或缺的一部分。

到了清代，昭苏成为伊犁将军府下辖的重要区域，这里的草原成了清朝皇家马场的所在地。每当雾凇降临，那些皇家马场的遗迹在雾中若隐若现，仿佛在诉说着往日的辉煌。

昭苏的雾凇，也见证了近代中国历史的变迁。从晚清的动荡到民国的风雨，再到新中国的成立，昭苏的各族人民在这片土地上，共同经历了历史的洗礼。雾凇之下，他们坚韧不拔，守望相助，共同书写了民族团结的新篇章。

如今，昭苏的雾凇依旧年复一年地演绎着它的美丽。它不仅是自然界的奇观，更是历史的见证。在这里，每一朵雾凇都似乎承载着历史的重量，每一片冰晶都映射着民族的坚忍。

昭苏的雾凇，以其独特的魅力，吸引着无数游客前来探寻历史的足迹。他们在雾凇中寻找那些古老的故事，感受着这片土地上的历史沉淀。而昭苏的各族人民，也在雾凇的陪伴下，继续传承着他们的文化，续写着昭苏多元和谐的历史新篇章。

冬季到昭苏来看雪

冬季到昭苏来看雪，白茫茫一片纯净世界，

雪花飘落，诗意画卷，这里是心灵的家园。

雪覆盖了古城的墙，历史在白雪中沉默，

哈萨克毡房，蒙古包旁，温暖的篝火照亮夜晚。

冬季到昭苏来看雪，感受那冰雪的柔情，

手捧雪花，心随风舞，这是一场纯净的邂逅。

清真寺的尖塔指向天，雪中的祈祷如此庄严，

马蹄声声，赛马场上，勇敢的骑手展现英姿。

冬季到昭苏来看雪，银装素裹的童话世界，

笑声歌声，雪中回荡，这里是梦想的起点。

雪花飘落在我的肩，带走尘世的喧嚣与烦忧，

在这片纯净的天地间，我找到了心中的宁静。

冬季到昭苏来看雪，让心灵沐浴在白雪皑皑，

每个角落，都有故事，这里是记忆的宝藏。

冬季到昭苏来看雪，让我们一起，留下足迹，

在这片神奇的土地上，写下属于我们的篇章。

冬季的昭苏，银装素裹，分外妖娆。这里的雪，如诗如画，诉说着一个关于冬天的童话。

雪花飘落，染白了昭苏的大地。那纷纷扬扬的雪花，像是天使的羽毛，轻轻飘落，为这片土地披上了一层圣洁的纱衣。冬季的昭苏，雪是主角，演绎着一幕幕动人的风景。

清晨，当第一缕阳光穿透薄雾，洒在昭苏的雪地上，那闪耀的光芒，仿佛是雪的微笑。雪地上的脚印，记录着勤劳的昭苏人民与雪共舞的足迹。那一片片洁白的雪地，成了孩子们欢快的乐园，他们在雪地里嬉戏，堆雪人、打雪仗，欢声笑语回荡在冬日里。

午后，阳光照耀下的昭苏雪景，显得更加壮丽。雪山连绵起伏，宛如一幅泼墨山水画。那雪，静静地躺在山巅，倾听着风的呢喃，诉说着岁月的沧桑。而山脚下的昭苏小镇，仿佛一位温婉的少女，依偎在雪的怀抱，宁静而美好。

傍晚，夕阳映照在雪地上，金黄的余晖与白雪交织，形成了一幅美不胜收的画面。这时，昭苏的雪显得更加温柔，它轻轻覆盖着大地，为这片土地带来了宁静与祥和。雪中的昭苏，宛如一位恬静的仙子，让人陶醉。

夜幕降临，繁星点点，昭苏的雪在月光下熠熠生辉。那如梦如幻的雪景，让人不禁想起那句诗："北国风光，千里冰封，万里雪飘。"在这片雪的王国里，时光仿佛停滞，让人忘却了尘世的喧嚣。

冬季的昭苏，雪是灵魂。它以独特的美，诠释着生命的坚忍与顽强。

在这片雪的怀抱里，我们感受到了大自然的神奇魅力，体会到了生活的美好。愿昭苏的雪，永远纯洁无瑕，诉说着一个又一个关于冬天的美丽传说。

冬季的昭苏，银白的雪覆盖了这片古老的土地，这里不仅是自然的舞台，更是人文的画卷。雪，不仅是季节的符号，更承载着昭苏人民的情感与记忆。

雪花飘落，昭苏的街头巷尾弥漫着烤馕的香气，那是雪天里最温暖的味道。雪花轻轻落在哈萨克族牧民的白毡房上，与那飘扬的炊烟共舞，构成了一幅生动的生活图景。冬季的昭苏，雪与人们的日常生活交织在一起，讲述着一个个温馨的故事。

在雪地里，你可以看到孩子们穿着鲜艳的民族服装，他们的笑声在雪地上回荡，那是冬日里最动听的旋律。而老人们则围坐在火炉旁，讲述着关于雪的传说和祖先的故事，那是一种传承，一种文化的延续。

阳光照耀下的昭苏雪景，不仅仅是自然的美，更是文化的瑰宝。雪后的昭苏古城，显得更加古朴和庄重。那被雪覆盖的城墙，见证了历史的变迁，而雪地上的马蹄印，则仿佛在诉说着丝绸之路上的传奇故事。

昭苏的雪地里，偶尔可以看到牧民们驾驭着骏马，雪地上留下一串串美丽的弧线。那是哈萨克族的传统马上运动，雪地成了他们展示技艺的天然舞台。而远处的雪山，则是他们心中神圣的象征，承载着他们对自然的敬畏与崇拜。

当夜晚的灯光逐渐亮起，昭苏的夜生活也拉开了序幕。雪中的茶馆里，人们围坐在一起，品茗聊天，享受着雪夜带来的宁静与祥和。而那雪地上的一串串脚印，则引领着归家的人们，温暖了整个冬季。

冬季的昭苏，雪不仅是自然的美景，更是人文的载体。它融入了昭苏人民的日常生活，成为了他们文化的一部分。在这片雪的怀抱里，我们不仅看到了自然的魅力，更感受到了深厚的人文底蕴。愿昭苏的雪，永远纯洁无瑕，见证着这片土地上的岁月流转和文化传承。

冬季的昭苏，白雪皑皑，覆盖了这片古老的土地，它不仅是一幅自然画卷，更是一部活着的历史书。

雪花飘落，仿佛是历史的尘埃，轻轻覆盖在昭苏的大地上。这里曾是古代丝绸之路的重要节点，雪地上隐约可见的辙痕，似乎在诉说着往昔商旅的足迹。公元前60年，汉宣帝在此设立西域都护府，昭苏便开始了它作为边疆重镇的历史。

在阳光的照耀下的昭苏闪烁着光芒，就像那些曾经在这里闪耀过的文明。公元前3世纪，这里是乌孙国的属地，乌孙王猎骄靡在此建立都城，留下了丰富的文化遗产。雪后的昭苏古城，更显得庄重而神秘，每一砖每一瓦都似乎在讲述着千年的故事。

冬季的昭苏，雪与历史相互映衬，它们共同构成了这片土地的独特魅力。在这里，每一片雪花都承载着历史的重量，每一道雪痕都可能是历史的见证。昭苏的雪，不仅是自然的美景，更是历史的沉淀，它让我们在欣赏雪的同时，也能深刻感受到这片土地的沧桑与辉煌。愿昭苏的雪，永远纯洁无瑕，继续见证着这片土地的未来与希望。

冬季的昭苏，雪的纯洁与当地的民俗风情相映成趣，共同编织了一幅生动的生活画卷。在这里，雪不仅是自然景观的一部分，更是民俗文化中不可或缺的元素。

雪花飘落，昭苏的街头巷尾弥漫着浓郁的民族气息。哈萨克族和蒙古族的传统服饰在雪中显得格外鲜艳，妇女们头戴绣花帽，身披色彩斑斓的袍子，男子们则腰系皮带，头戴皮帽，他们的身影在雪地中穿梭，仿佛一幅流动的民俗画。

在无声落下的雪的世界里，你可以听到冬不拉的悠扬旋律，那是哈萨克族的传统乐器，它在雪的寂静中响起，传递着对生活的热爱和对自然的赞美。而蒙古族的呼麦歌声，则在雪中回荡，那种独特的喉音艺术，让人感受到民族音乐的深厚底蕴。

雪景中，不时可以看到牧民们举行的传统赛马活动。雪地上的马蹄印，是速度与激情的见证。骑手们驾驭着骏马，在雪地上驰骋，展示着他们的英勇与技艺。周围的观众欢呼雀跃，为这场雪中的赛事增添了无限的活力。

昭苏的雪在月光下更显神秘。而此时，哈萨克族的毡房内，家人们围坐在暖炉旁，继续着他们的传统手工艺，如刺绣、编织，这些技艺代代相传，是昭苏民俗文化的重要组成部分。

冬季的昭苏，雪与民俗风情相融，展现了这片土地的独特魅力。在这里，雪不仅是自然的美景，更是民族文化的载体。昭苏的雪，让这里的每一个冬日都充满了温暖和活力，它让人们在欣赏雪的同时，也能深刻体验到当地民俗文化的丰富和多彩。愿昭苏的雪，永远纯洁无瑕，继续陪伴着这片土地上的人们，传承着他们的故事和文化。

在昭苏的冬季，雪中的建筑特色显得尤为突出，它们在白雪的映衬下，展现出了独特的风格和韵味。

雪花轻轻覆盖在昭苏的建筑之上，那些具有民族特色的建筑在雪中更显古朴和典雅。哈萨克族和蒙古族的传统建筑，以其独特的结构和装饰，成为了雪中的一道亮丽风景。

哈萨克族的白毡房，圆顶结构，在雪中显得格外醒目。它们的墙壁由木材和羊毛毡构成，雪落在上面，形成了柔和的曲线。屋顶上的雪层厚实而均匀，仿佛是一顶巨大的白色帽子，保护着内部的温暖。门前的木栅栏上，积雪点缀其间，勾勒出简洁而粗犷的线条。

蒙古族的蒙古包，同样在雪中显得别具一格。它们的圆形结构，由木架和羊毛毡组成，顶部的天窗在雪中露出一抹圆形的蓝，那是天空的颜色，也是自由的象征。雪中的蒙古包，像是一颗颗白色的珍珠，散落在广袤的草原上，与周围的雪景和谐相融。

昭苏的古城墙，在雪的覆盖下，显得更加庄重和神秘。那些用土坯砌成的城墙，经过岁月的洗礼，已经变得斑驳，而雪的洁白与城墙的沧桑形成了鲜明对比，让人不禁想起这座城市的往日荣光。

此外，昭苏的伊斯兰建筑也在雪中展现出特有的魅力。清真寺的尖塔和圆顶，在雪的映衬下，显得更加神圣和庄严。雪落在塔尖和圆顶上，形成了一层薄薄的白色盖子，增添了几分神秘感。

雪中的昭苏建筑，不仅仅是居住和使用的场所，它们更是一种文化的体现、一种民族特色的展示。在白雪的装点下，这些建筑仿佛穿越了时空，将人们带入了那个古老而迷人的时代。昭苏的雪，让这些建筑变得更加生动和立体，它们在雪中静静地诉说着这片土地的故事和传奇。

昭苏草原，诗意画卷

昭苏草原，属温带山区半干旱半湿润冷凉气候类型，特点是冬长无夏，春秋相连，没有明显的四季之分。特克斯河横贯县草原，水资源丰富，水草丰茂，土质肥沃，宜农宜牧。

一望无垠的昭苏草原，绿草如织，骏马驰骋，牛羊遍野；秀美的夏塔古道、夏塔谷地，绿草如茵，野花遍地，蜂飞蝶舞，五彩斑斓，清澈碧绿的夏塔河犹如一条玉带，岸边的座座毡房好似珍珠点缀其上。

昭苏草原是我国著名的四大草原之一。盛夏 7 月，那里绿水青山，油菜花盛开，气候凉爽，更有草原石人、圣佑庙、格登山记功碑等人文胜迹，是新疆旅游、避暑的首选之地。

当你走进昭苏草原，就如同走进了一个广阔的梦境。那泛滥的色彩似乎是对你目光的一次挑逗，黄色的、粉色的、蓝色的、紫色的花朵会一直延伸下去再延伸下去。其悠远与辽阔的意境，已不是一幅画和几句精美的言语所能诉说的，它会在不知不觉间打开你的心境，放逐你的想象。即使你的目光变成一匹野马，也难以追逐到这些色彩。如果不是那些低垂的云朵、久而不散的彩虹的陪伴，那么你的目光与想象可能会迷失在这无尽的色彩之中。

昭苏草原被乌孙山、阿腾套山、南天山和哈萨克斯坦境内的查旦山围拢。形成一块几乎封闭的高原盆地。特殊的地理与气候，使这里遗落并远离了夏季与酷热。草原石人、草原土墩墓和岩画是昭苏草原的三大奇观。昭苏草原，散落于草原上的石人、高台上的敖包、乌孙古墓群、岩画以及古庙宇等都似乎向我们讲述着什么。那些散落于草原上的石人，伫立了多少年？又经历过多少次战争、灾难以及人群的繁衍与死亡？没人知道。但却引来了无数的猜测与想象。

小洪纳海石人，是昭苏草原保存较完好的石人之一。帽子、发辫、衣服的褶皱以及眉眼依然清晰可辨，只是手中曾经持有的物件已经丢失，不知是酒杯还是利剑？至于身后所刻的文字已经没人能懂。据说是隋唐时期突厥游牧民族的墓前雕像。一千多年的风蚀雨打，墓穴早已无踪，多少个日月与朝代的更迭，并没有改变它的默守伫立。

昭苏草原在这宽阔而平坦的大地中央凸起一块高地。在高地上，你能看到整个的草原。那辽远而广阔的已不仅仅是草原，而是心境。跟前的"敖包"，挂着无数飘动的经幡，在风中摆动着，就像无数的手臂向远处、向草原召唤着什么。

车入昭苏境内，看到公路旁的高坡上，立着一匹腾空而起的白色天马，这座雕塑便是昭苏地标，2003年昭苏县被命名为"中国天马的故乡"。受地理气候影响，农作物一年一熟，盛夏在新疆其他地方农作物都已收获，可在昭苏草原正值油菜、小麦旺长时节。透过车窗，百万亩油菜花海和翠绿色小麦起伏跌宕，一条宽宽的黄缎过后是一条宽宽的绿绸，一条条色彩随着起伏的土地跳动，明亮彩色的线条像飘逸的绸带，像流动的旋律。

在昭苏县城作短暂休息后，我们沿着中（中国）哈（哈萨克斯坦）边境公路，兴奋地驶向去阿克达拉大草原的路，碧绿铺展在宽阔的视野中。南边是挺拔的雪山，松涛苍茫，雾霭沉绕，羊欢马嘶，百鸟鸣叫，鹰隼盘旋，天地翠然。当地导游介绍说，阿克达拉草原深藏西天山腹地，南北长110公里、东西宽45公里，面积3200平方公里，将反差巨大的寒冷与炎热、干旱与湿润、荒凉与秀美、壮观与精致奇妙地汇集在一起，展现出独特的自然美。

走进原生态的大草原，宛若走进人间仙境。山峦连绵起伏，太阳不再炽热，阳光柔和，线条柔美，层次分明，繁花绽放，雪山云杉，犹如一幅大气磅礴的天然画卷。草原尽头是阿合牙孜大峡谷，谷道石林瀑布浑然天成，冰川岩画鬼斧神工，悬崖峭壁极为险峻；谷内森林密布，溪水潺潺，松涛鸟鸣；远处蓝天白云，雪山巍峨，与辽阔壮美的草原美景交相辉映，形成一道异彩奇景。

天空蓝得纯真，清澈得透明，草甸繁花密密匝匝，漫山遍野次第绽放，芳香四溢的满地花丛，被碧绿的草地衬托得更加多彩斑斓。油菜花绚烂地装点着大地，黄得夺目，黄得灿烂，形成气势磅礴的金色海洋。

枕着雪山入梦的大草原，青草气息弥漫，成片苍翠覆盖的原始云杉林，星罗棋布的毡房，水草肥美，牛羊成群，炊烟袅袅，让人感受着空中草原夏牧场的气息，顿时忘掉烦恼和尘俗，身心融入这片原始的纯净。置身昭苏，没有人触摸不到天堂的七彩。

昭苏草原清凉的美，只有走过了，用心感受了，才能真正体会到别样的世外风景。正如人生的经历，只有走过了，才会有深刻的感受，这种感受不是言语能够全面描绘的，只在心底流淌，涤荡心灵。

在新疆人心目中，巩乃斯草原、唐布拉草原、巴音布鲁克草原大家耳熟能详。但熟知内情的人都知道，它们都不能与昭苏草原相比。昭苏是什么地方？天马的故乡。

在乌孙山与哈尔克山之间有一个不大的山间盆地，它就是昭苏—特克斯盆地，尤以昭苏盆地更为富饶。那里山前地段坡谷浑圆，绿草绒密，百花齐放。它的前方就是一望无际的昭苏盆地——绿色的大平原。这里的土地都是黑色的，散发着腐殖土的浓烈气味——就是那种养花的土！

高山草甸的各类花草在这里长得密不透风，过人腰膝，来一场风雨都趴在地上。地里到处是生长过速的庄稼，太密太高，还没有结果就都趴在地上，烂在地里。土地的过度肥沃和雨水的丰沛叠加，是他们这里农业普遍面临的伤脑筋问题，这在新疆其他各地还没有。

这里的天气以凉爽为主，没有春季，温度一直较低，到天热时直接进入夏季，但仍然是凉爽的夏季。那时百花盛开，绿草丰茂，牛羊成群——美丽的昭苏牧场迎来了它魅力绽放的时刻。绿草茵茵的山坡上到处跑动着身姿玲珑、潇洒俊逸的马群，这就是闻名的昭苏马——天马！它是伊犁马的代表马种，外形明显比别的马种漂亮。在这里，它们才显得格外不同，与天地相得益彰，互相辉映。这里的草多得叫不上名字，人也根本无法在草丛中走动，特别是雨后，因为齐腰的潋潋湿草会将你整个人湿透，鼻孔里满是腐草的气息。

草原上会有一些小路在密草中蜿蜒，像绿色画卷中的白线，太有情调了。有次我骑着马在草间小路上走，仿佛置身世外。两边的绿草在微风中摆动，我像一只船在水上漂，草香扑来我只想唱歌。忽然看到前边有两匹带鞍具的马在悠闲吃草，却没有人。当我走过这一地段时，猛地发现草丛中隐藏着一女一男，他们一动不动，等我过去。是这里得天独厚的丰草，给他俩创造了浪漫的环境，我相信这是上天给予一方居民的恩赐。我大声唱歌佯装不知，算是为他们解脱尴尬。我骑马跑上了一个小山坡，极目眺望——这才是昭苏草原！

无边的原野绿波滚动，起伏连绵，看不到一点裸土。远方的庄稼呈现出方块状的规整图案，黄色的油菜地在绿色中非常醒目，显示着亮丽的金色光芒和拼贴图案。身后的密草一直通向山坡，向平原延伸，像是从那里倾泻而下的滔天绿澜。山风从那里依次吹过，眼看着绿草渐渐地推进波轮，向天边延伸，一波接着一波……"天苍苍，野茫茫，风吹草低见牛羊""草原就像绿色的海，毡包就像白莲花"。这些美丽的诗句和歌词一瞬间填满了我的脑海，我打起马儿，在草原上飞奔，像一只翩翩飞舞的蛱蝶去追寻远方的绿风。我不停地回头看，往左看，往右看，都是绵绵密密、葳葳蕤蕤、生机无限的百花劲草。在这里居住着一代代祥和宁静的山民，头顶是没有一丝污染的蓝天白云……

这里虽然交通便利，但远离交通干线，地偏一隅，没有多少人知道，这里是世外桃源。

"离离原上草，一岁一枯荣。野火烧不尽，春风吹又生。"恰如诗人白居易所描绘的那般，昭苏的草原，见证了岁月的更迭，却始终保持着勃勃生机。

阳光初照的清晨，草尖上的露珠闪烁，如同王维笔下的"破颜一笑露珠新"，晶莹剔透，映照着初升的太阳，让人不禁想起"日出江花红胜火，春来江水绿如蓝"。这露珠，悄无声息地滋润着大地，也滋润着心灵。让人想起杜甫的名句："润物细无声"。昭苏草原在朝霞的映衬下，宛如一幅淡雅的水墨画。

草原上的河流，曲折蜿蜒，如同杜牧的"远上寒山石径斜，白云生处有人家"。河水静静地流淌，讲述着古老的故事，与周围的景色共同构成了一幅流动的山水画卷。

天山的雪峰，高耸入云，恰似李白的"五月天山雪，无花只有寒"。那洁白的雪山，与绿草如茵的草原形成了鲜明的对比，让人感叹大自然的鬼斧神工。

在无尽的绿海中，远处的天山如同王之涣笔下的"黄河远上白云间，一片孤城万仞山"。雄伟壮观，令人叹为观止。

牛羊成群，牧歌悠扬，仿佛置身于王维的《渭川田家》之中："斜光照墟落，穷巷牛羊归。"那份宁静与和谐，让人心旷神怡。

野花盛开，花香四溢，正应了白居易在《钱塘湖春行》的那句"乱花渐欲迷人眼，浅草才能没马蹄"。花海之中，蜂蝶起舞，一派生机盎然的景象。

午后的阳光，洒在草原上，形成了光影交错的美景，正如王维所描绘的"返景入深林，复照青苔上"。阳光与阴影的交织，让草原的每一寸土地都充满了生命力。

夕阳下，草原上的景色变得更加柔和，仿佛柳宗元的"千山鸟飞绝，万径人踪灭"的宁静与辽阔。牧人归家，牛羊成群，一切都显得那么和谐，夜晚来临，星空璀璨，辛弃疾的"七八个星天外，两三点雨山前"似乎就在眼前，让人感受到了宇宙的浩瀚与自然的神秘。

昭苏草原上的星空，让人想起了杜牧的"天阶夜色凉如水，卧看牵牛织女星"。在这片星空下，所有的喧嚣都归于平静，只剩下心灵的对话和自然的呼吸。

昭苏草原，不仅是自然的画卷，更是诗词的沃土。在这里，古人的诗句与现代的风景完美融合，让我们在欣赏美景的同时，也品味到了中华文化的深厚底蕴。

昭苏草原，一方水土，一方诗情。这里的大地如同一幅泼墨山水画，充满了诗意与哲理。苏轼的"水光潋滟晴方好，山色空蒙雨亦奇"在这里得到了最佳的诠释。

昭苏草原，以其独特的山水意境，吸引着无数诗人墨客的目光。在这里，山水诗的意境与自然风光相融，让人在欣赏美景的同时，也体会到了山水诗的深远韵味。

当最后一缕夕阳沉入地平线，昭苏草原的夜晚缓缓拉开序幕。天色渐暗，星辰开始点缀着墨蓝色的天幕，仿佛是诗人王之涣笔下的"白日依山尽，黄河入海流"的辽阔与深远。

夜幕降临，草原上的温度逐渐降低，微风带着草香轻轻拂过，带来一丝丝凉意。牧人们结束了一天的劳作，点燃了篝火，火光跳跃着，照亮了周围的脸庞，温暖了人心。这火光，像是李白在《秋浦歌》中所描述的"炉火照天地"，在黑暗中显得格外温馨。

月亮缓缓升起，银辉洒在广阔的草原上，给大地披上了一层银色的纱衣。月光下的草原，静谧而安详，没有了白日的喧嚣，只剩下虫鸣和远处的狼嚎，交织成一曲自然的夜曲。这景象，让人想起了辛弃疾的"明月别枝惊鹊，清风半夜鸣蝉"，虽无鹊鸣蝉声，却有着相似的意境。

星空下的昭苏草原，是那样地璀璨夺目。无数的星星在夜空中闪烁，仿佛在诉说着宇宙的奥秘。在这里，你可以清晰地看到银河横跨天际，仿佛伸手即可触摸。诗人李白所描绘的"危楼高百尺，手可摘星辰"，在这片草原上，似乎不再是遥不可及的梦想。

夜深了，草原上的生灵们进入了梦乡。只有那些夜间活动的动物，如狐狸和野兔，还在草丛中穿梭，寻找着它们的晚餐。草原的夜晚，是如此地宁静，以至于你能听到自己的心跳，与大自然融为一体。

在这样的夜晚，如果你静静地躺在草原上，仰望星空，会感受到一种前所未有的宁静与自由。心灵在这片广袤的土地上得到了释放，所有的烦恼和忧愁都被夜风吹散，只剩下对生活的热爱和对自然的敬畏。

昭苏草原的夜晚，是一首无声的诗，是一幅流动的画，它以其独特的魅力，让人沉醉其中，不愿醒来。

夜幕渐渐退去，东方的地平线开始泛起一抹鱼肚白，仿佛是杜甫笔下的"星垂平野阔，月涌大江流"的辽阔与静谧。草原上的万物还沉浸在梦乡之中，只有几声鸟鸣和虫鸣偶尔打破这份宁静，正如王维所描绘的"人闲桂花落，夜静春山空"。

天边的云彩开始发生变化，由深蓝逐渐变得鲜艳，仿佛被画家用金色的画笔轻轻点缀，一抹金光开始渗透出来，那是太阳的第一缕光芒，宛如李商隐的"夕阳无限好，只是近黄昏"的惋惜与期待。

太阳从地平线缓缓升起，起初只是一个弧形的边缘，然后逐渐变成半个圆，最后完全跃出地面，光芒四射，正如毛泽东所写的"看万山红遍，层林尽染"。那一刻，整个草原都被阳光照亮，草地上的露珠在阳光下闪烁，如同一颗颗晶莹的宝石，让人想起白居易的"露似真珠月似弓"。

太阳升起的瞬间，草原上的生灵仿佛被唤醒，牛羊开始低头吃草，鸟儿在空中飞翔，唱出欢快的歌曲，正如王绩的"牧人驱犊返，猎马带禽归"。牧民们面向太阳，双手合十，感谢大自然的恩赐，他们的脸上洋溢着幸福的笑容，仿佛在说"海日生残夜，江春入旧年"。

阳光洒在草原上，给这片广阔的绿毯镀上了一层金边，远处的天山山脉在阳光的照耀下，显得更加雄伟壮观，正如岑参的"瀚海阑干百丈冰，愁云惨淡万里凝"。太阳的光芒穿过云层，形成了丁达尔效应，给整个草原增添了一种神秘而神圣的氛围，让人想起李白的"两岸青山相对出，孤帆一片日边来"。

昭苏草原的日出，是自然与诗意的完美融合，它不仅带来了光明，更带来了希望和生机，正如苏轼所写："会挽雕弓如满月，西北望，射天狼。"这壮丽的景象，让人心生敬畏，也让人感受到了生命的力量。

高原野生郁金香

在昭苏雪域高原，生长着一种珍贵的野生花卉——昭苏高原野生郁金香。它们在春风的吹拂下，绽放出绚烂的花朵，为高原增添了一抹亮丽的色彩。

初春时节，当冰雪渐渐消融，昭苏高原的野生郁金香开始崭露头角。它们破土而出，迎着阳光，伸展着柔美的身姿。那一片片翠绿的叶子，犹如绿宝石般镶嵌在草原上，让人眼前一亮。不久，郁金香的花蕾悄然绽放，红的、黄的、紫的，五彩斑斓，犹如一幅美丽的画卷。

清晨的昭苏高原，野生郁金香在晨光的洗礼中缓缓醒来。太阳初升，天边泛起一抹淡淡的鱼肚白，随后，金色的阳光逐渐铺满了整个草原。郁金香的花瓣上挂满了晶莹的露珠，它们在晨光的照耀下，闪烁着耀眼的光芒，如同珍珠般珍贵。空气中弥漫着湿润的土壤气息和淡淡的花香，让人心旷神怡。

随着阳光的加强，露珠慢慢蒸发，郁金香的花瓣逐渐舒展开来，它们像是刚刚睡醒的孩子，伸展着懒腰，迎接新的一天。清晨的风带着一丝凉意，轻轻拂过花海，郁金香随风摇曳，仿佛在跳着清晨的舞蹈。鸟儿在枝头欢快地歌唱，与花海共同奏响了高原的晨曲。

走进这片野生郁金香的海洋，你会被它们的美丽所震撼。那娇艳的花瓣，仿佛是用丝绸精心裁剪而成，细腻而光滑。微风吹过，花朵轻轻摇曳，宛如一群翩翩起舞的仙子。阳光透过花瓣，洒下斑驳的光影，让人陶醉在这片梦幻般的世界。

在昭苏高原，那片野生郁金香花海的景象，宛如天地间的一幅巨大画卷，令人心醉神迷。

远远望去，花海如同一块五彩斑斓的锦缎，铺展在广阔的草原上。阳光洒落，花海闪耀着夺目的光芒，仿佛是大自然的调色板，将红、黄、紫、粉、白等多种色彩巧妙地交织在一起。这些色彩不是单调地排列，而是层层叠叠，相互渗透，形成了一幅流动的色带，让人目不暇接。

走近花海，一阵阵混合着泥土和花香的气息扑面而来，那是大自然最纯净的味道。郁金香的花朵在微风中轻轻摇曳，有的花瓣舒展，如同少女的裙摆，优雅地舞动；有的花朵含苞待放，宛如害羞的少女，低垂着头。每一朵花都仿佛有自己的故事，它们在诉说着生命的坚忍与美丽。

细看之下，红的郁金香如同火焰，燃烧着热情与活力；黄的郁金香如同阳光，温暖而明亮；紫的郁金香则显得高贵而神秘。那些白色的郁金香，纯净如雪，仿佛是高原上的精灵，散发着圣洁的光芒。而那些粉色的郁金香，则是花海中最温柔的色彩，它们如同少女的微笑，让人心生欢喜。

在春风的吹拂下，昭苏高原的野生郁金香如诗如画，让我不禁想起古人笔下的美好词句："春风得意马蹄疾，一日看尽长安花。"这里的郁金香，亦如长安花般绚烂，让人流连忘返。

"疏影横斜水清浅，暗香浮动月黄昏。"郁金香在阳光下，影影绰绰，香气袭人，仿佛月下的梅花，清雅脱俗。

"乱花渐欲迷人眼，浅草才能没马蹄。"在这片花海中，郁金香争奇斗艳，让人目不暇接，仿佛置身于一个色彩斑斓的世界。

"红豆生南国，春来发几枝？"在这遥远的高原，野生郁金香如同红豆，寄托着我们对美好生活的向往。

"花开堪折直须折，莫待无花空折枝。"让我们珍惜眼前的美景，把握时光，尽情欣赏这片野生郁金香的绚烂。

"唯有牡丹真国色，花开时节动京城。"虽然这里没有牡丹的雍容华贵，但野生郁金香的美丽，同样让人心动，它们是高原上的骄傲，是大自然的瑰宝。

站在花海之中，四周被花朵包围，仿佛置身于一个梦幻的世界。远处的雪山、近处的草原、脚下的花朵，构成了一幅和谐的画面。在这里，时间仿佛静止，只剩下心灵的震撼与自然的交融。

在这片野生郁金香的世界里，生活着许多可爱的小动物。蜜蜂在花间穿梭，采集着花蜜；蝴蝶翩翩起舞，寻找着心仪的伴侣；偶尔还能看到松鼠在树梢间嬉戏。它们与野生郁金香相互依存，共同演绎着生命的旋律。

傍晚时分，昭苏高原的野生郁金香在夕阳的余晖中展现出另一番风情。太阳渐渐西沉，天边泛起了一片金黄，随后是柔和的橙红，最后渐渐染上了紫霞。夕阳的暖光洒在郁金香花海上，给花朵披上了一层金色的外衣，使得它们看起来更加温暖而迷人。

郁金香在夕阳的照耀下，色彩变得更加丰富和深沉。红色的花朵仿佛燃烧的火焰，黄色的花朵如同夕阳的碎片，紫色的花朵则显得更加神秘而高贵。花瓣的边缘被夕阳勾勒出金色的轮廓，整个花海就像是一幅金色的油画，充满了浪漫和诗意。

昭苏高原的野生郁金香，不仅具有极高的观赏价值，更是一种珍贵的自然资源。它们在这片土地上顽强生长，见证了高原的沧桑巨变。这里的野生郁金香品种繁多，有的小巧玲珑，有的高大挺拔，它们共同构成了一个独特的生态系统。

当夜幕降临，昭苏高原的夜晚景色展现出它独特的魅力，夕阳的最后一抹光辉渐渐消失在地平线上，郁金香的花海也慢慢沉入暮色之中。花朵在晚风中轻轻摇曳，似乎在告别一天的光明，准备进入甜美的梦乡。

天空像是被一块巨大的黑色帷幕覆盖，星星点点，闪烁着微弱的光芒。那些星星，有的明亮如钻石，有的微弱如尘埃，它们静静地镶嵌在夜空中，仿佛在诉说着古老的故事。银河横跨天际，如同一道璀璨的光带，将夜空分割成两部分，让人不禁想起"迢迢牵牛星，皎皎河汉女"的诗句。

在这片高原上，月光显得格外明亮。银色的月光洒在草原上，为这片土地披上了一层轻柔的纱衣。那些郁金香在月色下，不再是白日的热烈与灿烂，而是显得更加静谧和神秘。它们的花影在月光下交错，呈现出一种朦胧的美感。

夜风轻轻吹过，带来了草原的清新和花朵的芳香。远处，偶尔传来一两声动物的叫声，那是高原夜晚的音符，为这宁静的夜晚增添了几分生动。夜色中，那些白天活跃的小动物们进入了梦乡，只有夜行动物开始它们的夜间活动。

高原的夜晚，气温逐渐下降，空气中弥漫着丝丝凉意。那些白天的云彩早已消散，露出了清澈的夜空。在这样的夜晚，如果你静静地躺在草原上，仰望星空，你会感受到一种前所未有的宁静和宽广，仿佛整个宇宙都在你的怀抱之中。

远处，山峦的轮廓在夜色中若隐若现，它们像是守护这片土地的巨人，沉默而坚定。而那片野生郁金香花海，在夜色中变成了模糊的色彩斑块，它们不再是白日的焦点，却以另一种姿态，融入了高原的夜晚。

昭苏高原的夜晚，是一首无声的诗，是一幅幽深的画，它让人忘却尘世的喧嚣，沉浸在大自然的宁静与和谐之中。

让我们共同守护这片神奇的昭苏高原，呵护这片野生郁金香的家园。让这些美丽的花朵，在春风中自由绽放，为我们的祖国增添无尽的魅力。愿昭苏高原的野生郁金香，永远盛开在人们的心中，成为一道永恒的风景线。

　　昭苏高原的野生郁金香，是我国生物多样性的宝贵财富。然而，由于生态环境的变化和人类活动的影响，这片野生郁金香的栖息地正面临着严重的威胁。保护这片野生郁金香，已成为我们义不容辞的责任。

　　在这片花海的绚烂背后，隐藏着生态环境的脆弱。随着人类活动的不断扩张，野生郁金香的栖息地正面临着前所未有的挑战。保护这些美丽的花卉，不仅仅是为了维持生物多样性，更是为了守护我们共同的家园。

　　希望我们在欣赏郁金香的时候，做到文明观赏，不随意采摘、践踏，让这些高原的精灵得以自由生长。政府部门应当加强对野生郁金香保护区的立法与监管，制定相应的保护措施，确保这些珍稀花卉的生存环境不受破坏。同时，加大对违法行为的惩处力度，保护这片花海的宁静与和谐。

　　在科学研究与教育宣传方面，开展对野生郁金香的科学研究，了解其生长习性，为保护工作提供科学依据。同时，通过教育宣传，提高公众对野生郁金香保护的认知，让更多的人参与到保护行动中来。推广生态旅游，让游客在欣赏美景的同时，了解野生郁金香的保护意义，实现旅游与保护的和谐共生。通过可持续发展，既满足当代人的需求，又不损害后代人满足其需求的能力。

　　让我们携手守护昭苏高原的野生郁金香，让这些美丽的花朵能在未来的岁月里，继续在这片神奇的土地上绽放，为我们的世界增添无尽的色彩与生机。

　　昭苏高原，这片古老的土地，曾是丝绸之路的重要通道，见证了东西方文化的交流与融合。历史上的昭苏，曾是游牧民族逐水草而居的地方，他们的生活与这片草原紧密相连，包括野生郁金香在内的各种植物，都是他们生活的一部分。

　　野生郁金香在昭苏高原的绽放，不仅仅是自然景观的展现，更是历史文化的传承。这些花朵在岁月的长河中，与丝绸之路上的商队、草原上的牧民共同编织了一幅幅生动的历史画卷。保护野生郁金香，就是在守护我们的历史文化遗产。

昭苏高原的各民族居民，他们的生活习惯、节庆活动都与这片土地上的植物息息相关。野生郁金香的美丽，与当地民族的风情相得益彰，体现了人与自然和谐共处的生态智慧。保护这些花卉，就是尊重和保护多元文化的体现。

古诗词中的花卉，往往寄托了诗人的情感与哲思。昭苏高原的野生郁金香，虽然未曾在古代诗篇中被直接提及，但它们的存在，无疑是古人歌颂自然之美的延续。我们今天保护这些花卉，不仅是对自然美的维护，也是对古代文人墨客情感传承的一种现代责任。

在这片充满历史底蕴的高原上，野生郁金香不仅是大自然的杰作，也是历史文化的载体。让我们在保护这些珍贵花卉的同时，也传承和发扬昭苏高原悠久的历史文化，让这片土地上的美丽与智慧，永远闪耀在时间的长河之中。

第五辑

草原传说

昭苏天马，草原上的灵魂舞者

在昭苏，"天马"身影随处可见，它们或悠闲地吃草，或尽情地奔跑，宛如草原上的灵魂舞者。

昭苏天马，历史悠久，名扬四海。它们传承着古代乌孙马的优良血统，见证了丝绸之路的繁荣与沧桑。

初夏的清晨，当第一缕阳光洒在昭苏草原，天马们迎着朝阳，开始了一天的奔跑。它们成群结队，你追我赶，蹄声如雷，仿佛在诉说着草原的传奇。传说中，这些天马曾在战争中助英雄一臂之力，如今它们奔跑的身影，我仿佛看到了古代英雄们驾驭天马，征战沙场的壮丽场景。

阳光明媚的午后，天马悠闲地在草原上漫步。它们或低头品尝着美味的牧草，或相互追逐嬉戏。在这片广袤的草原上，它们享受着大自然的恩赐，尽情地展示着生命的活力。

"夕阳无限好，只是近黄昏。"傍晚，天马沐浴在金色的余晖中。它们静静地站在草原上，仿佛在思考着什么，又仿佛在聆听那些从远古传来的声音。它们是历史的见证者，也是传说的传承者。在它们的身上，我们看到了乌孙国的英勇、张骞的坚忍，以及丝绸之路的繁荣。

那一刻，我感受到了它们对这片土地的深情眷恋，以及那份源自灵魂的默契。

在昭苏草原，天马不仅是草原的骄傲，更是牧民们心中的宝贝。他们与天马相互依存，共同传承着草原文化。牧民们骑着天马，唱着牧歌，驰骋在草原上，构成了一幅美妙的画卷。

相传，在遥远的古代，乌孙国的国王为了寻找最优良的马种，派遣使者跋涉千里，最终在昭苏草原找到了这些神骏的天马。它们是天地间的精灵，拥有超凡的力量和速度。据《史记》记载，乌孙国的天马曾作为贡品献给汉朝，汉武帝见到这些马后，赞叹不已，将其视为国之瑰宝。

站在昭苏草原，仿佛能听见历史的回声在耳边响起。望着那自由驰骋的天马，像是在重演那段古老的传说。我心中涌起一股敬意，它们是草原的精灵，是历史的见证，更是民族精神的象征。愿昭苏天马永远在这片土地上自由翱翔，传承着不朽的传奇。

昭苏天马，历史悠久，名扬四海。它们不仅是乌孙国的骄傲，更是草原上的传说。它们的身姿矫健，毛色亮丽，眼神中透露出坚定与自信。在这片土地上，它们是当之无愧的王者，也是传说的主角。

昭苏天马，不仅是草原的精灵，更是历史长河中的一朵浪花。

我想象着，当年张骞出使西域，穿越这片广袤的草原时，是否也曾被这些天马震撼？他的队伍在这里歇息，与乌孙人交换着物资与故事，而这些天马，或许就是他们交谈中最激动人心的部分。张骞的目光穿过草原，望向远方，心中充满了对未知世界的向往和对这些神骏的赞叹。

昭苏天马，又称汗血宝马，它们的传说在丝绸之路上传颂千古。据说，这些马在剧烈奔跑后，汗水如同鲜血般殷红，仿佛是大地赠予它们的力量在体内沸腾。这些故事，让天马的形象更加神秘而高贵，它们不仅是草原上的灵魂舞者，更是历史传说中的英雄。

视线所及之处，昭苏草原如同一幅泼墨长卷，静静地铺展在天地之间。这里是天马的家园，也是岁月的低语，历史的回声在此悠悠回荡。

昭苏天马，不仅是草原的精灵，更是文学诗篇中的一行绝句，韵律悠长，意境深远。

我想象着，当年张骞使团的旗帜在风中猎猎作响，他们在这片广袤的草原上与乌孙人的天马不期而遇。而随后，霍去病、班超等一代又一代的勇将，他们驾驭着这些天马，征战四方，书写了无数辉煌的篇章。

昭苏天马，血统高贵，传说中它们是汗血宝马的后裔，每一滴汗水都映照着它们不屈的精神。它们的身影，曾在汉武帝的宫殿前昂首阔步，也曾伴随唐玄宗、诗人李白，驰骋在边塞的诗行之中。

昭苏天马，它们的蹄声，如同历史深处的鼓点，激荡着草原的宁静。仿佛是在重演霍去病北击匈奴时的剽悍，每一跃，都是对自由的渴望，每一声嘶鸣，都是对蓝天的赞美，仿佛在演绎着一出出沙场征战。

昭苏天马，它们的形象在敦煌壁画中栩栩如生，它们的传说在《史记》《汉书》的字里行间流传。每一滴汗水，都像是蒙古长调中的音符，悠扬而深沉。

"草长莺飞二月天，拂堤杨柳醉春烟。"当天马慵懒地卧在草地上，它们的呼吸与草原的脉搏同步，和谐而宁静。在这里，时间似乎停滞，一切都被温柔地包裹在草原的怀抱中。也许，这就是班超在西域时的宁静时光，他在这里思考着国家的未来，也享受着片刻的安宁。这场景，也让人想起了哈萨克族的长诗，歌颂着草原的辽阔和生活的宁静。

"大漠孤烟直，长河落日圆。"当天马伫立在落日的余晖中，仿佛一尊尊青铜雕塑，诉说着千年的故事。它们的眼神深邃，像是看透了历史的沧桑，又像是守护着这片土地的秘密。这场景，让人想起了唐太宗李世民，他在这片土地上留下的足迹，以及他对这些神骏的赞美。这一刻，仿佛可以听到回族的花儿在风中轻轻吟唱，讲述着丝绸之路的繁华。

在昭苏草原，这里的每一匹马，都是一部史册，每一片草叶，都是一首诗篇。从张骞到霍去病，从班超到李白，再到李世民，他们的身影和故事，都在这片草原上留下了深刻的烙印。从汉唐文化的辉煌，到蒙古长调的悠扬，再到哈萨克长诗的深情，这些文化元素都在这片草原上传承。

"大漠穷秋塞草腓，孤城落日斗兵稀。"昭苏天马，在古诗中驰骋，它们是边塞诗人笔下的英雄，是唐诗宋词中的传奇。张骞、霍去病、班超、李靖、李世民，这些历史人物的身影，与天马一同在草原上奔跑，留下了一首首千古传诵的诗篇。

昭苏天马，它们不仅是历史长河中的英雄传奇，更是诗词中的常客。"葡萄美酒夜光杯，欲饮琵琶马上催。"它们的形象在诗句中栩栩如生，"天马来出月支窟，背为虎文龙翼骨。"每一次飞奔，都像是诗行中的浓墨重彩，浓烈而醇厚。

在昭苏草原，天马与牧民们的歌声交织在一起，谱写了一曲曲生命的赞歌。"天苍苍，野茫茫，风吹草低见牛羊。"从边塞诗的豪放，到田园诗的宁静，这些诗词元素都在这片草原上留下了深刻印记。

传说中，昭苏天马是天上神骏的化身，它们曾是天宫中的守护者，因触犯天条而被贬下凡间，成了这片草原上的守护神。"天马行空，独来独往"，它们的身影在民间传说中熠熠生辉，成了人们心中的图腾。

"张骞乘马，天马随行"，在昭苏草原，流传着张骞与天马的传说。据说，张骞西行途中，曾在一处神秘的山谷中，遇到了一群天马，它们带领着张骞穿越了重重险阻，最终开辟了丝绸之路。这些天马，不仅是张骞的向导，更是他忠诚的伙伴。

"马作的卢飞快，弓如霹雳弦惊"，它们的形象在传说中英勇无畏，它们的汗水，被赋予了神奇的力量，能够治愈疾病，带来好运。

"醉卧沙场君莫笑，古来征战几人回。"昭苏天马，在边塞诗人的笔下，是勇猛与力量的象征。它们伴随着边塞将士，驰骋沙场，成为诗中不可或缺的英雄形象。

从王昌龄的《出塞》到王之涣的《登鹳雀楼》，这些边塞诗的元素都在这片草原上留下了难以磨灭的印记。

在这片土地上，昭苏天马不仅是一道美丽的风景，更是草原的灵魂，是历史的见证，是文化的传承。它们的故事，让我们感受到了草原的宽广与深邃，也让我们对这片土地产生了深厚的情感。让我们共同守护这片美丽的草原，让昭苏天马永远在这片土地上自由翱翔，让历史的传说在草原的轻风中，化作最动听的旋律。

天马随想

在浩瀚的历史长河中，天马，这一神奇的生物，犹如一颗璀璨的明珠，闪耀着耀眼的光芒。它们是自由的化身，是力量的象征，更是无数文人墨客心中挥之不去的向往。在这片蔚蓝的天空下，我追随着天马的足迹，任思绪缥缈，随想翩翩。

天马，你的身影穿越千年，从大漠孤烟直的塞北，到水草丰美的江南，你始终是那么优雅、那么神秘。你的故事，流传在古老的传说中，激励着一代又一代人追求梦想，勇往直前。

我想，你一定是那草原上的风，无拘无束，自由自在。你的鬃毛随风舞动，仿佛诉说着对蓝天的热爱。你的眼神坚定，透露出对未来的渴望。在你身上，我看到了生命的力量，那是一种不屈不挠、勇往直前的精神。

天马，你是否曾在月夜里凝望星空，思考着生命的奥秘？你是否曾在黎明时分，迎接第一缕阳光，感受新生的希望？你的足迹遍布大地，每一步都留下了深刻的印记。那些印记，是岁月的见证，是历史的沉淀。

我想，你一定是那诗人口中的神骏，承载着他们的梦想，飞翔在无边的天地。你带着他们穿越时空，领略大千世界的美好。在你的背上，诗人们灵感迸发，留下了无数千古绝唱。

天马，你是否曾在某个瞬间，回眸一笑，惊艳了时光？你是否曾在某个角落，默默守护着那些需要帮助的人们？你的身影，如同一个美丽的传说，让人心生向往。

在这片广袤的土地上，我追寻着你的足迹，感受着你的气息。我知道，你并非遥不可及，你就在我们的心中，激励着我们不断前行。天马，你是我们心中的英雄，是永不磨灭的信仰。

天马，你是永恒的传说，你是我们心中最美的风景。在这片蓝天下，让我们怀揣梦想，随你而去，追寻那属于自己的诗和远方。如果没有马的长嘶和奔腾，草原一如远古，或者已经死去，草原上将没有英雄和传说。

但是有一万匹从天山奔腾直下的马，摧毁一切的声音，如远雷滚过天际，带着天穹下的烟尘和雾霭，突然拂开我们的眼帘。这片草原，在疼痛和喜悦、战栗和快感中醒来，开始呼吸。

这个物种，我并不熟悉，它们的气味，它们高大的比例、匀称的身架，它们的长脸，它们眼睛里的东西，它们的脊鬃和甩尾，它们奔跑时山崩地裂的爆发感。它躲在我们一生的词语背后，在遥远的天山深处，活着，空间巨大。它活在书里，活在虚幻的高不可攀的意境里。说来就来，像一阵狂风，卷起天空下的血潮，呼啸而来，陡然间将我和草原淹没。

并不是所有人，走到这里，都能被这惊心动魄的铁蹄刺醒。像哑巴，张大着嘴，意外地，成为见证者。我是如何走到这样壮阔无边、所向披靡的世界，混迹于它们中间的？有多厚的耳膜，能够承受它们的嘶鸣？马群怒卷，就像我们心上某种东西的突然炸裂。我的心，野马奔腾。

如果马的脚下有火焰，草原就是燧石。

为什么不早告诉我，这些马，一直浩荡在天山脚下？它们的家乡是没有尽头的大地。在这片幽静的草原上，在马的鼻息的深谷里，当夜晚来临的时候，连梦境都带着箭镞的呼啸。马的疆域与天空重叠。有一千条路，属于这些精骛八极、心游万仞的天马。是的，它们就是天马，汗血宝马的子孙，有着高贵的英雄血统。你究竟有多么优美？上帝究竟如何精工雕出了你？

天空，灰色的钢，充满了冷漠，充满了对草原长久审美的疲惫。但是，天马搏动的心脏，就像鹰，在飞翔，没有倦怠，一如历史上最伟大的心跳，变成文字和诗。冰河铁马的壮美，"马毛带雪汗气蒸"的勇毅……

"天马来兮从西极"，这是《汉书·乌孙传》所记载。所谓汗血马、乌孙马、西极马，就是今日天山下的伊犁马——天马。青骊八尺高，侠客倚雄豪。它外表俊秀，双目炯炯，枣骝色的马毛细腻光滑，四肢具有非凡的韧性与弹性，腿型漂亮至极。它的鼻骨那么坚硬挺拔，以绝对的自信抵御奔跑中打向它的狂风。它线条流畅，步态优雅，勇敢且敏感，眼里含着草原的柔情。

三千年最古老的马，从你诞生之初就是传奇。当你奔跑，我把所有的敬意都系在马鬃的风上颠簸起伏。你四肢的迈动简直像在草原的琴键上飞弹，你一定是沉醉的，草原因此而妩媚。

那些疯狂的影子，雪崩一样。天山下狂暴的云，草原的脉动。谁能够阻挡那些马没来由地奔跑？除非它因无力或者衰老死去。最后怀着颓丧，倒在星空下。

视野太辽阔，我无法伸展这样的胸怀。我的赞美之词空空荡荡。能看到几十个村庄，几十座山冈，几千匹马。能看到马群的洪水，像溃口的江河朝草原深处泻来，卷过一道道山冈，从草原上的最东到最西，从日出的地方到日落的地方。我无法对那些成群结队、无边无际在云彩下面奔跑撒欢的马说话。生命的激流，被人类丢弃的美德和高度。它奔腾，它信步，那长卷展开的天山山脉，与山脉相倚的膨胀不动的卷云，那些在高远天空展示自己孤独美感的鹰翅，那些让人的视线飞向最远地平线的烟尘与戈壁，都是它们的家。

草原的辽阔是所有文字的空白。在汗腾格里雪峰下的木札尔特河、特克斯河、苏木拜河、纳林果勒河滋养的喀拉盖云端草原、加曼台草原、巴勒克苏草原、坎日喀特尔草原上，在云端奔跑的马，有着云的品质，有着天的神性，力量、肌肉、骨感、雄心、速度、决绝，如此集生命的完美于一身，是草原锻造的美艳，坚硬的蹄声，大地的鼓点，表达着时间的节奏。

风是用马的形象雕塑出来的，如果风出现，马就会出现，在这里尤其如此。

马是所有的风景：如果它在雪地上行走，它是风景；如果它在晨雾里咴咴长叫，它是风景；如果它在干旱的浮尘中奔驰，像一首高亢、雄浑、壮阔、忧伤的牧歌，它是风景。

如果草原上的日落只为一匹马的寂静伫立，这是巨大的瞬间。我们每个人都会在这种时刻找到献身的理由。

"天马行空独往来，翅展云霄梦不回。纵横四海无拘束，驰骋八荒任逍遥。"这古老的静默和飞奔，古老的沸腾的血与激情，是草原的基因。但愿我有一块丰饶的大地，被你践踏得尘土飞扬。但愿我有一片高旷的天空，能够盛满你回旋的嘶鸣。

一个人也许会憔悴，一匹马却不会；一个人可能会猥琐，一匹马却不能。勇猛与忍耐，凝聚自己的力量，英俊与狂野，结合成一个伟大的名字。马是疾风的化身。草原如号角，天空扩大着召唤。这是闪电聚起的暗夜。好马塑造出雄健的骑手。只有奔跑和迅疾的行动，对生命才至关重要。何况它们是一种天马，它们注定了要在天空和大地之间遨游。

"一代又一代，颈脖磨着马厩窗栏，磨平了木头，像海磨平岩石。"美国诗人唐纳德·霍尔对马充满了怜悯。是的，马的风光在草原上，而不是在缰绳、衔铁、嚼子和蚊蝇嗡嗡的马厩里。有时候它会冻得瑟瑟发抖，它的身体，被草原散漫的时间啮尽。它将失去骑手，回忆天地间自已陌生的蹄音。那些空旷的回声，一匹马曾经的血。

"胡马大宛名千里，一跃直上九天长。"在这片广袤的草原上，我们每个人的血管里都有一匹天马被唤醒，嘶叫着，准备奔向夜色茫茫的草原。犹如银鬃随风舞霜雪，玉蹄踏云破晓光。

腾昆仑，历西极

自古以来，马便是中华大地上的一道亮丽风景。其矫健的身姿、豪迈的气魄，无不令人心生敬仰。而天马，更是马中的佼佼者，它们驰骋在广阔的天地间，仿佛是从昆仑山巅飞腾而下，穿越西极的雄鹰。

腾昆仑，那是一座巍峨壮丽的神山。据说，天马曾在这神山之巅，吸食着山间的日月精华，聆听着风中的神话故事。它们隐居于云山雾罩之间，很少出现在人们的视野之内。每当天马出现，那必定是吉祥的征兆，是天地间最为壮观的景象。

历西极，那是天马成长的家园。这里的草原无边无际，土地丰沃，绿草如茵。天马在这片土地上自由地奔跑，它们的蹄声仿佛是大地的心跳，每一次跃动都充满了力量与生机。

> 天马来出月支窟，背为虎文龙翼骨。
>
> 嘶青云，振绿发，兰筋权奇走灭没。
>
> 腾昆仑，历西极，四足无一蹶。
>
> 鸡鸣刷燕晡秣越，神行电迈蹑慌惚。

天马呼，飞龙趋，目明长庚臆双凫。

尾如流星首渴乌，口喷红光汗沟朱。

曾陪时龙蹑天衢，羁金络月照皇都。

逸气棱棱凌九区，白璧如山谁敢沽。

回头笑紫燕，但觉尔辈愚……

这是唐代著名诗人李白在《天马歌》中对天马的一段描述，诗人更是以天马的神异自喻卓越才能。他笔下的"俊逸紫燕"，与昭苏等伊犁地区的"天马"有着密切关系。

而关于乌孙国国王猎骄靡与天马"飞云"的传说，更加深了我对天马的了解与崇敬之情。

那是一个春意盎然的清晨，昭苏草原上的露珠在阳光的照耀下闪烁着光芒。乌孙王猎骄靡，为了寻找传说中的天马，独自一人来到了这片广袤的草原。他身着乌孙勇士的传统服饰，腰间挂着象征王权的宝剑，眼神中透露出坚定与期待。

正当乌孙王穿过一片茂密的草丛时，他突然听到了一阵轻微的马蹄声。他放慢了脚步，顺着马蹄声传来的方向望去，只见一匹通体雪白的马儿正在不远处的草地上悠闲地吃草。那匹马似乎感觉到了什么，抬起头来，与乌孙王四目相对。

那匹马，就是飞云。它的毛发如同最纯净的雪，没有一丝杂色；它的眼神清澈而深邃，仿佛能洞察人心。飞云的身姿优雅，四肢强健，每一步都显得轻盈而有力量。乌孙王被飞云的美丽和气质所吸引，他屏住呼吸，生怕打破这美好的瞬间。

乌孙王慢慢地走近飞云，他伸出手，试图抚摸这匹神骏的马儿。飞云并没有逃跑，反而低下头，让乌孙王的手轻轻滑过它的鬃毛。在这一刻，乌孙王感受到了飞云的温顺和信任，他们的心灵似乎在这一刻产生了共鸣。

　　只见乌孙王躬身低下头轻声地对飞云说着什么，飞云则静静地听着，不时地点头，仿佛在回应。然后，乌孙王转身向草原深处走去，飞云没有丝毫犹豫，跟随着乌孙王的步伐，仿佛它早已等待着这一刻，等待着与这位王者相遇。

　　昭苏草原上的风轻轻吹过，野花随风摇曳，似乎在为这一刻的相遇而欢舞。乌孙王与飞云的初次相遇，就这样在草原的见证下，成为了永恒。

　　乌孙王是一位英勇善战的英雄，而飞云并非普通的天马，它出生时便有异象，通体雪白，无一丝杂毛，四蹄如同踏云，奔跑时犹如闪电。飞云不仅速度极快，而且智慧超群，能够理解乌孙王的每一个指令。

　　飞云跟随着乌孙王南征北战，不仅参与了对抗匈奴、平定叛乱、保卫家园的战斗，还为丝绸之路的护航，起到了至关重要的作用。

　　有一年，邻国突然发动侵略，乌孙国面临巨大的危机。乌孙王决定亲自率军抵抗，飞云自然成为了他的坐骑。在战场上，飞云展现出了惊人的能力，它能够预测敌人的动向，带领乌孙王的军队屡次突破敌人的防线。

　　公元前2世纪，乌孙国与匈奴之间发生了多次冲突。在一次决定性的战役中，乌孙王和飞云陷入了敌人的重重包围。乌孙王挥舞着长剑，飞云则以其超凡的速度和力量，在敌军中冲杀。就在危急时刻，飞云一跃而起，跨越了宽阔的河流，带领乌孙王和他的精锐部队成功突围，并最终反败为胜。

　　乌孙国内部也曾发生过叛乱，有一次，叛军占领了重要的城池。猎骄靡骑着飞云，带领忠诚的部队，迅速平定了叛乱。飞云在这次战役中表现出了惊人的跳跃能力，帮助乌孙王越过城墙，出其不意地攻击叛军，最终恢复了国家的稳定。

　　在乌孙国的历史上，曾多次面临外敌的侵略。有一次，邻国趁乌孙国虚弱之际发动了进攻。猎骄靡骑着飞云，英勇地抵抗入侵者。在这场战役中，飞云展现出了它的力量和勇气，多次冲破敌人的防线，最终帮助乌孙国赢得了胜利。

乌孙国位于丝绸之路的要冲，保护商队的安全是乌孙王的重要职责。在一次护卫行动中，猎骄靡和飞云遭遇了大量的劫匪。在这场战斗中，飞云的快速和灵活帮助乌孙王成功地将劫匪驱逐，保障了丝绸之路的畅通。

战后，乌孙国恢复了和平，但乌孙王因战斗受伤，身体每况愈下。飞云不离不弃地守护在乌孙王身边，用它的体温温暖着主人，用它的泪水洗涤着乌孙王的伤口。在飞云的陪伴下，乌孙王的病情逐渐好转。

然而，命运总是无常。乌孙王最终因旧伤复发，英年早逝。飞云在乌孙王的墓前哀鸣三天三夜，不吃不喝，最终倒在了主人的墓前。人们将乌孙王和飞云合葬在一起，他们的故事被传颂千古，成为乌孙国人民心中永恒的传说。

在 5000 多万年前的始新世，始祖马生活在稀疏树林草原中。有研究表明，野马可能是在五六千年前的欧亚草原被驯化成家马的。位于欧亚草原东部的伊犁河流域是家马的驯化地之一，也是新疆"天马"的原产地。

西汉初年，匈奴势力不断南扩，严重威胁着汉朝北部边疆的安定。据《汉书·西域传》记载，西域乌孙（今日伊犁河流域）盛产良马。

汉武帝雄才大略、文治武功，对马也是情有独钟。公元前 115 年，张骞第二次出使西域返回长安，乌孙派数十名使者，向汉武帝敬献了数十匹良马，因其身形矫健、轻快灵活、奔跑神速，汉武帝赐名"天马"。公元前 71 年，以西域"天马"为基础组成的骑兵击败匈奴，促进了统一多民族国家的发展，助力汉朝成为当时世界上最强大的国家之一。

天马，名扬四海。它们从历史的长河中走来，见证了中华民族的辉煌，成为了中华民族的骄傲，象征着勇敢、坚毅和自由。

清晨，当第一缕阳光洒在昭苏草原上，天马们开始了新的一天的奔跑。它们身姿矫健，毛发随风飘扬，仿佛是大自然的画家，在绿意盎然的画卷上添上了灵动的一笔。天马们时而疾驰，时而悠闲地漫步，享受着属于它们的自由时光。

天马之美，不仅在于它们的外表，更在于它们的精神。它们勇敢地面对风雨，无惧严寒酷暑，始终保持着昂扬的斗志。在这片土地上，天马们传承着祖先的基因，将勇敢、忠诚、担当融入血脉。

午后的阳光透过云层，洒在天马的身上，形成了一道道金色的光环。它们静静地站在草原上，仿佛在聆听大地的呼唤。此刻，时间仿佛静止，天马与自然融为一体，诉说着无尽的诗意。

傍晚，天马归厩了。它们在夜色中守护着家园，守护着这片赋予它们生命的土地。月光下，天马的轮廓愈发清晰，它们的眼神中透露出坚定与信念。这是一群守护梦想的使者，用生命诠释着忠诚与担当。

天马行空，驰骋云端。"天马徕兮从西极，经万里兮归有德，承灵威兮降外国，涉流沙兮四夷服。"汉武帝以《西极天马歌》如此形容"天马"的神勇与英姿。

公元702年，唐朝在西域天山以北设立"北庭都护府"，昭苏是当时西北的边陲重地，所产的新疆"天马"为维护西域稳定和经济、文化繁荣做出了重大贡献。到唐高宗时，战马便从唐初的五千匹发展到了七十万六千匹，极大提高了当时军队的战斗力。

此后，历朝历代不少文人墨客都作诗夸赞"天马"。

除了李白的《天马歌》，元末明初著名禅师释宗泐也曾作《西极天马歌》一首："天马来，自西极。流汗沟朱蹄踏石，眗目径度流沙碛。天子见之心始降，九州欲省民痍疮。宛王何人敢私有，贰师城坚亦难守。等闲骑向瑶池前，周家八骏争垂首。天闲饱秣玉山禾，苜蓿春来亦渐多。感君意气为君死，一日从君行万里。"

清朝乾隆年间，清政府在伊犁建立多处马场，培育良驹，以供军需，"天马"在平定准噶尔部叛乱中发挥了不小的作用。如今位于昭苏县城西南约60公里的格登山上，有一座俯瞰边境的格登碑，又称"平定准噶尔勒铭碑"。乾隆皇帝亲撰碑文，记述了清军在格登山平定准噶尔部叛众、经由乌什回部擒获叛军首领的经过："格登之崔嵬，贼固其垒。我师堂堂，其固自摧。格登之巉崼，贼营其穴。我师洸洸，其营若缀。"

然而，天马并非一直居住在昆仑山巅和西极草原。有时，它们会离开家园，来到人间。当它们出现时，人们无不为之惊叹。那流线型的身躯，那矫健的四蹄，那炯炯有神的眼睛，都让人为之倾倒。

相传，在古老的丝绸之路上，天马曾是商队的守护神。每当商队遇到风沙、猛兽的袭击时，天马便会现身，为商队指引方向，驱散危险。那时的人们相信，天马是吉祥、和平的象征，只要有了天马的庇佑，一切困难都能迎刃而解。

如今，虽然丝绸之路已经消失在历史的长河中，但天马的形象依然在人们心中占据着重要的位置。在许多文学作品中，天马都是主角之一。诗人用最美的诗句赞美它，画家用最细腻的笔触描绘它。而在一些民间传说中，天马更是被赋予了神奇的力量，能够带给人们好运、健康和幸福。

昭苏，是新疆的一个地名，也是中国最大的天马繁衍基地。每年夏季，这里都会举行盛大的天马节。人们从四面八方赶来，欣赏天马的英姿，感受那份来自天地间的豪情与力量。

在昭苏草原上，天马与牧民们和谐共处。牧民们为天马提供丰美的水草，而天马则为牧民们带来无尽的欢乐与希望。在这里，人与自然、人与动物的关系达到了完美的和谐。

腾昆仑、历西极、昭苏天马……这些词汇仿佛有一种魔力，让人心生向往。它们不仅仅代表了一种动物、一个地名或一个传说，更是一种精神的象征。这种精神是坚韧不拔，是勇往直前，是永不放弃。当我们站在人生的十字路口时，不妨想想那些奔腾在昆仑山巅、驰骋在西极草原的天马们。或许，它们能给我们带来无尽的勇气与力量。

雪域精灵——雪豹

雪豹，一种高贵而神秘的动物，被誉为"雪山之王"。它们行走在昭苏湿地公园的树木和草丛之间，犹如一道流动的风景线，为这片湿地增添了一抹亮丽的色彩。

初冬时节，昭苏湿地公园迎来了雪豹的身影。它们或在山涧觅食，或在雪地嬉戏，或在岩石上晒太阳。那优雅的举止、矫健的身姿，让人不禁感叹大自然的神奇造物。

雪豹的毛色如雪，与周围的环境融为一体，仿佛是天上的白云飘落人间。它们的眼神犀利而深邃，透露出一种与生俱来的高贵气质。每当夕阳西下，阳光洒在雪豹的身上，它们仿佛披上了一层金色的光环，美得让人陶醉。

在昭苏湿地公园，雪豹是当之无愧的王者。它们的存在，守护着这片湿地的生态平衡。雪豹捕食野兔、岩羊等野生动物，维持了生物链的稳定。同时，它们也是湿地生态环境的"晴雨表"，反映着湿地生态系统的健康状况。

然而，雪豹的数量却日益减少。由于生存环境的恶化，雪豹的栖息地不断缩小，导致它们面临严重的生存危机。昭苏湿地公园的雪豹，也成了我们关注和保护的重点。

为了守护这片湿地，保护雪豹这一珍稀物种，我国政府及社会各界人士付出了艰辛的努力。设立自然保护区、实施生态修复工程、加强执法监管，一系列举措让昭苏湿地公园的生态环境得到了有效改善，雪豹的数量也逐渐增多。

如今，昭苏湿地公园的雪豹已成为我国乃至世界生物多样性保护的典范。它们在这片土地上繁衍生息，传递着生命的力量。当我们有幸目睹雪豹的风采时，心中不禁感慨：在这片神奇的土地上，人与自然和谐共生，万物皆有灵性。

雪豹，昭苏湿地公园的守护者，愿你在这片土地上永远自由驰骋，成为我们心中永恒的传奇。

在这片湿地上，雪豹以其独特的生活方式，演绎着生命的奇迹。它们是孤独的猎手，习惯于在清晨和黄昏时分活动，这是它们捕食的最佳时机。雪豹的生活习性，既神秘又充满了智慧。

雪豹是典型的山地动物，它们善于在崎岖的山地环境中穿梭。它们的脚掌宽大，底部覆盖着浓密的毛发，这不仅能帮助它们在雪地上行走时不发出声响，还能在寒冷的环境中保持温暖。雪豹的尾巴同样长而蓬松，不仅是平衡身体的工具，也是它们在严寒中用来保暖的重要部分。

昭苏湿地公园的雪豹以岩羊、北山羊和野兔等动物为食。它们拥有敏锐的听觉和视觉，以及出色的隐蔽技巧，这使得它们在捕猎时总能出其不意。雪豹通常会潜伏在岩石后或隐蔽的雪地中，等待猎物出现，然后以迅雷不及掩耳之势发动攻击。

雪豹的生活范围非常广泛，一只成年雪豹的领地可达数十平方公里。它们通过尿液标记领地，以此警示其他雪豹不要侵犯。雪豹通常独来独往，只在繁殖季节才会寻找伴侣。它们会选择隐蔽的山洞或岩石缝隙作为产仔的地点，每年繁殖一次，通常一胎产下两只幼崽。

在冬季，雪豹的毛变得更加浓密，以抵御严寒。它们会在雪地上挖掘洞穴，作为临时的栖息地。而在夏季，雪豹则会在高海拔的草甸上享受温暖的阳光。它们的生活习性，完全适应了昭苏湿地公园多变的环境。

昭苏湿地公园的雪豹，以其独特的生活方式，成为这片土地上的一道亮丽风景。它们不仅是生态系统中的关键物种，更是大自然赋予我们的宝贵财富。保护雪豹，就是保护我们共同的家园。愿这些雪域精灵在昭苏湿地公园的庇护下，继续它们的传奇故事。

雪豹通常是孤独的动物，它们大部分时间都是独自度过。然而，在特定的时期和情境下，雪豹也会展现出一定的社交行为。

繁殖季节是雪豹社交活动最为频繁的时期。在这个时候，雄性雪豹会寻找雌性雪豹的踪迹，通过叫声和气味标记来吸引异性。一旦配对成功，雄性和雌性雪豹会短暂地共同生活，一起度过繁殖期。这段时间，它们之间会有亲密的互动，包括相互嗅闻、摩擦身体和低声交流。

雌性雪豹在抚养幼崽期间，会展现出强烈的母性。它们会独自照顾幼崽，直到幼崽能够独立生活。在这个阶段，雌性雪豹会教授幼崽狩猎和生存的技能，这是雪豹社交行为中非常重要的一部分。

幼崽成长到一定阶段后，会开始与母亲进行游戏，这是它们社交技能发展的关键时期。通过游戏，幼崽学习捕猎技巧和社交规则。然而，一旦幼崽长大，它们就会被母亲驱逐出领地，开始自己的独立生活。

除了繁殖季节，成年雪豹之间的社交互动相对较少，除非遇到领地冲突、共享食物资源、交配季节的偶遇等情况。

当两只雪豹的领地重叠时，它们可能会发生冲突。这种情况下，它们会通过威胁的姿态、咆哮和偶尔的打斗来确立领地界限。

在食物丰富的地方，如尸体或大量猎物附近，不同领地的雪豹可能会暂时聚集，但它们通常保持距离，避免直接接触。

在非繁殖季节，成年雪豹偶尔也会相遇，但它们通常会避免长时间的接触。

　　雪豹的社交行为虽然有限，但它们通过气味标记、叫声和偶尔的视觉信号来维持与其他雪豹的沟通。这些行为对于保持种群结构和遗传多样性至关重要。

　　总之，雪豹的社交行为虽然不如群居动物那样复杂，但它们在特定情境下的互动，仍然是它们生存和繁衍不可或缺的一部分。了解和保护这些珍贵的社交行为，对于维护雪豹种群的健康发展具有重要意义。

白天鹅的传说

白天鹅不仅是美丽的象征、爱情的典范，还是哈萨克民族心中英勇、善良品质的代表。

诗人顾城曾经在他的诗歌中这样描写白天鹅："白天鹅，你来自哪里？你的翅膀，轻拂过天空。你的羽毛，洁白如雪。你的舞姿，如诗如画。"北岛描写白天鹅："白天鹅，在冰面上游动，冰面下藏着它的影子，它的影子像一个消失了的冬天。"

在昭苏湿地公园流传着一个关于白天鹅的美丽传说，它如同一首散文诗，轻轻拂过每个游子的心田。

在晨光的温柔抚摸下，昭苏湿地公园苏醒了。湖水波光粼粼，芦苇轻轻摇曳，一群白天鹅缓缓游过，它们的故事便在这宁静的水面上缓缓展开。

传说这里曾是天界的一角，白天鹅是云端上的仙子。它们因一次偶然的降临，爱上了昭苏湿地公园的宁静与美丽。于是，它们决定放弃天界的繁华，化作凡间的鸟儿，永远栖息在这片湿地。

白天鹅的翅膀，剪裁着云朵的形状，它们的鸣叫，唤醒了沉睡的莲花。在这片湿地公园，它们自由地游弋，仿佛在诉说着不老的传说。那洁白的身影，是湿地中最纯净的诗行，那优雅的曲线，是画家笔下最动人的风景。

当地的人们说，白天鹅是湿地公园的守护者，它们带来了祥瑞和幸福。每当冬季过去，春天的第一缕阳光照亮昭苏，白天鹅便会成群结队地归来，它们的归来，是春天最美的预告。

在这片湿地，白天鹅的传说如同清澈的溪流，潺潺流淌在人们的心间。孩子们在湖边嬉戏，模仿着白天鹅的姿态，老人们则在树下讲述着关于它们的传奇。

很久以前，天鹅湖边住着一个年轻的渔夫，名叫阿里。他每天都会在湖中捕鱼，与湖中的白天鹅们建立了深厚的友谊。阿里尤其喜欢一只名叫莉娅的白天鹅，她的羽毛比其他天鹅更加洁白，歌声更加动听。

有一天，湖边来了一位邪恶的巫师，他想要夺取美丽的天鹅湖，将其变成自己的私人领地。巫师施了一个强大的咒语，将湖泊周围的生物都困在了一个魔法结界中，包括所有的白天鹅。

莉娅知道，如果不在月圆之夜之前打破咒语，湖泊和所有的生灵都将永远被困。她决定牺牲自己，化作一位美丽的女子，去寻找阿里帮助。阿里看到莉娅的变化，惊讶不已，但当他听到湖泊和白天鹅们的困境时，他毫不犹豫地决定帮助她。

阿里和莉娅一起踏上了一段危险的旅程，他们历经千辛万苦，最终找到了能够破解咒语的神秘草药。在月圆之夜，他们悄悄回到了天鹅湖。

谁知阿里和莉娅在湖边遇到了邪恶的巫师，他们与想要抢夺他们破解咒语的神秘草药的巫师展开了一场激烈的战斗。在战斗中，阿里勇敢地抵挡住了巫师的攻击，而莉娅则用神秘草药破坏了魔法结界。随着结界的破裂，湖泊和生灵们得到了解放，但莉娅的力量也随之耗尽，她变回了白天鹅。

巫师被击败后，湖泊恢复了往日的宁静。莉娅因为她的勇气和牺牲，被赋予了永恒的生命，她成为了天鹅湖的守护者。而阿里则成为了湖泊的守护人，他承诺世世代代保护这片湖泊和白天鹅们。

从那以后，每当夜晚来临，人们都能看到一只美丽的白天鹅在湖面上游弋，她的歌声在夜空中回荡，提醒着人们要珍惜和保护自然之美。

昭苏湿地公园的白天鹅，不仅是大自然的精灵，更是人们心中美好愿望的化身。它们在这片湿地中，年年岁岁，编织着永恒的梦境，守护着这片土地的宁静与和谐。

这个传说传递了保护自然和勇敢面对困难的信息，同时也展现了牺牲与爱的力量。白天鹅莉娅的形象，成为人们心中美丽、勇敢和守护的象征。

让我们在这片湿地公园，与白天鹅共舞，聆听它们的故事，感受大自然的恩赐，让心灵在这首散文诗中得到净化和升华。

金 雕

那是一个夏日的清晨，阳光犹如细碎的金子，透过薄薄的云层，洒在昭苏湿地公园的每一寸土地上。我站在一处微微起伏的高地上，远眺着这片绿色海洋，感受着大自然的壮美与宁静。湿地公园花草树木上的露珠在阳光的照耀下，闪烁着晶莹的光芒，仿佛是大自然洒落的珍珠。在不远处，一座蒙古包的炊烟袅袅升起，与天空中的云朵交织在一起，构成了一幅和谐的画面。

一棵苍老的枯树上，停落着一只金雕。它高昂着头，金色的羽毛在朝阳的洗礼下熠熠生辉，显得威武而高贵。金雕的对面，是一只灰色的鸽子，它战战兢兢地站在一根细弱的树枝上，眼神中流露出恐惧与无助，仿佛这片湿地公园的风，都能将它脆弱的身躯吹散。树下，一位哈萨克族老者静静地坐在那里，手中握着一根长烟袋，他的目光深邃，似乎在见证着即将发生的一切。

我屏住呼吸，心中描绘着接下来可能发生的一幕。然而，出乎意料的是，金雕并没有展开攻击，而是用温柔的目光注视着鸽子。鸽子似乎也感受到了金雕的善意，慢慢放松了紧绷的身躯。老者的脸上露出了微笑，他轻轻地磕了磕烟袋，仿佛对眼前的和谐景象感到欣慰。

突然，金雕展开宽阔的翅膀，轻轻地覆盖在鸽子身上。鸽子颤抖了一下，然后顺从地靠在金雕的怀里。金雕低下头，用喙轻轻梳理着鸽子的羽毛，仿佛在安慰一个受惊的孩子。老者的眼中闪过一丝感慨，他轻声呢喃着古老的谚语，讲述着昭苏草原上关于勇气与和平的故事。

这一幕，让我感受到了大自然的神奇与和谐，以及深植于这片土地上的人文情怀。在这个弱肉强食的世界里，金雕与鸽子之间的友谊，犹如一朵盛开在草原上的野花，美丽而珍贵，与周围的景色融为一体，构成了一幅动人的画卷。

就在我陶醉于这美好画面时，金雕突然抬起头，发出一声长鸣，那声音在空旷的草原上回荡，惊起了草丛中的一群群鸟儿。紧接着，它振动翅膀，带着鸽子飞向碧蓝如洗的高空。金雕在空中盘旋了几圈，然后将鸽子轻轻放下，独自离去，它的身影逐渐消失在远方的山峦之后。

鸽子望着金雕远去的身影，眼中闪烁着感激与不舍。它振动翅膀，试图追上金雕，但终究力不从心。最后，鸽子回到了那棵枯树，静静地等待金雕的归来，周围的风轻轻吹过，草叶摇曳，似乎在为它们的故事低声吟唱。老者站起身，朝着鸽子走去，他伸出手，轻轻地抚摸着鸽子的羽毛，仿佛在传递着人类对自然生灵的温柔与尊重。

我站在原地，目睹了这一幕感人至深的场景。金雕之吻，不仅让我明白了什么是真正的友谊，什么是跨越种族的关爱，更让我感受到了昭苏人民与自然和谐共处的智慧与情感。在这个世界上，总有一些美好，让我们为之动容，就像这昭苏湿地公园上的每一片绿意、每一缕阳光、每一阵清风，以及那些深植于心的人文故事。

昭苏湿地公园的壮美画卷

昭苏湿地公园如同一颗璀璨的明珠，镶嵌在伊犁河谷。在这片湿地之上，金雕以其雄健的身影，演绎着一幅壮美的画卷。

初秋时节，我来到了昭苏湿地公园。阳光透过薄薄的云层，洒在广袤的湿地上，金黄的草甸、碧绿的湖水、蔚蓝的天空，构成了一幅色彩斑斓的画卷。在这如诗如画的美景中，金雕成为最引人注目的焦点。

金雕，一种大型猛禽，是国家一级保护动物。它们栖息在昭苏湿地公园的高山草甸和森林地带，以敏锐的洞察力和矫健的翅膀，统治着这片天空。在这里，金雕的身影随处可见，它们或在空中盘旋，或在枝头栖息，或在草地上觅食。

那天，我目睹了一场金雕之舞。一只金雕从高空俯冲而下，犹如一道金色的闪电，划破长空。它展翅翱翔在蓝天白云之间，展示着力量与优雅。金雕具有出色的视力，能在数百米的高空发现地面上的小型哺乳动物，如野兔、松鼠等。一旦发现目标，它会立即调整飞行姿态，准备发起攻击。

它的身体呈现出完美的流线型，下降速度可达每小时 120 公里以上。

在俯冲的过程中，它利用空气动力学的原理调整姿态，减少阻力，增加速度。

突然，它瞄准了一只草原上的野兔，猛地一抓，将其捕获。整个过程如行云流水，令人叹为观止。

一位来自江南的游客，手握相机，激动地按下快门，记录下这难得一见的画面。他感叹道："真是太美了！金雕的飞翔，就像是天空中最亮的星，照亮了我的心灵。"

一对情侣依偎在一起，望着空中翱翔的金雕，女生眼中闪烁着泪光。她轻声对男友说："看，金雕就像我们的爱情一样，无论风雨，都要勇往直前。"男友紧紧握住她的手，点头微笑。

一群孩子在大人的带领下，兴奋地指着空中的金雕，欢声笑语回荡在湿地之上。他们的眼睛里充满了好奇和惊喜，仿佛在金雕的身上，看到了勇敢和力量的象征。

一位老者，带着孙子来到湿地公园。他耐心地向孙子讲述着金雕的故事，教育他要像金雕一样，勇敢地面对生活中的挑战。孙子听得津津有味，眼神中流露出对金雕的敬仰。

金雕的雄姿，让我想起了我国古代诗人卢纶的名句："独立扬新令，千营共一呼。"金雕仿佛是一位威武的将军，傲视群雄，守护着这片湿地。它们在这片土地上繁衍生息，成为了昭苏湿地公园一道独特的风景线。

夕阳西下，金雕的身影在晚霞的映衬下，显得更加威武。它们翱翔在天际，仿佛在诉说着昭苏湿地公园的美丽传说。我站在湿地边，凝望着金雕远去的背影，心中涌起一股敬意：感谢这些英勇的守护者，为我国的生态安全默默奉献。

金雕之舞，是昭苏湿地公园的灵魂所在。它们在这片土地上，展现着生命的顽强与美丽。让我们共同守护这片湿地，让金雕的舞姿永远在这片蓝天白云之间翱翔。

在昭苏湿地公园，金雕的壮美舞姿不仅吸引了大自然的目光，也成为了游客们心中的向往。他们从四面八方会聚于此，只为了一睹金雕的雄姿。

在这片湿地上，金雕的舞姿成为人与自然和谐共生的美好画面。游客们在这里收获了快乐、感动和成长，而金雕也成为他们心中永恒的记忆。昭苏湿地公园的金雕之舞，不仅是一场视觉盛宴，更是一次心灵的洗礼。

第六辑

岁月如歌

昭苏四重奏

　　昭苏的四季，"冬长无夏，春秋相连"。仿佛挥手之间，"夏"就没了。然而加长版的"春秋"，总是以"复苏"和"陶醉"忘情地比画。它便在我们的眼中丰满着，摇曳着，如此婀娜地与众不同。

春

> 律回岁晚冰霜少，
>
> 春到人间草木知。
>
> 便觉眼前生满意，
>
> 东风吹水绿参差。

　　昭苏的春天总是在几场雪后而姗姗来迟。

　　虽然春雪给人们的生活带来了一些不便，但它也预示着春天的到来。

当雪渐渐消融，大地开始苏醒，小草从雪中探出头来，花儿也开始绽放，树木抖掉身上的雪衣，开始发新芽。站在雪山下的峡谷中，感受着从雪山上吹来的风，它似乎在告诉昭苏的人们：春天来了，春天来了。饮马河的水开始缓缓流淌，在春日的阳光下，微微泛起涟漪，无声地唱着"春日之歌"，欢快地奔向远方。

昭苏春天的来临，让人们可以感受到生命的力量和希望的开始。

一年之计在于春。昭苏的春天较长，但对于牧民们来说也是完全不能轻易浪费的。他们除了忙于农田和农作物的耕种，还要精心照料经济的主要来源之一——马。

每到春天，饮马河就开始喧嚣起来。牧民们将马群纷纷赶往饮马河，群马在饮马河里嘶鸣着，欢快地奔腾着，水花飞溅，犹如万马奔腾，甚是壮观。

饮马河就在雪山下。我见过很多雪山，但昭苏的雪山，四周环绕着高大笔直的冷杉木、绵延的草原和牛羊，还有星星点点落在草原上知名或者不知名的野花，我好似站在一幅画里，是那样美好而又浪漫。

昭苏的春天是一个花开的季节。无论是路边的野花还是公园里的花卉，它们都在这个季节里争相开放，给人们带来了无尽的美丽和欣喜。闲暇之余，当你漫步在春光里，置身于花香迷人，蜜蜂、蝴蝶翩翩飞舞的花海里，那份陶醉与惬意，无以复加。

春天的昭苏有很多花海，如油菜花海、紫薇花海、向日葵花海和薰衣草花海等。

仲春时节，"千亩花海"里大片大片的油菜花和紫薇花，一眼望去，全是耀眼的金黄色、紫薇色，美不胜收，震撼心灵。春夏之交的时候，解忧公主薰衣草庄园内的薰衣草在阳光下更是开得如火如荼，紫色的花海仿佛一幅美丽的画卷，让人流连忘返。薰衣草的花香，只要你用力呼吸，仿佛就能看见奇迹，邂逅与"解忧公主"的浪漫和心心相印……

春天的到来也带来了温暖的气息。昭苏的春风温暖而和煦，在这个季节里，人们脱去了厚重的冬衣，换上了轻便的春装，沐浴在温暖的阳光下。无论是散步在公园里还是走在街头巷尾，人们都可以感受到春天的温暖和生命的张力。

春天的到来不仅给大地带来了生机和活力，也给人们带来了愉悦和轻松的心情。在这个季节里，人们可以放下繁忙的工作和生活压力，享受大自然的美好和恩赐，无论是赏花、踏青还是进行户外活动，都可以让人们的心情变得更加愉悦和舒畅。

总之，昭苏的春天是一个美好的季节。它带来了生机和活力、美丽、欣喜、温暖、轻松以及新的开始和希望。在这个季节里，人们可以感受到生命的力量和大自然的恩赐。让我们一起享受昭苏的春天吧！

夏

我见过香气迷人的夏日。那是一口火山口的湖泊，湖水清清，波光粼粼，一望无际的青葱，其中盛开一种叫作"睡莲"的水生植物，花瓣如绸缎般滑腻，而散发的香气，有如女人初妆。

我也见过那湖边一座孤零零的教堂，被环绕的树木掩映着，那白色的塔尖，与湖水、睡莲互为背景，宛如油画。

然而，昭苏的夏，它的美丽，不仅仅在于它的景致。那青青的草地，那马群，那人烟稀少的小镇，都给人一种空灵的感觉。走在小镇的街上，你可以感受到那种淳朴和简单，街上的小店都不急不缓地营业着，门前都有几个老人聚在一起聊天，他们的脸上洋溢着笑容。

一雨昭苏外，群山晏寂中。

移床就佳月，引袂纳凉风。

蜗舍怜渠小，蚊雷讶许同。

幽怀闭清境，舒啸夜将终。

或许，这首诗的意境很像描写的昭苏。

夏天的昭苏，有一种沉静的力量。它似乎可以让人忘记城市的喧嚣和浮躁。在这里，你可以放慢脚步，感受大自然的呼吸，感受生活的韵律。

这不禁让我想起故乡的夏天，故乡的仲夏夜里，一切静寂之后，那巨大的星辰在天空中游移，忽而低落，忽而高悬，留下一片沉寂。

我的思绪在昭苏的夏夜里流淌，不经意地打开了记忆的闸门，童年、青春、理想，一齐涌上心头。

我听到了故乡的夏夜流动的声音——甜蜜的声音，深入梦中的声音。那低微而深情的话语，常让我想起母亲的摇篮曲。

"绿水桥边多酒家，杨柳十万人家。"这是故乡的写照，却也是我对故乡夏夜的印象。

故乡的夏夜，有着醉人的花香，和着远处田野里轻微的虫鸣声，还有点点星辰的闪烁。童年的我常常在这时，被母亲送入梦乡。

青春时的我，在异乡漂泊。每每抬头仰望星空，那片熟悉又陌生的天空，总会让我想起故乡。那里的夏夜，醉人的夏夜，给了我无尽的灵感与启示。

人生的意义在于什么？我常常这样问自己。也常在夜晚沉思中听到故乡夏夜的声音——平和、安详、寂静。而这一切都给了我答案：人生，在于体验和感悟。

在昭苏的夏夜里，我闭上眼睛，让思绪沉浸在故乡夏夜的梦里。那里有我童年的笑声，有我青春的梦境，有我对生活的感悟和体验。

在这个快节奏的时代，我们都在为生活奔波。可是我们有时候忘记了，生活不仅仅是为了生存，更是为了体验和感知。在昭苏的夏天，我感受到了那种久违的宁静和安详。这里没有嚣杂的街市，没有冷漠而闪烁的霓虹，只有蓝天、白云、青草、马群和淳朴善良的人。

我在昭苏的草原上看过日落。那一刻，我仿佛看到了生命的尽头和开始。太阳缓缓地落下，把天空染成了金黄色和紫色，而草原上的马群也安静下来，仿佛在为这一刻的美丽而沉醉。

那一刻，我突然明白了一个道理：生活不在于你走了多远，看了多少风景，而在于你如何去感受和体验。在昭苏的夏天，我找到了那种久违的宁静和安详，也找到了对生活的新的理解和感悟。

所以，如果你问我昭苏的夏是什么，我会告诉你：昭苏的夏是一首诗，是一幅画，是一种生活的态度和感悟。它不仅仅是一种景致的美，更是一种心灵的触动和洗礼。在这里，你可以找到那个最真实的自己，也可以找到对生活的新的理解和感悟。

昭苏的夏，虽然短暂，但她是我心中永恒的旋律，也是我人生旅程中不可或缺的章节。我将它深藏在心底，作为永恒的回忆和期盼。

秋

秋，是牵动情思的季节。

"况属高风晚，山山黄叶飞。"这是唐人王勃的《山中》中的诗句，而眼前的昭苏，恰是金秋时节，一片片黄叶，在风中轻轻飘落，宛如梦境一般。

那是一个阴沉沉的午后，我第一次来到昭苏。昭苏，这个位于中国新疆维吾尔自治区西南部的县城，以其壮美的山川、草原和独特的历史文化而著称。

秋天的昭苏，仿佛是一幅浓墨重彩的油画，将大地的色彩渲染得淋漓尽致。广袤的草原上，金黄的麦穗在微风中摇曳，形成一片片金色的波浪。远处的天山山脉，云雾缭绕，若隐若现，仿佛是天地之间的纽带。

漫步在昭苏的街头巷尾，我不禁被这里浓厚的历史文化氛围所吸引。古老的城墙、石砖铺就的街道、传统的维吾尔族民居，每一处都散发着历史的韵味。街头巷尾的居民热情好客，他们的笑容像是秋天的阳光，温暖而明媚。或许这就是生活的真谛所在——无论春夏秋冬，只要心中有爱，有希望，有梦想，生活就会充满阳光。

秋天的昭苏，是一首诗，是一幅画，更是一首歌。这里的人们用自己的方式诠释着秋天的美丽和浪漫。而我，也在这里收获了许多感悟和思考。

秋天的昭苏，是一幅美丽的画卷。黄叶飘落，漫天飞舞，与蓝天、白云相映成趣。漫步在街头巷尾，感受着秋天的气息和温度，仿佛置身于诗画之中。

秋天的昭苏，更是一首歌。街头巷尾，孩子们欢快的歌声和笑声此起彼伏。他们的快乐是如此纯粹和简单，仿佛没有任何烦恼和忧愁。而在这样的环境中长大，他们也会变得更加阳光、自信和勇敢。

昭苏的秋天让我感受到了生活的美好和希望。在这里，我看到了人们对生活的热爱和追求。他们用自己的努力和奋斗创造着美好的生活，也影响着周围的人和环境。

昭苏的人民热爱生活，他们用双手在土地上耕耘，创造出丰富的物产。在秋天这个收获的季节里，他们欢声笑语，载歌载舞，庆祝丰收的喜悦。我看着他们，心中不禁涌起一股暖流，仿佛看到了生活的真谛。

昭苏的秋，是一首动人的诗篇，诉说着大地与生命的赞歌。在这里，我领略到了大自然的壮美与辽阔，也感受到了生活的真实与温度。这个秋天，我在昭苏留下了自己的足迹，也留下了心中的思考和感悟。

然而，昭苏的秋天也并非都是明媚和喜悦。随着季节的更迭，寒冷的冬季即将到来，大雪封山的日子也会随之而来。那时，这片美丽的土地将被白雪覆盖，一切生机都会暂时蛰伏。但我深知，那只是暂时的沉寂。待到春暖花开之时，这片土地上的一切将再次焕发生机。

在离开昭苏的时候，我回头看了一眼这片美丽的土地。我想我会记住这里的秋天，记住这里的人们和他们所诠释的生活方式。

在回家的路上，我想了很多。生活或许并不完美，但只要我们心怀梦想和希望，勇往直前，就一定能够收获属于自己的幸福和成功。而这一切都离不开我们对生活的热爱和对美好事物的追求。

我相信在未来的日子里，我们都会用自己的方式诠释着生活的美好和浪漫。

冬

昭苏，这名字如诗般低语，一个让人心生暖意的地名。

冬日的昭苏，更是别有一番风味，仿佛是天地间的一幅水墨画，淡雅、宁静。

冬日的阳光，洒在昭苏的大地上，似乎比其他地方更为柔和。那金黄的光线，透过稀疏的云层，映照在雪地上，仿佛给大地披上了一层薄薄的金纱。每当太阳初升，整个山川都沐浴在这温暖的阳光中，仿佛一切都被这柔和的光芒所融化。

雪，是冬日昭苏的常客。那雪花纷纷扬扬地下着，像是天空中的精灵在嬉戏。它们轻轻地覆盖在田野上，将那一片片绿意深藏。此时的昭苏，宛如一位纯洁的少女，静静地等待着春天的到来。每当夜晚降临，那皎洁的月光洒在雪地上，银色的光芒与白色的雪地交织在一起，仿佛是一幅流动的画卷。

寒风，是冬日昭苏的信使。它带着山间的清新和田野的香气，穿梭在每一个角落。那风吹过树梢，发出沙沙的声响，仿佛是大自然在低语。寒风中，偶尔还能听到远处传来牧羊人的歌声，那歌声悠扬、空灵，仿佛是风与雪的合奏。

在这冬日的昭苏，人们的生活也变得简单而宁静。家家户户的门前，都堆着金黄的玉米和饱满的红枣。炊烟袅袅升起，与远处的雪山相映成趣。在这样的日子里，一家人围坐在温暖的炕头，品尝着热腾腾的奶茶和香气扑鼻的羊肉手抓饭。那一瞬间，所有的忧愁都被这暖意所驱散，只剩下家的温馨和安宁。

冬日的昭苏，不仅有自然的美景，还有那深厚的历史文化底蕴。古老的烽火台、神秘的古墓群，以及那些流传千年的民间传说，都为这片土地增添了几分神秘色彩。每当雪花飘落，那些历史的痕迹似乎也被掩埋在厚厚的雪层下，等待着人们去探寻。

冬日的昭苏，还是一个绝佳的观鸟胜地。那些候鸟们纷纷飞临此地，在这片宁静的天堂里度过一个美好的冬天。它们或翱翔在空中，或栖息在枝头，为这片土地增添了无限生机。

昭苏的冬天，就像一首优美的诗篇，诉说着这片土地的故事与情怀。它不仅仅是一个季节的结束，更是一个新的开始。在这里，时间仿佛变得缓慢，让人们有足够的时间去感受、去珍惜、去等待春天的到来。

彩虹桥

在广袤无垠的昭苏草原上，天空如同一块巨大的蓝宝石，清澈透明。草原像是大自然的绿色绒毯，绵延至天际。阳光穿过云层，洒在绿意盎然的草地上，一片生机盎然。

忽然，一场细雨不期而至，洒在草原上，洒在牧羊姑娘的笑脸上。雨滴轻舞，如同一颗颗晶莹的珍珠，滑落在绿草间，悄然无声。

雨过天晴，天空架起了绚丽多彩的一座或是双彩虹桥。那彩虹如同仙女的丝带，轻轻飘落在天地间，美得让人心醉。

彩虹的一端落在草原上，映照着牧羊姑娘的红裙，她笑得更甜了。彩虹的另一端伸向远方，仿佛通往一个梦幻般的世界。

彩虹的另一端，是连绵起伏的山峦，它们披着翠绿的外衣，山顶积雪皑皑，如同古老的守护者，静静地注视着这片土地。山脚下，野花争艳，蜜蜂忙碌，蝴蝶翩翩起舞，一派生机勃勃的景象。

草原上的羊群，像是散落的珍珠，悠闲地在彩虹的光影下觅食。牧羊姑娘的红裙在绿草的映衬下更加鲜艳，她的歌声在风中被传递，与远处的鸟鸣、水流声交织成一首自然的交响曲。

　　远处的森林，树木挺拔，枝叶繁茂，它们是草原的肺腑，为这片土地提供着生命的气息。阳光透过树叶的缝隙，洒下斑驳的光影，为森林增添了几分神秘与宁静。

　　昭苏的彩虹，伴随着季节的变换，演绎着不同的美丽。它不仅是天空的彩带，更是时间的见证，记录着昭苏草原一年四季的轮回与变迁。在这片神奇的土地上，彩虹与自然景观共同编织着一个又一个关于季节的故事。

　　当夜幕降临，昭苏的草原披上了星辰的斗篷。天空中的彩虹早已隐去，取而代之的是璀璨的银河，它横跨天际，仿佛是夜神的腰带，闪烁着无尽的奥秘。

　　春天的夜晚，草原上虫鸣声声，和着远处山涧的流水声，构成了一首自然的夜曲。月亮轻挂天边，银辉洒在草原上，给这片土地增添了几分柔和与神秘。偶尔，一两点星光下的彩虹在梦中悄然绽放，那是夜空中最温柔的梦境。

　　夏夜的热烈在昭苏草原上稍显宁静，微风拂过，带着草香和湿润的空气。夜空中的彩虹不再显现，但星光点点，如同夜空的精灵，闪烁着梦幻的光芒。草原上的萤火虫翩翩起舞，它们用自己的光芒模仿着彩虹的绚丽，点亮了夜的角落。

　　秋风送爽的夜晚，昭苏的草原显得更加辽阔。天空清澈，星辰繁多，月亮的光辉更加明亮，照亮了草原上的每一处角落。夜晚的彩虹虽然不见，但那份静谧与祥和，让人仿佛能感受到彩虹在夜空中静静流淌的灵魂。

　　冬日之夜，昭苏的草原沉睡在白雪之下。夜空中繁星闪烁，月亮清冷，照亮了雪地的银白。在这寒冷的夜晚，彩虹的影子似乎隐藏在冰雪之中，等待着春天的到来，再次绽放它的光彩。

　　在这片美丽的土地上，生活着勤劳的昭苏人民。他们敬畏自然，热爱家园，用双手创造着美好的生活。那彩虹，仿佛是他们心中最美的期盼，象征着幸福、美好和希望。

在昭苏的彩虹之下，人文景观与自然景观交相辉映，共同描绘出一幅生动和谐的画面。

春日的黄昏，昭苏的草原上，蒙古包如同一朵朵白色的莲花，散落在绿海之中。彩虹出现时，牧民们停下手中的活计，凝望这大自然的奇迹，孩子们的欢声笑语在彩虹的光辉下回荡。蒙古包上升起的炊烟，伴随着夕阳的余晖，构成了一幅温馨的人家图景。

夏日的中午，昭苏的市集热闹非凡，彩虹的光芒映照在摊贩的货品上，五彩斑斓。人们穿梭在集市之间，选购着新鲜的蔬菜、水果和精美的手工艺品。彩虹下的昭苏市集，不仅是交易的场所，更是文化交流的舞台，各种民族服饰、音乐和舞蹈在这里交织，展现着多元的文化魅力。

秋风起时，昭苏的古老寺庙在夕阳的照耀下显得庄严肃穆。彩虹在天空中形成一道天然的拱门，仿佛是连接人间与神圣的桥梁。信徒们沿着彩虹的方向，虔诚地走向寺庙，祈祷着风调雨顺、国泰民安。寺庙的钟声在风中飘荡，与彩虹共同构成了一个宁静而神圣的景象。

冬日雪后，昭苏的村庄被白雪覆盖，宛如童话世界。彩虹在雪景中显得格外珍贵，它像是天空中的一抹温暖，给寒冷的冬日带来了希望。村民们围坐在火炉旁，讲述着关于彩虹的传说，孩子们的眼中闪烁着对彩虹的向往。村庄的小路上，马蹄声清脆，那是牧民们驾驭着骏马，在这片土地上续写着他们的故事。

昭苏的人文景观，无论是蒙古包的朴素、市集的繁华、寺庙的庄严，还是村庄的宁静，都在彩虹的映衬下显得更加生动。这些景观不仅是昭苏人民生活的写照，更是他们对美好生活的追求和向往。在这片土地上，自然与人文和谐共存，共同织就了昭苏彩虹下的美丽篇章。

在昭苏的彩虹之下，风土人情如同一幅多彩的画卷，缓缓展开，充满了浓郁的地域特色和民族风情。

春日的昭苏，万物复苏，草原上的哈萨克族和蒙古族牧民开始了一年一度的迁徙。彩虹出现在天边，仿佛在为他们的新征程祝福。牧民们身着传统服饰，男子头戴毡帽，女子则穿着绣花的长袍，他们驾驭着马匹，赶着牛羊，沿着彩虹的方向，寻找新的牧场。沿途的草原上，飘扬着悠扬的牧歌，那是他们对这片土地的赞美。

夏日的昭苏，热情洋溢，人们举行着盛大的那达慕大会。彩虹在蓝天白云间显得格外耀眼，与草原上的竞技场形成了一道亮丽的风景。摔跤、赛马、射箭等传统项目吸引了无数观众，他们围坐在赛场周围，为勇士们加油喝彩。那达慕大会上，不仅有激烈的比赛，还有丰盛的美食和欢快的舞蹈，人们在彩虹的见证下，共享着丰收的喜悦。

秋天的昭苏，收获的季节，农田里金黄一片，农民们忙碌着收割庄稼。彩虹在这时候出现，像是大自然的赠礼，为丰收的景象增添了几分诗意。村庄里，家家户户晒满了玉米、小麦，空气中弥漫着粮食的香味。人们围坐在一起，品尝着新打的粮食制作的食物，谈论着今年的收成，彩虹下的笑容格外灿烂。

冬日的昭苏，虽然寒冷，但人们的热情不减。在彩虹的照耀下，雪原上的冰雪节如期举行。冰雕展览、雪地赛马、冰上婚礼等传统活动吸引了众多游客。人们穿着厚重的皮衣，戴着皮帽，手捧热腾腾的奶茶，欢聚一堂。夜晚，篝火旁的歌舞表演，将冬日的寒冷驱散，温暖了每一个人的心。

昭苏的风土人情，体现在每一个细节之中。无论是牧民的热情好客，还是农民的勤劳朴实，抑或是节庆时的欢聚一堂，都展现了昭苏人民的纯朴与善良。在这片彩虹照耀的土地上，人们世代相传的文化和传统，构成了昭苏独特的魅力，让每一个来到这里的人都能感受到家的温暖和民族的骄傲。

雪天使

昭苏的雪晶莹剔透，像是身姿轻盈曼妙的雪天使。

你是天地间的一抹纯净，落在岁月的肩头，静谧而温柔。

你从云端飘然而至，如同一群白色的精灵，舞动着轻盈的裙摆。你覆盖了昭苏的大地，为这片土地披上了一层银白的纱衣。阳光下，你闪耀着耀眼的光芒，仿佛在诉说着千年的故事。

你来了，悄无声息。你为大地带来宁静，让万物沉静在你的怀抱。那静谧的雪地，是诗人的灵感，是孩子们的乐园，是恋人纯洁爱情的见证。

昭苏的雪，你是冬日的使者，却带着春天的气息。你融化了自己，滋养了大地，孕育着勃勃生机。在你的呵护下，昭苏的春天来得格外鲜艳，花儿开得更加灿烂。

你见证了昭苏的历史变迁，承载着无数动人的传说。那古老的城墙，那沧桑的树木，都在你的映衬下，显得愈发庄重。

昭苏的雪，你是大自然的恩赐，是岁月的馈赠。愿你永远纯洁无瑕，守护着这片神奇的土地，传递着美好的祝愿。

昭苏的雪，你轻轻飘落，落在我的心里，化作一片纯净的情感海洋。我站在岁月的边缘，静静地感受着你的温柔，心中涌起无尽的思绪。

你从天际缓缓降临，如同天使的羽毛，轻拂过我的脸颊，带来了丝丝清凉。我看着你覆盖了昭苏的每一寸土地，我的内心也被你的纯净所感染，变得宁静而平和。

夜晚，我在窗前凝望，你无声地铺满了世界，为我带来了片刻的宁静。在这片雪的海洋中，我仿佛听见了自己的心跳，感受到了从未有过的安宁。你是我的慰藉，我的梦境，我在你的怀抱中寻找着心灵的归宿。

昭苏的雪，你不仅是冬日的使者，更是我心中那份期待的象征。你融化了自己，滋润了我的心田，让我相信，即使在寒冷的冬日，也有温暖的希望。

我在雪地里留下了深深的足迹，每一步都承载着我对这片土地的眷恋和对未来的憧憬。你见证了我在昭苏的欢笑与泪水、我的每一次成长和蜕变。

昭苏的雪，你不仅是大自然的恩赐，更是我情感世界的一部分。愿你的纯洁洗净我心中的尘埃，愿你的宁静安抚我躁动的心灵。在这片雪的守护下，我将带着对你的眷恋，继续前行。

昭苏的雪，你无声地降临，触及了我心底最柔软的地方。我站在茫茫雪原中，内心波澜起伏，如同你的雪花在空中起舞。每一片雪花落在我肩上，都似乎在诉说着一个关于宁静与思念的故事。

我闭上眼睛，让雪花轻轻拂过我的脸庞，内心涌动着复杂的情感。孤独与温暖并存，寂寞与希望交织。我在你的洁白中看到了自己的倒影，那是一个渴望被理解，渴望被拥抱的灵魂。

雪地上，我留下了脚印，它们深深浅浅，记录着我内心的旅程。我在想，这雪是否也能覆盖我心中的伤痕，让我在纯净中得到解脱。我沉浸在你的怀抱，感受着内心的挣扎与释然。

我想起了过去的岁月，那些欢笑和泪水，那些爱与失去。昭苏的雪，你是否也能感受到我的哀愁和欢愉？我在你的沉默中寻找答案，在你的温柔中寻求慰藉。

我的心随着你的飘落而起伏，每一片雪花都像是我的心事，轻轻落下，重重地撞击着我的心灵。我在雪中行走，思绪万千，对你的依恋越来越深。

昭苏的雪，你不仅是冬日的精灵，更是我内心世界的镜子。我在你的映照下，看到了自己的脆弱和坚强，看到了生活的苍白和斑斓。我愿意将我的情感托付给你，让你带我去往一个更加纯净的世界。

在这片寂静的雪地里，我感受到了前所未有的宁静。我的内心在这场雪的洗礼中变得更加清晰，我知道，无论未来的路有多么艰难，昭苏的雪都将是我心中永远的慰藉。

冥冥中，我仿佛看到了细君公主的身影，在昭苏的雪中，她独自站在苍茫的天地间，一袭深色的长裙裹着她瘦削的身躯，显得有些单薄。她的脸颊被寒风吹得微微泛红，眼中闪烁着对雪的无限眷恋。她的长发在风中轻轻飘扬，与飘落的雪花共舞。

她的双手紧紧抱在胸前，仿佛在守护着一颗易碎的心。她的睫毛上挂着一串晶莹的雪花，每当她眨眼，那些雪花便轻轻颤动，如同她内心的涟漪。她的嘴角挂着淡淡的微笑，那是对昭苏雪的温柔回应。

她踏着厚厚的积雪，脚步轻盈而坚定。她的脚印在雪地上画出一条曲折的轨迹，那是她内心的独白，是对这片雪原的深情告白。她的身影在雪的映衬下，显得格外孤独，却又无比坚忍。

她的目光穿透了雪幕，似乎在寻找着什么，或许是过去的记忆，或许是未来的希望。她的鼻尖冻得通红，却不自觉地吸着那冰冷的空气，仿佛在品味着雪的纯净与甘甜。

昭苏的雪，见证了她的沉默与思考，她的悲伤与欢乐。她在这片雪地上留下了自己的影子，也将自己的情感深深地刻在了这片纯净的土地上。她的每一次呼吸都与雪同步，她的每一次心跳都与这片雪原的节奏相合。

她在这里，与昭苏的雪融为一体，成为这片白色世界中一个温暖的色彩。她的存在，让昭苏的雪不再只是冰冷的美，而是有了温度，有了情感，有了故事。

在昭苏的雪中，她融入了这片银装素裹的世界，而周围的自然景观也仿佛为了她的到来而变得更加壮丽。

远处的天山山脉连绵起伏，白雪皑皑的山巅在阳光的照耀下闪烁着耀眼的光芒，如同镶嵌在天边的钻石。山脚下的松林披上了雪的外衣，苍翠与洁白相映成趣，松针上挂着细小的冰晶，随风轻轻摇曳，发出悦耳的叮咚声。

河流在雪的覆盖下变得沉静，不再奔腾，它像一条蜿蜒的银蛇，静静地躺在山谷之间，偶尔有几处冰面破裂，露出清澈的河水，映着天空的蓝和雪的白。

田野上的麦苗被厚厚的雪层覆盖，一片洁白无瑕，仿佛是大自然铺上的一床温暖棉被，保护着沉睡的生灵。偶尔，会有几只麻雀在雪地上跳跃，寻找着食物，它们的身影在雪地上显得格外灵动。

天空中，偶尔有几只雄鹰展翅高飞，它们在白雪的背景下画出壮美的弧线，仿佛在向这片土地致敬。阳光透过稀疏的云层，洒在雪地上，形成一片片金色的光斑，给这寒冷的冬日增添了几分温暖和生机。

她站在这样的自然景观中，感受着大自然的鬼斧神工，心中涌起一股对生命的敬畏。昭苏的雪，不仅带给了她内心的宁静，更让她体会到了自然界的壮丽与和谐。在这里，她与自然对话，与雪共舞，成为这片美景中不可或缺的一部分。

在昭苏的雪中，她静静地站在那里，内心却如同一幅细腻的画卷，色彩斑斓，层次丰富。

她的目光追随着飘落的雪花，心中涌起一股难以名状的感慨。雪花纯洁无瑕，它们无声地降临，仿佛在诉说着一种超越言语的宁静。她的内心被这种宁静深深触动，思绪飘回到了往昔的时光，那些无忧无虑的童年记忆，那些青涩的少年梦想，都在这一刻涌上心头。

她的唇角微微上扬，眼中却泛起了泪光。这片雪地，曾是她和亲人朋友欢聚的地方，如今却只剩下她一个人独自徘徊。雪花的落下，似乎在提醒她，一切美好终将逝去，但她却又在雪的纯净中看到了希望，一种对未来的无限憧憬。

她的心中有一丝淡淡的忧伤，那是对于时间流逝的无奈，对于岁月更迭的感慨。但在这份忧伤之中，又夹杂着一丝坚定。她知道，无论生活给予她多少挑战，她都必须像这雪中的松树一样，坚韧不拔，挺立风中。

她的呼吸在冷空气中凝结成白雾，每一次呼吸都像是在释放内心的重负。她闭上眼睛，让雪花轻轻落在她的脸上，感受着那份冰冷却又温柔的触感。在这一刻，她的内心得到了净化，所有的纷扰和喧嚣都被雪的宁静所吞没。

她的内心活动如同一条河流，既有平静的水面，也有暗流涌动。她在雪中寻找着答案，对于生活的困惑，对于自我的探索。她知道，这不仅仅是一次简单的驻足，而是一次心灵的洗礼，一次灵魂的升华。

昭苏的雪，不只是覆盖了大地，更覆盖了她的心。在这片洁白的世界里，她的内心活动变得更加丰富，更加深邃。她感受到了生命的脆弱与坚忍，体会到了孤独与希望，理解了失去与珍惜。在这片雪的映衬下，她的心灵得到了前所未有的成长。

她踏上雪地，脚下的雪花发出轻微的"咯吱"声，那是大地对她的回应，一种亲切而温馨的问候。她伸出手，让雪花落在她的掌心，感受着它们融化时的那一丝凉意，仿佛是自然在以最纯净的方式与她交流。

风起了，带着雪花的舞蹈，它们在她的周围旋转，像是调皮的精灵。她迎着风，任由它们拂过她的脸颊，感受着自然的温柔与力量。风中的雪花在她的发间停留，为她增添了几分自然的韵味。

她走到一棵被雪覆盖的松树旁，轻轻摇动树干，树上的雪如同瀑布般倾泻而下，落在她的身上，她发出孩子般的笑声，那份纯真与快乐在雪地上回荡。

她俯身捧起一把雪，感受着它们在手中的质感，然后轻轻扬起，看着雪花在空中再次绽放。

随着她在雪地中的探索，她发现了一串小动物的脚印，她跟着脚印走去，心中充满了好奇。脚印引领她来到了一片被雪覆盖的草地，那里有几只麻雀在觅食，她静静地观察，不愿打扰这份宁静。

她坐在一块平滑的石头上，背后是一棵古老的柳树，柳枝上挂满了冰凌，阳光下闪烁着耀眼的光芒。她闭上眼睛，聆听雪花落在树叶上的声音，那是自然为她奏响的乐章。

在这片自然环境中，她不再是外来者，而是成了自然的一部分。她的每一次呼吸都与雪同步，她的每一次心跳都与风共舞。昭苏的雪，不仅给了她视觉上的震撼，更通过与自然的互动，让她感受到了生命的律动和自然的和谐。在这里，她找到了内心的宁静，也找到了与自然对话的桥梁。

一阵雪风吹过，我不禁打了个寒战，瑟缩间，眼前的细君公主消失得无影无踪，只有雪花依然飘飘洒洒，我深吸一口纯净的空气，内心一片安宁与释然。

大风歌

明月出天山，

苍茫云海间。

长风几万里，

吹度玉门关。

……

昭苏的风，你是从李太白笔下的唐朝吹来的吗？你是天山之巅吹来的使者，携带着雪的清爽和草原的芬芳。你穿越了千年的古道，拂过了历史的尘埃，轻轻地，来到了我的身旁。

你来了，无声无息，却在我的耳边低语。你说，你见证过昭苏的春华秋实，听过牧羊人的歌声，感受过战士的英勇。你的故事，如同你的旅程，漫长而精彩。

昭苏的风，你吹过麦田，麦浪翻滚，像是在向你致敬。你轻抚过姑娘的脸庞，她们的笑声在你的怀抱中回荡，如同最美的旋律。你吹过老者的白发，岁月的痕迹在你的指尖轻轻滑过。

你是自由的，无拘无束。你掠过湖面，湖水为你皱起了眉头，鱼儿在你的影子下游弋。你攀上树梢，树叶在你的指挥下翩翩起舞，它们为你唱出生命的赞歌。

昭苏的风，你在黎明唤醒沉睡的大地，在黄昏送走最后一缕阳光。你的气息，充满了生机，充满了希望。你在冬天带来温暖，夏天带来凉爽，你是四季的守护者，你是时间的见证者。

我在昭苏的风中行走，感受着你的力量和温柔。你让我明白，生活就像你的旅程，有时激烈，有时平静，但无论怎样，都要勇往直前。

昭苏的风，你不仅仅是一种自然现象，你是这片土地的灵魂，是这里人民的勇气和梦想。

昭苏的风，你是四季的诗人，用你的气息描绘着时间的画卷。在你的吹拂下，昭苏的四季轮回，各有千秋。

我在昭苏的风中感受着四季的变迁，你的每一次呼吸都是大自然的节拍，你的每一次吹拂都是时间的旋律。昭苏的风，你是这片土地的脉搏，是这里生命的节奏。在你的怀抱中，我们学会了成长，学会了欣赏，学会了珍惜。

昭苏的风，你穿梭于四季，细语着时光的秘密，将每一季的细节织入这片土地的纹理。

春之苏醒，你吹过昭苏草原，那里草色遥看近却无，新绿的嫩芽在你的轻抚下破土而出。你掠过天山的山脚，山上的积雪在你的吹动下渐渐消融，汇成山泉，叮咚作响，流向远方的田野。你轻拂过昭苏湖，湖面在你的触摸下泛起层层涟漪，候鸟在你的引领下归来，筑巢繁衍。

夏之繁盛，你穿越茂密的森林，树叶在你的吹拂下沙沙作响，阳光透过叶缝，在地上洒下斑驳的光影。你吹过峡谷，那里瀑布飞流直下，水花在你的气息中四溅，清凉的水汽弥漫在空气中。你掠过花海，五彩斑斓的花朵在你的吹动下摇曳生姿，蜜蜂和蝴蝶在你的舞动中穿梭，采集着花蜜。

秋之丰盈，你吹过金黄的麦田，麦浪在你的推动下翻滚，如同金色的海洋。你穿越果园，苹果树、梨树在你的抚摸下挂满了硕果，果香四溢。你掠过落叶松林，松针在你的吹动下逐渐变黄，最终如雨般飘落，为大地铺上了一层金黄的地毯。

冬之沉静，你吹过白雪皑皑的草原，那里牧民的毡房在你的守护下显得格外温暖。你穿越冰川，冰河在你的吹动下发出低沉的轰鸣，冰塔林在你的照耀下闪烁着银光。你掠过雪覆盖的森林，松枝上的雪挂在你的轻抚下簌簌落下，露出了坚韧的枝干。

昭苏的风，你不仅是季节的使者，更是自然景观的画家。在你的吹拂下，昭苏的草原、森林、湖泊、峡谷、花海、麦田、果园和冰川，都变得生动而迷人。你让我们在这片土地上，感受到了大自然的神奇和生命的活力。

昭苏的风，你不仅吹拂着自然景观，更穿梭于人间烟火，将人文的温情融入每一季的变换。

你吹过古老的村落，唤醒了沉睡的石巷，炊烟在你的吹动下袅袅升起，预示着新的一天的开始。你轻拂过学校的大门，孩子们在你的引领下踏进知识的殿堂，他们的笑声在你的怀抱中回荡，如同春天的铃铛。

你穿越市集的喧嚣，小贩的叫卖声在你的吹拂下更加响亮，人们的脸上洋溢着满足的笑容。你掠过广场，那里老人们围坐在一起，下着棋，聊着天，他们的故事在你的倾听中流传。你吹过音乐会场，旋律在你的吹动下更加悠扬，人们的心灵在你的感染下共鸣。

你吹过丰收的田野，农民们在你的帮助下收割着庄稼，他们的汗水在你的吹拂下化为喜悦的泪珠。你穿越节日的庆典，彩旗在你的舞动下飘扬，人们载歌载舞，庆祝着丰收的喜悦，感谢大自然的恩赐。

你吹过温暖的茶馆，茶香在你的气息中飘散，人们围坐在火炉旁，品茗谈心，享受着冬日的宁静。你掠过书店的窗前，书香在你的吹动下更加浓郁，读者在你的陪伴下沉浸在知识的海洋。

　　昭苏的风，你不仅是自然的美妙，更是人文的温暖。在你的吹拂下，昭苏的村落、市集、广场、音乐会场、田野和茶馆，都充满了生活的气息和文化的底蕴。你让我们在这片土地上，感受到了人与自然的和谐、心灵与文化的交融。在你的怀抱中，昭苏的每一个角落都充满了故事，每一颗心都跳动着生活的节奏。

　　昭苏的风，你穿越时光的长河，承载着历史的重量，将古老的传说与现代的生活交织在一起。

　　你吹过丝绸之路的遗迹，那些曾经的马蹄声在你的吹拂下仿佛重新响起，古老的商队在你的引领下穿越时空，讲述着千年的交流与融合。你轻拂过昭苏古城的城墙，城砖上的痕迹在你的触摸下诉说着往日的辉煌与沧桑。

　　你穿越草原上的古战场，战鼓声在你的吹动下隐约可闻，勇士们的呐喊仿佛回荡在云端，历史在你的气息中重现，提醒着我们和平的珍贵。你掠过古老的寺庙，香火在你的吹拂下更加旺盛，信徒们的祈祷在你的倾听中升腾，承载着世代的信仰与希望。

　　你吹过文人墨客的故居，那些传世佳作在你的吹动下仿佛焕发新生，字里行间的智慧与情感在你的传递中生生不息。你穿越历史的书卷，书页在你的触摸下翻动，记载着昭苏的兴衰与变迁。

　　你吹过冰封的河流，那些曾经流淌着英雄血液的河水在你的守护下静静凝固，见证着岁月的流转。你掠过古老的雪原，那里埋藏着无数的故事，你的吹拂让它们在时间的长河中永不褪色。

　　昭苏的风，你不仅是季节的轮回，更是历史的见证。在你的吹拂下，昭苏的丝绸之路、古城墙、古战场、寺庙、文人故居和冰封的河流，都焕发出了新的生命力。你让我们在这片土地上，感受到了历史的厚重、文化的传承，以及时代变迁中的坚守与变革。在你的怀抱中，昭苏的每一个历史瞬间都是永恒的篇章。

雨，轻轻地飘下

昭苏的雨，你是从云端落下的诗行，轻轻的，细细的，润物无声。

你带着天空的倾诉，滴落在古老的石板上，敲打出历史的回音。雨滴落在昭苏的田野，麦苗在你的滋润下挺直了腰杆，向着天空致意。

你洒在清晨的窗前，唤醒了沉睡的梦境，那一串串雨珠，像是天空的泪滴，诉说着云层的秘密。你落在湖面上，湖面泛起涟漪，一圈圈扩散开来，像是心灵的波动，深邃而宁静。

昭苏的雨，不同于江南的烟雨蒙蒙，你有着边塞的坚韧与纯净。你落在草原上，草儿在你的滋润下变得更加翠绿，牛羊在你的抚慰下悠闲地觅食。

你洒在孩子们的笑脸上，他们在雨中奔跑，欢声笑语，像是雨后的彩虹，灿烂而纯真。你落在老者的皱纹里，那些岁月的痕迹在你的滋润下变得更加深刻，仿佛诉说着时光的故事。

昭苏的雨，你是大自然的甘露，是生命的源泉。你在春天带来了生机，夏天带来了清凉，秋天带来了丰收，冬天带来了沉思。你让昭苏的每一寸土地都充满了生机，每一个生命都沐浴在你的恩泽之中。

昭苏的雨，你是边塞独有的风景，带着天山脚下的冷峻与辽阔，轻轻地，细细地，洒落在这片广袤的土地。

你从云端倾泻而下，落在雄浑的边塞城墙之上，雨滴与砖石交织，讲述着古老边关的沧桑。你洒在戈壁滩上，那干燥的土地在你的滋润下，短暂地拥有了生命的绿意，仿佛是沙漠中的绿洲，带来了希望与生机。

昭苏的雨，你落在草原的帐篷上，那节奏如同边塞的战鼓，激荡着牧民的心扉。你滋润着草原上的马群，它们在你的洗礼下，鬃毛更加油亮，蹄声更加坚定，仿佛随时准备着奔向远方。

你洒在古道旁的胡杨树上，那些坚韧的树干在你的滋润下，更显生命的顽强，它们是你的见证，见证了边塞的风雨与变迁。你落在骆驼的驼峰上，它们在你的抚慰下，似乎又回到了丝绸之路的辉煌岁月。

昭苏的雨，你是边塞诗人笔下的灵感，你的每一次降临，都是对这片土地最深沉的吟咏。你在风中飘洒，如同战旗在历史的长河中飘扬，诉说着边塞的英勇与坚毅。

昭苏的雨，你伴随着历史的风云，落在边塞的每一寸土地，诉说着古老的战事与荣光。

你落在长城的烽火台上，那些曾经燃烧的烽烟似乎在你的雨滴中重新燃起，讲述着千年前抵御外敌的壮烈。你的雨滴敲打着锈迹斑斑的刀剑，那些沉睡的武器在你的触摸下，似乎又回到了铁马冰河的战场，闪烁着冷冽的光芒。

昭苏的雨，你洒在古战场的遗迹上，那些曾经的金戈铁马在你的滋润下重新焕发活力，士兵们的呐喊与战鼓声似乎在你的雨声中回响，英勇与牺牲的故事在你的滴答中流传。

你落在边塞古城的废墟上，那些坍塌的城墙在你的抚摸下，诉说着往日的辉煌与战争的残酷。你的雨滴洗净了岁月的尘埃，露出了那些曾经坚不可摧的基石，见证着历史的沉重与坚韧。

昭苏的雨，你在历史的长河中流淌，你的每一次降临，都是对过往战事的缅怀。

昭苏的雨，你落在边塞的戍楼之上，那风中摇曳的旗帜在你的滋润下，显得更加苍劲，它们是边塞士兵的信仰。

昭苏的雨，你的雨滴落在边塞的自然景观之上，让我们看到战马奔驰的场景，成为了边塞的一道独特风景。

我仿佛看到了战马在雨中奔驰，那矫健的身姿在雨中更显英姿飒爽。马蹄踏过泥泞的道路，溅起的水花在空中飞舞，宛如雨中的花。

那些战马奔驰的场景，也见证了边塞的辉煌与沧桑。在那一场场激战中，无数英勇的战士们为了保卫家园，付出了生命的代价。他们的英勇事迹，成为边塞人民永恒的骄傲。

昭苏的雨，你落在苍茫的戈壁滩上，那坚硬的砂石在你的抚摸下，短暂地露出了温柔的一面，仿佛是边塞汉子粗犷外表下的柔情。你的雨滴落在驼铃声中，伴随着丝绸之路的商队，穿越时空，唤醒了沉睡的古老传说。

昭苏的雨，你洒在草原上的蒙古包上，那湿润的羊毛毡散发出淡淡的草香，牧民们围坐在火堆旁，唱着悠扬的牧歌，述说着边塞生活的诗意与豪放。

你落在马蹄下，那泥土的芬芳混合着草香，马群在你的洗礼下，显得更加雄壮，它们是边塞的骄傲，是自由与力量的象征。你的雨滴落在牧羊女的裙摆上，她笑着赶着羊群，那欢快的步伐，是边塞土地上最美的风景。

昭苏的雨，你落在古城的街巷中，那青石板路在你的滋润下，显得更加光滑，两旁的土坯房里，传来阵阵烤肉的香气，那是边塞特有的烟火气息，温暖而迷人。

你落在边塞的黄昏，那落日的余晖穿过云层，与你的雨滴交织成一

幅壮丽的画卷，天边的彩虹在你的映衬下，显得更加绚丽多彩，那是边
塞独有的浪漫，是岁月静好的定格。

　　昭苏的雨，你是历史的见证，是战事篇章的注脚，你的每一次降临，
都让这片土地变得更加庄重，更加肃穆。

云的衣裳

昭苏的云，如梦似幻，飘荡在辽阔的草原之上。它们时而洁白如雪，时而染上晚霞的绯红，仿佛是大自然的调色板，尽情挥洒着诗意。

清晨，昭苏的云唤醒了沉睡的大地。阳光穿过云层，洒在绿草如茵的草原上，犹如一幅金色的画卷。云朵轻轻飘过，仿佛在诉说着昨夜的梦境。

午后，昭苏的云变幻莫测。它们在蓝天中漫步，时而聚集，时而分散，好似一群顽皮的孩童，在追逐嬉戏。那云影投在草原上，为这片土地增添了几分神秘与浪漫。

傍晚，昭苏的云披上了晚霞的衣裳。云朵被染成了金黄色，犹如火烧云般绚烂。那一刻，草原与天空融为一体，美得让人陶醉。

夜晚，昭苏的云化作星辰，守护着这片土地。月光下的草原，显得宁静而祥和。云朵在夜空中悄然飘过，仿佛在为草原唱一首摇篮曲。

昭苏的云，承载着岁月的沧桑，见证着这片土地的繁荣。它们犹如诗人的灵感，激发着人们对美好生活的向往。在这片神奇的土地上，云朵与草原共舞，演绎着一幅美丽的画卷。

昭苏的云，是情感的画师，它们在天空中绘出心灵的画卷。悲伤时，它们泪雨纷纷；喜悦时，它们灿烂如花；孤独时，它们沉默不语；热烈时，它们燃烧整个天空。在这片土地上，云朵的情感与人类的心声共鸣，共同谱写了一首永恒的自然之歌。

昭苏的云，随着四季轮回，变换着它们的情感和容颜。

春之云如少女的笑颜，轻盈而羞涩。它们在春风的吹拂下，轻轻飘过嫩绿的草原，带来勃勃生机。春云的温柔，是大地回暖的信号，它们低语："醒来吧，万物生长的季节已经到来。"

夏之云热情而奔放，它们在烈日下膨胀，像是天空的巨幅泼墨画。夏云的壮丽，是暴雨前的宁静，它们聚集着力量，最终化作清凉的雨水，滋润着干渴的土地，仿佛在说："勇敢面对，每一次成长都需要风雨的洗礼。"

秋之云显得沉稳而深邃，它们在天空中缓缓流淌，像是在沉思季节的变迁。秋云的忧郁，是对即将逝去的热烈的留恋，它们用金色的光辉，为草原披上最后的华服，轻声诉说："收获吧，这是辛勤付出的回报。"

冬之云寒冷而遥远，它们如同老者的白发，静静地覆盖在苍茫的天地间。冬云的寂寞，是白雪覆盖下的宁静，它们默默守护着沉睡的草原，低语着："休息吧，世界将在沉睡中等待春天的到来。"

昭苏草原上的人们与云朵有着不言而喻的情感交织。

春日里，牧民望着天空的云朵，它们的轻盈与生机，让人的心也随之跃动。他们向云朵微笑，仿佛在说："谢谢你，带来了春天的希望。"云朵回应以和煦的阳光，洒在牧民的脸庞，温暖而慈祥。

夏日里，孩子们在草原上追逐嬉戏，他们抬头看着天空的云朵，想象着它们是天空的精灵。孩子们向云朵招手，云朵似乎听懂了他们的呼唤，随风变换形状，与孩子们一起玩耍，共享这份纯真的快乐。

秋天，农民在金黄的麦田里劳作，他们抬头望向天边的云朵，那里有着收获的喜悦和对未来的憧憬。他们向云朵致以感激的目光，云朵则以柔和的霞光，为他们的辛勤付出披上一层金色的荣耀。

冬日寒风中，老人们坐在炉火旁，望着窗外飘过的云朵，它们如同岁月的痕迹，让人回忆起过往的时光。老人向云朵诉说着心中的故事，云朵静静地听着，不时落下几片雪花，似乎在安慰着沧桑的心灵。

昭苏的云，不仅是天空的装饰，更是人们情感的寄托。它们与人们对话，倾听心声，分享喜怒哀乐。在这片草原上，人与云的情感交流，构成了一幅和谐而美丽的画卷，讲述着人与自然之间永恒的联系。

云朵还会以它们独特的形态，与人诉说着无声的诗篇。

春之晨，细碎的卷云如丝如缕，轻轻地在天边织出一幅精致的图案。人们指着那些棉花糖般的云朵，向孩子们讲述着春天的故事，云朵似乎也在聆听，不时地变换形状，仿佛在回应着故事的情节。

夏之午，积云如山峦般雄伟，它们厚重而坚实，遮挡了炎炎烈日。人们在云影下歇息，感受着云朵带来的片刻清凉。云峰之间，偶尔露出的蓝天，像是云朵对人间的温柔窥视。

秋之夕，晚霞中的云朵如燃烧的火炬，它们在天际线上熊熊燃烧，将整个天空染成一片金黄。人们站在草原上，与这些绚烂的云朵对望，心中涌起对美好生活的无限向往，云朵似乎也在分享这份喜悦，它们的边缘被夕阳镀上了一层金边。

冬之夜，层云厚重而沉默，它们遮蔽了星光，将世界笼罩在一片宁静之中。人们围坐在火炉旁，望着窗外那些沉甸甸的云层，感受着冬的深邃。云朵偶尔散开一线，透出几颗寒星，仿佛是在向人们保证，无论多么寒冷，希望的光芒永远不会熄灭。

昭苏的云，以其多样的形态，与人们进行着情感的交流。它们有时轻柔，有时壮丽，有时热烈，有时沉静，每一种形态都是大自然情感的流露，也是人们内心世界的投影。在这片土地上，人与云的情感对话，永远充满了诗意和温暖。

在昭苏的草原上，人与云的别离，是一幕温柔而哀伤的戏剧。

当春风渐渐远去，夏日的云朵开始集结，准备迎接雨季的到来。牧民们望着那些渐渐变得浓重的云层，心中涌起一丝不舍。他们知道，那些轻盈的春云即将离去，带走了一段无忧无虑的时光。他们在心中默默告别："再见了，带给春天生机的云朵。"

夏日的暴雨过后，天空一片澄净，云朵变得稀疏而遥远。孩子们看着那些渐渐消散的云彩，眼中流露出不舍。他们曾与这些云朵一起梦想，一起玩耍，现在却要看着它们离去，心中充满了依恋："云朵啊，愿你的离去，带来更加灿烂的明天。"

秋天的云，如流浪者般匆匆，它们在天空中快速移动，仿佛急于赶往下一个目的地。农民们站在金黄的麦田中，目送着这些云朵远去，它们带走了丰收的喜悦，也带走了夏日的热情。他们在心底轻声说："感谢你，陪伴我们度过了一个丰盈的季节。"

冬日里，最后的云朵随着寒风消散，天空变得高远而空旷。老人们望着那一片湛蓝，知道这是云朵最后的告别。它们将不再出现，直到春天的轮回。老人们在心中默默祈祷："云朵啊，愿你归来时，带来新的希望。"

昭苏的云，在别离中教会了人们珍惜和期待。每一次的离去，都是一次心灵的洗礼，每一次的归来，都是一次生命的重启。在这片草原上，人与云的别离，不是结束，而是一场永恒循环的开始。

第七辑

人间烟火

纳仁，草原上的美味佳肴

昭苏，除了有厚重的历史文化，让人流连忘返的美景，还有唇齿留香的草原独特美食。昭苏是个多民族居住的地方，美食品类众多，其中有一种美食，让人回味无穷，它就是纳仁。

纳仁，这个名字听起来就充满了诗意，它融合了草原的粗犷与牧民的智慧，将色、香、味三者完美地结合在一起。

很多人都没有听说过"纳仁"，更别说尝过它的味道了。其实纳仁就是手抓羊肉面，将新鲜的羊肉切碎，加上胡萝卜和洋葱，放在面上，再浇上羊肉汤，一碗热气腾腾的纳仁就做好了。在以前，只有招待尊贵的客人时，牧民才会做纳仁来款待客人，吃的时候还会配上一碗温热的奶茶，用以解腻。

做纳仁用的是新鲜羊肉，也有用风干肉的，煮熟后的羊肉，呈现出诱人的淡黄色，与周围的绿色草原形成鲜明对比。白白的宽面条搭配上红艳的胡萝卜、金黄的土豆和翠绿的葱段，色彩搭配极为好看，让人食欲大开。

纳仁的香气，是草原上最诱人的味道。当火候恰到好处的羊肉与浓郁的羊肉汤相遇，香气四溢，弥漫在空气中。新鲜的香料，如胡椒、花椒、姜片等，为纳仁增添了独特的香气。炖煮过程中，羊肉的鲜美与香料的芬芳相互交融，让人垂涎欲滴。一碗纳仁端上桌，香气扑鼻，让人忍不住大快朵颐。

品尝纳仁，便是品尝昭苏草原的味道。羊肉经过炖煮，肉质鲜嫩，入口即化。汤汁浓郁，鲜美可口，让人陶醉。纳仁的独特之处在于，它将羊肉的原汁原味与各种配菜的美味完美地融合在一起。胡萝卜的甜、土豆的糯、葱段的香，共同谱写了一曲美味交响曲。每一口纳仁，都是对味蕾的极致诱惑，让人陶醉在草原的美食之中。

在昭苏草原上，纳仁不仅仅是一道美食，更是一种文化的传承。它见证了草原的变迁，承载了牧民们对美好生活的向往。品尝纳仁，便是品味草原的厚重历史，感受牧民们的热情好客。让我们共同举碗，品尝这道色香味俱佳的昭苏美食——纳仁，感受草原的魅力。

而纳仁作为昭苏草原上的传统美食，其食用礼仪和传统同样丰富多彩，体现了草原文化的独特魅力。

分享之礼。在草原文化中，分享是重要的美德。纳仁通常是在家庭聚会或者接待客人时制作，主人会将热腾腾的纳仁分给每一位在场的家庭成员或客人。这种共享美食的行为，加深了人与人之间的情感联系。

尊重长者。在食用纳仁时，通常会先为家中的长辈或者尊贵的客人盛饭。这是一种对长者和客人的尊重，体现了草原人民的传统美德。

用手抓食。在传统的草原文化中，纳仁多是用手抓食的。在食用前，主人会准备洗手盆和毛巾，让客人洗手，然后大家围坐在一起，用手抓取肉片和面片食用。这种吃法虽然原始，但却充满了草原风情。

敬酒仪式。食用纳仁时，往往伴随着敬酒仪式。主人会举起酒杯，向客人敬酒，表达对客人的欢迎和敬意。客人也应当起身，用双手接过酒杯，喝上一口或全部饮尽，以示对主人的尊重。

歌舞相伴。在纳仁宴席上，往往会有歌声和舞蹈相伴。草原人民在享受美食的同时，也会载歌载舞，表达喜悦和幸福的心情。

食用顺序。在食用纳仁时，有一定的顺序。通常先品尝羊肉，然后再吃面片和其他配料。这样做可以更好地体验纳仁的层次感和风味。

节日庆典。纳仁在重要的节日和庆典活动中尤为受欢迎，如那达慕大会、婚礼、周岁庆典等，纳仁常常是餐桌上的主角，象征着丰收和幸福。

这些食用礼仪和传统，不仅让纳仁这道美食更加丰富，也使得人们在享受美食的同时，能够感受到草原文化的独特魅力和深厚底蕴。

锡伯族大饼

在我国的东北边疆，生活着一个英勇善战的民族——锡伯族。他们勤劳朴实，智慧勇敢，创造了灿烂的民族文化。锡伯族大饼，便是这民族文化中的一颗璀璨明珠，承载着岁月的痕迹，散发着浓厚的生活气息。

锡伯族大饼，又称"锡伯大饼"或"发面饼"，是锡伯族人家日常生活中不可或缺的主食。它看似普通，却蕴含着丰富的文化内涵。每当夕阳西下，炊烟袅袅，那独特的饼香便弥漫在村庄的每一个角落，让人陶醉。

锡伯族大饼的制作过程，堪称一门艺术。选用上好的面粉，经过多次发酵，使面团松软而有弹性。锡伯族妇女们将发酵好的面团擀成圆饼，再在表面均匀地涂抹上一层豆油，撒上香葱、芝麻等调料。随后，将饼放入热气腾腾的吊炉中，用旺火烤制。不一会儿，一张金黄酥脆、香气扑鼻的大饼便出炉了。

锡伯族大饼的独特之处，在于它厚实的口感和丰富的层次。咬一口，满口都是麦香味，仿佛能感受到阳光、雨露和土地的恩赐。而那淡淡的葱香，更是让人食欲大增。锡伯族大饼不仅美味可口，还具有很高的营养价值，是锡伯族人补充体力、抵御严寒的佳品。

锡伯族大饼见证了锡伯族人的迁徙历程。清朝乾隆年间，锡伯族被迫离开故土，万里迢迢来到东北边疆。在漫长的迁徙途中，锡伯族大饼陪伴着他们度过了一个又一个艰难的日子。如今，锡伯族大饼已成为锡伯族人传承民族文化的载体，每当佳节来临，家家户户都会制作大饼，以此表达对祖先的敬仰和对美好生活的向往。

锡伯族大饼，承载着锡伯族人民的情感与记忆。它陪伴着一代又一代锡伯族人成长，见证了无数家庭的欢声笑语。如今，锡伯族大饼已走出边疆，成为我国美食文化的一部分。品尝锡伯族大饼，仿佛能感受到锡伯族人民坚韧不拔、勇往直前的精神品质。

岁月流转，时光如梦。锡伯族大饼的味道，愈发浓郁。它让我们记住了一个民族的历史，传承了一种文化，也让我们感受到了家的温暖。愿锡伯族大饼这道美味佳肴，永远飘香在锡伯族人民的生活中，成为中华民族饮食文化的瑰宝。

锡伯族大饼的历史背景与锡伯族的历史紧密相关。

民族起源与迁徙

锡伯族是中国的少数民族之一，其起源可以追溯到古代的鲜卑族。锡伯族在历史上经历了多次迁徙，其中最著名的一次是在清朝乾隆二十九年（1764 年），锡伯族的一部分人被清政府征召，从中国东北的辽宁地区迁往新疆伊犁地区，以加强边疆防御。

生活习惯的传承

锡伯族在长期的迁徙和定居过程中，形成了独特的生活习惯和文化传统。大饼作为锡伯族的传统食品，是他们在迁徙途中便于携带和保存的食物，因此在锡伯族人的饮食中占有重要地位。

农业生产的影响

锡伯族是一个以农业为主的民族，主要种植小麦、玉米等作物。大饼作为小麦的主要加工食品，是锡伯族农业生产成果的直接体现，也是他们日常饮食中的主食。

文化交融的产物

锡伯族在迁徙和与其他民族交往的过程中，吸收了其他民族的文化元素，同时也保留了自己独特的文化特色。锡伯族大饼的制作方法可能受到了其他民族，特别是北方游牧民族和农耕民族的影响，逐渐形成了今天我们所熟知的样式。

节日与仪式中的角色

在锡伯族的节日和仪式中，大饼常常扮演重要角色。例如，在婚礼、葬礼和其他重要的社会活动中，大饼是不可或缺的食品，象征着丰收、幸福和团结。

现代变迁

随着社会的发展和现代化进程，锡伯族大饼的传统制作方法和文化意义也在发生变化。尽管现代生活带来了更多的食品选择，但锡伯族大饼依然是锡伯族人传承文化和维系民族认同的重要载体。

锡伯族大饼的历史背景是锡伯族人民在长期的历史发展过程中，结合自身的生产生活方式、民族迁徙经历和文化交融的结果，它不仅是一种食物，更是一种文化的象征和历史的见证。

大饼在锡伯族文化传承中也扮演着重要角色，锡伯族大饼的制作技艺是口头和手把手传承下来的，这种传统的制作方法不仅是一种烹饪技能，也是锡伯族文化的一部分。通过学习制作大饼，年轻一代了解和继承了锡伯族的饮食文化和生活方式。

在锡伯族的节日和庆典中，如西迁节（纪念锡伯族西迁的节日）、春节等，大饼是必不可少的食物。它不仅为节日增添了喜庆气氛，也象征着丰收和幸福，通过这些节日活动，锡伯族的文化传统得以延续。

大饼作为锡伯族日常饮食的重要组成部分，其制作和消费过程是锡伯族文化在日常生活中的体现。这种饮食习惯的延续，使得锡伯族的文化特色得以在日常中不断强化和传承。

　　锡伯族大饼不仅是食物，也是锡伯族身份和民族认同的标志。即使在与其他民族交流的过程中，这种独特的食物也能够让锡伯族人保持对自己民族文化的认同感。

　　锡伯族大饼还是教育和文化活动的媒介。在学校教育和社会文化活动中，通过教授和展示大饼的制作过程，可以增进对锡伯族文化的了解和尊重。这种教育活动有助于锡伯族文化的传承和发展。

　　随着旅游业的发展，锡伯族大饼作为特色美食吸引了众多游客。通过旅游业的推广，锡伯族的文化被更多人所了解，大饼成为传播锡伯族文化的重要媒介。

　　在与其他民族的文化交流中，锡伯族大饼作为一种独特的文化符号，能够促进不同文化之间的理解和尊重，成为跨文化交流的桥梁。

　　通过这些方式，锡伯族大饼不仅仅是食物，它成为了锡伯族文化传承和发展的载体，连接着过去和未来，让锡伯族的文化传统在现代社会中得以保持和发扬。

　　在现代社会，尽管生活节奏加快，食品种类丰富，但锡伯族大饼依然保持着其独特的地位。通过现代营销和包装，大饼甚至成为锡伯族文化的品牌，进一步巩固了其文化代表的地位。

　　总之，大饼之所以成为锡伯族文化的代表，是因为它与锡伯族的历史、日常生活、传统工艺、文化象征、民族认同以及文化传播等方面都有着密切的联系。这些因素共同作用，使得大饼不仅仅是食物，还是锡伯族文化的一个重要标志和载体。

第八辑

漫游昭苏

昭苏天马文化馆的时光印记

　　昭苏有一处充满传奇色彩的地方——昭苏天马文化馆。这里，时光仿佛被马蹄声唤醒，历史的痕迹在这片土地上交织成一幅美丽的画卷。

　　走进昭苏天马文化馆，首先映入眼帘的是那座巍峨的天马雕塑。它昂首挺立，仿佛在诉说着昭苏天马的辉煌历史。阳光洒在雕塑上，泛起金色的光芒，让人不禁感叹大自然的神奇与伟大。

　　漫步馆内，一股浓郁的历史气息扑面而来。墙壁上，挂满了关于昭苏天马的历史图片和文字介绍。那些古老的马鞍、马具，见证了昭苏天马曾经的辉煌。这里的一砖一瓦、一草一木，都在诉说着天马的故事。

　　馆内最引人注目的莫过于那幅巨大的《天马行空》壁画。壁画上的天马，四蹄生风，鬃毛飘逸，仿佛要从画中奔腾而出。它象征着昭苏人民的勇敢与拼搏，传递着生生不息的力量。

　　在这里，你可以了解到昭苏天马的起源。相传，昭苏天马是成吉思汗的战马后代，它们骁勇善战，忠诚勇敢。历经沧桑，昭苏天马逐渐成为我国西部边疆的一颗璀璨明珠。

　　在昭苏天马文化馆的深处，藏着许多关于天马的故事传说，它们如同夜空中最亮的星辰，照亮了这片土地的灵魂。

传说之一：天马救主

在遥远的古代，昭苏草原上有一位英勇的哈萨克族少年，他名叫阿尔斯兰。他有一匹神骏的天马，名为"风驰"。有一天，阿尔斯兰在草原上遭遇了一群凶猛的狼群。在危急关头，风驰展现出了它的神力，它腾空跃起，用尽全力将阿尔斯兰甩到了自己的背上，然后疾驰如风，带着主人脱离了险境。从此，风驰成了草原上传说中的神马，它的故事激励着一代又一代的昭苏人勇敢面对困难。

传说之二：天马泪

在昭苏草原上，有一匹名叫"雪影"的天马，它的毛色如同天山上的积雪，纯净无瑕。雪影与它的主人共同生活了多年，感情深厚。然而，有一天，主人因战争不幸阵亡，雪影在战场上寻找主人的遗体，三天三夜未曾进食。当它终于找到主人时，悲痛欲绝的雪影流下了晶莹的泪水，那泪水滴在草地上，化作了一片片洁白的花朵。从此，昭苏草原上多了一种名为"天马泪"的花，它象征着忠诚与不朽的爱情。

传说之三：天马与彩虹

在昭苏，有一个古老的传说，说是每当雨后初晴，天边出现彩虹时，天马便会出现在彩虹的尽头，与彩虹共舞。相传，彩虹是天马的神迹，它代表着吉祥和希望。有一年，昭苏草原遭遇了严重的干旱，人们祈求天马出现，带来雨水。就在人们几乎绝望之时，一匹天马在彩虹的引领下出现在天际，不久之后，天空降下甘霖，拯救了整个草原。

这些传说，虽然充满了神话色彩，但它们寄托了昭苏人民对天马的敬仰和对美好生活的向往。在昭苏天马文化馆，这些故事被代代相传，成为这片土地上不可或缺的文化遗产。

昭苏是汉代古乌孙国故地，自古以盛产良马、善养名马著称，有着"中国天马之乡"的美称。

　　每年七八月，逾十万匹骏马，扬鬃奋蹄在昭苏草原上，源源不断吸引着四方宾朋。而一年一度的天马国际旅游节，更是为这块翡翠般的山间盆地增加了热度，那些骑马的、赛马的、相马的、画马的、买马的人从世界各地拥来，共同参加这一草原盛会。

　　昭苏天马文化馆内，诉说着天马流传两千多年的传奇故事。公元前113年，张骞第二次出使西域返回长安，乌孙国派使者敬献数十匹良马，汉武帝赐名"天马"。《汉书·西域传》中记载："神马当从西方来，得乌孙好马，名曰天马。"唐代大诗人李白也曾专门作诗《天马歌》，用"腾昆仑，历西极"来形容天马的俊逸。

　　也是自汉唐开始，历代中央政权都在伊犁河谷内司马政，天马在巩固边防中立下了赫赫战功，也在人们的生产、生活中发挥着不可替代的作用，始终活跃在草原丝绸之路上。

　　馆内还展示了昭苏天马的生活习性、品种特点以及养育过程。那些生动的图片和翔实的文字，让人仿佛置身于天马的世界，感受到它们与昭苏人民的不解之缘。仿佛可以听到那远古的蹄声回荡在草原上，感受到那股不屈不挠的力量穿越时空，直击心灵。在这里，每一个参观者都可以深刻地领悟到天马所代表的勇敢、力量和自由的精神内涵。

　　而今，昭苏天马文化博物馆已经成为了一个国际性的文化交流平台。来自世界各地的游客和学者纷纷来到这里，共同探寻天马与人类文明的深厚渊源。这座博物馆不仅仅是为了纪念过去的历史，更是为了传承和弘扬草原文化、天马精神，让它们在世界范围内得到更广泛的传播和认可。

　　漫步在文化馆的后院，你会看到一片广阔的草场。这里，成群的天马悠闲地觅食，它们或低头吃草，或相互追逐，构成了一幅美丽的画卷。此情此景，让人不禁想起那句诗："天苍苍，野茫茫，风吹草低见牛羊。"

　　夕阳西下，昭苏天马文化馆在晚霞的映衬下更显古朴与庄重。时光在这里流转，故事在这里延续。这里的天马，不仅是昭苏人民的骄傲，更是中华民族不屈不挠、勇往直前精神的象征。

离别之际，我再次回望那座天马雕塑，心中充满敬意。愿昭苏天马文化馆的时光印记，永远镌刻在人们的心中，激励着我们不断前行。

哈萨克民族的瑰宝——民俗文化馆

您知道白天鹅的传说吗？您听过迦萨甘创世神话吗？您知道放牧的全过程及其中的辛苦吗？您见过曾经从您身边默默走过的那位眼神单纯、脸色黝黑的哈萨克族妇女在夏牧场的笑靥吗？想知道，就来昭苏县喀夏加尔镇哈萨克民俗文化馆吧。

您一定会惊讶地发现，一个人均收入不到万元的乡镇会建起投资八位数的文化馆！然而，当您知道这个文化馆所在地是哈萨克族世代生活之地，但许多哈萨克族人并不知道自己的民族史，您是不是也会很遗憾，也会萌生出建文化馆的想法？当您知道每天都有村民来这里，还有更多陌生的面孔从文化馆出来，他们都对哈萨克民族的前世今生、文化性格发出啧啧赞叹时，您会多么欣慰。当您知道文化馆忽略个性、张扬共性的那份恰到好处时，您会感叹建设者在促进社会和谐方面的良苦用心，您会对哈萨克民俗文化馆大厅中刻着的联合国教科文组织副总干事汉斯·道维勒的名言——"穿越文化、地理、政治的界限，让人类实现更深层的相互理解"产生共鸣。

从昭苏县城向南，33公里后是喀夏加尔镇，哈萨克民俗文化馆就在这里。它如一颗璀璨的明珠，镶嵌在祖国西北边陲。这里，汇聚了哈萨克族千年的历史文脉，传承着民族的精神风貌，成为了连接过去与未来的桥梁。

值得一提的是，建筑面积1000平方米的哈萨克民俗文化馆原是上世纪80年代农机站的厂房，使用八年后于1990年关停一直废弃，今天才在哈萨克民俗文化馆的挂牌下旧貌换新颜。

走进哈萨克民俗文化馆，您会看到大厅东墙是用哈萨克语、汉语、英语三种文字对哈萨克民族的介绍，包括哈萨克族分布情况、历史简介、部落系谱、信仰、医药卫生、文学、文字、节日等，另外还有历史名人展示介绍，西墙是哈萨克族历代书法家的作品。昭苏县出产奇石和玉石，因此，墙壁的下方设有奇石展。

大厅西面的门楣上刻着苍劲的"时间跨越三万年"。

当阳光洒在哈萨克民俗文化馆的屋顶，金色的光芒与蓝天白云相映成趣。走进馆内，仿佛踏上了一场穿越时空的旅程，探寻哈萨克民族悠久的历史底蕴。

馆内陈列着各式哈萨克族传统服饰，色彩斑斓的图案、精湛的工艺，让人不禁赞叹不已。这些服饰，见证了哈萨克民族逐水草而居的游牧生活，承载着他们对美好生活的向往。

在哈萨克民俗文化馆的深处，每一件展品都如同历史的碎片，拼凑出一个民族千年的记忆。那些看似普通的物品，背后却蕴含着深厚的文化底蕴和历史的沧桑。

首先，是那些古老的马鞍和马具。它们见证了哈萨克民族作为"马背上的民族"的历史。这些马鞍和马具，往往由经验丰富的工匠手工制作，每一道划痕、每一个磨损的痕迹，都记录着哈萨克牧民在草原上的奔波与迁徙。它们不仅是交通工具，更是哈萨克民族勇敢、坚忍的象征。

接着，是那些陈列在玻璃柜中的银饰。哈萨克族的银饰工艺源远流长，这些精美的银耳环、银项链、银手镯，不仅是装饰品，更是社会地位和财富的标志。它们往往在重要的节日或庆典中佩戴，每一件银饰都承载着哈萨克族对美的追求和对生活的热爱。

再来看那些古老的毛皮制品。哈萨克民族生活在寒冷的草原上，毛皮制品是他们抵御严寒的重要物资。这些由羊皮、狼皮、狐狸皮等制成的衣物和帐篷，不仅展示了哈萨克族的生存智慧，也反映了他们在与自然和谐共处中形成的独特生活方式。

此外，馆内还展示着哈萨克族的民间乐器，如冬不拉、哈萨克笛等。这些乐器的历史可以追溯到公元前的草原文化。冬不拉是哈萨克族最具代表性的乐器，它的琴声伴随着哈萨克族的历史变迁，成为了民族精神的象征。这些乐器的制作工艺和演奏技巧，都是哈萨克文化的重要组成部分。

最后，不可忽视的是那些古老的刺绣作品。哈萨克刺绣艺术有着悠久的历史，它不仅是一种装饰艺术，更是民族文化的重要载体。这些刺绣作品上的图案，往往具有特定的象征意义，如太阳代表着光明，山川代表着力量，而花鸟则象征着幸福和美好。

每一件展品都是哈萨克民族历史的见证者，它们在这里静静地诉说着民族的故事，传递着哈萨克族人民的智慧和勇气。参观者在这里驻足，不仅能够欣赏到精美的工艺品，更能深刻感受到哈萨克民族文化的历史厚度和独特魅力。

走进哈萨克民俗文化馆，你会深深地感受到在每一个角落，都隐藏着无数动人的历史故事。它们如同馆内的珍宝，闪耀着哈萨克民族智慧的光芒。

馆内民间乐器展示的一角，有一把古老的冬不拉，它的琴身上刻有精美的图案，琴弦虽已陈旧，却依旧保持着庄严的姿态。这把冬不拉曾属于一位著名的哈萨克英雄。传说在很久以前，这位英雄在一次战斗中，用他的歌声和琴声激励了战友们，最终带领他们赢得了胜利。这把冬不拉不仅是胜利的象征，更是哈萨克民族不屈不挠精神的体现。

另外，馆内珍藏有一幅巨大的地图，上面标注着哈萨克民族历史上的迁徙路线。这些路线见证了哈萨克族人民逐水草而居的生活。每年，哈萨克族都会根据季节的变化，带领着牲畜从冬牧场迁徙到夏牧场，再从夏牧场迁徙到冬牧场。这条迁徙之路充满了艰辛，但也孕育了哈萨克民族坚韧不拔的性格和对自由的热爱。

在一幅精美的刺绣作品前，讲解员会讲述这样一个故事：这幅刺绣描绘的是一位哈萨克族传说中的女神，她拥有赋予生命和治愈疾病的能力。据传，这位女神曾降临人间，帮助哈萨克族人民渡过了饥荒和疾病。因此，哈萨克族女性在刺绣时，常常会绣上这位女神的形象，以祈求家人健康和平安。

在哈萨克民俗文化馆的银饰展区，每一件展品都仿佛是一段凝固的历史，诉说着哈萨克族对美的追求和精湛工艺的传承。它们如同时间的细语，低声讲述着属于自己的故事。

在一对精致的银耳环前，参观者无不驻足欣赏。这对耳环名为"月亮女神"，其设计灵感来源于哈萨克族对夜空中皎洁月亮的崇拜。耳环的主体由纯银打造，表面镶嵌着细小的珍珠，如同夜空中闪烁的星辰。耳环下方悬挂着半月形的银片，其边缘錾刻着细腻的花纹，仿佛是月光洒在草原上的倒影。这对耳环不仅是装饰品，更是哈萨克族女性优雅与力量的象征。

项链"太阳之王"是展区内最为瞩目的银饰之一。它由多个精细的银环相互连接而成，中心位置是一个巨大的太阳图案，象征着太阳神赐予的光明与温暖。太阳图案周围环绕着精雕细琢的植物图案，每一片叶子、每一朵花都栩栩如生，展现了哈萨克族与自然的紧密联系。项链的连接处巧妙地设计成可活动的结构，使得项链在佩戴时能够灵活贴合颈部，闪耀着耀眼的光芒。

一枚古朴的银戒指静静躺在展柜中，这枚银戒指名为"永恒之约"，它的设计简洁而典雅，中心镶嵌着一颗光滑的蓝色宝石，周围环绕着精致的银质花纹，这些花纹代表着哈萨克族对天空和草原的敬仰。戒指的内侧刻有一行古老的哈萨克文字，翻译过来是："即使岁月流逝，承诺永恒不变。"

关于这枚戒指，有一个流传甚广的传说：

在很久以前，哈萨克草原上有一位名叫阿依娜的美丽姑娘，她善良、聪慧，歌声如同夜莺般动听。她的爱人，名叫阿尔斯，是一位勇敢的牧民，他们相爱甚深，约定终身。

然而，命运多舛，阿尔斯在一次保护牧群的战斗中失踪了。阿依娜坚信阿尔斯还活着，她日复一日地守候在草原上，等待着爱人的归来。为了纪念他们的爱情，阿依娜请银匠打造了这枚"永恒之约"戒指，希望它能守护着她的爱情，直到阿尔斯归来。

岁月流转，阿依娜的坚守感动了天神。一天，当戒指在阳光下闪耀着光芒时，阿尔斯奇迹般地回到了阿依娜的身边。他告诉阿依娜，是这枚戒指的光芒指引他找到了回家的路。从此，他们再也没有分离，而这枚戒指也成为哈萨克族人民心中爱情忠贞不渝的象征。

这个传说在哈萨克族中代代相传，成为民族精神的一部分。每当哈萨克族青年男女结婚时，他们都会佩戴类似的银戒指，以祈求爱情永恒，承诺不变。而这枚"永恒之约"戒指，作为传说的载体，被珍藏在哈萨克民俗文化馆中，向世人展示着哈萨克族对爱情、忠诚和承诺的崇高敬意。

胸针"草原之心"以其独特的设计和深刻的寓意吸引了众多参观者的目光。它呈心形，中心是一块碧绿的翡翠，代表着草原的生机与希望。心形边缘以细小的银珠装饰，如同草原上盛开的花朵。胸针的后部设计了一个精巧的搭扣，使得它能够稳固地固定在衣物上，成为哈萨克族女性服饰中不可或缺的一部分。

这些银饰展品的细节，不仅展现了哈萨克族银匠的高超技艺，也反映了哈萨克文化中对自然、英雄主义和美学的独特理解。每一件银饰都是哈萨克民族精神的载体，它们在哈萨克民俗文化馆中熠熠生辉，向世人展示着哈萨克族的无限魅力。

在文化馆的一个专区，展示了哈萨克族著名诗人阿拜·库南巴耶夫的作品。阿拜是哈萨克族的文学巨匠，他的诗歌深受人民喜爱。馆内珍藏的阿拜手稿，记录了他对草原的热爱，对民族命运的思考。他的诗歌不仅滋养了哈萨克族的心灵，也成为了哈萨克文化的重要组成部分。

这些故事，如同哈萨克民俗文化馆的灵魂，让冰冷的展品变得生动起来，让参观者能够更加深入地理解哈萨克民族的历史和文化。在这里，每一位参观者都能感受到哈萨克族人民的智慧和勇气，以及他们对生活的无限热爱。

漫步在民俗文化馆，耳边传来悠扬的冬不拉琴声。那琴声如同天籁，将哈萨克民族的故事娓娓道来。琴声伴随着哈萨克民歌，让人陶醉其中，仿佛置身于辽阔的草原，感受着牧民们欢乐的舞蹈。

在这里，还可以领略到哈萨克族精湛的刺绣技艺。一幅幅刺绣作品，以草原为背景，描绘着山水、花草、牛羊等元素，展现了哈萨克民族对大自然的热爱。这些作品，凝聚了哈萨克族女性的智慧与心血，传递着民族的精神风貌。

走进哈萨克民俗文化馆，犹如走进了一幅生动的民族风情画。这里，既有勤劳勇敢的哈萨克民族形象，又有丰富多彩的民族文化。在这里，我们可以感受到哈萨克民族与自然和谐共生的理念，体会到他们对美好生活的追求。

时光荏苒，岁月如梭。哈萨克民俗文化馆犹如一部活着的历史，见证着哈萨克民族的发展变迁。在这里，我们不仅可以领略到民族文化的魅力，更能深刻理解到民族团结、共同发展的时代主题。

傍晚时分，夕阳映照在哈萨克民俗文化馆的墙上，金色的余晖与馆内灯火辉煌交相辉映。此刻，我们仿佛看到了哈萨克民族繁荣昌盛的未来，听到了民族复兴的号角。在这里，我们衷心祝愿哈萨克民俗文化馆越办越好，为传承和发扬哈萨克民族文化作出更大贡献。

阿克奇民俗村纪行

　　沿着新疆的边境线，穿过广袤的草原，我来到了一个充满神秘色彩的地方——阿克奇民俗村。这里被誉为"人类活化石"，保存着我国哈萨克族最为完整的民俗文化。在这个夏日午后，我有幸走进这片古老而神奇的土地，一探究竟。

　　阿克奇民俗村位于新疆伊犁哈萨克自治州昭苏县，距离县城约 30 公里。车子在蜿蜒的山路上行驶，两旁是连绵起伏的草原，成群的牛羊悠闲地觅食。不多时，一片独具特色的民居出现在眼前，这便是阿克奇民俗村。

　　走进村子，仿佛穿越时空，回到了古老的哈萨克族部落。这里的民居均为原木搭建，屋顶用树枝、草皮覆盖，显得古朴而原始。每户人家门前都挂着一块刻有民族图腾的木牌，寓意着家族的传承与信仰。

　　我们首先参观了阿克奇民俗村的博物馆。馆内陈列着哈萨克族的日常生活用品、服饰、乐器等，无不体现出哈萨克族人民的智慧和才华。在一件件展品前，我们驻足观赏，聆听讲解员讲述这些古老物件背后的故事。

在民俗村的街道上，我们遇到了身着传统服饰的哈萨克族村民。男人们头戴毡帽，身披长袍，腰间系着皮带，脚穿皮靴，显得英姿飒爽。女人们则穿着色彩斑斓的连衣裙，头戴花帽，帽檐上缀有珠串和亮片，颈间挂着银饰，手腕上戴着银镯，每一个细节都展现出哈萨克族女性的优雅与精致。

民俗风情中最吸引人的莫过于哈萨克族的饮食文化。在村民家中，我们品尝了哈萨克族的传统美食。酥油茶是必不可少的待客之物，它的香味浓郁，口感醇厚。烤羊肉则是哈萨克族餐桌上的主角，肉质鲜嫩，香气扑鼻。奶疙瘩则是哈萨克族特有的乳制品，口感独特，营养价值丰富。此外，还有各种面食、糕点，每一道菜都让人回味无穷。

在村内的传统手工艺作坊里，我们亲眼见证了哈萨克绣的神奇。绣娘们手指翻飞，针线在布料上跳跃，不一会儿，一幅栩栩如生的图案便呈现在我们面前。哈萨克绣以其独特的针法和对色彩的运用，成为哈萨克族文化的重要组成部分。

音乐和舞蹈是哈萨克族民俗风情中不可或缺的部分。在晚会上，我们听到了冬不拉的美妙旋律，这种哈萨克族的传统乐器，音色悠扬，能够弹奏出各种复杂的曲调。伴随着音乐，哈萨克族的青年男女跳起了传统的舞蹈，如"黑走马""熊舞"等，这些舞蹈动作刚劲有力，充满了草原的粗犷与豪放。

漫步在阿克奇民俗村，我被这里浓厚的民俗风情所吸引，尤其是在节日里，这里的习俗更是让人感受到了哈萨克族文化的独特魅力。

哈萨克族的传统节日众多，其中最为重要的有"纳吾热孜节""宰牲节"和"那达慕大会"。在这些节日里，阿克奇民俗村的习俗和活动尤为丰富多彩。

宰牲节，又称"古尔邦节"，是伊斯兰教的重要节日。在阿克奇民俗村，这一节日同样被隆重地庆祝。村民们会在节日的前一天宰杀牛羊，然后将肉分发给亲朋好友和贫困家庭，以此来表达对真主的感恩和对社会的关爱。节日的当天，村民们会聚集在村子的广场上，举行祈祷仪式，之后便是载歌载舞的庆祝活动。

那达慕大会是哈萨克族的传统节日，也是草原上的盛会。在阿克奇民俗村，那达慕大会通常在夏季举行，持续数天。节日期间，村子里会举行赛马、摔跤、射箭等传统体育比赛，村民们无论老少都会参与到这些活动中。赛马场上，骑手们英姿飒爽，马蹄声激荡在草原上空；摔跤场上，壮汉们比拼力量，展现哈萨克族的勇猛与坚毅。

在这些节日里，阿克奇民俗村的村民们还会举行各种文艺表演，如弹奏冬不拉、演唱民歌、跳起传统的舞蹈。夜幕降临，篝火晚会更是将节日的气氛推向高潮，火光映照着每个人的脸庞，欢声笑语回荡在夜空。

通过参与这些节日习俗，我深刻感受到了哈萨克族人民的热情好客、乐观向上的生活态度以及对传统文化的尊重和传承。阿克奇民俗村的节日习俗，不仅是对民族历史的传承，也是对美好生活的向往和追求。在这里，每一个节日都是一次文化的盛宴，让人流连忘返。

在阿克奇民俗村，手工艺品不仅是日常生活的点缀，更是哈萨克族文化的重要组成部分。每一件工艺品都承载着匠人的心血和对传统的坚守。

走进村中的手工艺品店，首先映入眼帘的是精美的哈萨克绣品。这些绣品色彩斑斓，图案多样，有象征吉祥的日月星辰，有描绘自然风光的草原花卉，还有展现哈萨克族生活场景的牧民放牧、姑娘追花等。每一针每一线都细腻入微，展现出哈萨克族女性对美的独特理解和追求。绣品的背面，则是密密麻麻的线头，这些线头被巧妙地隐藏起来，保证了绣品的美观与耐用。

接着，我们的目光被一件件精致的银饰所吸引。哈萨克族的银饰工艺历史悠久，匠人们将银块敲打成薄片，再剪裁、雕刻成各种图案。银镯、银耳环、银项链，每一件饰品都散发着古老的光泽，上面雕刻的花纹既有几何图形的简洁，也有植物的柔美。这些银饰不仅是装饰品，更是哈萨克族人民身份和地位的象征。

此外，冬不拉的制作也是阿克奇民俗村的一项传统手工艺。这种哈萨克族特有的乐器，其制作过程复杂，需要匠人具备高超的技艺。匠人们选用上等的木材，经过切割、打磨、拼接、上弦等多道工序，最终制成一把把音色优美的冬不拉。琴身上往往雕刻有精美的花纹，每一把冬不拉都是一件艺术品，弹奏时更是能发出天籁。

在村子的另一角，我们还发现了哈萨克族的传统马鞍。这些马鞍采用优质的皮革和木材制作，上面同样装饰有精美的银饰和刺绣。马鞍不仅讲究实用性，更注重美观，它体现了哈萨克族对马匹的重视和对骑射文化的传承。

这些手工艺品，不仅是阿克奇民俗村的特色，更是哈萨克族文化的载体。它们在这里被世代传承，成为连接过去与现在、文化与生活的桥梁。在现代社会的高速发展中，阿克奇民俗村的手工艺品以其独特的魅力，吸引了无数游客的目光，成为传播哈萨克族文化的有力媒介。

除了独特的民俗文化，阿克奇民俗村的自然风光也十分迷人。村落四周是连绵起伏的山峦和广袤的草原，每到夏季，这里便成了一片花的海洋。各种野花竞相开放，红的、黄的、紫的、白的……五彩斑斓的花海与碧绿的草原相映成趣，构成了一幅绝美的画卷。而到了秋天，山上的树叶变得五彩斑斓，与远处的雪山形成了一幅壮丽的画面。无论是日出还是日落，你都能在这里找到那份宁静与美好。

昭苏阿克奇民俗村是个值得一去的地方。在那里，你可以感受到淳朴的民风，品尝地道的美食，欣赏美丽的风景，体验独特的文化。无论你是寻求宁静的人还是热爱自然的人，这里都能满足你的需求。来到阿克奇，你不仅能收获一份难忘的回忆，还能找到内心的平静与安宁。

临近黄昏时，我们来到了村边的草原。这里的景色如诗如画，让人陶醉。哈萨克族少年骑着骏马，在草原上驰骋，展示着他们英勇矫健的身姿。姑娘们则在草地上跳起欢快的舞蹈，歌声、笑声回荡在草原上空。

　　夜幕降临，我们参加了阿克奇民俗村的篝火晚会。大家围坐在篝火旁，聆听哈萨克族民间艺人弹奏冬不拉，欣赏优美的舞蹈。在这片星空下，我们感受到了哈萨克族人民的热情与奔放，也体会到了民族团结一家亲的浓厚氛围。

　　时光荏苒，转眼间，我们即将告别阿克奇民俗村。这片土地上的美景、美食和民俗文化，给我们留下了深刻的印象。在新时代的征程中，阿克奇民俗村将继续传承和弘扬哈萨克族优秀传统文化，成为我国民族文化旅游的一颗璀璨明珠。而我们，也将带着这份美好的回忆，继续前行。

别斯喀拉盖生态旅游区散记

初秋时节，我慕名来到了位于新疆阿勒泰地区的别斯喀拉盖生态旅游区。这里风光旖旎，景色宜人，被誉为"人间仙境、童话世界"。在这片广袤的土地上，我感受到了大自然的神奇魅力，也见证了一个生态旅游区的绿色发展之路。

清晨，阳光透过薄雾洒在别斯喀拉盖生态旅游区，仿佛给这片土地披上了一层金色的纱衣。我们沿着木栈道向景区深处走去，两旁的树木郁郁葱葱，鸟语花香。景区内的湖泊如同一颗颗璀璨的明珠，镶嵌在绿意盎然的山谷之中。

别斯喀拉盖生态旅游区拥有丰富的自然资源，这里是我国最大的泰加林分布区之一，有着"亚洲瑞士"的美誉。景区内共有大小湖泊数十个，其中最著名的天鹅湖，湖水清澈见底，湖面如镜，倒映着蓝天、白云和远处的雪山。湖中生活着众多天鹅，它们或悠闲游弋，或引吭高歌，构成了一幅和谐美好的画卷。

漫步在景区，我们还邂逅了各种野生动物。成群的小松鼠在林间穿梭，它们机敏可爱，为游客们带来了无尽的欢乐。此外，景区内还有马鹿、狍子、狐狸等野生动物，它们在这片土地上繁衍生息，与人类和谐共处。

别斯喀拉盖生态旅游区不仅风光迷人，更是一片充满生机的土地。在这里，我们看到了人与自然和谐共生的美好景象。景区内的哈萨克族牧民，世代生活在这片土地上，他们敬畏自然，珍惜资源，将生态环境保护视为己任。在政府的扶持下，牧民们转变观念，积极参与旅游业，实现了增收致富。

在景区内的哈萨克族民俗村，我们参观了传统的毡房，品尝了美味的哈萨克族美食，感受到了浓郁的民俗风情。村民们热情好客，为我们讲述了他们与这片土地的故事。如今，随着生态旅游的发展，越来越多的游客来到别斯喀拉盖，体验这里的自然风光和民族文化，村民们的生活也越过越红火。

别斯喀拉盖生态旅游区的成功实践，是我国生态文明建设的生动缩影。近年来，我国大力推进生态文明建设，倡导绿色发展理念，各地生态旅游区如雨后春笋般涌现。在这些景区，游客们不仅能欣赏到美丽的自然风光，还能感受到生态文明建设带来的成果。

傍晚时分，夕阳下的美景让人陶醉。我相信，在绿色发展理念的指引下，别斯喀拉盖生态旅游区一定会越来越美，成为更多人向往的旅游胜地。而这里的牧民们，也将继续守护这片土地，让绿水青山成为金山银山，书写生态文明的新篇章。

绿色诗篇

初秋的别斯喀拉盖，天高云淡，风轻草绿。我们沿着蜿蜒的小径深入景区，每一步都踏在历史的回响中。这里不仅是自然的天堂，更是文化的沃土。哈萨克族、蒙古族等民族在这里留下了丰富的文化遗产。

在景区的哈萨克族民俗村，我们遇到了一位名叫哈力的老牧民。他的脸上刻满了岁月的痕迹，但眼神中却透露出对这片土地的无限热爱。哈力告诉我们，他的家族世代居住在这里，他们的生活与这片草原紧密相连。他自豪地展示着自家的毡房，那是一座充满民族特色的建筑，每一根支架、每一块毛毡都承载着家族的记忆。

哈力还向我们讲述了"阿肯弹唱"的故事。这是一种哈萨克族的民间艺术形式，歌手们弹奏着冬不拉，唱出对美好生活的向往。在别斯喀拉盖，每年都会举行盛大的阿肯弹唱会，吸引着四面八方的游客。我们仿佛能听到那悠扬的旋律，在草原上空回荡。

漫步在景区，我们还遇到了一位名叫巴图的蒙古族画家。他正在湖边写生，用画笔记录下眼前的美景。巴图的作品色彩丰富，线条流畅，将别斯喀拉盖的自然风光与民族风情完美融合。他告诉我们，他希望通过自己的画笔，让更多人了解这片土地的美丽和神秘。

在别斯喀拉盖，我们还参观了当地的小学。孩子们在这里接受着现代教育，同时也学习着自己的母语和文化。他们的笑容纯真而灿烂，如同这片土地的未来一样充满希望。学校里的一面墙上，挂着孩子们手绘的画作，描绘着他们心中的家园，那是他们对这片土地最真挚的情感表达。

当天晚上，我们围坐在篝火旁，听哈力和巴图讲述着关于别斯喀拉盖的故事。星空下的草原，静谧而神秘，那些关于英雄的传说、关于爱情的歌谣，在这片土地上流传了千百年。我们仿佛穿越时空，与历史对话，与自然共鸣。

别斯喀拉盖生态旅游区，不仅是一处自然风光的宝库，更是一段活着的人文历史。在这里，每一片草叶、每一缕清风都承载着深厚的文化底蕴。这里的每一代人都在用自己的方式，守护着这片土地，传承着民族的文化。而我，只是一个过客，带着满满的敬意和回忆，将别斯喀拉盖的故事,传播到更远的地方。

民族文化交响曲

别斯喀拉盖,这个名字在哈萨克语中意味着"美丽的草原"。这里,自然与人文的和谐共生,演绎着一曲曲动人的民族文化交响曲。

清晨的阳光透过薄雾,洒在别斯喀拉盖广袤的草原上,哈萨克族的毡房如同白色的莲花,在绿海中绽放。我们走进毡房,迎接我们的是热情的主人,他们的笑容如同草原上的阳光一样温暖。毡房内,壁毯上的图案精美绝伦,那是哈萨克族妇女们巧手编织的杰作,每一幅都讲述着一个古老的故事。

在景区的角落,我们偶遇了一场哈萨克族的婚礼。新郎身着传统的白色礼服,头戴高高的羽毛帽,英姿飒爽;新娘则穿着绣有金色图案的红色嫁衣,头戴精美的头饰,美丽动人。婚礼上的"骑马抢亲"仪式,让我们感受到了民族风情的独特魅力。马蹄声、欢笑声、歌声交织在一起,构成了一幅生动的生活画卷。

沿着湖边的小路,我们来到了蒙古族的营地。蒙古包前的牧民们正在举行摔跤比赛,这是蒙古族的传统体育项目。摔跤手们身着华丽的摔跤服,展示着力量与技巧的较量。围观的人群中不时爆发出热烈的掌声和欢呼声,气氛异常热烈。

在别斯喀拉盖,我们还体验了蒙古族的"那达慕"大会。这是一个盛大的民族节日,包含了摔跤、射箭和赛马三项传统比赛。赛马场上,骑手们驾驭着骏马,风驰电掣,尘土飞扬,展现了蒙古族人与马匹之间的深厚情感。

傍晚，景区内的篝火晚会开始了。各族人民围坐在篝火旁，共享美食，共叙友情。哈萨克族的"阿肯弹唱"再次响起，那悠扬的旋律让人心醉。蒙古族的舞蹈充满力量与节奏，舞者们身姿矫健，仿佛在讲述着草原上的传奇故事。

在这片土地上，我们还感受到了塔塔尔族、乌孜别克族等其他民族的风情。他们的服饰、语言、音乐和舞蹈，都是这片土地上不可或缺的文化元素。每一个民族都在用自己的方式，为别斯喀拉盖的多元文化添砖加瓦。

别斯喀拉盖生态旅游区，不仅是一幅自然风光的画卷，更是一部活生生的民族文化史。在这里，每一片草叶、每一缕清风都承载着深厚的民族情感。这里的每一天，都是对多元文化的庆祝，是对民族团结的赞歌。而我，只是一个有幸见证这一切的旅人，带着满满的敬意和感动，将这份独特的民族风情，铭记在心。

传说与现实

在别斯喀拉盖生态旅游区的怀抱中，每一片草原、每一座山丘似乎都低语着古老的传说。这里，自然景观与民间故事交织，让这片土地更加神秘而迷人。

当我们漫步在碧绿的草原上，哈力，那位热情的哈萨克族老牧民，向我们讲述了一个关于天鹅湖的传说。相传，很久以前，一位美丽的哈萨克族公主与一位英勇的猎人相爱。然而，他们的爱情遭到了族人的反对，公主被迫离开爱人，化作了一只白天鹅，永远在湖面上飞翔。猎人悲痛欲绝，化作了一座山峰，守护在湖边。如今，天鹅湖中的天鹅，便是公主的化身，而湖边的那座山峰，便是忠诚的猎人。

在蒙古族的营地，我们围坐在篝火旁，听一位蒙古族老者讲述"那达慕"大会的起源。他说，那达慕的传说可以追溯到成吉思汗时期。据传，成吉思汗为了选拔勇士，举办了盛大的竞技大会，其中包括摔跤、射箭和赛马。获胜的勇士不仅能够获得丰厚的奖赏，还能得到成吉思汗的赏识。这个传统一直延续至今，成为蒙古族人民庆祝丰收、展示民族精神的节日。

在别斯喀拉盖的森林深处，我们还听到了关于"森林之神"的传说。当地的居民相信，森林中住着一位守护神，他掌管着森林的生灵和四季更迭。传说中，这位森林之神曾帮助一位迷路的哈萨克族少年找到了回家的路。从此，当地的居民对森林充满了敬畏，他们保护森林，就像保护自己的家园一样。

到了晚上，我们躺在草原上，仰望繁星点点的夜空。哈力又为我们讲述了一个关于星星的传说。他说，哈萨克族人民相信，每一颗星星都是一个英雄的灵魂，他们在夜空中守护着族人。最亮的那颗星，是被誉为"草原雄鹰"的哈萨克族英雄，他的故事激励着一代又一代的哈萨克族人勇敢、坚强。

别斯喀拉盖的传说故事，如同这片土地的血液，流淌在每个民族的心中。它们不仅仅是故事，更是这片土地上人们信仰和文化的体现。在这里，自然与传说相互映衬，让每一位游客都能在现实与梦境之间，感受到别斯喀拉盖独特的魅力。

那些传说故事，如同草原上的风，轻轻吹过我的心田，留下了深刻的印记。别斯喀拉盖，这个充满神秘色彩的地方，让我相信，在这个世界的某个角落，传说与现实，只有一线之隔。

历史回响

历史上，别斯喀拉盖地区曾是古代丝绸之路的重要通道之一。这里见证了东西方文化的交流，也是各民族迁徙和融合的舞台。公元前3世纪，这里是匈奴的牧场，后来又成为突厥、回纥、蒙古等民族的栖息地。每一块土地都留下了这些民族生活的痕迹。

在景区的哈萨克族民俗村，我们了解到，哈萨克族是这片土地上的主要民族之一。他们的祖先曾是游牧民族，逐水草而居，形成了独特的草原文化。18世纪中叶，哈萨克族三大部落在这里建立了汗国，别斯喀拉盖成为他们重要的政治、经济和文化中心。

在蒙古族的营地，我们得知，蒙古族在这里也有着悠久的历史。成吉思汗统一蒙古后，他的后代在此设立了行宫，使得这片草原成为蒙古帝国的组成部分。历史上的"那达慕"大会，不仅是选拔勇士的竞技场，也是蒙古族人民庆祝胜利、团结族群的重要活动。

别斯喀拉盖的森林和湖泊，也曾是古代狩猎和渔猎文化的重要场所。在这里，我们仿佛能看到古代猎人们骑马逐鹿、驾舟捕鱼的场景。这些活动不仅是生存的需要，也孕育了丰富的民间传说和艺术。

随着时间的推移，别斯喀拉盖地区经历了多次政权更迭，但各民族间的文化交流和融合从未停止。在景区内，我们可以看到不同民族风格的建筑、服饰、音乐和舞蹈，这些都是历史沉淀下来的宝贵遗产。

如今，别斯喀拉盖生态旅游区的建立，不仅是为了保护和展示这里的自然风光，更是为了传承和弘扬这一地区丰富的历史文化遗产。在这里，游客们可以在享受自然美景的同时，深入了解这片土地上的历史故事和民族文化。

当我踏上别斯喀拉盖的土地，我仿佛能听到历史的回响。那些古老的传说、那些英雄的故事、那些民族的风情，都在告诉我，这里不仅是一处旅游胜地，更是一部活生生的历史教科书。别斯喀拉盖，这个名字，将永远铭记在我心中，成为我记忆中一段不可磨灭的历史篇章。

探秘昭苏天马旅游文化园

　　天马旅游文化园地处昭苏县西南部离县城 17 公里处，是昭苏西南部边陲的一颗"草原明珠"，也是一个集马文化、草原文化、草原民族民俗文化为一体的国际标准化草原生态园区。

　　文化园以"中国绿谷、塞外江南""牧歌昭苏、天马故乡"为主题，充分挖掘和展示昭苏草原文化、天马文化和民俗文化，园区按照功能规划建设入口服务区、天马核心区、民俗体验区、生活服务区、休闲度假区、草原文明传承区六大部分。

　　夏日的阳光洒在昭苏大地上，万物生长，绿意盎然。这里，天马奔腾，文化璀璨，让我带你一同走进这片神奇的土地。

　　走进昭苏天马旅游文化园，首先映入眼帘的是那广阔的草原。绿草如茵，天空湛蓝，成群的天马在草原上自由奔跑，它们身姿矫健，鬃毛飘逸，仿佛诉说着千年的传说。这里的天马，是我国著名的伊犁马，它们承载着昭苏人民的骄傲与希望。

　　漫步在文化园，仿佛穿越时空，回到了那个金戈铁马的时代。园区内的天马博物馆，详细记录了天马的历史与文化。从秦汉时期的战马，到现代的马术竞技，每一件展品都在讲述着天马的故事。在这里，我们不禁感叹，天马不仅是昭苏的象征，更是中华民族不屈不挠、勇往直前的精神写照。

沿着草原小径，我们来到了天马表演场。在这里，游客可以观赏到精彩的天马表演。骑手们驾驭着天马，展示着精湛的马术，令人拍案叫绝。天马与骑手默契配合，仿佛在演绎一场人与自然和谐共生的画卷。

除了观赏天马，游客还可以亲自体验骑马的乐趣。在专业教练的指导下，我们跃上马背，感受着天马带来的速度与激情。骑马穿越草原，领略大美昭苏的自然风光，让人心旷神怡。

走进昭苏天马旅游文化园，仿佛走进了一个多民族文化的盛宴。在这里，哈萨克族、蒙古族、维吾尔族等各民族的文化交织在一起，形成了一幅绚丽多彩的画卷。

园区内的哈萨克族毡房错落有致，白色的毡房顶在阳光下熠熠生辉，门前挂着鲜艳的哈萨克族刺绣，那些精美的图案讲述着民族的故事和信仰。走进毡房，热情的主人端上了香醇的奶茶和酥脆的馕，让我们品尝到了正宗的哈萨克族美食。

在蒙古包里，我们体验了蒙古族的传统礼仪。一位身着蒙古袍的老者，为我们讲述了成吉思汗的英勇事迹，那激昂的语调，仿佛将我们带入了那个铁血豪情的年代。蒙古族的长调歌声在草原上空回荡，那悠扬的旋律，让人心驰神往。

维吾尔族的舞蹈更是让人眼前一亮。几位维吾尔族姑娘身着艳丽的艾德莱斯裙，头戴小花帽，随着鼓点的节奏，旋转跳跃，她们的眼神灵动，笑容灿烂，将维吾尔族舞蹈的韵味展现得淋漓尽致。

在园区的民族手工艺品展区，我们看到了各民族的手工艺品琳琅满目。哈萨克族的骨雕、蒙古族的银饰、维吾尔族的土陶，每一件作品都蕴含着民族智慧的结晶，让人爱不释手。

昭苏天马旅游文化园，不仅是一个展示天马文化的窗口，更是一个民族文化交流的平台。在这里，各民族的文化相互交融，共同谱写了一曲民族团结的赞歌。每一位游客都能在这里感受到中华民族大家庭的温暖和多元文化的魅力。

当天马表演开始，观众们纷纷聚集在宽敞的表演场地周围，期待着一场精彩绝伦的马术表演。阳光照耀下的草原上，马蹄声渐渐清晰，一队队骑士身着传统的民族服装，头戴鲜艳的头巾，腰间束着皮带，英姿飒爽地骑着天马缓缓入场。

表演首先是一场盛大的马队巡游。天马们排成整齐的队列，有的马匹身上装饰着五彩斑斓的鞍具，有的则披挂着象征荣誉的锦缎。骑士们挥舞着旗帜，向观众致意，天马们则昂首阔步，展现出伊犁马的高贵与骄傲。

随后，表演进入了高潮。一位骑士驾驭着天马，开始了精湛的马术展示。天马在骑士的指令下，时而疾驰如风，时而稳步行走，甚至能够做出站立、鞠躬等高难度的动作。观众们的惊叹声此起彼伏，为天马和骑士的默契配合喝彩。

接着，是一场马术特技表演。骑士们在飞奔的天马上表演站立、倒立、跳跃等惊险动作，每一次成功的完成都让观众紧张得屏住呼吸。特别是当骑士们在马背上完成连续的空翻，那轻盈的身姿和天马的力量完美结合，仿佛在演绎一场人与马的和谐舞蹈。

紧接着是马术竞技环节。骑士们分成两队，进行了一场激烈的马球比赛。天马们在草原上快速穿梭，骑士们挥舞着球杆，争夺着球权。每一次精彩的进球，都会引起观众的热烈欢呼。

最后，是一场传统的草原骑射表演。骑士们手持弓箭，骑在飞驰的天马上，瞄准远处的靶子射箭。箭矢如同流星一般划过天空，精准地命中靶心，展现了哈萨克族骑射文化的精髓。

天马表演在一片掌声和欢呼声中落下帷幕。观众们意犹未尽，纷纷上前与天马和骑士们合影留念。这场表演不仅展现了天马的英勇与灵性，更传承了草原民族千年的马背文化，让每一位游客都深刻感受到了昭苏天马的独特魅力。

昭苏天马旅游文化园是体验新疆马文化的好去处，有各种各样的西域良马，我们可以近距离接触和骑乘，还能看到天马浴河的壮观景象，让我们更深入地了解新疆的马文化。

与此同时，昭苏天马文化园的建设更是对天马文化的继承和传播，是对"牧歌昭苏、天马故乡"的进一步深刻阐释。

冬季的天马旅游文化园，每年都会上演万马雪地奔腾的奇观，在牧马人的带领下，鞭子一扬，成群的骏马一路嘶鸣奔跑，碎雪被踩踏成雾，混合着马匹身上冒出的白气，犹如天马在银河中踏浪，尤为壮观。

昭苏县天马旅游文化园是以马文化为主题进一步挖掘草原文化、民俗文化，打造了"天马故乡"精品旅游品牌形象，也是昭苏积极推进旅游发展的重要驱动器。目前，园区内可提供世界名马展示、名马及伊犁马骑乘体验、马术夏令营、马上竞技表演，可承办国际速度赛马赛事、伊犁马拍卖、专业亚高原赛道自行车骑乘、住宿、餐饮等服务。

昭苏，中国最后一个天马故乡，依靠马文化旅游，昭苏县年旅游收入在四亿元左右。昭苏是一个很值得借鉴的工业旅游成功规划案例，抛开天时地利关键因素，昭苏县之所以成功，不只是找到了属于自己的旅游特色，同时还通过工业旅游的创新思维，规划建设了更多新功能，如马文化博物馆、马术训练学校等，让游客在旅游过程中深刻地了解中国马文化。这对于中国马文化的传播以及保护都有非常重要的意义。

昭苏天马文化园周边有许多值得一去的景点，如伊犁州昭苏马场、灯塔知青馆、昭苏县天马文化博物馆等。这些景点都有各自独特的魅力，可以让你更深入地了解昭苏的历史和文化。

在昭苏天马文化园周边，你可以品尝到新疆特色的美食，如葡萄、核桃、大枣、哈密瓜，羊肉串、拉条子、大盘鸡、烤馕、手抓饭、烤包子、卡瓦斯等。这些美食不仅美味可口，而且富有新疆特色。

虽然昭苏天马文化园附近没有明确的购物推荐信息，但在新疆旅行时，你可以购买一些当地特产作为纪念品，如新疆葡萄干、哈密瓜干、新疆大枣等。

园区内可提供世界名马展示、伊犁马骑乘体验服务，用以开展专业的马术运动、训练及比赛。

昭苏天马文化园的建设也是对昭苏天马文化的继承和传播，是对"牧歌昭苏、天马故乡"的进一步深刻阐释。

2023年中国速度赛马经典赛（昭苏站）于2023年7月16日在新疆昭苏天马旅游文化园赛马场举行。此赛级别为地方积分赛，总奖金为24万元。

赛事的举办地"昭苏天马文化园"位于新疆伊犁州昭苏县的喀尔坎特草原，总投资约6100万元，总建设面积43000平方米，是国家4A级景区。昭苏天马文化园是目前全疆最好、最规范的国际标准化草原生态赛马场，园区内建有游客服务中心、景观大门、天马博物馆、天马文化园赛马场看台、马厩、调教圈等，可以看到草原毡房，体验哈萨克族民俗风情等。

此赛马场大力推动马的赛事常态化工作，多次承办了重大赛事，成功举办丝绸之路·中国杯、马术耐力赛、速度赛等马赛事。昭苏马场还积极开展对外合作，与武汉东方马城等单位合作，经常组织赴内地参加马赛事，使马产业走出新疆、跑向全国。

在此开闸的2023年中国速度赛马经典赛（昭苏站）作为地方积分赛，将依照中国马术协会2023年颁布的《中国速度赛马竞赛规则》和《中国马术协会速度赛马竞赛积分管理办法（试行）》进行组织与监管。

参加此赛并跑获名次的赛驹可获得相应积分，从而进军更高级别的赛事。

走进文化园，仿佛置身于古时的西域。远处，群山环抱，天高云淡。

近处，碧绿的草原上，马儿或悠闲地低头吃草，或自由地奔跑。这其中，尤以天马最为引人注目。它们身姿矫健，毛色光亮，奔跑起来如风驰电掣，尽显英姿。

而在这片土地上，马的历史文化更是源远流长。园内有一座天马博物馆，馆内陈列着各种与马相关的文物，从石器时代的马具，到汉唐的马鞍，再到清朝的御用马具，无一不展现出马在中华文化中的重要地位。

说到天马，不得不提昭苏的马文化节。每逢盛夏，这里都会举行盛大的马术表演、马匹交易会和天马摄影大赛。此时的昭苏天马旅游文化园，更是热闹非凡。各地的游客慕名而来，只为一睹天马的雄风。

在这片土地上，人与马的关系早已超越了简单的驯养与被驯养的关系。马是他们的朋友，是他们的亲人，更是他们的精神寄托。在昭苏，有一句谚语："生不骑乌孙马，死不葬天山雪。"这便是对天马的最高赞美。

在文化园的一角，还有一座天马主题公园。这里有许多与马有关的娱乐设施，如旋转木马、小火车等，都是以天马为原型设计的。孩子们在这里欢笑嬉戏，仿佛也成了骑着天马的勇士，驰骋在这片美丽的土地上。

此外，园内还有许多与马有关的特色小吃和手工艺品。比如那香气四溢的马奶子酒、口感独特的马肉干，还有精美的马鞍、马鞭等手工艺品。这些不仅吸引了游客的味蕾和目光，更是为这片土地增添了几分独特的魅力。

夜幕降临，文化园内的灯火通明。在璀璨的星空下，人们围坐在草地上，欣赏着马术表演和歌舞表演。那欢快的音乐和笑声，伴随着微风飘荡在整个文化园上空，仿佛在诉说着一个又一个关于天马和这片土地的故事。

这就是昭苏天马旅游文化园，一个充满活力、充满故事的地方。它不仅展示了天马的英姿和中华马文化的博大精深，更是成为了一个连接人与自然、历史与现代的纽带。在这里，每一个人都能找到属于自己的那份感动和记忆。

黄昏时分，我们来到了文化园的篝火晚会现场。篝火晚会将民族风情推向了高潮。不同民族的乐器合奏出和谐的旋律，哈萨克族的"黑走马"舞、蒙古族的摔跤、维吾尔族的"刀郎舞"轮番上演，游客们围坐在篝火旁，一起载歌载舞，共享这欢乐的时光。此时，天边的晚霞映照在每个人的脸上，欢声笑语回荡在草原上空，构成了一幅美好的画卷。

夜幕降临，我们依依不舍地离开了昭苏天马旅游文化园。这里的自然风光、历史文化、民族风情，都给我们留下了深刻的印象。昭苏天马，这颗草原上的璀璨明珠，将继续传承中华民族的优秀文化，成为世界各地游客向往的旅游胜地。

田园诗篇中的科技之光

初秋时节，天空如洗，阳光透过云层洒在大地上，金黄的麦田与翠绿的草原交相辉映。在这个美好的季节，我有幸踏上了昭苏伊犁国家农业科技园区的探秘之旅。

踏入伊犁国家农业科技园区，仿佛走入了一首田园诗篇。朝霞映照下的田野，如同一幅流动的油画，金黄的麦浪在微风中摇曳，似是低语着丰收的喜悦。这里，既有传统的农耕文化，又有现代科技的脉搏。

园区之大，仿佛自成一个世界。遥望那整齐划一的温室，它们在阳光下闪闪发光，里面栽种着各种新奇的作物。这不仅是农业的试验田，更是科技的摇篮。

走进园区，感受现代农业的魅力

沿着蜿蜒的山路，我们来到了位于新疆伊犁哈萨克自治州昭苏县的昭苏伊犁国家农业科技园区。园区占地面积广阔，规划有序，一派生机勃勃的景象。踏入园区，首先映入眼帘的是一排排整齐的智能化温室，这些温室犹如一颗颗明珠，镶嵌在广袤的田野上。在这里，传统农业与现代农业技术完美融合，为作物生长创造了最佳环境。智能温室里的蔬菜、花卉、水果，无须受季节限制，都能茁壮成长，呈现出勃勃生机。

沿着园区小道漫步，一片片高标准农田展现在眼前。这里，田成方、林成网、路相通、渠相连，构成了一幅美丽的田园风光。农田里，无人机正在进行植保作业，精准施肥、施药，大大提高了农业生产效率。而农田边的物联网监测站，则实时收集土壤、气象、作物生长等数据，为农业生产提供科学依据。

在园区的畜牧区，我们看到了一群群膘肥体壮的牛羊。这里采用现代化养殖技术，实现了全程智能化管理。智能监控系统实时监测牲畜生长情况，自动投喂、自动清粪，降低了劳动强度，提高了养殖效益。而奶制品加工厂则采用国际先进技术，生产出优质、安全的乳制品，满足了消费者对美好生活的需求。

园区内的农业科技成果展示厅，更是让人眼前一亮。这里汇聚了国内外农业领域的最新科研成果，展示了现代农业科技的无限魅力。智能农机、生物农药、有机肥料、节水灌溉等技术，为传统农业转型升级提供了有力支撑。而农产品深加工技术，则让农产品附加值大幅提升，助力农民增收致富。

工作人员向我们介绍，这里的温室采用了先进的智能化控制系统，实现了对温度、湿度、光照等环境因子的精准调控，为作物生长创造了最佳条件。

科技助力，农业焕发新活力

在园区的实验田里，我们看到了一场别开生面的农业科技盛宴。无人机植保、北斗导航种植、水肥一体化等技术在这里得到了广泛应用。园区负责人告诉我们，通过科技助力，农业正焕发出新的活力。

在一片玉米地里，一台无人机正在进行植保作业。它低空飞行，将药物均匀地喷洒在玉米叶片上。无人机植保不仅提高了作业效率，还降低了劳动强度，减少了农药使用量，有利于生态环境保护。

沿途走进一座温室，眼前豁然开朗。这里种植着各种高科技培育的农作物，每一种都似乎带着未来的气息。高科技的灌溉系统、智能化的温度调控、精准的施肥技术，都让这片土地焕发出勃勃生机。每一株作物，都像是科技与大自然的完美结合。

在园区的另一角落，一排排整齐的养殖池映入眼帘。鱼儿在其中游弋，每一只都显得肥美而活力四溢。这里采用了先进的养殖技术，确保每一只鱼都能得到最优质的成长环境。而养殖废水的处理，也做到了零排放，真正实现了绿色养殖。

行走在园区中，不时有科研人员匆匆而过，他们或手持试管，或操作着精密的仪器。这里的每一个人，都是这片土地上的守护者，他们用科技的力量，为这片土地带来了无尽的希望与活力。

绿色发展，助力乡村振兴

在园区，我们还了解到，这里始终坚持绿色发展理念，大力发展生态农业、循环农业。园区内的废弃物资源化利用、秸秆还田、生物防治等技术，有效减少了化肥、农药的使用，提高了农产品品质。

漫步在园区，我们看到农民们脸上洋溢着幸福的笑容。他们通过土地流转、入园务工等方式，实现了增收致富。园区的发展，不仅带动了当地农业产业结构调整，还为乡村振兴注入了强大动力。

展望未来，谱写农业新篇章

站在昭苏伊利国家农业科技园区的高地上，我们展望未来，信心满满。园区将继续发挥科技创新的引领作用，培育更多新品种、新技术、新模式，推动农业高质量发展。

这次探秘之旅，让我们感受到了现代农业的魅力，见证了科技助力农业发展的成果。相信在不久的将来，这里将谱写出农业现代化的新篇章。

在这片充满科技气息的土地上，我们仿佛看到了一幅美好的未来画卷：农业生产更加高效、绿色、智能，农民生活更加幸福、美满、富裕。而这，正是我国农业科技发展的方向和目标。

昭苏伊利国家农业科技园区，犹如一首田园诗篇中的科技之光，照亮了现代农业发展的道路。在这里，我们感受到了科技的力量，见证了农业的变革。让我们共同期待，这片土地上的科技之光，照亮更多农业发展的未来。

夕阳下，园区披上了一层金色的外衣。此时，一群孩子在田野间奔跑嬉戏，他们的笑声与这片土地相得益彰，仿佛是大自然的赞歌。这里，既有传统的农耕文化，又有现代科技的脉搏，人们在这片土地上，书写着属于他们的故事。

夜幕降临，园区渐渐安静下来。但这里的每一个角落，都充满了生命的力量。无论是那些高科技的温室，还是那些生机勃勃的养殖池，都在诉说着这片土地的不凡。它们是大自然的馈赠，也是人类智慧的结晶。

伊利国家农业科技园区不仅仅是一个农业的试验田，它更是人与自然和谐共生的典范。在这里，传统与现代交织，科技与自然共舞。每一颗种子、每一条鱼、每一滴水，都承载着这片土地的希望与梦想。

当夜色渐深，星辰点点，我离开这片神奇的土地时，心中不禁感慨万分：在这片充满希望的土地上，无论春夏秋冬，无论白天黑夜，生命都在这里绽放出最美的光彩。而这，正是伊利国家农业科技园区给予我们的最美礼物。

雪域秘境——昭苏滑雪场

昭苏虽地处内陆，却有天山之水滋润，故而四季分明，尤以冬季的雪景最为迷人。每当雪花飘落，昭苏便化为一片白色的童话世界，而其中最引人入胜的，莫过于那座坐落于山巅的昭苏滑雪场。

昭苏滑雪场位于天山之巅，海拔高，气温低，雪质纯净。昭苏滑雪场的雪质优良，被誉为"粉雪天堂"。这里的雪，细腻如丝，柔软如絮，给人一种梦幻般的感觉。在这片粉雪的世界里，滑雪成为一种享受，一种与自然共舞的浪漫。

每当冬季来临，这里便成了滑雪爱好者的天堂。人们从四面八方拥来，只为在这片雪地上留下自己的足迹，体验那一份独特的快乐。

昭苏滑雪场的建筑风格融合了当地的民族特色。木结构的房屋、尖顶的亭子，以及装饰着哈萨克族和蒙古族传统图案的墙面，无不透露出浓郁的地方风情。滑雪场的休息区和接待大厅内，挂满了当地艺术家创作的画作，这些作品讲述着民族的故事，让游客在休息之余，也能感受到文化的魅力。

在昭苏滑雪场的入口处，一幅巨大的雪山壁画映入眼帘，那是当地艺术家用心灵描绘的杰作，它不仅代表着这里的自然风光，更承载着人们对这片雪域的深厚情感。滑雪者们在此驻足，或拍照留念，或默默致敬，人文与自然在这里和谐共存。

滑雪场上，不仅仅是速度与激情的展现，更有温馨的人文关怀。身着统一制服的教练们，他们不仅是滑雪技巧的传授者，更是文化的传播者。他们的笑容和鼓励，让初学者们感受到了温暖和自信，也让这片雪域充满了人文的温度。

在滑雪场的休息区，几位老者围坐在火炉旁，弹奏着哈萨克族的冬不拉，唱着悠扬的民族歌曲。他们的歌声穿越风雪，飘荡在雪场上空，为滑雪者们增添了一份文化的韵味和历史感。

滑雪场的角落，有一个小木屋，那是为游客提供热饮和简单食物的地方。墙上挂满了各种滑雪装备的老照片，记录了昭苏滑雪场的历史变迁。游客们在享受美食的同时，也能感受到这里浓厚的人文气息。

孩子们在滑雪场的儿童区欢声笑语，他们的滑雪服上绣着可爱的卡通图案，脸上洋溢着快乐的笑容。家长们在一旁看着，不时按下相机的快门，记录下这些宝贵的瞬间。这里不仅是滑雪的场所，更是家庭欢乐的海洋。

昭苏滑雪场的人文元素，如同一颗颗璀璨的明珠，镶嵌在这片雪域之中，让每一位滑雪者都能在享受滑雪乐趣的同时，感受到这里独特的文化和历史魅力。

雪场之景，美不胜收。放眼望去，白雪皑皑，如同一条巨大的雪毯铺展在山间。阳光下，雪花闪烁着晶莹的光芒，与蓝天、白云相映成趣。滑雪道上，一道道身影像箭一般飞驰而下，划破寂静的雪地，留下一串串欢声笑语。

在昭苏滑雪场的雪道上，每一道划过的痕迹都似乎在诉说着这里的历史。这片位于天山脚下的滑雪胜地，拥有着悠久而独特的背景故事。

昭苏滑雪场的起源可以追溯到上世纪 70 年代，当时这里还只是当地居民冬日娱乐的小山坡。随着时间的推移，这片自然赋予的雪域逐渐被开发成专业的滑雪场地。1978 年，昭苏滑雪场正式对外开放，成为我国西北地区最早的一批滑雪场之一。

这里曾是多届全国滑雪锦标赛的举办地，见证了无数滑雪健儿的辉煌时刻。昭苏滑雪场的每一块奖牌、每一段赛道，都记录着中国滑雪运动的发展历程。

滑雪场的设计和建设，融合了多民族的文化元素。哈萨克族、蒙古族等民族的工匠们，用他们的智慧和双手，将滑雪场打造成了一处既现代又充满民族风情的休闲地。

在昭苏滑雪场的发展历程中，不乏动人的故事。曾经，这里是一位当地青年的滑雪梦想起点，他凭借着在这里练就的技艺，最终成为国家滑雪队的队员，为国家赢得了荣誉。

随着时间的流逝，昭苏滑雪场也在不断升级改造，以适应越来越多滑雪爱好者的需求。新的滑雪设施、更加专业的教练团队，以及丰富的滑雪活动，都让这里成为滑雪爱好者心中的圣地。

当滑雪者站在山顶，望着蜿蜒的雪道，我相信他们的内心都会涌动着一种难以言表的激动。

呼吸之间，寒意袭人，滑雪者们深吸一口清冷的空气，胸腔中似乎充满了力量。他们的心跳随着准备动作的完成而加速，一种即将飞翔的预感在体内蔓延。

踏上滑雪板的那一刻，滑雪者们感受到了脚下的轻盈。随着身体的前倾，他们开始缓缓滑下，雪花在脚下轻轻飞舞，像是欢迎着每一位挑战者。

当速度逐渐加快，滑雪者们的心跳也随之飙升。风在耳边呼啸，脸颊感受到刺骨的寒冷，但内心的热情却如同烈火般燃烧。他们享受着速度带来的快感，那种与风竞速的感觉，让人仿佛化身为自由的鸟儿。

在转弯时，他们的身体重心会灵活转移，滑雪板与雪面的摩擦发出轻微的沙沙声。每一次完美的转弯，都让他们感受到对身体的掌控，对自然的征服。

偶尔，他们会在雪道上跳跃，体验飞翔的瞬间。那一刻，他们仿佛脱离了地心引力，心灵得到了释放，所有的烦恼和束缚都随风而去。

当滑至平缓地带，速度减慢，滑雪者可以尽情欣赏周围的风景。雪山、松林、蓝天、白云，这一切都让他们感到心灵的宁静，仿佛与大自然融为一体。

当然，滑雪过程中也难免会有跌倒的时刻。但当滑雪者从雪地上爬起，拍拍身上的雪，他们脸上依然挂着笑容。因为在这个过程中，他们学会了坚持，体会到了挑战自我的乐趣。

滑雪结束时，他们往往都会带着一丝不舍离开雪道。尽管身体疲惫，但内心却充满了喜悦和满足。他们知道，在这片雪域中，他们不仅留下了足迹，更收获了成长和回忆。那种滑雪带来的独特感受，将成为他们心中永远的珍藏。

今天，当我们站在昭苏滑雪场的山顶，不仅能感受到滑雪带来的乐趣，还能在这片历史的雪域中，感受到一种时光的沉淀。滑雪场的历史，就像是一条纽带，连接着过去与现在，让每一位滑雪者在享受速度与激情的同时，也能体会到中国滑雪文化的传承与发展。昭苏滑雪场，不仅是一个滑雪的地方，更是一部活生生的历史书，等待着每一位游客去细细品读。

在这里，时间仿佛凝固。人们忘却了世俗的烦扰，只留下与雪共舞的美好时光。有人滑得轻盈如燕，有人翻滚着做出各种高难度动作，更有初学者在教练的指导下小心翼翼地探索着雪地的奥秘。每个人都在寻找属于自己的那份快乐，那份与雪共舞的自由与畅快。

在昭苏滑雪场，还有一个传说。据说，有一位名叫阿依古丽的少女，她深爱着这片雪地，每当雪花飘落，她便化身为雪花仙子，为滑雪的人们带来好运和祝福。那些在雪场上取得优异成绩的人们，都说是得到了阿依古丽的眷顾。

而阿依古丽的故事也激励着每一个来到昭苏滑雪场的人。他们为了追求更高的技艺，为了在这片雪地上留下自己的足迹，不断地努力、挑战、超越。每一次滑下山坡，都是对自我的一次挑战与超越。在这里，每个人都可以成为自己的英雄。

然而，美好的时光总是短暂的。随着春天的到来，昭苏滑雪场也将迎来它的休眠期。人们依依不舍地告别这片雪地，期待着下一个冬季的相聚。而那些美好的回忆，将成为每个人心中永恒的珍宝。

昭苏滑雪场不仅仅是一个滑雪胜地，更是一个梦想与自由的象征。在这里，每个人都可以释放自己的激情与梦想，与雪共舞，畅享那份无拘无束的美好时光。而那份美好，将永远留在每一个来到这里的人的心中。

哈萨克民族风情园的画卷

哈萨克民族风情园将哈萨克族的传统文化与现代旅游完美融合，绘制出了一幅生动的民族风情画卷。

走进哈萨克民族风情园，仿佛踏入了一个五彩斑斓的世界。园区内，哈萨克族的特色建筑、民俗活动、美食佳肴，无不让人沉醉其中，流连忘返。

风情园的建筑独具匠心，一排排哈萨克族的毡房错落有致地分布在绿草地上，犹如一朵朵白色的蘑菇。毡房顶部呈圆锥形，用羊毛制作而成，既保暖又透气。阳光透过毡房的缝隙，洒在内饰精美的地毯上，映出一道道斑斓的光影。

园区中心的民族文化馆，是一座结合了哈萨克族传统建筑风格与现代设计理念的建筑物。馆内陈列着哈萨克族的服饰、乐器、手工艺品等，让人一览哈萨克民族的风采。

在风情园，游客可以亲身参与各种哈萨克族的民俗活动，骑马、射箭、摔跤，这些充满民族特色的运动，让人感受到哈萨克族人民的勇敢与坚忍。而那悠扬的冬不拉琴声，更是将人们带入了一个美妙的音乐世界。

　　每逢节日，风情园内还会举行盛大的庆典活动。哈萨克族的姑娘和小伙们身着节日盛装，载歌载舞。舞蹈热情奔放，歌声婉转动人，让人不禁沉浸在这欢乐的氛围中。

　　风情园周围的自然风光同样迷人。远处，雪山皑皑，云雾缭绕；近处，草原碧绿，牛羊成群。在这里，游客可以尽情地呼吸新鲜的空气，享受大自然的恩赐。

　　在这片土地上，我们感受到了哈萨克族的热情好客、勇敢善良，也领略了他们丰富多彩的民族文化。哈萨克民族风情园，是一幅活生生的民族风情画卷，让我们铭记于心，传颂千里。

　　哈萨克民族风情园，不仅是日常游玩的胜地，更在节日庆典中展现出其独特的魅力。在这里，每一次节日的到来，都是一场民族文化的盛宴，细节之处，尽显哈萨克族的独特风情。

　　在春回大地的时节，哈萨克民族风情园迎来了纳吾热孜节，这是哈萨克族的新年。节日的清晨，园区内弥漫着新煮的纳吾热孜粥的香气，粥里包含了小麦、大麦、牛奶、糖等七种食物，象征着新一年的富饶与希望。人们身着节日盛装，相互拜年，互赠纳吾热孜粥，共享新生的喜悦。

　　节日庆典在一片欢声笑语中拉开序幕。哈萨克族的汉子们骑着骏马，挥舞着鲜艳的旗帜，带领着游行队伍穿行在风情园内。姑娘们则身着五彩斑斓的裙装，头戴精美的头饰，跟随着音乐的节奏，跳起曼妙的舞蹈。

　　庆典活动中，传统的体育竞技项目是不可或缺的一部分。赛马、摔跤、射箭等比赛轮番上演，勇士们展现着哈萨克族的英勇与力量。观众们的欢呼声、呐喊声此起彼伏，为参赛者加油鼓劲。每一场比赛的胜利者，都会得到人们的尊敬和获胜的奖品。

　　夜幕降临，风情园内的篝火晚会开始了。冬不拉、库布兹等传统乐器的旋律在夜空中回荡，歌手们唱着古老的歌谣，讲述着哈萨克族的历史与传说。游客们围绕着篝火,与哈萨克族人民一起载歌载舞,共享这份欢乐。

节日的餐桌上,摆满了哈萨克族的美食。烤全羊、手抓肉、奶茶、馕等佳肴香气四溢,让人垂涎欲滴。宾客们围坐在一起,品尝着美食,交流着文化,节日的气氛愈发热烈。

庆典期间,风情园还会举办各种手工艺品展览和民族服饰展示,让游客们更加深入地了解哈萨克族的文化。工匠们现场制作哈萨克族的传统工艺品,妇女们展示着精美的刺绣和编织技艺,这些都是哈萨克族文化的重要组成部分。

哈萨克民族风情园的节日庆典,是一场视觉、听觉、味觉的文化盛宴。在这里,每一个细节都承载着哈萨克族的历史与文化,每一个瞬间都让人感受到了民族的风情与魅力。这样的庆典,不仅让哈萨克族人民欢聚一堂,也吸引了无数游客的目光,成为了传承和弘扬哈萨克民族文化的亮丽舞台。

藏在山水间的人间仙境

阿克萨依民俗村，一个镶嵌在山水之间的人间仙境，承载着厚重的历史底蕴，散发着浓郁的民俗风情。在这里，时光仿佛慢了下来，让人忘却尘世的喧嚣，尽情沉浸在这片宁静的土地上。

六月中旬，我们驱车前往阿克萨依民俗村。沿途，青山绿水相伴，鸟语花香迎面。村庄掩映在绿树丛中，古朴的房屋、蜿蜒的小巷，一切都显得那么宁静、祥和。

走进阿克萨依民俗村，仿佛穿越时空，回到了那个遥远的年代。村口的古树见证了村庄的沧桑变迁，树下的石磨、水井，诉说着村民们勤劳致富的故事。漫步在青石板铺就的小巷，两旁的民居错落有致，土黄色的墙壁上，挂满了丰收的玉米和红辣椒，显得格外喜庆。

阿克萨依民俗村的建筑风格，是一种融合了自然环境与传统智慧的艺术结晶，它以其独特的风貌，静静地讲述着这里的历史与文化。

走进阿克萨依民俗村，首先映入眼帘的是那些土黄色的墙体，它们由当地的黄土经过夯实而成，显得古朴而厚重。这些墙体不仅具有良好的保温性能，而且能够随着季节的变化调节室内的温度，体现了村民们与自然和谐共生的智慧。

民居的建筑多为平顶结构，屋顶平坦，便于晾晒粮食和进行日常活动。房屋的布局简洁实用，一般分为卧室、客厅、厨房等区域，空间划分合理，既满足了居住的需要，又保持了良好的通风和采光。

建筑的外立面装饰简约而不失精致，门窗多采用木质结构，窗框上雕刻着富有民族特色的图案，如花卉、几何图形等，这些图案既美观又富有象征意义，体现了村民们对美好生活的向往。

在村落的布局上，阿克萨依民俗村的建筑群依山傍水，顺应地形，与周围的自然环境融为一体。房屋之间的小巷曲折蜿蜒，青石板铺就的路面古朴自然，两旁的院落里种满了各种花草树木，每到春夏季节，花香四溢，绿意盎然。

此外，村中的宗教建筑也颇具特色，如清真寺的尖塔和圆形穹顶，它们是伊斯兰建筑的典型元素，穹顶上的花纹和色彩鲜艳的瓷砖，在阳光的照耀下熠熠生辉，显得庄严而神圣。

阿克萨依民俗村的建筑风格，不仅是一种物质形态，更是一种精神象征。它承载着村民们对美好生活的追求，对传统文化的坚守，以及对自然环境的尊重。这里的每一座建筑，都是一部活生生的历史书，记录着这片土地上的故事和传说，让每一位到访者都能感受到深深的敬意和浓厚的文化氛围。

村民们的日常生活仿佛一幅流动的画卷。在这里，我们看到了原生态的民俗风情。妇女们身着艳丽的民族服饰，忙碌在田间地头，她们的笑声清脆悦耳，传递着幸福的生活气息。孩子们在村头追逐嬉戏，那一张张纯真的笑脸，让人忍不住按下快门，定格这美好的瞬间。

在阿克萨依民俗村，特色手工艺品是村民们智慧的结晶，它们承载着悠久的历史传统和丰富的文化内涵，成为了这片土地上不可或缺的风景线。

漫步在村中小巷，随处可见琳琅满目的手工艺品。首先吸引目光的是那些精美的刺绣作品。当地妇女们以灵巧的双手，在布料上绣出一幅幅栩栩如生的图案，有艳丽的牡丹、灵动的蝴蝶、雄壮的骏马，每一针每一线都透露出对生活的热爱和对美的追求。这些刺绣作品不仅装饰了自家的窗帘、桌布，更成为了游客们争相购买的纪念品。

接着是那些富有民族特色的土陶制品。土陶是阿克萨依民俗村的传统手工艺，工匠们选用当地的黏土，经过手工拉坯、晾晒、烧制等工序，制作出各式各样的陶罐、陶碗、陶壶。这些土陶制品表面光滑，色泽自然，有的装饰着简单的几何图案，有的则是素面朝天，展现出一种原始的美感。

剪纸艺术在这里也得到了传承。村民们以红纸为材料，剪出各种寓意吉祥的图案，如"喜鹊登枝""鱼跃龙门"等。这些剪纸作品线条流畅，形象生动，常常被用作窗花、墙饰，为村庄增添了一抹喜庆的色彩。

此外，木雕也是阿克萨依民俗村的特色手工艺之一。工匠们利用当地丰富的木材资源，雕刻出各种家具和生活用品，如雕花木床、木柜、木碗等。木雕作品上的图案复杂多样，既有传统的龙凤呈祥，也有生活中的花鸟鱼虫，每一件都是独一无二的艺术品。

在村中的手工艺品市场上，我们还看到了精美的银饰、手工编织的毛衣、围巾以及各种小巧的挂饰。这些手工艺品不仅展示了当地人民的智慧和技艺，更是民族文化的重要组成部分。

阿克萨依民俗村的手工艺品，不仅是村民们生活的一部分，也是他们与外界交流的桥梁。它们以其独特的魅力，吸引着来自四面八方的游客，让更多的人了解和喜爱这片土地上丰富多彩的文化。在这里，每一件手工艺品都承载着故事，每一处细节都透露着匠心，它们是阿克萨依民俗村最珍贵的文化瑰宝。

在阿克萨依民俗村，除了别具一格的建筑和特色手工艺品，美食也是不容错过的饕餮盛宴。

在阿克萨依民俗村，美食是一种文化的传承，也是一种情感的寄托。

这里的美食种类繁多，每一道菜肴都蕴含着浓郁的民族特色和地域风情。

首先，不得不提的是那香气四溢的手抓肉。选用当地散养的羊肉，经过简单的烹饪，保留了肉质的鲜美和营养。一大盘手抓肉端上桌，肉质鲜嫩，肥而不腻，搭配上特制的辣椒酱，每一口都是对味蕾的极致诱惑。

接着是那独具特色的烤全羊，这是阿克萨依民俗村的招牌美食。烤全羊选用的是肉质细嫩的小羊，经过特制的腌料腌制，再架上篝火慢慢烤制。烤制过程中，羊肉的油脂被火烤得吱吱作响，香气扑鼻。待烤至金黄，外皮酥脆，内里多汁，让人忍不住大快朵颐。

此外，还有那美味的奶茶，它是村民们日常生活中不可或缺的饮品。用新鲜的牛奶和茶叶煮制而成，奶茶色泽乳白，口感醇厚，喝上一口，暖意瞬间蔓延全身，让人倍感温馨。

当然，还有那些特色小吃，如香喷喷的馕、软糯的油塔子、酸甜可口的酸奶疙瘩等。每一款小吃都有其独特的制作工艺和风味，让人回味无穷。

在阿克萨依民俗村，我们还有幸品尝到了传统的"九碗三行"宴席，这是当地接待贵宾的最高礼遇。九碗菜肴各具特色，排列成三行，象征着团结和谐。每一碗菜都是对食材的精心搭配，色香味俱佳，让人在品尝美食的同时，也感受到了深厚的文化底蕴。

在这里，每一顿饭都是一场盛宴，每一道菜都是对传统烹饪技艺的致敬。阿克萨依民俗村的美食，不仅满足了我们的味蕾，更让我们对这片土地有了更深的情感连接。美食在这里，不仅仅是食物，更是一种文化的传承，一种情感的交流。

阿克萨依民俗村的夜晚，别有一番风情。繁星点点的夜空下，篝火晚会热闹非凡。村民们载歌载舞，欢声笑语回荡在夜空。我们也加入了这场欢乐的盛宴，尽情地跳着、笑着，感受着这份淳朴的喜悦。

时光荏苒，转眼间，离别之际来临。我们带着满满的收获，告别了这个美丽的地方。阿克萨依民俗村，一个让人流连忘返的世外桃源，它用独特的魅力，让我们感受到了民族文化的博大精深，也让我们更加珍惜眼前的美好生活。

古村遗韵

  玛热勒特村，这个深藏在山谷中的宁静村落，不仅拥有令人陶醉的自然风光，更承载着厚重的人文历史。在这里，每一砖，每一瓦，每一道痕迹，都诉说着过往的故事，记录着时间的流转。这里自然风光旖旎，民俗风情浓郁，被誉为"世外桃源"。在这个美丽的村庄，时光仿佛停滞，让人忘却尘世的喧嚣，尽享宁静与祥和。

  玛热勒特村的历史可以追溯到数百年前，它是古丝绸之路上的一个重要驿站。曾经，这里是商贾云集之地，各色人等在此歇脚补给，带来了丰富的文化和商品交流。村庄的布局和建筑风格，也受到了多元文化的影响，融合了中原汉文化的严谨与边疆民族文化的粗犷。

  玛热勒特村的自然景观更是让人流连忘返。村旁的湖泊，如同一颗碧绿的宝石，镶嵌在山谷之间。湖水平静如镜，倒映着蓝天、白云、青山，美不胜收。我们乘坐小船，在湖面上荡漾，感受着湖水带来的清凉，欣赏着四周的美景，仿佛置身于一幅美丽的画卷。

  玛热勒特村的田园风光也令人陶醉。金黄的麦田、碧绿的菜地、硕果累累的果园，构成了一幅美丽的乡村画卷。我们漫步在田埂上，感受着泥土的芬芳，聆听大自然的旋律，体验着农耕文化的韵味。

村中的那座古老的石磨，见证了玛热勒特村的历史变迁。它曾是村民们生活的依靠，日夜不息地运转，磨出了养育一代又一代村民的粮食。如今，虽然已不再使用，但它依然静静地立在村中，成为了一个时代的记忆。

在村子的中心，有一座古朴的庙宇，它是村民们信仰的寄托。庙宇虽小，却香火不断，供奉着村民们世代相传的神灵。每年的特定时节，村民们都会在此举行盛大的祭祀活动，祈求风调雨顺、五谷丰登。这些传统仪式，不仅是对神灵的敬仰，也是对传统文化的传承。

玛热勒特村的名字，源自当地的一种传统手工艺——玛热勒特编织。这种编织技艺代代相传，如今已成为村庄的一大特色。村民们用手工编织的玛热勒特毯子、帽子、挂饰等，色彩斑斓，图案独特，深受游客喜爱。

在村子的角落，我们还发现了一座小小的博物馆，这里收藏着玛热勒特村的历史文物和民俗用品。一件件展品，如同一本本活生生的历史书籍，讲述着村庄的兴衰和变迁。那些古老的农具、生活用品、民族服饰，让我们对这里的生活有了更深的了解。

玛热勒特村的人文历史，不仅体现在物质文化上，更融入了村民们的日常生活中。他们的语言、节日、婚丧嫁娶等习俗，都带有浓厚的历史印记。在这里，我们听到了古老的民歌，看到了传统的舞蹈，感受到了民族文化的生生不息。

在玛热勒特村的深处，有一片静谧的土地，这里安息着一位历史上的传奇人物——细君公主。她的墓静静地躺在村旁的山坡上，被一片苍翠的树木环抱，仿佛在诉说着那段遥远而动人的故事。

细君公主，一位汉代的和亲公主，她的名字在历史的长河中或许不如其他皇室成员那般显赫，但她的故事却同样充满了悲壮与传奇。为了国家的和平，她不远万里，嫁给了边疆的少数民族首领，用自己的青春和生命，书写了一段民族团结与和平的佳话。

走进细君公主的墓园，首先映入眼帘的是一块古朴的石碑，上面刻着"细君公主之墓"六个大字，字体遒劲有力，透露出对这位公主的敬仰与怀念。石碑背后，是一片青青的草地，几株古树屹立，仿佛在守护着公主的安宁。整个香冢是一垛微微呈半月形的土墩墓，是一座长满绿草和鲜花的坟冢。细君墓在宽阔的夏塔草原，坐北朝南，背依高峰林立的天山主脉，面朝一泻而出的夏塔河。土墩坟茔前，一方高过头顶的墓碑默默地挺立在这里，向过往的人们诉说着墓主人昔日的风采。在坦荡如砥的草原上，在古老庄重、气势庞大的乌孙古墓中，细君墓是那样地温婉、内敛，一如知书识礼的细君，悲也默默，喜也默默。

墓园的设计简约而庄重，没有过多的装饰，只有一条青石铺成的小径通向公主的墓前。小径两旁，是整齐排列的石灯，它们静静地伫立，仿佛是公主生前侍女的化身，永远陪伴在公主身边。

站在细君公主的墓前，我们可以看到墓碑后方的墓丘，被绿草覆盖，显得宁静而肃穆。墓丘周围，是一些石刻的雕像，它们或是公主生前的宠物，或是象征和平的吉祥物，每一尊都雕刻得栩栩如生，仿佛随时都会活过来。

在这里，我们可以感受到历史的厚重与沧桑。细君公主的墓，不仅是她个人的安息之地，更是民族团结与和平的象征。她的故事，激励着一代又一代的玛热勒特村人，传承着和谐共处的民族精神。

游客们在细君公主墓前驻足，或低头沉思，或默默祈祷，无不被这位公主的牺牲精神所感动。在这里，我们不仅看到了历史的痕迹，更感受到了一种跨越时空的情感共鸣。

玛热勒特村的细君公主墓，就像是一颗镶嵌在村庄中的历史明珠，它让这个宁静的村庄多了一分庄重与神秘。在这里，历史与现实交织，古老的故事与现代的生活相融，让每一位到访者都能在心灵深处，感受到那份历史的沉淀与文化的传承。

　　玛热勒特村，这个充满故事的村庄，用它独特的方式，讲述着过去与现在。在这里，历史与现实交织，传统与时尚共存，让人在欣赏自然美景的同时，也能感受到深厚的人文底蕴。玛热勒特村，不仅是一个旅游的目的地，更是一本值得细细品读的历史书卷。

　　晚上，我们住在村民家中，品尝着地道的农家美食，聆听着主人讲述村庄的故事。那美味的羊肉、香喷喷的烤馕、醇香的牛奶，让我们回味无穷。在星空下，我们围坐在篝火旁，唱歌、跳舞，度过了一个难忘的夜晚。

　　玛热勒特村，一个让人陶醉的地方。在这里，我们感受到了大自然的神奇魅力，体验了民俗风情的独特韵味。

夜宿昭苏星空房

在昭苏，有一处与星辰对话的秘境，那便是星空房。这里，远离城市的喧嚣，没有灯光的干扰，只有无尽的夜空和闪烁的星光，以及那与天地同眠的宁静。

昭苏星空房位于昭苏县东部的巴勒克苏草原，是一个独特的露营基地，名为"梦与星空露营基地"。这个基地由四位"90后"共同投资建设，他们都是户外运动的爱好者。基地的特色在于其星空帐篷，游客可以躺在床上直接观赏夜空中的繁星。除了星空帐篷，基地还设有其他露营帐篷，装饰风格复古，吸引了许多游客和摄影公司前来拍摄婚纱照和艺术照。

初秋的夜晚，我们驱车前往，只为了一睹星空房的真容。车子在蜿蜒的山路上行驶，两旁的风景逐渐被夜色吞噬，而我们的心情却随着星空房的临近而愈发激动。

抵达时，星空房就像一颗颗璀璨的宝石，镶嵌在草原之上。这些透明的玻璃帐篷，简洁、复古与现代，仿佛是来自未来和过去的建筑，却又与周围的自然环境和谐相融。我们迫不及待地走进属于自己的那一片星空之下。

星空房的建造特色融合了现代科技与自然美学，展现了一种独特的建筑艺术。

首先，星空房的选址极具匠心。它们通常位于草原的制高点，或是视野开阔的山丘之上，确保了居住者能够最大限度地享受到无遮挡的星空视野。四周没有高楼大厦，远离了城市的光污染，使得星空在这里得以展现出最原始、最纯净的美。

在建筑材料的选择上，星空房大量使用了高强度透明玻璃。这种特殊的玻璃不仅具有优异的透光性，还能有效隔离室外的噪声和寒气，为居住者提供了一个既舒适又宁静的观星环境。夜晚，透明的屋顶仿佛消失了一般，让人仿佛置身于露天的星空之下，而实际上却享受着室内的温暖与便利。

星空房的构造设计巧妙，采用了模块化建造技术，既保证了结构的稳定性，又便于安装与维护。屋顶的开启机制设计精细，可以在需要时轻松打开，让居住者在晴朗的夜晚直接仰望星空，或是进行天文观测。

在室内设计上，星空房追求简约而不失温馨。内部的装饰简洁大方，家具选用自然环保的材料，与周围的自然环境相协调。房间内的照明设计考究，使用了暖色调的灯光，既不影响夜空的观赏，又能营造出温馨舒适的居住氛围。

此外，星空房的环保理念贯穿始终。它们采用太阳能发电系统，减少了对传统能源的依赖，同时也降低了环境足迹。排水系统则采用了先进的生态处理技术，确保了生活污水不会对草原生态造成影响。

星空房的建造特色，不仅体现在其独特的设计和材料上，更在于它对自然环境的尊重和对居住体验的极致追求。在这里，建筑与自然和谐共存，科技与人文完美融合，为每一位到访者提供了一次难忘的星空之旅。

星空房内的布置简约而温馨，一张舒适的床，几盏柔和的灯光，足以让人忘却尘世的烦恼。但这里的主角，无疑是那片透明的屋顶。我们躺下来，仰望星空，那一刻，仿佛置身于宇宙的怀抱，心灵得到了前所未有的释放。

夜空如墨，星光点点，银河仿佛近在咫尺，触手可及。那些遥远的星辰，在这片纯净的夜空中，显得格外明亮，它们无声地讲述着宇宙的故事，而我们，便是这故事的听众。

在这里，时间似乎失去了意义。我们沉浸在这片星空之下，任由思绪缥缈，心灵与宇宙的对话无声地进行着。那些关于生命、关于宇宙、关于未来的思考，在这里得到了升华。

在昭苏，星空房不仅是梦开始的地方，也是探索宇宙奥秘的窗口。在这里，我们不仅能够欣赏到壮丽的星空，还能在夜色中学习到一些科学知识，让这次旅行变得更加丰富和有意义。

当我们躺在星空房内，仰望那片无垠的夜空，不禁会被宇宙的浩瀚所震撼。那些闪烁的星星，其实是由氢原子在高温高压下发生核聚变反应而发出的光芒。每一颗星星都是一个燃烧的太阳，它们的光芒穿越数光年，最终抵达我们的眼睛。

银河，那条横跨夜空的乳白色光带，是由数千亿颗恒星组成的庞大星系。我们的太阳只是银河系中数千亿颗恒星中的一员，而银河系又是宇宙中无数星系中的一个。这些知识让我们对宇宙的广阔有了更直观的认识。

偶尔，一颗流星划破夜空，留下一道亮丽的光轨，那是宇宙中的尘埃粒子进入地球大气层，因摩擦燃烧而产生的光迹。这些流星体的原身，可能是小行星带中的碎片，也可能是彗星留下的尘埃。我们不禁闭上眼睛，许下心愿。在这片星空下，所有的愿望都显得如此纯净，仿佛真的能够实现。

在昭苏的星空房，我们还能观察到星座。例如，著名的北斗七星，它是大熊座的一部分，而紧邻的仙后座、狮子座等，都是天文学中重要的星座。通过星座，古人们学会了导航，而现代天文学则通过它们来研究宇宙的结构和演化。

夜空中的月亮，也是我们学习的好对象。月亮的盈亏变化，是地球、月球和太阳三者相对位置变化的结果。在这里，我们可以清晰地看到月亮上的环形山，那是亿万年前小行星撞击留下的痕迹。

在昭苏的星空房，不仅是科学与自然的美妙结合，更是一次深刻的人文体验。这里，是与历史和文化交融，体验着一种超越时空的感观之旅。

我们躺在星空房的透明屋顶下，星空与人文的交织在这里达到了高潮。那些闪烁的星星，似乎在诉说着古老的故事，而我们，便是这故事中的旅人。

在昭苏，哈萨克族的传统文化与星空相映成趣。星空房周围，偶尔传来哈萨克族民歌的悠扬旋律，那是草原上的民族对自然和生活的赞美。歌声在夜空中回荡，让人不禁想象，这歌声是否也随着星光，飘向了遥远的宇宙。

星空房的透明设计，使体验感观在这里得到了极大的满足。让我们仿佛置身于无边的宇宙之中，而周围的草原气息，又时刻提醒着我们，这里是人间，是哈萨克族世代居住的家园。我们在这里，既感受到了科学的严谨，也体验到了人文的温暖。

夜深了，星空房的温度渐渐降下，我们盖上了哈萨克族人民手工编织的毛毯，感受到了手工艺的温度和民族文化的传承。在这片星空下，我们不仅是观赏者，也是参与者，体验着哈萨克族与自然和谐共生的智慧。在这样的夜晚，连梦境都是星光璀璨的。

清晨，阳光透过玻璃屋顶，唤醒了沉睡的我们。我们发现，星空房的窗台上，摆放着一本关于哈萨克族民间故事的书籍。阅读着这些故事，我们仿佛能够看到那些传说中的英雄，在星空下驰骋，为这片土地带来了勇气和希望。

一夜的星空之旅，让我们感受到了自然的神奇和生命的美好。

昭苏的星空房，是一场与星辰的约会，是一次心灵的洗礼，是一生难忘的体验。在这里，我们找到了与自然和谐共处的宁静，也找到了内心深处最真实的自己。

昭苏的星空房，不仅提供了一个观赏自然美景的绝佳地点，也成为我们学习天文知识的天然课堂。在这里，我们与星辰对话，与宇宙连接，感受着科学的魅力和自然的奇妙。星空之下，我们的心灵得到了净化，知识得到了丰富，这是一次难忘的科普之旅，也是一次心灵的升华。

昭苏的星空房，是一次视觉和知识的盛宴。在这里，我们感受到了时间的流转、历史的沉淀、文化的传承。星空之下，我们与古人共享同一片天空，与哈萨克族同胞共同感受着生活的美好。这是一次难忘的人文之旅，也是一次心灵的升华，让我们在星光的照耀下，找到了与自然、与文化、与历史对话的钥匙。

星空房，这座草原上的透明梦想之所，不仅以其独特的建造特色吸引着游客，更通过一系列精心设计的体验项目，让每一位访客都能在这里留下深刻的记忆。

夜观星空，自然是星空房的核心体验。但在昭苏星空房，体验远不止于此。梦与星空露营基地提供多种户外活动，等着游客们来体验，如山地车、骑马和大型软体风筝等，让游客能够享受慢节奏的生活。

除此之外，梦与星空露营基地还推出了其他独具特色的体验项目：

星空导览：专业天文学家或天文爱好者会为游客提供星空导览服务，讲解星座的故事，识别不同的星系和行星，让游客在欣赏美景的同时，增长天文知识。

星空摄影课程：对于摄影爱好者来说，星空房提供专业的摄影指导和设备，教授如何在低光环境下捕捉星空的美丽，让游客带走属于自己的星空大片。

草原骑马体验：在星空下的草原上骑马，是一种别样的体验。游客可以在专业教练的带领下，骑马穿梭在草原上，感受与自然的亲密接触。

民俗文化体验：星空房周边设有哈萨克族民俗文化体验区，游客可以参与制作哈萨克族的传统手工艺品，学习哈萨克语，或是品尝正宗的哈萨克美食。

星空音乐会：在特定的夜晚，星空房会举办音乐会，邀请当地的音乐家演奏哈萨克族的传统音乐，让游客在星空下享受一场视听盛宴。

清晨瑜伽：在星空房的透明屋顶下，进行一场清晨瑜伽，是一种身心合一的体验。在瑜伽教练的引导下，游客可以在星空的陪伴下，迎接清晨的第一缕阳光。

生态徒步：星空房周围有许多生态徒步路线，游客可以在专业向导的带领下，探索草原的生态多样性，体验自然的美妙。

此外，基地还举办篝火晚会和其他野营活动，提供躺椅和舒适的草坪，确保游客有一个放松的假期。这里的设施既奢华又专业，旨在为游客提供接近满分的体验感。

昭苏星空房的特色在于其开阔的视野和独特的体验。游客可以在这里观赏到无边的草原和仿佛触手可及的星空，仿佛置身于梦中的童话世界。除了星空观赏，昭苏星空房还提供其他活动，如骑马和热气球观光，增加了游客的旅行乐趣。

这个露营基地不仅为游客提供了一个与众不同的旅游方式和入住体验，还成为乡村旅游和夜色旅游的重要产品，深受年轻游客的喜爱。

这些体验项目不仅丰富了游客的夜宿星空房之旅，也让昭苏的星空房成为了一个集自然美景、科学探索、文化体验于一体的综合性旅游目的地。在这里，每一位游客都能找到属于自己的星空下的梦想。

昭苏天马节：草原上的速度与激情

在昭苏高原上，每年夏季，都会迎来一场盛大的节日——昭苏天马节。这是一个属于草原、属于骏马、属于哈萨克族人民的节日。在这个日子里，我有幸亲临现场，见证了这场充满速度与激情的盛会。

清晨的昭苏草原，阳光透过薄薄的云层，洒在广阔的草地上，一片金黄。远处的雪山在阳光的照耀下，显得更加雄伟壮观。草原上的露珠还未完全蒸发，一切都在静静地等待着天马节的到来。

随着清晨第一缕阳光洒下，草原上的哈萨克族牧民们身着节日盛装，骑着他们心爱的骏马，从四面八方会聚而来。他们的脸上洋溢着喜悦和自豪，因为今天，他们将在这个舞台上展示他们精湛的骑术和无尽的热情。

天马节在一片欢腾的气氛中拉开了序幕。开幕式上，传统的哈萨克族舞蹈跳起来了，热情奔放的旋律在草原上回荡。舞者们身着鲜艳的民族服饰，动作优美，仿佛在讲述着一个个关于草原的故事。

重头戏赛马比赛开始了。随着裁判员的一声令下，赛马比赛正式开始。那一刻，平静的草原瞬间被点燃，激情与活力在空气中弥漫。骑手们纷纷抖动马缰，双腿夹紧马腹，催促着座下的骏马全速前进。

赛马场上的起点处，尘土瞬间被马蹄扬起，形成一道壮观的土龙。骑手们身着鲜艳的民族服装，头戴特色帽子，腰间束着宽大的皮带，他们英姿飒爽，目光坚定，仿佛古代战场上的勇士。

骏马们在骑手的驾驭下，展现出惊人的爆发力。它们的肌肉在阳光下泛着光泽，马鬃随风飘扬，四蹄翻飞，如同飞翔在草地上。骑手们与马匹融为一体，他们的身体随着马儿的奔跑而上下起伏，展现出人与动物之间无与伦比的默契。

观众们沿着赛道两侧站立，他们的呐喊声、加油声此起彼伏，为骑手们送上最真挚的祝福。孩子们兴奋地跳跃着，老人们则用充满骄傲的眼神看着这些勇敢的骑手，仿佛看到了年轻时的自己。

赛道上的竞争异常激烈，骑手们你追我赶，谁也不甘落后。有时，几匹马并驾齐驱，骑手们则会使出浑身解数，试图超越对手。他们的表情专注而坚定，手中的马鞭在空中挥舞，发出清脆的响声。

转弯处，骑手们必须展现出高超的骑术，才能在保持速度的同时，避免滑出赛道。他们的身体倾斜，几乎与地面平行，仿佛在演绎一场惊心动魄的舞蹈。观众们在这一刻屏住呼吸，直到骑手们成功转过弯道，才爆发出更加热烈的掌声。

终点线出现在视野中，领先的几名骑手开始最后的冲刺。他们的马匹似乎感受到了主人的决心，拼尽全力向前冲去。尘土在他们的身后扬起，形成一道胜利的烟雾。

第一名骑手率先冲过终点线，他的脸上洋溢着胜利的喜悦，观众们纷纷向他投去敬佩的目光。紧随其后的骑手也相继抵达，每个人都是草原上的英雄，无论名次如何，他们都赢得了尊重和荣誉。

赛马在一片欢腾和庆祝中缓缓落幕，但那份速度与激情，那份草原的豪迈与热情，将永远留在每一个参与者和观众的心中。

赛马，作为一种古老的体育活动，其历史背景深远而丰富，它不仅仅是竞技体育的体现，更是文化传承和民族精神的象征。

赛马的历史可以追溯到史前时期，当时的人类就开始驯化马匹，用于战争、运输和农业活动。随着时间的推移，马匹逐渐成为人类重要的伙伴，赛马作为一种娱乐和竞技活动，也在不同的文明中逐渐兴起。

在古代，赛马在许多文化中都有记载，包括古希腊、古罗马、波斯和中亚的游牧民族。公元前 750 年的古希腊奥运会就已经有了赛马项目，而古罗马人则将赛马视为一项重要的贵族运动。

特别是在中亚的广阔草原上，赛马成为游牧民族生活的一部分。哈萨克族、蒙古族、吉尔吉斯族等民族，他们的日常生活中离不开马匹，赛马不仅是他们展示骑术和马匹训练成果的方式，也是节日和庆典中的重要活动。

这些游牧民族将赛马视为勇士的象征，骑手们通过赛马来展现自己的勇气、技巧和荣誉。赛马比赛通常在重要的节日或庆典中进行，如哈萨克的纳吾鲁孜节、蒙古族的那达慕大会等。

到了中世纪，赛马在欧洲得到了进一步的发展，尤其是在英国。17 世纪，英国国王查理二世对赛马产生了浓厚的兴趣，使得这项运动在英国迅速流行起来。1734 年，英国成立了第一个赛马俱乐部，标志着现代赛马运动的开始。

1896 年，现代奥运会恢复时，赛马就被列为正式比赛项目。不过，随着时间的推移，由于种种原因，如马匹运输的困难、比赛场地的问题等，奥运会中的赛马项目逐渐减少，直至现在的盛装舞步、障碍赛和三日赛等马术项目。

在今天，赛马不仅是一项体育竞技活动，更是一种文化传承的载体。在昭苏天马节这样的节日中，赛马不仅是展示哈萨克族等民族骑术和马匹的地方，也是传承和弘扬民族文化和精神的重要方式。赛马比赛中的规则、仪式和服饰，都蕴含着丰富的历史和文化意义。

总之，赛马的历史背景是多民族、多文化交织而成的，它跨越了时間和空間，成為人類文明的重要組成部分。如今，無論是在昭蘇草原上，還是在世界各地的賽馬場，賽馬都是一項深受喜愛的運動，它不僅代表著速度與激情，更是一種文化的延續和精神的象徵。

昭蘇天馬節，作為一個盛大的草原節日，不僅包含傳統的賽馬比賽，還有一系列豐富多彩的比賽項目。

姑娘追：這是一項起源於中亞的古老比賽，在哈薩克族和吉爾吉斯族中特別流行。"綠衣初試薄羅裳，紅粉香囊未滿房。舞作霓裳歌作媚，幾時雲雨屬襄王。"姑娘追比賽中，哈薩克族的女子身著節日盛裝，騎馬奔騰，她們的身影在草原上劃過，如同古詩詞中的仙子，飄逸而動人。比賽通常在一段平坦的草地上進行，分為男女兩組，女方騎手先出發，男方騎手在一定時間後追趕。如果男方在規定距離內追上女方，並成功輕觸女方，男方獲勝；否則，女方獲勝。這項比賽不僅考驗騎術，還充滿了趣味性和觀賞性。

摔跤：摔跤是草原文化中的一項重要傳統運動，天馬節上的摔跤比賽吸引了眾多勇士參加。"力拔山兮氣蓋世，時不利兮騅不逝。騅不逝兮可奈何，虞兮虞兮奈若何！"摔跤場上，勇士們力大無窮，激烈的比拼彷彿重現了古戰場上的英雄氣概，展現了草原男兒的勇猛與力量。比賽通常在一片開闊的草地上進行，摔跤手們身著傳統摔跤服裝，通過力量和技巧的較量，爭取將對手摔倒。這項比賽不僅考驗力量，還考驗技巧和策略，是展示男子漢氣概的重要方式。

馬術表演：馬術表演是天馬節上的另一大亮點。"翩翩馬上帶雙鉤，寶劍遙揮彩練柔。曾向團花錦襠下，暗拋聲色破人頭。"馬術表演中，騎手們英姿颯爽，駿馬奔騰，彷彿古詩詞中的騎士，展現著人與馬匹的無間配合。騎手們會在馬上表演各種高難度的動作，如站立、跳躍、旋轉等，展示他們與馬匹之間的高超默契。這些表演不僅需要騎手們具備卓越的騎術，還需要馬匹的高度訓練和配合。

射箭比賽：射箭是草原民族的傳統技能之一，天馬節上的射箭比賽吸引了众多射箭好手。"会挽雕弓如满月，西北望，射天狼。"射箭场上，箭矢破空，射箭手们凝神聚气，仿佛古时的猎手，瞄准目标，一发中的，展现了草原民族的精湛箭术。比赛通常分为固定距离射箭和移动目标射箭两种形式，考验射箭手的协调性、精准度和速度。射箭比赛不仅是一项体育竞技，也是对传统狩猎文化的传承。

套马比赛：套马比赛是一项极具挑战性的活动，骑手们需要骑马追逐并套住一匹未经驯服的马。"白马饰金羁，连翩西北驰。借问谁家子，幽并游侠儿。"套马比赛中，骑手们驾驭着骏马，追逐着未驯服的野马，仿佛古诗词中的游侠，展现着草原上的豪迈与勇敢。这项比赛不仅考验骑手的力量和技巧，还考验他们对马匹习性的了解。套马比赛是草原上对骑手勇气和智慧的极大考验。

马上角力：马上角力是一项在马背上进行的比赛，骑手们骑在马上，试图将对手从马背上拉下来。这项比赛不仅需要骑手们具备强大的力量，还需要极佳的平衡感和策略。马上角力是一项充满激情和对抗性的运动，吸引了众多观众的目光。

这些比赛项目不仅丰富了天马节的内容，也展示了哈萨克族等草原民族的传统生活方式和体育文化。它们不仅是力量的较量，更是智慧、勇气和技艺的展示，让每一位参与者都能感受到草原文化的独特魅力。

昭苏天马节作为一个融合了传统与现代、文化与体育的盛大节日，除了上述提到的赛马、姑娘追、摔跤、马术表演、射箭和套马等特色活动外，还有：

民族舞蹈和音乐表演：天马节期间，会有哈萨克族等民族的传统舞蹈和音乐表演，如手鼓、冬不拉等乐器演奏，以及民族舞蹈如鹰舞、民族集体舞等，展现草原民族的风情和文化特色。

民族美食节：天马节上，会设立民族美食区，提供各种草原特色美食，如烤全羊、手抓饭、奶酪、奶疙瘩等，游客可以品尝到正宗的草原风味。

民族手工艺品展销：天马节期间，会有各种民族手工艺品的展销，如羊毛制品、银饰、刺绣、皮具等，游客可以购买到具有民族特色的纪念品。

民俗文化展示：节日期间，会有各种民俗文化的展示，如民族服饰展示、民间艺术表演等，让游客更加深入地了解和体验草原民族的生活习俗和文化传统。

民俗体育活动：除了上述的体育比赛外，还有如拔河、踢毽子等传统民俗体育活动，这些活动通常由当地居民自发组织，游客可以参与其中，体验民俗体育的魅力。

篝火晚会：夜晚，天马节会举办盛大的篝火晚会，人们在篝火旁载歌载舞，享受着草原的夜晚，感受着浓厚的节日氛围。

昭苏天马节通过这些丰富多彩的活动，不仅展示了草原民族的传统体育竞技，也展现了他们的文化、艺术和生活方式，让游客在参与和欣赏的过程中，深入体验和理解草原文化的独特魅力。

昭苏天马节，是一场草原上的盛宴，是一次民族文化的展示，更是一次心灵的洗礼。